他们在离她最近的地方，为她庆幸，

可也被她牵绊。

新宠

〈南绫〉著

江苏凤凰文艺出版社
JIANGSU PHOENIX LITERATURE AND ART PUBLISHING

图书在版编目（CIP）数据

新宠 / 南绫著. -- 南京 : 江苏凤凰文艺出版社，
2023.1
ISBN 978-7-5594-7371-4

I. ①新… II. ①南… III. ①长篇小说－中国－当代
IV. ① I247.5

中国版本图书馆 CIP 数据核字 (2022) 第 233395 号

新宠

XIN CHONG

南绫 著

责任编辑	曹　波
责任印制	刘　巍
总 策 划	邓　理
策划编辑	吴红玲
封面设计	罗静颖
封面画手	万万岁 lancyy
插画合作	阿苒苒_歪比巴噗　郑思涵
内文设计	罗晓芸
出版发行	江苏凤凰文艺出版社
	南京市中央路 165 号，邮编：210009
网　址	http://www.jswenyi.com
印　刷	湖南天闻新华印务有限公司
开　本	880 毫米 X 1230 毫米　1/32
印　张	10.5
字　数	291 千字
版　次	2023 年 1 月第 1 版
印　次	2023 年 1 月第 1 次印刷
书　号	ISBN 978-7-5594-7371-4
定　价	45.00 元

目录

楔　子

守护她，陪伴她，和她一起做所有她想要做的事，成为她的眼睛，她的手，她的翅膀，让这世界再没有人能阻挡她去飞翔。

他愿意，成为她的天空，她的海洋，她的山岳。

一心一意，守护她至死。

第 一 章

阿屿，你怎么又跟踪我？

秋末傍晚，天高云淡。

余晖将西方的天幕渲染成淡淡的橙红色。

郁盛走出校门，一眼便看见停在斜对面树荫下的黑色宾利。

这会儿校门口人挺多，她想当作没看见，直接借着其他人的遮掩退回学校，无奈高煊匆匆自后面跑来，拉住了她的手臂。

“你这几天怎么了，为什么发消息不回电话也不接？”

这么一拉一阻的当口，黑色宾利后排座位的车窗已经降了下来，露出男人俊美的脸。他摘下金边眼镜，冷厉的视线扫过她和她身旁的高煊，眸色深邃。

顾觉做事向来有计划，很少会这样一声招呼都不打就直接来学校接她。不过郁盛知道他今天突然过来的原因，昨晚娱乐圈引爆网络的那条有关当红小花绯闻的热搜，男主角虽然没被拍到正脸，但她认得对方的背影，身形和L家限量发售的那款黑色衬衣。

那件衬衣还是她之前买来送给他的生日礼物。

司机老钟推门下车，来到她面前语气恭敬地说道：“郁小姐，顾总已经等您半个小时了。”

对方态度恭敬，但郁盛能听出这句话里的催促之意，她点点头，朝车的方向走去。

“小郁，你是不是听到了什么谣言，我……”身后传来高煊的声音，她嫌烦，连搭理都懒得搭理，只当没听见，头也不回地穿过马路，上了车。

高煊想追，然而却被老钟挡住了路。老钟虽然年近四十，但年轻时做过武警，一米八的个头，身形高大健硕，立刻将清秀的高煊衬得单薄无比。

高煊到底没敢追。

去餐厅的路上，顾觉戴上眼镜，对着膝盖上的平板电脑处理工作。他今天并不空闲，甚至还很忙，但从昨天到现在，郁盛一条消息一个电话都没来过。

他原本是在赶赴某个饭局的路上，车行至半路，在路口等红灯时，他发现车子距离郁盛学校只隔了两个路口。他临时改了主意，开口吩咐老钟转向，直接来了学校。

她见到他似乎有些意外，上车时是笑着的，问他怎么会过来。

“顺路，一起吃个晚饭。”相比她的笑容，他表情要冷淡得多，可她似乎并不介意，上车坐好，放下包，取出手机安静地上网。

车内流淌着舒缓的钢琴曲，顾觉处理完工作，侧头朝身旁人看去，夕阳的橙光透过车窗玻璃落在她脸上，白皙的肌肤犹如上了一层釉色，透着浅浅的粉色，浓密的睫毛在眼窝处留下漂亮的阴影。

她有一双黑白分明的桃花眼，眉眼艳丽浓烈，偏偏目光澄澈干净，令她过盛的艳色里总带着一抹天真，有种独特的媚。

大概是觉察到他的视线，她微微歪头看向他，冲他轻轻笑了笑：“怎么了？工作很累吗？要是太累就直接送我回家吧。”

年轻的女孩没有质问，没有吵闹，乖巧明理得让人心里发软。相比之下，昨晚一边哭诉着想他，一边却联络娱记曝光照片的暮樱实在心机世故得令人不喜。

顾觉的目光不自觉软了两分，他伸出手，按在她脑袋上，轻轻顺着她的头发。郁盛没有染发，发色乌黑，带了一点微卷，长至腰际，微软蓬松，入手触感极好。

订婚三年，她一直很好，半点都不让他费心思。

不知怎么的，他突然想起了刚才在校门口拉住她的那个男生。虽然隔了一段距离，但还是能看清楚对方清秀的五官，是个长相不错的年轻男孩。

顾觉微微皱了下眉，问了一句连自己都意外的话："刚才那个人是谁？"

郁盛先是一愣，随即像是听明白了，开口道："他只是学校同学，不同系的师兄。"

顾觉知道，提问在这里应该终止了，可他却再次开口："看起来和你关系似乎不错。"

郁盛墨黑的眼瞳注视着他，渐渐流露出一点不满来："哪里不错，他很烦，最近总是莫名其妙跑来找我。"

听起来，应该是男生单方面喜欢她。大抵是她提起对方时的不满语气，顾觉心头那股诡异的不适感稍稍减退一些，他没再多问什么。

车子很快在餐厅外停下，这是一家新开没多久的西餐厅。饭局之外，顾觉个人偏好西餐，环境优雅，菜品干净，是他喜欢的风格。

接待他的，是西餐厅的老板本人。这是他一个朋友的朋友，一面之缘，交换了微信，餐厅开业时便邀请他过来。

顾觉下车前和郁盛提了一句，不过等到她下车见到餐厅老板时，依然忍不住多看了对方两眼。

三十来岁的丰腴女人，一袭显露身材的长裙，成熟优雅，视线一触上顾觉便漾出笑容，殷勤地迎上来，声音婉转妩媚："顾总，好久不见，刚才小桥说你订了位置我还不信，没想到是真的。"

"嗯，临时决定过来的。"顾觉唇角微勾，一边跟着对方进餐厅，一边不时和对方聊几句。

郁盛抬眼看去，那女人以介绍菜品和食材为名，跟在顾觉身侧殷勤低语，红唇几乎贴上顾觉的耳根。她瞥了眼顾觉习以为常的模样，又默默移开视线。

晚餐在二楼包间，菜品都是顾觉点的，创意西餐，菜很精致，摆盘漂亮，入口味道也好。但郁盛吃得不多，顾觉倒也不觉得奇怪，她一贯如此，胃口向来很小。

晚餐快结束的时候，顾觉手机响了。

电话是他助理打来的，今晚的饭局他派助理先行，现在应该是催促他过去。

“原来你今晚有工作？”

他挂上电话，与她对视：“没事，只是一点小事要处理，等会儿让老钟送你回去。”

“不用了，我的司机就在附近。”郁盛微微一笑，继续道，“你知道的，司机把车停在校门口太高调，所以每次我都让他停在路口。之前我已经把餐厅地址发给他了，车应该就在附近。你赶紧去工作吧，我能自己回去。”

“那好。”

顾觉要走，郁盛也收拾东西准备离开。她伸手去取外套时，顾觉先她一步取过，展开示意她过去穿。郁盛有点意外，但没说什么，走过去配合他的动作。他帮她穿上，又绕到她面前，极有耐心地帮她一个一个扣上纽扣。

顾觉身量高，低头帮她扣纽扣时身体倾过来，郁盛闻到了他身上的古龙水味，幽淡的木香，还夹杂了一点很淡的香烟味。顾觉抽烟，但她不喜欢烟味，所以在她面前他一向不抽烟。

末了，他整了整她的头发，将她颊边的散发挂到耳朵后，用拇指轻轻抚着她颊边的肌肤：“时间真快，一晃眼三年过去，你也长大了。”

她眼帘半落，安安静静地听他继续说。

“还有一年就要毕业了是不是？”

“嗯，其实不到一年，现在已经是十月底了，再加上过了年就要去实习——”她的话被他打断。

“实习就别去了。”三年，从十八岁到二十一岁，他觉得自己也应该给她一个交代，“等过完年，找个时间，把婚礼办了吧。”

郁盛抬眼看他，眸底全是惊讶。

她这双眼睛生得实在太好，水润清澈，无论何时用什么表情注视别人，都能看得人心里发软。

“怎么这么惊讶？”他嗓音低沉清冷，却似乎透着几分愉悦。

“我以为，当初答应订婚的是顾家，你只是为了生意。”这样说也是没错的，毕竟从订婚至今，两人虽然会定时见面约会，但起先两年次数实在太少，一年见面的次数十个手指头都能数过来。

顾觉对两家长辈的说辞是她还小，希望她能先安心读书，专注学业。

郁贵东一直想让她在顾觉身上多花心思，对此并不满意，只是表面上不敢有任何意见。

郁家做生意，顾家也做生意，但规模不可同日而语。他仰仗着和顾家的合作，壮大自家，想彻底从暴发户的圈子里脱离出来，进入B城上流社会圈。顾觉是顾家年轻一代里最杰出的管理者，高学历，头脑冷静眼界一流，接手顾氏后，又扩展了几个新的商业版图。

对郁贵东来说，顾觉可比他家这个女儿重要多了。

郁盛的思绪飘了会儿，脸上表情却没什么变化，倒是之前那句话，不知道戳中顾觉哪一点，他低低笑了起来：“当初答应订婚的是顾家，但也得我自己同意。”

那阵子他状态不好，订婚的主意的确是顾家老爷子出的，但最后还是得他自己点头。当然，他之所以同意并不是因为喜欢，只是想从老爷子那里争得该有的自由。那时他只见过郁盛一面，女孩年轻、稚嫩、安静、美丽，他想着如果她一直能这样乖巧懂事的话，订婚也不是什么难事。

而这三年，她也从未让他失望。

他知道她喜欢自己，每次见面都会用纯净专注的眼神看着他，朝他浅浅地笑，无论他说什么，她总是乖巧地说：“好。”

他起初不耐烦和她约会，加上状态不好，在外面玩得有些过，哪怕难得的约会也常常提前结束。可她从不抱怨，总是笑着和他说下次再见。生日和各种节日，她的礼物总是准时出现，通常不是很贵，但一看就是花了心思自己选购或是亲手做的。

她就像是他养在别墅阳台上的娇花，无论他何时想起，抬头第一眼，永远都能看到她在微风里轻轻舒展柔软的花瓣，无声无息，却赏心悦目，慢慢融进他的生活。

三年了，过去的人不会再回来，或许他可以彻底告别过去，给她最想要的婚姻，过另外一种生活。

他这样想着，将手覆在她的颈后，微微低头用唇触了触她的额头：“小郁，什么都不要想，什么也不需要做，你相信我，等过了年，我会给你一个最完美最让人羡慕的婚礼。”

顾觉离开之后，郁盛去了餐厅洗手间，她脱下外套，在装饰奢华的洗手台前仔仔细细洗过手和脸，擦干净水珠，才拿起包和衣服脸色淡淡地离开。

车和司机自然是没有的，她又不是腿瘸了，每次出行都必须配上司机和专车。更何况，这样不冷不热的秋夜，是一年里她最喜欢的季节，独自散步什么的再好不过。

西餐厅位于市中心最繁华的街道上，她踏上马路，立刻被城市的喧嚣和流光溢彩所包围。

她十三岁才来的B城，一度很不适应这里的气候和空气。

道路两侧，全是明净的大厦和巨幅广告牌，郁盛的目光在一幅口红的广告牌上停住，上面是最近风头正盛的某个女艺人，自信的笑，眉眼精致，薄唇娇艳。

广告牌上写着她的名字：暮樱，暮色里的樱花，光是名字，听起来就缠缠绵绵的。

郁盛想过和顾觉结婚的，或者说，她曾经向往过和他的婚姻。

那时，他们两个刚刚订婚，她才十八岁，在郁家没有任何话语权，还处于弱势。相比郁贵东动过心思想联姻的另一个财力雄厚却声名狼藉的中年谢顶企业家，顾觉的外貌真的养眼太多了，再加上成熟稳重的气质，仿佛能洞悉一切的冷厉眼神，刚满十八岁的女孩恐怕没有几个不会沦陷的。

那时的她多天真，哪怕内心清楚两个人的订婚只是商业联姻，依然免不了自欺欺人地安慰自己，对方是见过她之后才答应订婚的，或许他也是喜欢她的。

是，她那时喜欢顾觉，有一阵子满心满眼都是他。少女的情窦初开，总是充满着一厢情愿的唯美和浪漫。

哪怕对方和她之间的相处平淡如水也没关系，他们见面不多，还没那么熟悉，哪怕相敬如宾也只是一时的。她相信假以时日，他们一定会像普通的情侣那样陷入热恋，他会宠她爱她呵护她，最后将她从郁家这个泥潭拉出去，带她走进婚姻的殿堂。而到那时，她也能彻底摆脱郁家，不再受郁贵东的掌控。但，所有这些一厢情愿的浪漫念头都止于她看到他带其他女人回住所之时。

那天很冷，她没打到车，一路走去他的别墅，走了两个小时，出了一身汗，想到马上要见到他，心也随着身体一起温暖起来。可她等了他很久，最后只看到他带着其他女人下车。看着他搂在其他女人腰上的手，她浑身冰冷，那种仿佛瞬间被丢入寒潭的感觉她一辈子都忘不了。

当时他是怎么和她说的?

他先是皱眉，像是奇怪为什么这么晚了她会出现在他别墅门外，然后朝身旁妖娆的女人轻轻说了句什么。对方似乎并不太愿意，但还是冲他笑了笑自己先朝别墅走去，走近郁盛时张扬审视的目光从她身上扫过，唇角带着嘲讽和轻视的笑。像是在说：未婚妻又怎么样，郁家大小姐又怎么样，你是占了这名头，可顾觉抱着的人却是我。

不知道是不是她的沉默引得顾觉不满，他等了片刻，没等到她说话，颇有些不耐烦地扯松了领带结：“既然都来了，直接说吧，什么事？”

她张了张口，说什么呢？说以为两人订婚了，她就有了可以依靠的对象？说她今天被郁家那个跟她只有一半血缘关系的弟弟设计，被郁贵东甩了一耳光？说今天是她生母的忌日？说她满心疲惫绝望，以为自己可以来他这里避难？她在幻想什么，期待什么？得到他温柔的安慰？还是一心一意的对待和回馈?

最终，郁盛什么都没说。哪怕曾经对这个男人有过期待，所有一切也在那一刻被她自己掐碎了。

郁盛在广告牌的灯光下站了一小会儿，即便在这人来人往的商业区，她的容貌依旧出挑醒目。

因为白天在学校，她穿得很随意，宽松的黑色T恤，浅色牛仔裤，一条阔皮带收束出她的腰身，但家境使然，即便是这样随意的装扮，也是单品不低于五位数的大牌。

夜风拂来，撩动她的长发，及腰的黑色长卷发浓密而柔软，衬着她墨黑的瞳、艳丽的红唇，还有欺霜赛雪的肌肤，柔媚漂亮，美得浓烈张扬。和同学聚餐结束撞见这画面的高煊心头一跳，这是他第一次在学校之外的地方见到她，他晚餐喝了点酒，加上内心郁闷，几乎没怎么犹豫就走了上去。

“小郁。”他小心叫她。

面前的女孩回过头，目光有一点冷，见到是他，脸上也没有一点惊讶和意外：“什么事？”

高煊张了张口，不知道是不是因为她偏冷淡的眼神，他总觉得此刻的郁盛和她在学校里的样子不太一样。目光太过冰冷犀利，竟让他一时不知道怎么开口。

“没事我走了。”

“等等！”他快走两步，拦在她面前，“你到底怎么了，我给你发的微信你有没有收到？为什么不回复我？”

“没有为什么，就是不想回复。”

高煊怔怔看着她，有些张口结舌：“这是……什么意思？我不明白，我哪里做得不好吗？小郁，你、你别这样，你要是哪里不满意你告诉我，我改……我真的很喜欢你！小郁，我爱你！”

“你爱我？”郁盛原本打算直接走，可这三个字却定住了她的脚步。她看着他，唇角似有笑意，眼神却更加冷淡：“我不过回复了你几条消息，和你说过几句话，你就爱我了？”

高煊以为对方听到了一些有关自己的传闻，现在不过是生气，闻言立刻表忠心：“我发誓！我真的爱你！”

“你爱我什么？是爱我这张脸，还是郁家大小姐的身份？没有容貌，没有家庭背景，没有校花这个名头，你还会爱我吗？或者说，你会多看我一眼吗？”

就像一个月之前和他表白的卢娜，她鼓足了勇气，紧张到手指颤抖，开口时明亮的眼睛里甚至还带着泪花，说的每一个字都很真挚，即便她这样的已经不再相信爱情的人听到也忍不住动容。

可他又对她说了什么呢？嫌弃她丑，嫌弃她胖，说看到她都觉得恶心，并不觉得被她喜欢是一件高兴的事，希望以后她能离他远一点，那才是对他最好的方式。后来，卢娜果真离他远一点了，但她茶饭不思，把自己关在房间里，不见任何人，她眼睛里的光亮也消失了，最后被确诊为抑郁症。而这件事，整个学校里，唯独偶然间看到卢娜向高煊表白的郁盛才知道真正的前因后果。

在其他人面前，高煊是上进又有才华的帅气学长，是“校草”，喜欢他的女生很多，他对谁都温柔，只是始终都只把她们当朋友。于是，为他争风吃醋的女生更多了。而郁盛是个例外，从大一开始她就是学校的风云人物，富有的家境、惊人的美貌、沉静温柔的个性，从未答应过任何一个男生的示爱和约会，学校里喜欢她的男生数不清。

她和高煊不同，她很少与人交往，朋友更少。

越难攻克往往就愈加吸引人，高煊常常借口学生会的事，给她发各种微信，但她一概只在学生会的群里回复。所以当有一天郁盛私下回复他的时候，他兴奋又激动，以为自己终于要攻克这朵高岭之花了。

可现在？

“我、我会，我真的会——”他不知道哪里出了问题，他总觉得这是郁盛因为喜欢上他了，所以给他的考验，想看他表忠心，看看他到底是不是真的在乎她。

可他话还没说完，郁盛却抬手打断了他。

“高煊，我知道你是什么样的人。我看到你就觉得恶心，并不觉得被你喜欢是一件高兴的事，希望以后你能离我远一点。”她把当初他对卢娜说的话又一一还给他。

这些耳熟的话如同一记耳光重重甩在他的脸上，高煊的脸青一阵紫一阵的，原本清秀的一张脸瞬间扭曲起来。可如同耳光一样的话语还在继续一下下甩到他脸上。

“这一个月你也不容易，一边费尽心思讨好我追求我，一边错开时间和外语系、艺术系的两个学姐出去吃饭看电影唱K逛街……真的挺忙。

“听说那两位学姐都和你表白过，但都被你发了好友牌……

“你践踏别人一片真心的时候，就没有想过自己也会被人践踏吗？”

“你……”酒意和冷言冷语的刺激放大了他的怒意，他上前一步朝她抓去，伸出的手臂却被一只骨节分明的手给扣住。

他惊愕地侧过头，却发现自己的视线只及手指主人的下颌。

这是一个非常高的年轻男人，一身黑色西服内搭白色衬衣，留着极短的板寸头，眼神淡漠，鼻梁过分挺拔，眼窝深邃，使得眉骨线条略显冷硬。

高煊不甘心，试图用另一只手去够郁盛，却再次被制住。他又尝试收回，可对方的手指却像长在他手腕上一样，别说收回，就连一丝松动都没有。

“你、你想干什么？大庭广众的，快放开我……”他明显慌了。

对方一言不发，维持原本的表情看着他，直至他语气里开始透出慌乱和畏惧，才缓缓开口：“以后请别再对她有任何过界举动。”

他的语气透着疏离，声音却偏向清柔，把一句警告的话说得分外礼貌。

高煊哪里见过这架势，这种压倒性的气质，还有那张脸——即便对方面无表情，也难掩那种惊人的俊美，视线的冲击太过强烈，加上被制住的双手。那一瞬间，高煊被巨大的落差感击溃，自卑和恐慌交杂丛生，让他灭了所有心思，只想落荒而逃。

“明白了吗？”对方再次开口。

高煊胡乱点头。

对方大抵看出他眼底的情绪，指尖一松，松开了对他的禁制。

高煊得回自由，连丢几句狠话强行挽回尊严的念头都没有，握着火辣生疼的手腕，直接转头走了。

郁盛目送高煊狼狈的背影，可惜了，她原本想试试那个新学的锁扣击打招式的。

她轻轻叹了口气："阿屿，你怎么又跟踪我？"

秋屿侧头看她，伸手接过她手里的外套和包："这不是跟踪。"

"我不是发了消息让你先回去吗？"她看着对方低垂的眼帘，"我现在想散散步，不想坐车，你回去吧。"

"您可以继续，当我不在就行。"他说着，直接退到一旁的树影里。

她看着树影里那双笔直的大长腿，叹了一口气："行了，出来吧，我有点饿了，我想去吃火锅。"

"好的。"他上前，落后半步走在她侧后方，没有多问她为什么明明吃了晚饭还会饿。

郁盛边走边拿余光去瞥他，他比她高太多了，这样高大挺拔的一个男人，手里却拿着她橘红色的小包，还亦步亦趋走在她身侧，一脸淡定坦然。

周围行人纷纷投来目光，可他目视前方，脸上没有丝毫不自在，不知道是习惯了，还是根本不在乎。

第　二　章

阿屿，今天他和我求婚了

“比起助理的工作，你是不是更喜欢当我的司机和保镖？”火锅店包间里，郁盛托腮看着桌旁给她擦拭碗筷、倒饮料、装调料、烫菜烫肉的秋屿。

他动作一停，没抬头，继续夹着毛肚在沸腾的汤里上上下下：“已经做习惯了，无所谓哪个职位。况且，这些工作助理也都能做。”

郁盛夹起碗里已经烫好的毛肚，感叹：“你这样显得我很废物。”

“您的时间和精力应该花费在更重要的事情上，这就是助理存在的意义。”这回答配上他不苟言笑的表情，近乎刻板。

郁盛早已见惯他这模样，见他还在给自己烫肉，开口制止：“好了，我又不是猪，吃不了这么多，你也一起吃，吃完回去开会。”

“好的，郁总。”

郁盛：“……”

秋屿对她的称呼是从什么时候开始由“郁小姐”转变为“郁总”的，她已经不太记得了。对于“郁总”这个称呼，她是抗拒的，毕竟她那个小公司，目前从上到下从里到外就只有他们两个人。

与其说是公司，倒不如说是工作室。

她目前没有租写字楼，暂时将办公地点安置在她名下唯一一套房产里。这套房子不大，上下错层式，加起来也不过一百平方米，一层布置了沙发、小会议桌、书柜、投影仪。二层里外两间，外面那间是开放式房间，透过朝南的围栏看下去就是一层落地窗区域，这里放了两张办公桌和办公椅，做成办公室。后面那间房还是保持卧室的模样，她有时累了还能有个地方休息。

从大三下学期开始，同系的人都陆陆续续出去实习了，她也一样。只是别人的实习是真实习，而她则充分利用这些时间，注册了这家公司。

郁贵东是做风投起家的，他擅长交际，胆大路子野，年轻的时候抛妻弃女攀上有钱人家的女儿，靠着这第一桶金，才慢慢有了今天的郁氏。不知是不是近几年年纪大了，郁贵东敢冲敢闯的心思逐渐淡下来，出手远不如年轻时那样胆大，即便碰到很不错的项目也总想多拉几个投资者一起做。

而顾觉，便是所有拟定对象里他最中意最想合作的那个。

她和顾觉订婚之后，郁贵东确实达成了心愿，得到了顾觉加盟的资金。不过顾觉这人在商言商，他能点头的投资，都经过切实考察，判定有投资价值才会出手。郁贵东曾试图在诸多投资案中混过几个包装完美、实际不怎么样的项目，但无一例外都被顾觉避开。

郁贵东吃不准顾觉是运气好无意避开还是真知道什么，因为吃不准便有所顾忌，之后慢慢安分下来，倒是因此对郁盛态度缓和了一些——至少表面功夫算是不错，平时她卡里的零花钱也给得稍微大方了一点。

郁盛进大学后接触股票和期货，研究了一阵子，用郁贵东那里得来的零花钱私下另开了个账户。她数学很好，研究计算，加上从郁贵东和顾觉那里听来的各种消息，买进卖出的，几年下来，钱早已翻了几番，够买七八套这样的错层小公寓。目前她只购置这一处房产，主要还是不想让郁贵东那边知道。毕竟，钱好藏，但房产不容易藏。

前一年她自己学投资，起了做公司的念头，干脆添置了一些办公用品，暂时将这里当作工作室。只等哪天遇到真正靠谱的项目，再正式组建公司。

公寓的地址稍有点偏，郁盛最终还是坐上了车。

秋屿开车既快又稳，最早他便是给她做司机的。当然，这只是表面，实际上她当初找的是保镖。

顾觉名下有一家国内数一数二的影视公司，在她和他订婚之前，他偶尔也被拍到过和哪个女艺人一起现身。这些绯闻对某些女艺人来说是需要避免的，但对另一些女艺人来说却是获得话题热度的方法。而郁盛和顾觉订婚的事就让一部分某女艺人的粉丝大喊难以接受，她不是圈内人，也无所谓网上的粉圈言论，但对现实生活里多出来的麻烦不想默默忍耐。于是，保镖自然也成了刚需。

秋屿是家里退休的司机老牧推荐给她的，在这个陌生冰冷的家里，老牧是为数不多的给予她照顾和关爱的人。看到秋屿的第一眼她就想拒绝，虽然对方气质沉稳内敛，目光清澈冷冽，但那张脸实在是太帅了，她甚至一度有点怀疑老牧是看她生活单调才介绍秋屿给她。一职两用，也算物尽其用，不白费了那张脸。

但事实证明，人真的不能只看脸。他年轻，却沉稳，寡言少语，只知道埋头做事，如果没有必要，他可以跟在她身边一整天却不说一句话。看似斯文清隽，实际上却是散打高手，据老牧说，正常情况下秋屿一对五不是问题。而从春天开始，她又挖掘出了他的新技能，当时她因为之前熬了一个通宵，当晚做市场调研表的时候趴在桌上睡了过去。等她醒来，却发现那份只做到三分之一的调研表已经被人做完了后面的部分，并且打印完毕放在了她的办公桌上。

她看完调研表震惊极了，居然比她自己做的表还要好，几个被她忽略掉的细节部分也填补进去了。

再之后，他就成了她的助理——虽然，司机和保镖的工作仍旧由他负责，但就像他说的，就算是助理，也可以兼顾司机和保镖的工作。

回想当初，可真是捡到宝了。

哪怕不抬头，秋屿也知道后座的女孩一直在看后视镜中的自己。他能感觉到她的视线，她在看他的脸。

“你说你长这样，走到哪里都会吸引路人注意，你到底是怎么做到跟在我身后又不被我觉察的呢？”她感叹，“今天你要是再晚点现身就好了，我一直想试新学的招式。”

秋屿看了一眼后视镜，微微皱眉：“您明明可以不去惹这个麻烦。”

“确实可以不惹这个麻烦，但你不明白，有的时候为人处世不需要用理性分析，偶尔也要感性一次。我只是有点忍不住，这个人太渣而且伪善，即便我不认识卢娜，我也不想他好过，居然还敢若无其事来招惹我，当我是瞎子吗？”

她靠在椅背上，低低笑了一声。开车的人并没有回应，也没有附和，郁盛习惯了，自己安静片刻，吩咐道：“之前收集的那些照片，明天可以发了，找人先发在我们学校网站上。”

“是。”

“对了，卢娜家里那边怎么样？”

“先前联系的医生已经开始治疗，她父母先前反对也是因为治疗费用，现在治疗免费，自然不会多说什么。”

卢娜家里条件一般，父母属于比较底层的打工族，她得抑郁症这件事闹得有些大，亲戚朋友都知道了，她父母之前来学校时又被人指点议论。卢娜的父母恨铁不成钢，回去后把这些压力丢在了卢娜身上，最后导致她心理压太大而晕倒。

郁盛让秋屿联系的是一个很有名的心理医生，治疗费用却让人望而生畏。她父母认为，卢娜根本没事，继续住在医院已经够离谱了，居然还要花费那么多钱去看心理医生？这是要逼死全家人吗？

郁盛之前去医院探望时，正好听到卢父在病房里说的这些话，她想帮卢娜而不是给她增加麻烦。在她看来，能用钱解决的问题都不算问题。她资金紧张，那是相对而言，既然想帮那就帮到底。

“恕我直言，郁总，您做这些卢娜并不知情。在她眼中，您是个不愿意和像她这类平凡人交朋友的富家千金，经过这阵子，或许还加上了情敌这一条。”

“无所谓。”郁盛并不在意，并不一定非要是朋友才能帮助对方的。

她又想起所有期待和幻想被自己掐碎的那一夜，她从顾觉那里离开，他没送她，甚至没有询问一声。

她走出别墅区，走上马路，最后走累了，直接在路边坐下。她只是想缓一缓，等她缓过来她会再次站起来继续走。这时有人经过她的面前，然后又退回来，问她怎么了，是不是需要帮助。

“是忘记带钱和手机了吗？这么晚了，你一个女孩子坐在路边很危险，尤其是你还这么漂亮。你住哪里？我用手机帮你叫车吧，你坐车到地方了直接下就行，我会在手机上帮你付钱。”

她抬头，看到一张圆圆的笑脸，那时的卢娜很胖，但她眉宇间没有一点自卑，眼睛又大又亮，亲切可爱。后来，到九月新生入学的时候，她又见到了卢娜，成为了低卢娜一届的学妹。

再后来，卢娜在新生欢迎大会上见到了上台演讲的高煊。卢娜的一切卑微和自惭形秽，从喜欢上一个表里不一的男生开始。

郁盛抵达自己公寓时，已经差不多晚上十一点，而她还有很多工作要忙。今天顾觉出现在校门外时，她已经第一时间告诉了郁贵东。每次这样的约会，郁贵东都巴不得她彻夜不归。所以今晚她不必回郁家，可以留在公寓里过夜。

“目前所有我有办法插手的项目都在电脑里，你先过滤一遍，挑选三个最优的出来。”郁盛换了鞋，取过秋屿手里的包和外套，直接朝楼上走，“我先去换身衣服，你要喝什么自己拿。我要咖啡，上次新买的那种咖啡豆。”

“好的，郁总。”

他脱下西服外套，里面的白色衬衣略贴身，宽肩窄腰，西裤皮带扣束之下，双腿愈发显得修长笔直。哪怕只是这样最简单的白衬衣黑西裤，也是可以直接放在世界顶尖舞台上走秀的身材和颜值，可他却总不自知。

此时他取出她喜欢的咖啡豆，开始低头专注地磨起来，表情认真而专注，似乎对此刻的他来说，世界上再没有比这更重要的事，哪怕这只是一件微不足道到极点的琐碎事。

每次看到这样的秋屿，她都有一种珍珠蒙尘、大材小用的诡异感觉。

等到秋屿煮好咖啡，打开电脑完成工作，郁盛仍旧没下楼。坐在会议桌旁的男人有点迟疑地看向楼上，开放式的二层空间，从他的位置可以看见二楼围栏处的办公区域。

迟疑的片刻，从楼上传来女孩轻柔的嗓音："阿屿，你上来。"

搁在桌上的手指微微收紧，但又很快松开，他起身，朝楼上走去。

郁盛不在外间，他看了眼里面的房间门："郁总。"

"进来啊。"声音从房间里传来，带上了一点不耐烦。

秋屿迈动长腿，几步就走进房内，房间里只开了盏落地灯，光线昏黄，四周弥漫着一股甜柚和樱花的香气，里面浴室的门开着，空气里有微微水汽。明明已经是十月下旬了，空气里却仿佛有一团火，让人无端燥热起来。

郁盛裹着浴袍，一边擦头发一边拉上窗帘，回头朝他道："阿屿，我肩膀疼，来帮我按按。"

她说着，随手把毛巾丢下，伸手去解浴袍的系带。在系带松开的同时，男人已飞快别过头，垂眸避视。

浅蓝色的浴袍底下，是一件纯白色的长款T恤，宽松的领口，下摆及膝。郁盛把浴袍丢在一旁，见秋屿侧过头避视的模样，忍不住哈哈大笑。

她是故意逗他的。

不知道是不是因为他常年都是这副清冷又不苟言笑的模样，总是讲原则，说道理，所以她偶尔心情好的时候总喜欢逗他。能在他脸上看到一丝破功的表情她都开心。不过他很聪明，同样的方式用到第二次基本就不管用了，所以她会变各种花样，这次说扭到脚了让他搀扶，下次就腰酸背痛求按摩。

"阿屿你怎么了？"她拿了个枕头到床尾，往上面一趴，侧头一脸无辜地看着对方，"这两天我练习防身术有些太用劲了，肩膀真的疼。"

轻柔的嗓音透着一丝不解，像是在一本正经地发出疑问，反而显得此刻避视迟疑的他有些反应过度。

秋屿调整呼吸，按捺下心底的情绪，再度将视线投向她时，脸上依然是一片平静冷淡。

郁盛脸贴在枕头上看他，示意了下自己的肩背，他缓缓上前，略微弯腰，修长有力的指尖落在她纤瘦的肩膀上。她看着瘦，实则是骨架小，身材匀称，触手柔软，并不瘦。

不知道是不是职业的原因，秋屿按摩的手法非常专业，郁盛舒服地叹了口气。她也不算完全说谎，她最近练防身术很勤奋，确实有些腰酸背痛。男人的指尖力度适中，一点点梳开她酸疼的筋肉，疲劳的骨骼。郁盛闭上眼睛，早已忘记一开始让他按摩是为了逗他，整个人都放松下来。

其实她一直都没有告诉他，尽管他总是礼貌地称呼她为“郁总”，冠以尊称，但在她心里，他就像是哥哥一样。他大了她四岁，从她十八岁起就在她身边，做她的司机和保镖，给她挡去琐碎的麻烦。起初那段时间，他沉默的时间多，不张扬不邀功，总是埋头做好自己的工作。

她心情好的时候，不好的时候，她需要一个人安静聆听的时候，他总是在那里。她可以开心得意，也可以低落抱怨，他从不会对她露出过多表情和反应，但她知道他有在认真听。

他会在她走累的时候上前，背她上车，送她回家。会在她发脾气砸了一地东西后，默默蹲下来处理碎片，给她受伤的手指上药。

她的一切合理的、无理的要求，他都会做到。

这样一个人，哪怕在他自己认为只是在做分内的工作，在她心里，他也绝对不仅仅只是个司机、保镖、助理。他是她的家人，比郁贵东、郁有枫重要一百倍的家人。她不太容易相信别人，可是只要他在她身边，她就很有安全感。

“阿屿，你知道吗……”她闭着眼睛，声音低弱，“今天他和我求婚了……这么有钱的一个人，没有戒指没有鲜花，竟突然开口和我求婚……呵呵，他是不是认定我一定会答应？”

不知道是不是她的错觉，背上的手指似乎微微凝滞了一瞬。她眼皮发沉，还没有分辨清楚，意识却已渐渐有些飘远。很舒服，很安心。有信任的人在自己身边，她可以放松自己好好休息一会儿。

秋屿还在等她后面的话，但过了很久，她都没再出声。

他慢慢停下，低头去看她的脸，她柔软纤长的睫毛覆在眼帘上，呼吸均匀，已经睡着了。睡着之后，她眉宇间那种逼人的明艳浅淡了几分，白嫩精致的五官带上了一点孩子气，看着格外乖巧。到底才二十一岁，这样安静睡着的时候，看着就只是个小姑娘而已。

秋屿没有叫醒她，拉过一侧的薄被替她轻轻盖上。他放轻脚步，调暗了室内的灯光，将她的手机调到静音，然后走出房间将门关上。

他关掉上层的灯，下楼来到会议桌旁，重新打开电脑，将刚才优选出来的三个项目一一打开，然后开始拟可行性方案。

这个工作比较琐碎，要做很久，他打算通宵完成。这样，等到她醒来的时候，无论想选择哪一个项目，他这边都有已成形的方案提供给她，不需要她再亲自花费时间拟订方案。

就像他说的，她的时间，应该花费在更重要的事情上。对他来说，她能好好休息睡个好觉也是重要的事情。

新的一周，B大校园里最精彩的八卦莫过于校草高煊人设翻车的事。

一张张和不同系学姐学妹以及外校女生单独约饭的照片被放上了网，那些被派发了好人牌却依然愿意和高煊单独约见的女生，并不是真的愿意接受好人牌，不过是都以为自己对他来说是特殊的那个，以为彼此是“恋人未满”，多见几次，暧昧再多一点，就能自然过渡成女朋友。

但是，这并不代表她们真的傻，愿意成为诸多“恋人未满”里的一员，更别提这些约饭活动大部分都是女生出钱请客的。

偏偏放出这些照片的人，是依照时间线排的顺序，并且每张照片下面都将约会的时间、地点写得一清二楚，哪怕每张照片上面的女生都被遮了脸和发型，但当事者本人又怎么可能认不出自己。

这样一来，每个当事者只要对照一下照片时间线就清楚高煊一直都在说谎：例如借口说要去当家教每周固定哪几个晚上没时间；又例如发消息表示自己在宿舍里很饿还没吃饭，结果照片的时间线上却在和其他女生吃大餐；再例如穿着这个女生送的衣服和另一个女生见面……

网上顿时炸锅了，被欺骗的女生一个个匿名上来各种谩骂，也有男生表面说着高煊没有女朋友交友自由，实则字里行间全是讥讽，称其为“时间管理大师”，表示非常想和他学习。

谩骂的、眼红妒忌的、嘲讽的、起哄看热闹的……一时间，高煊成为B大风云人物，被冠名“B大鱼塘主”。

他确实没有劈腿，较真起来谁都没办法指责他，但他引发了众怒，在学校里基本上算名誉扫地了。

无论他在哪里，教室、食堂、图书馆还是宿舍，周围的目光总会像雷达一样扫过来，伴随着各种各样窃窃私语和笑声。这种时时刻刻被人指指点点的感觉让他窒息。

而上一次，在学校里引发这种负面关注度的人是卢娜。她得抑郁症的事情，在学校传得沸沸扬扬，说什么的都有。

后来校方调查这件事，同宿舍的女生表示卢娜因为肥胖非常自卑，一直都在吃减肥药。最终所有人都以为这是卢娜患上抑郁症的原因，根本没有人会把卢娜的事和高煊扯上关系。

郁盛同样不想，因为高煊不配。

看一个伪善的人不顺眼，只需要把他的真面目彻底曝光就行。看那些曾经因为他表现出来的人设而投以爱慕之意的人调转枪头，反过来攻击他，远比自己攻击他更加有成就感。

至于高煊会不会从这些照片联想到是郁盛所为，郁盛不在意。以她对高煊的了解和背景调查，他就算猜到了也没胆子对她做什么，违法乱纪的事不是那么容易做的。

相比之下，反倒是另一个人带给她的麻烦更琐碎一些。

“郁小姐，我家艺人已经等你很久了，麻烦移步上车。”

郁盛还没走到路口，就被一个相貌平平的年轻人挡住了她的去路。她是不想太高调才不让秋屿直接在校门口接她，可这接二连三的被堵，确实有点烦人。

“我不认识你家艺人。”郁盛面无表情。

“郁小姐说笑了，暮樱是明灿最红的一线的女艺人，郁小姐哪怕没有见过本人，也总该听过名字吧。”对方虽然笑着，可眼底透出得意和自负。

明灿影业是顾觉名下企业，对方虽然没有直接提到顾觉，但丢出“明灿”两个字就已经把人物关系给得非常清楚了，她要是再不上车就是故意装不认识。

想想也是，暮樱这一年确实很火，一部民国剧爆红之后，国际代言接了一个又一个，综艺也是挑着最热的一线大型综艺上。但这也是郁盛不明白的地方，都已经爬到这个位置了，以后完全可以靠自己过得很好，为什么非要把关注点放在男人身上？难道男人会比自己更可靠？

“不认识，没听过名字，也没有见面的必要。”郁盛拒绝三连，绕过对方打算走，“请别再挡路。”

对方显然有些急了，大概是没想到以暮樱今时今日的地位，居然有人会在听过名字后无动于衷。

这一年，圈内多少小艺人巴望着能接近暮樱抱大腿蹭热度，出街和机场照总能上热搜，就算是在B城上流圈，暮樱也是十分吃香的宾客，现在她纡尊降贵来学校外面等人可以说非常迁就且放低姿态，偏偏对方这模样，简直是莫名其妙。

这个助理一急一恼，忙伸手拦人，这次动作明显不客气起来，竟还想伸手拽郁盛。

当然，他不客气，郁盛更不客气，取出外套口袋里的小瓶喷雾，直接朝对方眼睛上一喷。防狼喷雾的效果好得很，对方捂着又辣又疼的眼睛，咒骂不止。

“下次再骚扰我，我会报警。”郁盛语气淡淡，收好喷雾，绕开对方离开。

几分钟后，那助理跌跌撞撞地回到拐角树荫处的一辆黑色商务车里，车门关上，他依然捂着眼睛低声喊痛，想尽量显得可怜一点，好让自家艺人不要因为他没完成任务而生气。

“人呢？”暮樱脱了鞋子，光着两条腿半躺在那里，正在玩游戏。

她刚从一个杂志拍摄现场离开，故意没有卸妆，此刻妆容精致长发柔顺，哪怕是这样随意的动作，也透出一股张扬的性感。

助理把之前发生的事情说了一遍，说到郁盛的态度和拒绝之词时故意添油加醋，希望她能把全部注意力和怒意都放在郁盛身上。

不知道是不是说得太过形象生动，暮樱脸色眼看着沉了下来：“骚扰？呵呵，怎么，这是看不起我？真以为占了未婚妻的身份就是正宫了？”

助理没敢出声。

暮樱摆弄着自己涂着深红色甲油的细长手指，缓缓开口：“打个电话给吴哥那里，就说有点小事让他办。”

助理骤然抬头，他当然知道“让吴哥办点小事”这话代表着什么。

“暮樱姐，这……还是别了吧，她怎么说也是顾总的……”他咽下“未婚妻”三个字，他知道暮樱不爱听，她的个性就是这样，可以自己说，但不许别人在她面前说，“更何况，如果东姐知道的话……”

东姐是暮樱的经纪人，能力强，做事雷厉风行，接手暮樱后一手将她推上了一线艺人的位置。

暮樱原本就不是脾气很好的艺人，这一年大红之后，脾气就更差了，在媒体和顾觉的面前还愿意演，这会儿车上只有司机和助理，都是她自己的人，她自然怎么舒心怎么来。

东姐知道暮樱私下的模样，平时也各种约束，这事如果被她知道，肯定会制止。

“你不说，她怎么会知道？”暮樱轻飘飘地瞥了他一眼。

助理感觉脊背一寒：“可是……”

“没有可是，又不是我出面，你去联系吴哥，让他找机会办，不用太过分，吓一吓就行了。不过让他记得拍视频，我要留着欣赏。”暮樱一想到到时候对方无助惊惶的模样，心情又好了。

“暮樱姐，可这……”

“你怕什么，又没让你去绑人，再可是就滚回老家去，多的是人想当我的助理。”暮樱瞪他一眼，“记住，嘴严一点，这事和我没有关系。”

这人能在暮樱身边做到心腹助理，自然是因为非常需要这份工作，也愿意做很多其他助理不肯做的事情，这样的事情并不是首例，也确实从未出过问题。

暮樱虽然脾气不好，但出手大方，薪水、红包是其他艺人所给的好几倍，他想起家里那一堆债务和年迈的父母，自然不敢再出声劝阻。

第　三　章

别怕，我在

黑色奔驰快而稳地行驶在高速公路上，坐在后座的郁盛正对着笔记本电脑将所需的资料更牢固地记在脑子里。驾驶座上，秋屿伸手将导航的声音调得更小。

他们这次的目的地是位于B城郊区一个处于休业状态的度假村，这个度假村便是这次三个筛选出来的优势项目之一。

秋屿的三个可行性方案都做得很好，她最终决定每个项目都实地考察一次，主要还是她现在太穷了，资金有限。要不是碍于资金，她甚至觉得自己可以把这三个项目都拿下——或者说，从郁贵东那里抢过来。当然，是悄悄抢过来。这毕竟是郁贵东的生意，她等于是从他碗里抢肉吃。项目能筛选上，首先得满足两个条件：第一，项目比较小，投资之后来钱少，郁贵东不是很重视，对对方有所疏忽和怠慢；第二，项目无论多小都可以，但一定得可靠——项目和人都需要可靠。她并不只想抢这一次，她真正要抢的是这个人脉，从一次愉快的合作开始，慢慢将对方彻底从郁贵东那里挖过来，变成自己的长期合作对象。对对方来说，在郁贵东这里得不到重视，前期进度缓慢。而她投资同样多的钱，愿意让出更多的利润点，且合作意向强烈，对方没理由不答应。

车窗外乌云密布，天空闪过电光，片刻后一个闷雷在云层后炸响。郁盛合上电脑看窗外，快下雨了，看这阴沉沉的天空，估计还是场大暴雨。果不其然，没过多久第二个闷雷炸响之后，雨落了下来，从雨线到雨幕不过瞬间，打得车玻璃噼啪作响。

秋屿放慢车速，同时留意到了指示牌：“郁总，前面有家加油站，要不然过去休息一会儿，等雨小了再走。”

“行。”在暴雨中开车原本就不安全，郁盛同意。

五分钟后，车子驶入匝道，在加油机旁边停下。车子还有半箱油，既然都来了，秋屿打算把油加满。郁盛坐了一个多小时车，想下车活动一下手脚。旁边不远处就是休息站的超市和餐厅，她从一旁取出雨伞，敲了敲秋屿的肩膀，表示自己下去买点饮料。

“还是我去吧，雨太大了。”加油机这里虽然有顶棚，但从这边过去对面有一段路是无遮挡的，他不想她淋到雨。

“我有伞。”她说着，已经推门下了车。

驾驶座的男人紧随其后下了车，一手很自然地想去接她手里的伞：“想买什么？雨太大了，还是我替您去吧。”

郁盛看着对方皱眉认真的脸，笑了起来：“除了买东西，我还想去一下洗手间，你也打算替我去吗？”

他明显语塞了下：“那等这边加完油，我开车载您绕过去超市旁边。”

“我没这么娇气，行了，我先过去。”郁盛撑开伞，迈步走进雨里。

在她身后，秋屿一直目送她的背影，直至她一路安全走到对面屋檐下，收伞步入餐厅区域才收回目光。

这段高速路车流少，休息站里人也不多，餐厅前面那间洗手间因为暴雨漏水正在紧急维修，郁盛找人询问之后，穿过偌大的美食餐厅，去了后面的洗手间。中间有段路又是露天的，她撑开伞加快脚步走了过去，几分钟后，她从里间出来，将伞搁在洗手台上，打开水龙头洗手。

这个洗手间是独立在外的，洗手台区域很大，男女共用，男左女右，面前是镜子，身后的出口处没有门，从镜子里可以看到屋檐外的瓢泼大雨。郁盛注意到屋檐下有个男人已经站很久了，她刚才进去的时候他就站在那里，现在还在。时不时看一眼外面，又不着痕迹地瞟她一眼。她心头涌上一丝异样的感觉，擦干净手后，将手搁入牛仔裤兜，那里搁着她随身携带的防狼喷雾。

郁盛维持着警惕的时候，有人在旁边软软叫她："姐姐。"

这是一个听起来很年轻的女声，她回头，一个身材高挑的女孩一脸求助地看着她："不好意思，打扰你了，请问你有'那个'吗？"她脸红红地看着她，说到后半句时声音明显压低，像是很不好意思。

"哪个？"

"就是，我'那个'来了，我没有带……"她斜挎着一个小包，像是要证明什么，一手还伸在包里，想要打开给她看。

郁盛摇头："抱歉，我也没有。"她说着，转身想走，突然又意识到什么，还没等念头清晰，那个女孩已经飞快挽住她的手臂，同时从包里拿出了什么东西，迅速捂向她的口鼻。

郁盛只感觉一股浓烈而刺鼻的味道袭来，危急时刻，她的动作快过大脑，用力挣脱对方的手，快跑两步，同时掏出喷雾朝对方脸上喷去。一个男人不知从哪里蹿出来，像是预见了她的举动，急忙去夺她手里的喷雾，结果慢了一拍，被喷到了眼睛。

同一时间，有第三个人伸手，骂骂咧咧地打掉了她手里的喷雾："怎么这么蠢！明知道她身上有这玩意儿还把脸凑过去！"

被骂的那个忍痛伸出手拦住她，同时打掉她喷雾的男人从另一个方向拦住去路。郁盛一脚踹开被喷到脸的男人，而这时，身后的女孩再次袭来，这一回，那女孩紧紧抱住郁盛，准确无误地将手里的毛巾捂在郁盛的口鼻处。她想要屏住呼吸，但已经晚了，那东西的药效惊人地快，不过两秒她就晕了过去。

女孩将手里的毛巾重新塞进小包，一抬头却看到不远处的雨幕里似乎有人撑着伞走过来。她皱眉，挥手示意两人去开车，她则将郁盛扶靠在自己身上，带着郁盛朝外走。来人穿着美食餐厅的制服，应该是里面的员工，因为有些焦急，一路走得飞快，大雨加伞沿遮挡视线，这名女员工也没怎么留意迎面而来的两人。只是擦肩而过后才觉得有点奇怪：这么大的雨，那两人居然不打伞？然后她看到了搁在洗手台上的雨伞，回头想喊，发现她们已经坐上了一辆黑色轿车的后排。

黑色轿车内，女孩将郁盛靠在一旁，随后动作利落地关上车门，一脚踹在前排座位上，示意对方开车。

驾驶座上的男人迅速开车，副驾上，那个被喷到眼睛的男人苦苦求饶："浓姐，轻点……"

"闭嘴，蠢货！"

被女孩一声呵斥，不久前还凶神恶煞的壮汉连屁都不敢放一个，蔫头耷脑地缩了回去。

仅仅一分钟后，秋屿撑着伞出现在洗手间外。他先是注意到落在雨地里的小型喷雾，拾起查看后，长眉一点点拧了起来。之后，他看到了洗手台上的雨伞。透明的伞身上点缀着浅蓝色的小雏菊，的的确确是郁盛的伞。难道她还在里面？

秋屿两步走到女洗手间门口，正巧有人走了出来，对方不经意抬头，瞬间呆住了。

这男人也太好看了吧！

她实在没忍住，接连看了对方数眼，最后甚至主动开口："请问你找人吗？里面没有别人。"

"确定吗？"秋屿回头看她。

"我再帮你去看一次！"她立刻飞快地跑了回去，片刻后走出来，再次确定道，"真的没人，你找谁，我能帮你什么？"

秋屿已经开始四下查看周围监控的位置，脸上的表情冷得有些骇人。片刻后，他回头看了眼对方身上的员工制服："请问，这里的监控室在哪儿？"

郁盛不知道自己昏迷了多久，药效还没完全过去，她的意识也并没有完全清醒，眼皮重得像灌了铅一样，但她隐约能听到一些声音。那声音并不在她周围，似乎隔了堵墙，像是有人在争执。

"你就没别的主意了？让你想吓她的主意不是调戏她，你在想什么美事呢！"女声带着恼火。

有人回了句什么。

“现在办事的是老娘！老娘也是女人，你是不是连我也想调戏？再想别的主意，这个不行！”

那人又说了几句什么，这个带着怒气的女声才渐渐低下去。药效让郁盛的头脑一片混乱，她甚至一时弄不清楚自己怎么会在这里，但她觉得自己听过这个女声，在哪里听过？

对了……休息区、洗手间，那个和她搭话的年轻女孩。很快，头脑又清晰了一点，她一边分析目前的情况，一边用秋屿教过的方法挣开绑住手腕的绳索。第一，她被人设计用药迷倒，现在被绑走，所以应该已经不在休息区了。对方似乎不是冲着钱，十有八九受人指使要给她点教训。会是谁？她再次回想之前发生的细节，等回到某一点时，突然明白过来。不管怎么样，时间有限，她得先睁开眼睛，看清楚周围的环境然后再做下一步打算。郁盛努力张开嘴，想在舌尖上咬一口，用疼痛来醒神。还没等她咬下去，外面又传来嘈杂的声响。

“不好了浓姐，外面有……有人开车过来了！”

“什么车？”

“好像就是这小妞的车！应该是她司机吧！我们这趟活儿前后还不到五分钟，车牌也贴了，又开了这么远，这么短的时间，他到底是怎么追上来的？！”

“少废话，你们去开车，绕到后门那里，我去带人！”女声立刻下命令，紧接着，是匆匆忙忙的脚步声。

脚步声在郁盛面前停下，对方用眼罩将她的眼睛罩住，握住她手臂想将她拽起来，郁盛用力压住身体，同时侧身朝着声音的方向用力踹去。对方一声痛呼，下意识松手，再想来拽她时，外面去开车的两人又逃了回来，再之后是两人的怒骂声，伴随着打斗和痛呼声。

“两个没用的东西……”面前的女声骂骂咧咧，似乎纠结了一下，之后将一个东西塞进她衣服的口袋，“手机还给你了哟，小姐姐，你家司机很厉害嘛，今天就先这样，我下次再找你玩！”她边说边绕过郁盛，朝郁盛身后某处跑去。

身后的脚步声快速离去并消失，片刻，另一道熟悉的脚步声出现在她前方。

他走得极快，几乎瞬间就冲到她面前，将她从冰冷潮湿的地面扶起。对方被雨水淋到冰冷的手指轻轻拉开她脸上的眼罩，在温柔而小心翼翼的动作里，有不易觉察的颤抖。

“郁总……”是秋屿的声音。

这是一间破败陈旧的砖房，像是高速公路两旁郊野里的那种农村平房。房间没有灯，只有一扇很小的窄窗，外面依旧是倾盆大雨，导致原本光线就不好的空间愈发昏暗。

郁盛睁开眼睛的第一眼看到的便是秋屿几乎锁死的眉头，他看着有些狼狈，浑身都湿透了，就连睫毛上都是雨水，从来都是干净平正的衬衣也沾上了污泥。

郁盛知道不应该，可她还是有点想笑：“第一次见你这么狼狈……”

“没事吗？有没有受伤？”他边说边帮她扯下手腕上几乎快要松脱的绳索。

“没……”郁盛扭了扭手腕，扶着他的手臂借力站起，“就是头还有些晕，感觉有点恶心……”

确定她并没有任何外伤后，他稍稍松了口气。

“还有个女的，但是跑了……”

“没事，我们先离开这里。”他扶住她的腰，几乎是托着她朝外走。

“怎么了，你觉得他们会带人回来？”

“不是。”

两人刚刚走到里屋门口处，郁盛就听到有种奇怪的声音从他们所在位置的上方传来。秋屿脸色大变，直接抱起她就朝外冲。这套平房虽然简陋破败，但面积很大，里屋外面是黑漆漆的走廊，要穿过走廊才是前面的堂屋。秋屿什么都来不及说，抱着她几乎两三步就冲过走廊。

堂屋比里面亮，同样很大，门口处还倒着两个人，就是之前在休息区绑走她的人，此刻毫无知觉地躺在地上，脸上青青紫紫，显然秋屿没有手下留情。郁盛只看了一眼，先前那种奇怪的声音再次在他们头顶的房顶上响起，声音变得沉闷而悠长。透过开着的大门，她看到从未见过的恐怖景象。这座房子就位于山坡旁，土黄色的泥石流像瀑布一样从一侧的山体上倾泻而下，下一秒平房的大门就被冲离门框，然后被土黄色的泥沙掩埋。

整座房子都颤抖起来，屋顶发出不堪重负的嘎吱声响，很快被冲塌，水泥块下雨一样朝下坠，原本抱着她的男人一个急刹，冲到了靠墙的一张结实宽大的八仙桌下。他用手护着她的后脑勺，避免她直接躺在冰冷潮湿的水泥地上，将她整个护在身下。

再之后，视线变得昏暗，周围的空间被破裂的砖木碎块充斥填满，周围都是潮湿的泥土气息，她从来不知道雨水和泥土的味道混在一起会变得这么令人窒息，他们就像是在一瞬间被压入了地底。

郁盛心脏跳得飞快，即便从没有经历过，她也明白此刻发生了什么。

头顶的八仙桌在嘎吱作响，不知道是哪根桌腿承受不住倒塌的房梁断了，桌面倾斜着压下来，她拽着秋屿的衣襟紧张地闭上眼。他环着她的手臂收得更紧了，可是她却没有感到挤压的疼痛。

她重新睁开眼，他依然维持着刚才的动作悬在她上方，脸上依然如往常般没什么表情，可是那平淡的眼神却令她心安。她摸索着从他口袋里取出手机，按亮屏幕，借着这光扫了下周围。压下的厚实桌面，一侧被两块砖石垫住了，另一侧则被他的肩膀撑了起来。他用自己和桌面，撑出了一个稳定的三角形空间，而她就在这个空间里面，被他用身体好好护在了怀里。

郁盛想拨打求救电话，却发现屏幕显示无信号。

“不要怕，我在来的路上已经报警了，对方定位了我的手机。这一带只有这一栋房屋，这种程度的泥石流不会造成大规模坍塌和伤亡，所以需要被营救的就只有我们……”他说到这里，突然重重皱了下眉，从喉咙口传出一声明显压抑的闷哼。

“你怎么了？”郁盛扶住他的肩，“是不是受伤了？”

“没事……只是稍微有点重。”他护着她后脑勺的那只手轻轻揉了揉她的发，“别怕，他们很快就来了，只要他们发现我们，就能立刻展开救援。”

然而，对郁盛来说，这个“很快”非常非常漫长。

手机的屏幕亮了又暗，暗了又亮，秋屿的唇色也一点点变得煞白，她知道他肯定受伤了，只是不肯告诉她，甚至因为怕她担心害怕，所以连疼痛也隐忍下去。她从不知道时间会变得这样漫长，从泥石流压塌房屋到救援人员掀开倒塌的房屋将他们救出去，这短短的两个小时她仿佛经历了两个世纪。

她的心就像被架在火上反复烤着，她能从他压抑而沉重的呼吸声里听出他隐忍的疼痛，有潮湿的水雾漫上她的眼睛，她不敢再按亮手机屏幕，怕他看到自己，也怕自己看到他失去血色的脸。可是黑暗中，却有温热而粗粝的指尖抚过她的眼角，将涌出的泪水小心翼翼擦去。

“别怕。”她听见他的声音低低响起，“我在。”

没有华丽的辞藻修饰，也没有信誓旦旦的保证，就只是最简单的几个字，却瞬间在她心里卷起了滔天海浪，海水扑灭了啃噬她心脏的火焰，温暖的潮汐朝她涌来，将她紧紧包围。

“阿屿……”

窗外，雨已经停了。

郁盛的额头从手侧滑落，瞬间醒了过来。暮霭四起，秋的寒意从开着的窗外渗进来，潮湿的水汽随着呼吸进入她的身体，让她顷刻间清醒过来。

这是医院的单人病房，秋屿到底还是对她说了谎。

被他护在身下的她安然无恙，可他护着她躲到桌下之前就已经被砖石砸到了后脑勺，再之后，一根折断裸露的钢筋扎入了他的小腿，加上砖石的挤压失血过多，能一直以肩背撑住桌面整整两个小时，就连救援队的人都觉得不可思议。不过也幸亏这栋旧屋建房时使用了钢筋，虽然屋顶被泥石流压塌，但因为建筑还算坚固，一侧墙体没有全碎，斜斜地支着留给下面一丝喘息的机会，他们才没有窒息而亡。只是那两个小时耗尽了秋屿的所有体力，从上救护车后就陷入了昏迷。

郁盛从沙发上站起，走去窗边将窗户关上，隔绝了外面因下雨而渐寒的空气。她转身看向病床上的人，他还在昏睡，双眼紧闭一动不动地躺在那里，让她很不习惯。

郁盛拢紧衣襟，将颊边的发丝夹到耳后。

她身上这套衣服是在医院超市临时买的，款式老旧，颜色沉闷，但即便是穿着这样土气而难看的衣服，她站在窗边回身撩发的模样依然令走进病房的人感觉惊艳。

顾觉觉得今天的郁盛似乎和往常有一点不同，眉宇间的乖顺之意被清冷所取代，那双墨黑的瞳盯住病床上的男人的脸，专注认真，哪怕病房的门发出声响，视线也分毫未移。这种专注，令顾觉心头不悦，只是这丝不悦很浅，浅到连他自己都没有放在心上。

他反手关上门，力度比之前略大，这次关门的动静终于让郁盛移过视线。

顾觉对上她墨黑水润的眼眸："我刚刚才接到通知，你没事吧？"

"我没受伤，受伤的人是他。"

他并没有多留意病床上的人，上前托起她下巴，确定她连一丝擦伤都没有："你没事就好，走吧，带你去吃饭，然后送你回去。"

郁盛没有应，反问："你不问我，今天发生了什么吗？"

他再次朝她投去视线，终于确定她眉宇间的清冷之色并非错觉，他微微皱眉。

郁盛似乎也不需要他的回答，已经犹自说了下去："首先，对方是有备而来，一共三个人，一个年轻女孩降低我的警惕心，另外两个男人负责拦住我的去路。"

她当时应该再仔细一点的，那个女人在洗手间问她借女性用品的第一时间她就该反应过来。洗手间对面就有小超市，真有需要哪里还用得着和人借？

"其次，我醒过来时听见他们在隔壁对话。他们不求财，而是受人指使要给我一点教训。最后，我有随身携带防狼喷雾的习惯，但这件事没人知道。不知怎么的，对方居然会知道，不仅有提防，还给我准备了效果极强的迷药。值得一提的是，防狼喷雾近期我只对一个人使用过……"她看着他，语气轻缓，"那人，是暮樱的助理。"

他一语不发地看着她，面色凝重。他当然知道她在说什么，顾觉的未婚妻被人绑走这样的大事，他在得到消息的第一刻就已经派人查过。虽然没有直接证据，但根据已知讯息，他能猜到是谁做的。因为考虑到这件事对顾氏、明灿等公司形象的影响，所以目前所有事件相关的讯息顾氏已第一时间处理并要求保密。顾氏要处理，郁贵东那边自然不会有任何意见。

郁盛这边虽然已经报警，但三个当事人，一个已逃逸的女性没有拍到正脸，两个男性受重伤被捕并且已认罪，表示是自发性的绑架勒索，没有其他人指使。

整件事，也只能到此为止。

顾觉知道她这次受了委屈，也猜到她这次不会像之前那样完全忍耐下来，他只是没想到她会这样直白且清晰地把一切摆上台面。虽然乖巧顺从的女孩很好，但偶尔有点小脾气，似乎更可爱。

他轻轻勾了下唇："我知道了，这件事交给我。"

"交给你？"她微微侧头，眸底似有天真的不解，可语气里却带着质疑。

"对，交给我处理，我会给你一个交代。"

"你确定？"

"确定。"顾觉皱皱眉，他不喜欢被人质疑，无论对方是谁。因为她这次的遭遇，他自认为对她已经足够有耐心。

"好，我等你两天。"她给出了她的期限，之后婉拒了顾觉带她去吃饭以及送她回去的提议，"我等会儿还想再做个全身检查，我会自己叫车回去。"

在顾觉看来，这是因为她此刻气还没消。他虽然对她有耐心，但始终觉得女人不能太宠，既然她拒绝，他也不会继续非要凑上去哄。离开的时候，顾觉皱眉看了眼她身上的衣服，随后打了个电话，让人送几套新的衣服过来。

"我身上的衣服是新买的。"

他挂了电话，上前将她的长发挂到耳后："乖，这衣服配不上你，我先走了，有事打给我。"

配不上？郁盛在病房的窗边看着楼下离开的背影，眼底露出嘲讽的冷色。

她给顾觉两天时间，不是因为他一句"交给我"就真的相信他会如她心意那样处理这件事。她很清楚，无论这次他怎么处理，她都不会满意。

吵闹？发怒？威胁？绝交？不，那些都只是无能怒吼。没有证据，就是没有证据。就算她怒吼的声音再大，也波及不到暮樱。

郁盛打开手机，在微博搜索栏输入暮樱的名字，随手点开一个视频。画面里，对方一袭性感的碎钻礼服，风光无限地在红地毯上接受采访。这是今天直播的画面，一个时尚活动的盛宴，对方对着镜头自信而灿烂地笑着，弹幕是一片“樱樱好美”“樱樱女神”的欢腾海洋。

她从来不是一个大方的人，她永远记得那两个小时漫长的煎熬，记得那个用身体紧紧护住她，为了不让她担心害怕，连疼痛的低吟都全部忍下去的人。此刻，他正无知无觉地躺在病床上。

这两天时间不是给顾觉的，而是她给自己的。很多方法，她并不是不会，而是不屑。但不屑，不代表她心里一点预警和提防的想法都没有。她从床边的柜子上取过秋屿的手机，输入他的生日，成功解锁，然后在他的微信栏里面找到有印象的头像，对方的名字只有一个字母：A。

她发送信息：“把之前查到过的，有关M姓女星的所有资料信息，再发送一份给我。”

A：“你弄丢了？这可真是稀奇！好的，我知道了，半小时后给你。”

郁盛没多解释，又打字：“另外，你有可靠的媒体资源吗？”

A：“你……需要？你、你怎么了？”

郁盛这回不得不解释：“我不是他，他现在有点事，不方便参与这件事。等会儿我推我的微信给你，你加我。”

A：“？”

对方虽然打了问号，但片刻后，还是很快加了郁盛的微信。

A：“嗨！”

郁盛：“你好。其实我不只是需要各媒体，我还需要一个经验丰富的团队，熟悉网络操作，有计划，做事干净利落。钱不是问题。”

A：“好，我来安排。”

两天之后，顾觉给出了他的处理结果。

暮樱失去了两个在洽谈中的国际大牌代言、两部大电影的资源以及两个一线综艺的常驻嘉宾名额。这几个原本是明灿计划将她推上一线的资源，现在全部落到了其他人身上。得知这个消息后，暮樱将自己关在公司休息室整整一天，砸光了室内所有可以砸的东西。

那一天，所有公司职员经过那间休息室时都是放轻手脚绕开走的，就怕一个不小心，正面撞上暮樱，被殃及池鱼。

几个项目换人一事在圈内动静不算小，有些即便还没最后签约，但前期接触的话都会有风声，暮樱的粉丝们也早就以“等官宣”等说辞半宣传着，此刻全部跑偏，粉丝倒是还能依然坚持着自圆其说，但竞争对手可就没这么客气了，冷嘲热讽看热闹的通稿没有少发。经纪人东姐到底舍不得花了那么多心血一手推上来的暮樱，私底下告诫她近期必须低调，看到什么都忍着，当然最重要的是好好把顾觉哄回来，得低头认错。最后她说，暮樱拍了这么多年戏，不是连怎么演都要她教吧?

暮樱和顾觉的关系，在东姐这里自然不是秘密。不过这行大多数人都这样，暮樱能靠上顾觉，东姐觉得运气好的人是她。代言、电影、综艺都没了，网上都是看热闹嘲讽的留言，顾觉已经几天没接她电话，东姐还让她忍，让她自省，让她反思。

被捧惯了的暮樱忍不了，可这时候的暮樱不知道，再过几天，就再也用不着她“委曲求全”地忍耐和低头认错了。因为她过去所有深藏的黑料，在几天后被人在网上爆了个一干二净。

高二辍学后随远嫁的母亲去了美国，之后整容、改名换姓，花钱进了美国一所大学，镀金一年后尚未毕业就回国，并迫不及待签约了经纪公司去参加一个选秀节目。

因为在美国开公司的继父与当时选秀节目的导师是好友，因此她一路顺利进入决赛。虽然没有拿到冠军，但是因为极高的热度和话题度很受广告商欢迎，最后接到了明灿影业的橄榄枝，于是迫不及待和原先的小经纪公司解约。

她拍第一部戏就和男主角传绯闻，戏里戏外双重合作让她人气大涨，然而等剧播完，便立马澄清表示两人只是朋友。当时粉丝们还感叹唏嘘过，不过现在不用唏嘘了，这两个人私下约会的照片全部被曝光，从衣着、发型来看，照片拍摄时间正是两人当初拍戏期间。

值得一提的是，当时剧集结束，暮樱澄清两人是朋友关系后，那位男主角之后不久也官宣了自己真正的恋爱，表示即将和长跑数年的初恋女友步入婚姻，之后还参加了一个恋爱综艺，立了深情人设，吸了更多的粉丝，粉丝们自然是各种祝福。现在出轨照被爆出，可想而知网络上的舆论情况。

但这仅仅只是开始，此后两天，暮樱始终高挂在热搜榜前三，榜单前十的话题全部都和她相关，且全部都是黑料。

虐待助理、制造假新闻抹黑别家的艺人、继父和生母涉嫌诈骗，她自己还花钱雇人绑架、恐吓……出道八年，所有黑料无一例外被挖出来，且依照顺序，一条一条打她的脸。每当明灿这边努力压词条、撤热搜、降低热度后，马上又有更加劲爆的“实锤”黑料被爆出来。到最后，就算明灿的人都惊异不已，私下大骂暮樱真不是东西，又感叹她这到底是得罪了谁，每一条黑料居然都能拿出实锤。对方简直像是在暮樱身上安装了一个随身监控器，很多照片一看就是私下拍的秘照，对方到底是怎么弄到的？如此实锤，哪怕是明灿再厉害，也无力回天。

如果说之前暮樱还能躲在休息室靠着砸东西发泄怒意，那么现在她连砸东西的力气都没有了。之前几个资源没了也就没了，网上虽然嘲，但到底不算大事，有些不怎么关心娱乐圈事件的人甚至根本不知道。而现在，但凡懂上网的都知道了她的事。在她黑料满天飞的两天后，她身上现有的代言无一例外全部中止合作，所有拍到一半的剧集，制片方全部表示换人重拍；所有已拍完的剧集，无限期停播；所有拍摄完毕的综艺，全部剪光了她的镜头……网络上一片骂声，虽然不乏眼瞎心盲的粉丝继续鼓励、支持她认错改正，但更多粉丝表示要及时止损，之前的几年就当喂了狗。

换句话来说，她完了。

一个星期前还光彩照人参加时尚盛宴，被粉丝一口一个“女神”叫着的当红女星暮樱，永远退出了娱乐圈的舞台。

东姐打来电话时，顾觉刚下飞机没多久，正在前往郁盛学校的路上。

他最近很忙，之前离开医院的第二天晚上就飞去欧洲，但他答应过会给郁盛一个交代，所以吩咐秘书撤掉暮樱几个最好的资源，并暂停将她推上一线的计划。公司的人虽然不知道怎么回事，但大老板都发话了，自然是照做。后来秘书反馈给顾觉，表示事情已经办好，东姐也会让暮樱好好反省一阵子。

到这里，在顾觉看来，已经算得上是一个交代。

但他没有想到，自己仅仅只是出国一周，网上居然就翻了天。暮樱层出不穷的黑料，连他看了都皱眉。暮樱跟了他大半年，属于时间比较长的，她进这行后多少也和别人传过绯闻，他不在意对方的过去，反正只是一个暂时的女伴，他只需要对方听话。

以前暮樱确实听话，也低调，但时间长了，但凡是人都会有自己的私心，半个多月前的那则绯闻，就是开始。他觉得这些绯闻无所谓，他只是不喜欢被算计。之后他疏远了对方几天，他以为暮樱会懂，可女人的妒忌使然，她竟将目标转移到了郁盛身上。还好，小打小闹，没出什么大事。

但这件事到底触到了他的原则，所以这次回来后他打算彻底和暮樱分手。他也没那么喜欢暮樱，但说到底她是他顾觉的人，究竟是谁这么大的怨气，一门心思要让她身败名裂?

他吩咐秘书去查，可是居然查不到。

但凡网络爆料，打舆论战，都会在网上留下蛛丝马迹，让人顺藤摸瓜。可这次，对方从出手到撤离，完全没有任何线索留下，就像是在空中楼阁遥控完成了一切。正面查不到，就只能反向查。他吩咐公司里的人列出所有近期和暮樱有冲突的艺人，一家一家排除，最后却发现，全都不是。

“顾总，我感觉不太像是圈里的人做的。”秘书最后这样说。

顾觉在从欧洲回国的班机上一直在想这整件事，有一个答案呼之欲出。可这个答案，连他都觉得不可思议。但有句话说得好，排除所有错误的答案，最后剩下的那个，哪怕觉得再不可思议，也是正确答案。

可如果是她……

东姐的电话就是这个时候打来的，说的无非是暮樱现在的情况——她现在不敢出门，连仅剩下的两个工作也推掉了，把自己关在公寓里谁也不见，也不吃饭，又说活着已经没有意思了，想一了百了……

“她闹了几天？”

“两天。”

顾觉冷笑了声：“真想一了百了现在早进医院了，派人看着她，别再让她闹出丑闻。”

“那……顾总，您……”东姐想问对方会不会亲自过去一趟，这也是她打这个电话的主要原因。暮樱闹得不行，她又吃不准顾觉现在的态度，主要之前暮樱跟了他很长一段时间。然而想起顾觉刚才那声冷笑，这些话东姐到底没问出口。

“我最近很忙，以后这些事你自己处理就行。”

东姐听到这句，已经明白过来。她原本还想说已经有几个此前遭暮樱雇人恐吓的小艺人站出来打算报警，暮樱很可能会面临起诉，甚至会遭遇牢狱之灾，但现在这些已经不用说了。之后剩下的工作，是怎么将暮樱和明灿影视分割开来，划清界限。

第　四　章

你让我有点意外

郁盛再次看见了停在校门口斜对面的熟悉的轿车，她知道对方为了什么而来。事实上他比她预料的晚了几天，她本以为黑料爆出的第一天他就会来质问。

车内气氛压抑，顾觉一袭定制的手工西服，长腿交叠，额发后梳，露出修长双眉，摘了金边眼镜正靠着椅背闭目养神。

“麻烦开车去第一医院。”郁盛见他没理会自己，便主动向老钟开口。

大概因为这句话，闭目养神的人动了，他侧过头，以睨视的角度看向她：“怎么还去医院？”

“嗯，我司机的伤还没好。”

他盯了她片刻，没出声。

大半个小时后，车在医院旁边的咖啡馆停下。顾觉戴上金边眼镜，沉着脸推门下车。他没关门，以为她会跟上，结果走了两步，一回头发现她还在车上。

他走回来，撑着车门俯身看她：“下车，有话问你。”

男人眼神犀利，声音冰冷。

郁盛知道，如果今天不和他说清楚，他不会罢休。

咖啡馆里人不多，他想去包间，她却挑了靠窗的位置。

“暮樱的事，是不是你做的？”他没兜圈子，为这个答案，他忍了很久。

“对。”郁盛看着他，目光依然清澈水润，和过去每一次凝视他的时候一样，纯美天真。

顾觉下意识地收紧手指：“为什么？我已经说过会给你一个交代。”

“你的交代我不满意。”她没想说谎。

“就算不满意也不至于弄到这种地步。上次那件事，我知道是她先做错，但说到底她不敢动真格的，如果她真的下狠手，你又怎么会毫发无损？后来发生的情况单纯只是个意外！”顾觉紧锁的眉头松了几分，看起来，是他以往忽略了郁盛对他身边女人的不满程度，“不要太在意她，你和她是不同的。”

这话听得郁盛差点没忍住笑出来：“不是，你误会了，我说的不满意不是因为我自己，而是因为我的司机。”

“你的……司机？”

“他受的伤很重，我想让伤他的人得到应有的惩罚，给他一个交代。”

如果说，爆料的幕后之人是郁盛已经让顾觉感到不可思议，那么她此刻这句解释简直让他无法理解。

“你为了一个司机，不惜用这么大阵仗动我的人？”

郁盛微微歪了下头，反问：“那你呢？你为了包庇小三，不惜要触犯法律吗？”

顾觉从未想过，郁盛一句话，居然可以让他哑口无言。

坐在对面的女孩依然美丽、年轻以及……看似乖巧。但他从不知道，她竟也会用这样犀利的方式说话。可偏偏，这种安静的针锋相对，这种看似乖巧的反问，带着强烈的反差，居然诡异得有些吸引人。

这似乎是他第一次看到了她乖巧天真表象之下的真实模样。

顾觉微微眯起眼。

“雇人绑架、企图恐吓并且拍下视频，以此要挟达成自己的目的，这是犯罪。”她看着他，语气轻柔平静，“我没有受伤，并不代表罪行不存在，更何况直到现在我的司机还在医院里。”

“现在这件事已经影响到了明灿。”他皱眉提醒，这么简单的事他不觉得她想不到。

“每个人都得为自己做过的事情负责，她是公众人物，被称为明星、偶像，一言一行都会影响到很多人。但她真的配当一个偶像和明星吗？我不是警察，也不是法官，没有权力去给她定罪，所以我选择说实话。那些黑料全部都是真实的，我把真实的暮樱展现给所有人看，至于之后人们如何评价，那是其他人的自由。至于影响到明灿——如果一个签约艺人的过去和个人行为能影响到明灿这样一家大型影视公司的话，我只能说，你该换几个员工了。”

顾觉目光沉沉，视线自镜片后朝她投来：“你让我有点意外。”

咖啡恰好在这个时候被送上桌，郁盛朝清咖里面倒了一些奶，搅动后喝了一口，又有些挑剔地放下。这家咖啡馆的咖啡豆不太好，她不喜欢。

郁盛抬头，见对方仍旧脸色微冷地看着自己，轻轻朝他笑了笑。

这个笑容和从前一样，柔软丰润的唇、澄澈的眼神，还有她独有的天真。一瞬间，顾觉觉得坐在对面的女孩依然是以前他所了解和熟悉的那个乖巧女孩。

她像是在用这样的表情对他说：你在生气什么，你瞧，我只是为了自己的司机要求一个公平，并没有想要为难你啊。更何况，我知道这点小事也不可能为难到你。

有意思。

顾觉紧抿的唇角缓缓扬起，原本浮动在心口的那些怒意和恼火在这样的笑容下，竟不知不觉散了大半。

他慢慢抬起手指，握住了她搁在桌上的葱白细指：“现在，除了意外之外，还多了一点惊喜。”

郁盛推门走进病房时，秋屿正站在床边，将衬衫最后一个纽扣扣上。

“怎么起来了？医生不是说还要再等一个星期才能下床走动吗？”她把手里拎着的晚餐放在床边柜子上，几步绕过床去扶他。

他的小腿被钢筋刺入较深，但医生表示他运气好，没有伤到骨头，只是钢筋较粗创口过大，取出钢筋清洗消毒后又缝了针，在伤口愈合期间要尽量避免走路。

“您不用担心，我只是下床透透气。”他撑着床尾栏杆，缓缓在床沿坐下。

“下床透透气需要换衬衫吗？”郁盛拎过一旁的病号服，“换回去，然后吃晚饭。”

“郁总，我觉得我今天可以出院了。”

郁盛给他气笑了：“少糊弄我，刚才还透透气，现在就想出院？在医生规定的时间之前，你给我好好待在医院！”

“但之前那个项目……”

“郁贵东对那个项目没兴趣，一两个星期而已，项目不会有什么变化。”郁盛把病号服塞进他手里，“你是自己把衣服换回去，还是我帮你换？”

秋屿：“……”

郁盛貌似很惊讶地说：“是要我换吗？既然如此，那好吧……”她说着，伸手就去解他的纽扣。

最上面那颗纽扣被解开，男人修长白皙的脖颈完全露了出来，她看到他喉结微微动了动，正要伸手去解第二颗，她的手腕被他轻轻抓住。

秋屿眼帘微垂，修长浓密的睫毛轻轻颤了两下：“郁总，别闹。”本该严肃冷然的一句话，却带着无奈和纵容。

郁盛撇了撇嘴，声音透着委屈：“我闹什么了，我只是想帮你做点事。你伤还没好就想着出院工作，我帮帮你怎么了？”她继续，颇有些胡搅蛮缠的架势。

“我已经住院很久了，我也清楚我自己的伤……”他试图和她说道理。

“哦。”他抓在她腕上的手指根本不敢用力，她轻轻一旋就挣开了。

两个人，一个坐在床尾颇有些无奈地躲避，另一个压根儿就没把对方的躲避当回事，继续作势去够他的衬衣纽扣。结果一推一躲间，他没扶住床尾栏杆，被她不小心推倒在病床上。

郁盛被他带着倒下，她怕压到他，忙撑着他胸口起身，他衬衣上原本就半松脱的第二颗和第三颗纽扣也相继开了。他领口大敞，一侧的锁骨露了出来，领口朝下，结实、紧致、白皙的胸口也入眼大半。

郁盛的目光被他胸口某处肌肤吸引，她伸手指了指：“阿屿，你这里有颗痣呢，这个位置是……心头痣……”

他感觉到她呼在他胸口的温热气息，还有她指尖一点而离的轻触，整个身体瞬间紧绷起来：“郁总……”轻柔的声音里有隐忍的微颤。

他握住她手臂想推她起来，结果她原本就没落点，之前全靠手支撑在他身上，被他一握手臂，整个人立刻头重脚轻地贴在他胸口。秋屿只感觉身上落下温软的一团，一股电流从颈后炸起，沿着脊椎一路而下。

他的呼吸完全被打乱，她却似乎比他更着急，连忙动作利落地从他身上爬起，蹲在他面前去查看他的小腿：“我刚刚好像碰到你腿了，怎么样？疼不疼？伤口有没有碰到？要不要叫医生过来？”

“没事，没有碰到。”他长长舒了一口气，之前那短短十几秒像是坐了一回过山车。他握着床尾栏杆坐起身，看着蹲在他面前一脸担忧的女孩，调整呼吸，轻轻叹了口气：“我知道了，我会继续在医院休息两天。”

郁盛收回手，蹲在他腿前笑吟吟地纠正：“不是两天，是一个星期。”

主要是她现在刚花了不少钱，钱的去向也不太好向秋屿解释，要是让他知道她花了项目投资金的将近五分之一去给他出气，他不知道会有多自责。

郁贵东打给她的零花钱每个月金额有限，和她如今的投资金比起来只是杯水车薪，她也不可能指望那些。总之，这个星期她得动脑筋再去弄点资金。

郁盛运气不错，刚想着钱，机会就送上门了。

这天回别墅听阿姨议论，郁盛才想起来，郁贵东五十大寿的日子就快到了。以他那么要面子又喜欢炫耀的性格，到时候肯定会大办。

她连夜上网搜索话题：最让父亲喜欢、感动并愿意给很多零花钱的礼物。结果看到眼睛花都没找到什么靠谱的答案，那些回答，几乎千篇一律地表示能让父亲感动的礼物一定是孩子亲手制作的。花不花钱不重要，重要的是心意，让父亲看到孩子对他的爱，会让他无比满足和感动。

郁盛想象了一下郁贵东感动的样子，觉得特别不靠谱。这辈子，她就没见过他为什么事情感动的模样——哦，钱除外。她觉得与其迂回，不如哪天趁着他心情好，开口直接问他要钱比较好。

郁贵东一直觉得顾觉前两年和她见面少、关系淡，是因为她长得不够妖艳成熟。所以他总是盘算着让他的女儿去整形医院调整一下，毕竟顾觉身边那些莺莺燕燕，要胸有胸，她哪怕要竞争，也得在“硬件设施”上面强过对方。

可惜了，郁盛对自己的“硬件设施”非常满意，一直都不愿意去医院做什么调整。这次要是她以全身整形为借口，郁贵东应该会很愿意花钱。毕竟投资的真正对象不是她，而是顾觉。

既然是以整形为借口，就不用刻意等到他生日那天。恰好郁贵东生日的前一天晚上他没有应酬，回家早，她下楼将阿姨准备好的养生茶给他端去了书房，并且提到了这件事。

“想通了？”郁贵东虽然才五十岁，但因为后期大富，很是暴饮暴食享受了一阵，所以身材已经走形，再昂贵的衣服都穿不出气质。倒是一双眼睛，透着精明和算计，“想通了就好，顾觉对你还是有心的，如果没心当初也不会答应订婚。”

郁贵东说话的时候，她一直带着微笑安静听着。书房气氛融洽，俨然一幅“父慈女孝”的画面。

好在郁贵东也没什么兴趣和她闲话家常，说完该说的，用手机转了账，就放她离开了。

郁盛关上书房的门，转身却看见了靠在对面墙上的郁有枫。他一手插着口袋，一副富家公子哥儿的潇洒姿态转动着手里的汽车钥匙：“哟，姐姐，和爸爸闲话家常啊？”

郁盛瞥了眼他衬衣领口的红色唇印，反问：“今天回家这么早？”

“没什么可玩的，就早点回来哦！”郁有枫笑了笑。

他长得像他妈，皮相是极好的，高瘦俊秀，只比她小了半岁。然而光是这个出生年月，就注定了他不光彩的出身，因为他出生的时候，郁贵东还没有和郁盛的生母离婚。郁盛对郁有枫没有好感，但也没有特别大的恶感，毕竟做错事的人是郁贵东和郁有枫的亲妈方璐。而且后来母亲过世，她被郁贵东接来B城时，她已经十三岁了，那年她才初见郁有枫，要谈恨不恨的，也着实假。最多就是不在意，无所谓，不亲近罢了。

“嗯，晚安。”她今天拿到超出预期的资金，心情好，经过他身旁时还朝他露了一个笑容。

郁有枫目送郁盛离开走廊的背影，笑容消失的俊秀脸孔看着有一点阴冷。

隔了好一会儿，直至郁盛踏上通往三楼的楼梯，郁有枫才缓缓开口：“晚安，姐姐。”

寿宴这天，郁贵东的心情从早上开始就很不错，因为顾觉今晚会过来参加他的生日宴。

这不是他第一次邀请对方来别墅参加这种公开性质的私人宴会，但这是对方第一次应邀出席。晚上除了顾觉，还会来不少上流圈和商圈的人。之前众人虽然知道郁家和顾家联姻订婚，但平日里见到顾觉待郁贵东的态度和顾觉身边来来去去的各路美女，表面虽然恭维着郁贵东，背地里总是嘲笑居多。暴发户出身，做生意又总是看重眼前利益，巴巴儿地送了个女儿给顾家，想抬高郁家的层次，可真正圈子里的那几个人都知道，订婚这件事是顾家老爷子做的主。

当年顾觉尚未在顾氏掌权，根本反驳不了。如今可不同了，顾觉在顾家的地位不可同日而语，就连顾老爷子，想再让他答应什么，去做什么，也没那么容易。这个联姻，只要顾觉现在不愿意，随时都能不作数。这样的郁家，又怎么会让人真心实意地去交际。所以对郁贵东来说，今晚这场寿宴，他自己不是主角，顾觉才是。他的现身会说明他的态度，到时他再安排郁盛和他当众亲亲密密地跳个舞，或者放一些两人私下感情笃深的照片出去，今天之后的上流圈和商圈，于他而言又是另一番景象。

不过他的好心情只维持到傍晚为止，宴会还没开始，郁有枫进了书房，直接开口问他要钱。

“爸，我想买辆新车。”

郁有枫当然也有卡，每个月的零花钱额度是郁盛的几倍，但他习惯大手大脚，每个月都会把卡刷爆，加上他看中的新车基本款都要两百多万，卡里的钱肯定不够。

郁贵东出生在农村，重男轻女老观念，加上方璐当年年轻漂亮，又是个富家女，她生的儿子，从小就很宝贝。后来他在S城早已结婚生女的事情在T城闹得沸沸扬扬，方璐虽然早就知情，但爆出来和没爆出来到底是不一样的。一开始别人羡慕方家有个能干又听话的女婿，结果后来一切都成了笑话，方璐也成了小三，明里暗里被人嘲笑讥讽。后来郁贵东和郁盛生母离婚，正式和方璐结婚，也制止不了别人的这种嘲笑。婚后没几年，方璐就跟着郁贵东去了B城发展。再后来，郁氏一点点做大，郁贵东受不了方璐每天管东管西，一副他欠方家的、欠她方璐的模样，于是他故态复萌，开始在外面花天酒地。

方家虽然只是小富，但方璐从小是被娇生惯养长大的，哪里受得了他在外面乱来，忍了几年，鸡飞狗跳了几年，最终在一次吵架之后酒驾离家，车毁人亡。

那年郁有枫才十岁，郁贵东自觉对儿子有所亏欠，所以一直任他予取予求，虽然平时也打也骂，但钱方面一直都很纵着他。但今天不一样，今天是他五十大寿，这个儿子一副欠债鬼的模样张口就要一辆豪车的钱，听得他怒火中烧，直说没有。

郁有枫看着郁贵东，其实他并没有多想换新车。只是一想到郁盛之前来要钱他给了，自己要他却不给，心里顿时不怎么痛快。既然他都不痛快了，又怎么能让他那位姐姐那么悠闲自得地秀恩爱呢?

“爸，你最近有看娱乐圈的新闻吗？”

生日宴会马上要开始了，郁盛离开房间之前，再次看了看镜子中的自己。一条红色的公主袖薄纱裙，裙腰和后背皆以蕾丝连接，若隐若现地透出雪色肌肤。她腰细，微卷长发披散在肩头，更显得整个人修长精致，穿着这条裙子，完全像是童话世界走出来的公主。而那点若隐若现的雪色肌肤，就如同纯洁的公主终于长成，从天真懵懂里绽开了惑人媚色，从视觉上不动声色地“拨人心弦”。

这裙子是郁贵东给她准备的，他上午就已经叮嘱过她，晚上一定要和顾觉多亲近，尤其在人前的时候。她自然明白他心里的那些算计，也知道目前而言，这场戏她得继续演下去。但之前顾觉对她没兴趣，或者说是没有男女之间的那点欲望，所以她一直都很安全。经过上次，事情好像不一样了。她能从那个男人的眸底，看到渐起的兴趣和欲念。

男人的劣根性之一就是，总是自我感觉良好，以为自己有钱有脸有身家地位，哪怕过往身边女人再多也是理所当然的事情，并不会影响到自身魅力。

郁盛冷笑了声，转身离开房间。她从楼梯上下来的时候，郁贵东正站在二楼走廊的书房门口。

“爸。”她喊了他一声。

对方看了她一眼，脸色不知怎么的有些阴沉，他开口：“跟我进来。”

郁盛走进书房，轻轻带上门。

“爸，什么事？”

郁贵东看着面前漂亮明媚到几乎灼目的年轻女孩，心里颇为满意，但再满意，该训的还是得训：“女孩有心机不是坏事，我挺喜欢你有心机的。但可惜，你用错地方了。”

郁盛没出声，继续看着他，似乎在等他说下去。

“那个女明星的事情，我都知道了，是你找人做的吧？”说到这里，郁贵东语气一变，带着极度不满意，“对男人来说，女人适当争风吃醋是情趣，但你的争风吃醋有些过了。男人都不喜欢小气和斤斤计较的女人，女人要大方，要体贴，要懂得为对方考虑！

“记住，你现在要做的，不是他的情人，也不是他外面那些女人，你现在是他未婚妻，以后会成为顾太太。你要学会大度，女人懂得宽容大度，男人才会觉得轻松，才会更愿意回家。否则，无论你再美，时间一长他对你厌烦了，连家都不愿意回，你美有什么用？”

郁盛简直五体投地，郁贵东真是从来都不会让她“失望”，“渣男理论”一套一套的。

郁盛忍得难受，突然调皮一下：“爸，我那么美，可以不嫁给他。”

“胡说八道！”郁贵东怒目而立，伸手拂掉了书桌上的茶杯，骨瓷茶杯碎裂，茶汤和茶叶泼了一地，污了书桌前纯白色的地毯，“你在胡言乱语什么！为了这点小事你争风吃醋就算了，还想威胁他？你以为他和你订婚了，就非你不娶？你可以去外面问问，现在的上流圈子里，有多少人家的女儿眼红你的位置，想取代你嫁给顾觉！你要不要试试，你今晚前脚刚宣布离开他，后脚那些人就能当着你的面扑上来！”

郁盛歪了歪头，满眼无辜懵懂：“可是，不用我宣布，现在也有人当着我的面扑向他啊。”

郁贵东被这一番天真的话语气得心脏病都要犯了：“你！都和你说过那些只是逢场作戏！都是假的！你要大度，懂吗？女人要大度！”

郁盛看着郁贵东气到发抖的身体，觉得还是得见好就收，于是乖乖道：“我知道了，我会大度的。”

低沉的笑声自书房门口响起，打断了他们的谈话。

郁盛回头，原本轻轻带上的门不知何时开了道缝隙，一只修长的手将那扇门缓缓推开。对方衬衣袖口的钻石袖钉在书房的灯光下折射出耀眼的光芒，顾觉一身黑色西服，安静地站在那里，迎着她的目光轻轻勾起唇。

“顾总，您这……怎么来这么早，楼下没有人招呼您吗？”郁贵东这回是真紧张，刚才的话也不知道被他听见了多少。难得顾觉愿意上门参加自己的寿宴，要是在这个时候得罪了他，可真是得不偿失。

顾觉把视线移向他，轻淡的一瞥，并没有太多情绪。郁贵东是什么样的人，早在三年前两人第一次见面时他就知道了。势利精明，一切向钱看齐，连亲生女儿都能当成攀附的礼物，毫无底线。

这次要不是因为郁盛，他也不可能会来参加郁贵东的寿宴，可对方似乎并不明白这一点。顾觉觉得不悦，他气场一贯强，哪怕没有过多显露自己的情绪，郁贵东依然能从逐渐凝滞的气氛里觉察到一些事。

“不用这么客气，早点过来自然是为了早点见她。”顾觉一开口，房间里凝滞的气氛一缓，郁贵东绷紧的心也慢慢落下，可对方随后的话却再次让他全身紧绷。

“还有，我还挺喜欢看到自己未婚妻为我争风吃醋的，女孩子不用那么大方。”他说着，伸手将郁盛揽进自己怀里，低头打量了她一眼——她身上这条裙子明显不符合她的穿衣风格，颜色过分庸俗，腰间的蕾丝也过于诱人。可即便是如此庸俗的颜色，穿在她身上依然惊艳，纯粹的懵懂和成熟的媚色，两种气质融合在一起，格外吸引人。

顾觉是什么人，心念一动就明白过来：“下次还是我来帮你选裙子吧，这件不适合你。”

这话是对着郁盛说的，但他的视线投向了郁贵东。他今天没戴眼镜，这样直白的一眼，犀利冷淡，郁贵东当下脸皮僵硬，不过到底在商场混了多年，脸上的笑容再僵也没半点松动，甚至还能点头回应几句。

顾觉笑了笑，将另一只手上的礼物递了出去：“一点小礼不成敬意，我先带她下去了，一会儿见，郁总。”

郁贵东看着手里的礼物盒，里面是一个价值不菲的古董表。

书房外，伴随两人离开的脚步声，还有顾觉略带调侃的声音传来：“说说，你都看到谁当着你的面扑向我了？”

郁贵东阴沉沉的脸上缓缓露出一个冷笑。

他没想到顾觉竟然会出言维护她，还俨然一副将她护在羽翼下的模样，连他这个做父亲的训斥几句都不愿意。看来，他这个女儿，比他想象中要厉害多了。顾觉看不上他没关系，能看得上他女儿就好。有些事，他无所谓过程，他只看重结果。

郁盛发现最近顾觉出现的频率有些高，从前一个月见一次，如今两个星期之内居然连着出现了三次。一次是来学校找她“兴师问罪”，一次是参加郁贵东的寿宴。寿宴之后郁盛以为自己能清闲一阵，结果隔了一天她又在学校马路对面的树荫下见到熟悉的黑色宾利。

这一次，他没有等在车里，在她走出校门时，他便下车，银灰色休闲商务西服内搭黑色衬衣，额发后梳，双腿修长，一双眼睛穿过人群准确落在她身上。

郁盛顿时有种被盯上的感觉。

她走过去，朝他笑了笑："你怎么来了？"

顾觉拨了拨她耳边的长发："我不能来吗？"

她抬头看着他，目光明亮，漆黑的瞳仁里映出他的模样。顾觉被她眼中自己的倒影所取悦，低沉笑了声，捏了捏她的下巴："东区开了家新的料理店，带你去尝尝鲜。"

在郁盛看来，只要对方不是想带她去酒店或者回家过夜，她都可以接受。她给秋屿发了消息，吩咐他可以提早下班。然而顾觉的车子经过路口时，黑色奔驰还是悄无声息地跟了上来。

自从上回她被绑架之后，秋屿比从前更加谨慎，哪怕是住院那段时间，由郁家的其他司机负责接送她出行，他依然每天早晚数次和司机联络，以确保她安全到家。

晚餐的时候，顾觉提到了月末的顾氏宴会。郁盛知道这个宴会，顾氏每年都会举行，地点是顾家老宅，能收到邀请卡的无一例外都是B城上流圈子里和顾氏交好的家族，也会有时尚圈名人、商界大鳄或是新秀到场。她会知道这个宴会，还是因为郁贵东，过往三年，每年宴会筹办的时候，郁贵东都削尖了脑袋想让她以顾觉未婚妻的身份亮相。然而这三年，顾觉宁可单独现身，也没有正式带她亮相的想法。算算日期，宴会应该就在下周周末。

"那天我会让司机提前接你去造型沙龙，你只要记得把时间空出来。"

"一定要去？"

顾觉端着酒杯的手指一顿，掀起眼皮看她："你不想去？"这一眼多少带了些"低气压"。

郁盛只当没看见："我以为，是你不希望我去。"毕竟订婚都三年了，他连一些普通的商务聚会都没带她出席过，更别提这样的重要酒宴。

顾觉看了她一会儿，语气温柔下来："我希望你去，以后都会带你去。"

晚餐结束后，顾觉要送郁盛回家，她却表示她的司机已经等在外面了。这一点，她甚至不用给秋屿发消息就能确定。

顾觉将她送至料理店门外，在她微笑着朝他说再见后，突然迈步将她拉住：“我知道你在生气。”

郁盛莫名其妙。

“我也知道你在介意什么。”他轻轻抚着面前女孩的头发，“但我希望你明白，我是真心想和你结婚，那些人那些事……对我来说没有任何意义，所以我希望你也不要觉得那些有意义。现在对我来说，重要的人是你。”

郁盛简直大开“耳”界。她不知道他说这些话是希望她露出什么样的表情，感动吗？因为浪子回头，渣男醒悟？他想告诉她什么？他虽然风流，可是风流的只是他的身体，不是他的心？

郁盛感觉到了世界的参差。

大概因为她没说话，顾觉以为她把他的话听进去了，握住她的手将她送到了车子旁边，并替她开了后座车门，叮嘱她到家后给自己发个消息，俨然一副真正男友的模样。整个过程，顾觉并没有留意到驾驶座上的人，也没想过朝他投去一丝目光。对顾觉来说那只是个司机，脸谱化人物，尽职尽责保护郁盛受了伤，她关心对方也是常理，虽然她后来对付暮樱的手段过了一些，但有女人吃醋的因素在里面，在他容忍的范围内。也因此，他忽略了黑暗中那张远比他俊美无数倍的脸。

第　五　章

阿屿，你怎么连洗葱的模样都这么帅？

车流如梭，夜空被城市的灯光染成奇异的蓝紫色。这座城市的夜生活才刚刚开始，秋屿一路都很安静，从后视镜看去，他深邃的眼睛在路灯和霓虹灯变幻的光影中时隐时现。

郁盛想了会儿下个周末酒宴的事，计算着这次能依靠这件事从郁贵东那里讨要到多少好处，心情很不错，甚至跟着车上的音乐哼了几句。

"阿屿，你吃饭了吗？"

每回顾觉带她吃饭，她吃得都不多，倒不是东西难吃，而是顾觉总习惯自己安排菜品，但有时好吃的昂贵的，未必合她口味。比起精致、量少又奢侈的西餐和料理，她其实更喜欢火锅和川菜。

"没有。"

"你怎么能不吃饭呢，我陪你去吃饭吧？"郁盛朝前，伸手抓住驾驶座的椅背，侧着头去看他。

驾驶座上的男人目视前方，似乎全神贯注在开车："已经上高架桥了，郁总。"

没有直接拒绝，却表达了拒绝的意思。

郁盛托腮看着他："你怎么了，感觉你好像心情不太好？有事可以和我说。”她从没打探过秋屿的私人事情，回想一下，他也在她身边待了快三年了，可她却对他的家庭情况一无所知。他总是像个机器一样沉默寡言地工作，从未提过自己的事。

“没有。郁总，车速很快，请坐好系上安全带。”

郁盛“呵呵”了两声，坐了回去没再开口。车子一路飞驰，下了高架桥，很快开到她的公寓楼下。郁盛没有浪费机会，今天顾觉来接她时她就给郁贵东发了消息，所以晚上她可以不回别墅。车在公寓楼下停稳，郁盛解了安全带，没有下车，就坐在那里看手机，直至秋屿下车，亲自给她开了门。

“到了，郁总。”他站在那里提醒她。

郁盛侧头看他，目光安静，直接下命令：“陪我上楼。”

他沉默了一下，很快应道：“是。”

郁盛一路走在前面，他拿着她的外套和包，紧随其后，两人谁都没说话，一前一后走进电梯。电梯门关上，秋屿按下楼层按键，光滑如镜的电梯墙上，映出她身边人高大的身影。哪怕她穿着高跟鞋，站在他旁边依然只及下巴。

郁盛其实已经不生气了，她只是担心他饿着，不喜欢他如此苛待自己。今天没有工作要忙，秋屿送她进了公寓，替她将包放好，又将衣服挂进玄关处的衣柜，当下准备离开。

结果他才刚刚穿上鞋，郁盛轻柔的嗓音从背后传来：“阿屿，我饿了。”

他回头，已经换上居家服的年轻女孩站在开放式厨房的旁边看着他，声音里似乎带上了委屈：“我想吃面，可我煮的面太难吃了。”说着，她拿起一个平底锅，上上下下看了看，连表情也委屈起来，“该放多少水啊？”

他轻轻叹了口气，像是无奈，又像是没辙：“知道了，我来煮。”

男人重新换上拖鞋，脱下西服外套，挽起了衬衣袖子，洗干净手，从冰箱里取出番茄、鸡蛋和葱，动作熟练地清洗，去皮，切碎，炒制汤面的汤底。

整个煮面的过程中，郁盛也没离开，就伏在料理台旁看他，时不时称赞几句。

“阿屿你好厉害!

“阿屿，你怎么连洗葱的模样都这么帅？”

他抿着唇角脸色平静目光专注地搅动锅里的面，看似毫无波澜。

郁盛瞥了眼锅子，笑着提醒他：“阿屿，你再搅下去，面条都要烂了。”

他手一僵，随即动作飞快地关了火，然后将准备好的葱花撒上去。番茄面汤点缀上碧色青葱，光看就让人胃口大开。

郁盛在吧台的餐桌上搁了两个碗和两双筷子：“陪我吃点。”

她其实并不饿，只吃了半碗就吃不下了，而对面的人，吃饭的时候就更安静了，她不说话，他绝对不会张口说一个字。从前郁盛会逗他，今天却支着下巴，看着他的一举一动。

这样的注视，他自然早就觉察到了，但并没有抬头。

他喝光碗里最后一口面汤时，对面女孩起身拿过他的碗：“还剩很多，再吃一碗吧，别浪费。”

“谢谢。”

郁盛笑了：“你煮的面，谢我做什么？”

他没出声，她盛完递到他面前，又道：“下次别不吃晚饭等着我，我去吃饭你也记得去吃，总是不按时吃饭胃会出问题。你得健健康康的，才能更好地完成工作。”

“是，我知道了。”

“还有，如果有什么事情，遇到什么问题，也都可以和我说，你不是机器，是人都会遇到麻烦，我不能保证一定能解决，但我想要帮忙。”

“是，我知道。”

郁盛看到他垂眸顺应的模样有点来气：“现在倒是都知道了，之前在车上爱搭不理的，明明能在外面吃大餐，偏偏现在在家里吃面，连个菜都没有。”

虽然是埋怨，听在他耳朵里却是一个小姑娘因为担心才有的碎碎念。

秋屿放软了声音：“知道了，下次不会再那样。”

郁盛彻底没了脾气。

秋屿收拾锅碗的时候，她取了咖啡豆站在一旁磨。他侧头看了她一眼，问出了早就想问的事：“那个女艺人的事？”

加上秋屿，这已经是郁盛第三回被人问了，但只有这次她最轻松，回答时声音里甚至带着求表扬的愉悦：“嗯，我做的呀！”

“你联系了A？”

“你发现了？”郁盛回头和他对上视线，“抱歉，私下动了你的手机。不过我也没想到，A居然这么厉害，果然贵有贵的道理！”

“他收你钱了？”秋屿顿时皱眉。

说漏嘴的郁盛没吱声，默默抱着手摇磨豆机站远一点。

秋屿无奈叹了口气：“我不是在责怪您。”他将碗放好，擦干净手，走过去接手了她手里磨豆子的活，“这件事，您做得有些鲁莽，她继父有点背景，我怕会有后续麻烦。”

话虽如此，但主要是为了引起她重视，下次如果有同样的事，不至于自己出手。他不想她沾上一点麻烦，哪怕只是个可能性。

郁盛没多解释，侧头用清澈的眼睛看着他：“会有麻烦吗？”

“只是假设。她继父再厉害也在美国，我们这里是法治社会，别担心。”更何况，对方远没有那么厉害。

听他一秒改口，郁盛笑了：“嗯，之前A也是这么和我说的。”

再次听她提到A，他皱眉：“他到底收了你多少钱？”

郁盛想说，其实也不多，就一套房子的钱，和暮樱如今的惨状比起来，真挺值的。对方在她这里虽然没有留下证据，可是常在河边走哪有不湿鞋，同样的事暮樱又不止做了这一次，这次没证据，不代表之前那些找不出证据。那几个小艺人手里捏着的证据是她让A匿名发过去的，保真保实，保证能送暮樱进去。

但她怕这样说了估计会被他念叨死，于是低咳一声，答非所问：“吃完有点困了，我先上楼休息，你也早点回去休息吧，晚安。”

这大概是B城入冬以来最冷的一天。

顾家老宅的别墅外有一片很大的草坪，后面是一片高大的冷杉林。下午下了会儿雨，到傍晚时分渐渐停了，却又起了薄雾。绿色的枝叶浸透了雾水，变得沉甸甸的，连同原本鲜艳的绿色也变得深沉起来，透着森森冷意。

冬天真的来了，人站在户外张口呼吸时，会出现淡淡白雾。

隔着一层玻璃的室内，却到处都是身着单薄春装和夏装的宾客。尤其是女宾，都以能将某个世界顶奢品牌的来年春夏款穿上身为荣。站在二楼围栏边朝下望去，大厅的盛景不亚于娱乐圈任何一场时尚盛宴，而这个圈子，却是很多娱乐圈艺人可望而不可及的。

今晚，顾觉无疑是众人关注和想要结交的首选目标，跟随他现身的郁盛也成了瞩目的对象。

有人认出她，知道她是郁家那位千金，几年前顾老爷子给顾觉亲选的未婚妻。顾觉“花名”在外，这桩联姻这几年并未被人看好，可今晚，无论是她身上那件C家的春夏款高级定制装，还是戴在她修长脖间的水滴形裸钻，都彰显着顾觉对她的重视。

不过也难怪，富豪名流千金虽多，但真论到长相气质，总不如娱乐圈的当红女星那样精致完美。可这位，却有着远胜任何一位当红女艺人的长相和身材，气质更是妩媚又矜贵，让人想起清晨枝头坠着晶莹露珠的娇花，又或是夏日雨后林间缥缈的雾气，浓而不艳，非常美。

宴会进行到中段，有人姗姗来迟。

随着对方的入场，那些投注在顾觉身上的注意力纷纷被吸引转移过去。

如果说顾觉是天之骄子，出生便自带光环，是相同家世的同龄人里的佼佼者，那么来的这一位便是一路从底层摸爬滚打，一点点建立起商业集团的前辈大佬。

周放今年三十八岁，比顾觉大了整整一轮，他在B城商界呼风唤雨的时候，顾觉还是个什么都不懂的傻小子。只不过几年前，在顾觉还未掌控顾氏集团时，周放就将部分生意扩展到了国外，一年里有大半时间都在国外。因此两人在商场上从未真正有过交锋，但每每有人提及，也会叹一声顾觉真幸运，要是周放还在B城，顾氏这几年的发展未必能有这样顺利。

郁盛自然知道这号人物，而她身旁的顾觉从周放携伴现身酒宴现场后，便一直有些不对劲。要用某个词来形容的话，应该是走神。郁盛的目光在周放身上盘旋了一会儿，最后越过他，落在他身侧那位娇小的女伴身上。

场内有涉及某个领域的行家“咦”了一声，然后说出了对方的来历：“那位不是刚刚在巴黎拿了奖，被巴黎歌剧院芭蕾舞团邀请为首席舞者的天才舞者夏娃吗？”

“夏娃”无疑是个很容易被记住的名字。国人在国外的大型赛事里得奖，就更容易引起关注，更何况，夏娃本身也是个美人。她和郁盛差不多年纪，但长相却和她那种浑然天成的精致以及纯美气质不同。她个子不高，身材娇小清瘦，和妩媚艳丽不搭边，长相属于甜美型，尤其笑起来的时候，甜软可人，让人想起最可口的蛋糕，又或是萌萌的宠物，令人总忍不住多看一眼，心生亲近。

周放现身宴会现场，以他在商界的地位，顾觉自然要亲迎。于是，两边的人就这样面对面站定在了宴厅中央。

“周先生，久仰！”顾觉朝对方伸出手。

“不请自来，没有打扰到你吧？”顾觉身姿挺拔，周放却也毫不逊色，虽年近四十，但因为长期注重健身保养，身材依旧紧致有型，加上面容俊朗，说三十出头也不为过。

“周先生说笑了，你可是B城商界的传奇人物，你能光临蓬荜生辉。”

两个男人寒暄间，郁盛留意到顾觉的措辞，虽然恭敬，但并没有对对方使用尊称，就像是下意识抗拒这样做。很快，她感觉到有一道目光投在了自己身上。

郁盛目光轻转，落在周放身侧的女孩身上。对方大概没料到她会突然看过来，眸底的惊艳和其他一些复杂情绪一时间收不住，她似有些慌乱地移开视线，然而不过数秒却又像是下定决心般再次将目光投来。郁盛的视线和她对上，这次对方没有移开，但郁盛注意到，她挽在周放手臂上的手指收紧了不少，似乎略带紧张。

“对了，介绍一下。”顾觉微微勾唇，揽过郁盛的腰，再开口时声音低沉而惑人，带着亲密，“这位是我的未婚妻，郁盛。”

“哦？”周放的目光瞥来，眸底同样掠过一丝惊艳，但很快就消失不见。成熟男人的目光深沉犀利，哪怕是笑着的时候，也带着打量和审视的意味：“原来是郁家千金，真是郎才女貌。”

“谢谢周先生夸奖。”郁盛回以微笑。

周放轻轻拍了拍挽着自己手臂的白嫩小手，介绍道：“这位是夏娃，夏夏非常有才华，她刚刚在巴黎国际芭蕾舞大赛上拿了冠军，我就想着带她到处走走，放松一下。”

“周叔叔。”夏娃似乎对这样直白的夸赞很不好意思，挽着周放朝他嗔道，“我哪有那么厉害……”

“侄女？”顾觉笑容未变，同样朝对方伸出了手，“你好，夏小姐。”

夏娃缓缓伸出手，和他握住：“顾先生，你好。”

两人的视线在半空交会，郁盛突然有种奇怪的感觉，双方的无声对视仿佛穿越了重重时光。这个画面，很像是在看一部虐恋情深的“玛丽苏”偶像剧。

真可惜，她十三岁之后就不看这类电视剧了。

后来的时间里，顾觉明显沉默了许多，酒却一杯接一杯，没有少喝。

郁盛倒是无所谓，他先前带她转了半个场子，该认识的商圈名流和新贵，她都已经认识了。她今晚过来，原本也不是为了顶着顾觉未婚妻的身份当个吉祥物。今晚会到场的一些商界人物，她早就和秋屿两人做了全面完善的调查，不仅清楚知道对方的全部个人资料，还对几个特定想要接触的人物做过深入分析。

例如阳乐新媒体的创办人岳栋，表面看起来和顾家关系不错，和顾觉更是多次合作，亲如兄弟，诚信可靠。但事实上，他有个从小失散的同父异母的妹妹，曾怀抱大红大紫的明星梦签约顾觉的明灿影业，最后却因为曝光自己患上抑郁症而选择退圈，就在退圈发布会结束后，在回家的路上发生了车祸。

说来讽刺，她遇到车祸的新闻还小小上了一次热搜，甚至各种说法都有。而岳栋也是因为这次热搜注意到了对方，最后经过调查验证，她就是他找了很多年的妹妹。有这样的纠葛，很显然岳栋也不可能得了斯德哥尔摩综合症，所以郁盛猜测他和顾觉那些合作，都是为了获得信任。至于获得信任之后会怎么样，才是她感兴趣的部分。

再例如大智地产的总经理吴广艳，年轻时曾秘密跟过顾老爷子几年，还生了一个私生子。而这位私生子最近毕业归国，进了顾氏工作。她不知道顾老爷子是否知道这个私生子的存在，但很显然顾觉并不知道自己还有个和他年龄相仿的弟弟。他本身是顾老爷子二婚后得的老来子，但因为爱屋及乌，他自小就比他那年长的哥哥姐姐更得老爷子的重视。他接管顾氏之后，已经渐渐把大哥、二姐还有他们两个儿子手里的权力、人脉瓦解得差不多了。连同一个屋檐下长大的亲人，他都能如此不留情面，更何况是一个外来的私生子？如果顾觉知道，他绝对不可能让对方留在顾氏。

再例如……

放眼满场，一派繁华盛景，却也处处波谲云诡。而这里面的变数，对郁盛来说都是商机。在郁盛热衷于寒暄和交际的时候，顾觉不知何时没了踪影。

顾家这栋老宅很大，别墅也分前后两栋，中间以一个偌大的玻璃绿植花房相连。花房非常大，有园丁打理，四季如春。哪怕是冬天，依然姹紫嫣红。花房不是宴会场地，少有人踏足，而此刻，在层层叠叠的花叶深处，却传来对话声。

"周叔叔？所以你这是又给自己找了个叔叔？"男声压得格外低沉，带着撩人的磁性。

"这与你无关。"女声甜糯娇软。

"无关？呵……"男声发出笑声，可这笑声却是冰冷的，还带上了一丝怒意，"是谁允许你这样和我说话的？"

"放手！你喝多了！"大抵是男人做了什么，甜糯的女声带上慌乱，"现在不是从前了，我们早就没了关系，你也无权再管我的事！"

"哦？是吗？"

"你干什么……"

再之后，是衣衫摩擦的声响，灯光幽暗、枝叶繁茂的花丛后方，男人将身材娇小玲珑的女孩压在墙角，一手扣住她脸颊，紧紧吻住了她的嘴唇。

花丛另一侧，因为收到秋屿传来的资料想要找个安静无人的地方慢慢查看的郁盛无语了。

眼瞎了……

郁盛一边吐槽，一边默默将手机关了静音，打开摄像功能。虽然有枝叶挡着拍不清晰，但声音一清二楚。

“顾觉！”一个深入浅出的吻，让夏娃双颊泛上粉红，倒是令她多了几分媚色。她用力推他，无奈使尽全力，也推不动身前的男人分毫，她似气极：“我们已经分手了！你到底想干什么！”

“分手？当初一声不吭消失的人是你！你知道我后来找了你多久……”

“明明是你说分手的，也明明就是你……算了，现在说这些已经没有意义了，都过去了，我现在很好，我也不再喜欢你了。”

她这是造了什么孽哟，她只是想找个地方安安静静看资料而已！她抚着手臂上的鸡皮疙瘩，无声退开。

郁盛再返回前面宴会大厅的时候，听闻顾家老爷子已经提前退场了，似乎是身体抱恙。她对这位随意安排她人生的老爷子没有任何好感，也没有任何套近乎的想法。今晚该认识的人都认识了，该加的微信也都加上了。再加上顾觉忙着玩“霸总和白月光”的游戏，她估摸他也没时间再来这边，于是郁盛决定早点回去休息。

她从服务生手里接过自己的大衣，穿上后朝别墅外走去。

今天她过来的时候坐的是顾觉的车，此刻宴会才进行到中段，宾客的车子都停在别墅区的停车场内，一般有客人离开时，会有泊车小弟代为取车。有些宾客自带司机的，自然在离开时提前通知司机将车开过来。郁盛是个例外，车子是顾觉安排的，而顾觉此刻正在“忙”，她自然也通知不到司机。好在外面雨早就停了，回家这种事很简单，打个车就行。

她裹紧大衣，一边朝别墅区的大门走去，一边低头用手机上的软件叫车。结果她才刚刚走出顾家别墅的范围，黑色的车子就从后面驶来，在她身侧停下。

“郁总。”秋屿推门下车，替她拉开后排的车门。

“你怎么在这里？”郁盛看了看他开车过来的方向，那里是顾家别墅旁的一条车道，她明白过来，“你该不会宴会之前就已经在了吧？你……又没吃晚饭？”

秋屿只当没看到她脸上的不快，只是开着车门等她。事实上，他不是从宴会开始之前就已经在这里了，而是从顾家的车子去别墅接她开始，就已经一路尾随。

郁盛大概也想到了这点，脸色顿时更不好看了：“行啊你，一声不吭的都不知道给我打个电话发个消息。要是今天我坐顾家的车走了呢？难不成你再跟着一路护送我回家？你腿上的伤还没好，又不好好吃饭……”

她越说越生气，他倒是全程站在那里一言不发，郁盛最后气笑了，也不想再说下去，衣服一拢就上了车。

回公寓的路上她全程冷脸，直至他在沿街一家很有名的火锅店旁的车位停下：“郁总，吃火锅吗？”

郁盛：“……”

“如果不吃的话，那我直接送您回公寓。”他说着，就伸手去挂挡。

修长手指刚刚握上挡位手柄，就被后面伸过来的葱白细指给握住。

秋屿回过头，对上郁盛面无表情的脸：“说，错了没有？”

秋屿怔了两秒，结果手背上微微一疼，原来是被她掐了一下。她生气的模样特别生动，一双桃花眼漆黑水润，纤细漂亮的眉紧紧蹙起，过浓的艳色里透出了可爱的孩子气。还有她掐他的动作，根本不疼，就像是被猫轻轻挠了一下。

他看着她，语气温柔：“嗯，我错了。”

对方承认错误的速度总是让她无语，一点成就感都没有。

郁盛冷笑：“是啊，这次错了，下回还敢，对吧？”

“下次我会看情况，如果时间尴尬，就买一些面包、点心之类的备在车上。对不起，今天又让您担心了。”

郁盛心里满意了，气也立刻没了。

她一个晚上都在交际，就只吃了几口点心，此刻闻到外面火锅店飘过来的香气，想起肥牛肉、黄喉吃到嘴里的鲜嫩美味，立刻推开车门：“阿屿，走啦，我们去吃火锅！”

秋屿把挡位挂好，熄了火，侧头看了眼郁盛已经迫不及待走进火锅店的背影，轻轻勾唇笑了笑。

第二天，郁盛在手机上看到了顾觉的未读微信，上面显示发送时间是子夜一点多。那个时间她早回了公寓洗漱休息，手机也设了静音。郁盛拉开窗帘，窗外是阴色天空，昨晚后半夜雨又淅淅沥沥下了起来，看来今天会继续下一整天。

今天是周六，她不用去学校，除了晚上有个饭局，白天她都可以待在公寓里。这套小公寓位于二十层，她很喜欢在下雨的时候坐在落地窗边看下面的城市。地暖两个星期前就已经开起来了，原木色的地板上铺了一块白色长绒毯，上面再搁上一个矮几，放一杯咖啡，她能靠坐在那里刷一上午手机。

大概因为她没回顾觉消息，临到中午的时候，他来了电话。

郁盛还是接了。

“怎么没回消息？”

“昨天喝多了两杯，刚醒。”

“在家吗，晚上接你出去吃饭？”

“我在外面，今天要陪朋友。对了，礼服和项链我已经让人送回昨天那家造型沙龙去了。”那条裙子和项链都价格不菲，她上午就让秋屿亲自过来取了送回去，这会儿应该已经送到了。

电话那头的男人一时间没了声音，片刻，才有低沉微冷的声音传来：“你对我送的礼物就这么不屑？我顾觉送出的东西，什么时候收回过？”

郁盛莫名其妙：“昨天你派司机来接我去的那家造型沙龙没说那是送的啊。”

顾觉却似乎余怒未消：“裙子和项链我已经买下来了，如果你不要，我会吩咐他们处理掉！”他说罢，直接挂上电话。

郁盛：“……”

神经病啊……

早点说是送她的，她自然会留着换现啊，资金这东西她永远都缺好不好！

顾觉不知道自己为什么会这样生气，似乎并不应该，她已经解释了她并不知道。可从昨晚开始，从见到夏娃跟随另一个男人现身，听到她甜甜叫着对方“叔叔”，一如从前她刚到顾家时，怯怯唤他“小叔叔”，他的情绪就变得不太受控制。

昨晚夏娃后来哭了，他的那点醉意也被她哭醒。她伏在他怀里哭得伤心又无助，揪着他西服的手指一直在颤抖，问他到底想要怎么样。她还是那个小女孩，尽管数年过去，她一点都没有变。那一刻，他明白她心里还有他。

他轻轻抱着她，仿佛再次找回了失去多年的宝物。然而听着她娇娇的声音，他脑中却忽然掠过了另一张脸，那张脸，精致艳丽，眉宇间总是天真与妩媚并存，光看外表真的很像一个完美无瑕的水晶玩偶。可他却知道，在那之下，有着极其清晰的分析能力和冷静头脑。她远比夏娃看起来要聪明得多。

他不明白为什么会这样，他从不认为这世界上有比夏娃更重要的女人，可此刻夏娃分明在他怀里，失而复得，他却不由自主想起另一个女人。最诡异的是，他心底竟然有了负罪感。他和郁盛订婚后这几年，身边女伴从未停过，也曾被她撞见了几回，可他从未在意，更遑论负罪感。

后来夏娃拒绝让他送，他再回宴会厅的时候郁盛已经离开，先前他派去接她的司机说，是她自己的司机开车过来接她离开的。他想起晚上他带她穿行在宴会厅与人认识寒暄时她明媚的笑容，似乎非常高兴他在这样重要公开的场合带着她，介绍她。他突然有点想见她，临睡前给她发了消息。直至此刻，她在电话那头提到裙子和项链的事，他听着她轻柔的嗓音说着懂分寸的话，心里突然就蹿上无名怒意。

开车的老钟看了眼后视镜，没有说话。

片刻后，秘书打来电话，表示沙龙那边收到了昨天郁小姐身上的裙子和项链，不知道该怎么处理。

顾觉沉默了几秒，还是开口道："让他们重新包装漂亮一点，送到郁小姐别墅去。"

"好的。"

老钟再次诧异地看了眼后视镜。

顾觉看向车窗外，轻轻皱起眉。

第 六 章

阿屿，你怕黑吗？

晚餐地点在上次因意外被中止计划、未能顺利前往的度假村内。

这次秋屿愈发谨慎，给车加满油，特意提前三个小时出发，一路均速，甚至在郁盛中途下车去休息站的洗手间时，都跟在后面。郁盛有点无语，不过想起上回的遭遇，加上拗不过他，也只能随他去了。这家伙保护她的时候完全不顾自己的安危，她安全一点，也就代表他能少受点伤。他们到得早，对方在晚饭前亲自开着度假村的电瓶车，带他们在里面逛了一圈。

对方叫章年，四十多岁，是个本分勤恳的实业家，只可惜运气不太好，前几年错信和他称兄道弟的朋友，让人骗去投资了一个项目，最后对方卷着钱跑路，而他独自收拾了烂摊子，之后卖掉两处房产，靠着毅力、韧劲重新站了起来。因为吃过一次大亏，他之后每次投资的项目都是自己亲选，一般只会吸纳其他投资者的资金，不会投资对方提供的项目。这样的谨慎小心，是郁贵东所不喜欢的，他喜欢博弈，相比自己投资金出去，更喜欢吸纳资金、投资由他操控的项目，这类项目水分更足。所以虽然合作过数次，因为利润空间小，郁贵东对章年并不看重，不过看在对方诚信稳定，每年能固定多一笔小钱，郁贵东觉得还不错。

郁盛和章年接触过几次，章年也知道郁盛是郁贵东的女儿，郁盛敢透露身份和目的，是因为已经吃准了章年这个人，即便合作不成他也不会在郁贵东面前多一句闲话。

章年先前一直在犹豫，郁贵东虽然逐利，不看重他，但好歹也合作了几次。可这次度假村的计划，却委实没那么容易得到郁贵东那边的资金。因为这个项目就是几年前他被朋友欺骗，而朋友卷钱跑路的那个。项目本身没有问题，只是他错信了朋友，签了无效合同，结果资金根本没投进项目里。而当年这个度假村因为交通、位置、资金等各种问题，也最终半途夭折。这几年，章年一直留意着度假村的情况，几个月前度假村的上任主人急需资金周转，便以低价转让这处一直闲置的度假村。章年这几年赚了点钱，加上有私心，便接手下来。

他打算重新改建度假村，以“自然、休闲、家庭”为主题，让度假村重新活过来。然而差不多类型的项目案郁贵东那里有一沓，他对章年的项目并没有太大兴趣。后来，郁盛主动找上了章年。

“其实当年想投这个度假村，主要是为了我的女儿。”章年说。

章年有个女儿，很早就被诊断出有轻度自闭症，很温和胆怯的女孩子，非常喜欢草地和树林，可以拿着画板，画一整天绿色的植物。度假村背山面湖，满目绿色，在这样的地方打造一个属于自己的乐园，是他想要呈现给女儿的一个美丽梦境。郁盛之前就已经看过各种图片和视频资料，这次过来是实地考察。她想从郁贵东手里拿走这个项目，当然并不只是投出一笔钱这么简单，她还带来了她的计划书。

“树屋度假村？”晚餐的包间里，章年带着经理和秘书，而郁盛这边，秋屿以助理身份入席。一共五人，都是纯谈事情的样子，于是冷盘还没吃多久，就已经谈到了重点。

“这几年民众需求不一样了，很多人度假时都向往原始和自然，可真正的原生态并不是所有人都能接受的，纯现代化的度假村又类似。你想做好这个项目，自然也明白客户和口碑有多重要，可客户到底想要什么呢？把自然的绿色和现代化风格结合，做出自己的特色，才能让度假村拥有更强的生命力。”

郁盛说着，秋屿已经打开平板电脑，开始PPT展示。

之后的具体讲解部分，由秋屿接手。事实上，这个PPT也是他做的，郁盛提出了树屋度假村的理念、构想和实际建设部分，而他则亲自动手完成了图文信息。除了PPT，秋屿还拿出了市场分析数据，国内目前也有几个有代表性的树屋酒店，但总体来说，需求远大于供给。毕竟树屋酒店不是那么好做的，地理位置、审批、施工……各种实际问题，都是拦路虎。可一旦能解决上述问题，成功开建落成，最起码不用担心没有客源。带着孩子的家庭也好，情侣也好，朋友相聚也好，亲近大自然，放松身心的树屋度假村都是个十分吸引人的去处。

秋屿讲解完图文部分，郁盛再次接手讲述。

“以度假村目前的情况和我们的实际资金情况，可以先部分改建，临湖的做成湖畔木屋别墅，近山的部分建设树屋，那块空地可以做成采摘园种植体验区、饲养区，钓虾、钓鱼、烧烤休闲区域时下也很流行。还有重点在于，我们不需要学大酒店把内部打造成五星级客房，我们的情况比较适合网红民宿风，新颖的设计是关键，加上整洁、干净、温暖、舒适足以……这是如何取得审批的流程和方案……这是施工可能遭遇的几个难点和解决方案……这是预计投资额……这是第一年的预计回报额……”

这份PPT的方案远超章年的想象，他觉得他得重新评判面前这个年轻女孩的能力。他知道她还在读书，尚未毕业。年轻的豪门千金，过分美丽，是顾氏的老爷子给顾觉选择的未婚妻。优雅、聪慧、美艳，这便是所有人能看到的，但大部分人，对郁盛的认知大概也止于此。

而今天，他对她有了全新的认知，他甚至不再将对方视为晚辈，而是将她看作可以畅谈计划理念的同龄人。章年有些后悔，之前一直太顾及郁贵东，没有再早一点和对方这样面对面坐下来畅谈，否则他根本不至于浪费这么多时间。

“我有个朋友，或者说是认识的一位生意人吧。”章年开口道，“你也知道，我几年前在朋友这方面吃过亏，所以先前和郁氏提案时没有提到这一部分。你知道海名集团吧？”

郁盛扬眉：“做惊叫乐园的那个？”

“对，其实他们拿下了这附近一块地，当然比我这个度假村要大很多，环境、地理位置也更好。”

说到这里，郁盛哪里还不明白："他们想在那里建第二家惊叫乐园？"

国内第一家惊叫乐园位于S城城郊，于大半年前开园，因为极其新颖的游乐项目、超一线艺人为代言人以及刷爆各大网络平台的乐园打卡视频而火速出名。而投资建设惊叫乐园的海名集团也从默默无闻直接一夜成名，迅速成为商界宠儿，诸多生意人想要结交合作的对象。只是对方的主事人至今都隐在幕后，没有接受过任何采访，也没有参加过任何商界酒宴。

"我还算有运气，去年机缘巧合和对方认识。今年我接手度假村后海名的人来找，双方见面才发现是旧识，我谈过我投资度假村的计划和原因，对方也提到了附近另一块地。只不过，暂时没有下文。"

郁盛笑了笑："海名的人原先是不是想直接吃掉度假村？后来发现是你……"

"对，去年我帮过他，只是无心之举，但对方大概顾念这个人情，所以……"章年停顿一下，继续道，"其实原先把策划书给你父亲，我并没有想要做多大，简单翻新，只要能保持不亏损就可以了。可是刚才看了你的开发方案，实话告诉你，我非常喜欢，我已经决定跟你合作，我也能想象到一旦落成会是什么样的景象。海名想建第二家惊叫乐园，不一定非得吃下我的度假村，我们或许也不需要迫于资金压力分批改建。我们其实可以双赢——不，再加上你，是三赢！"

郁盛和秋屿对视一眼，章年似乎给了她一个惊喜。

郁盛在回程的路上睡着了，晚餐进行到最后喝了两杯红酒，她在车上竟慢慢起了困意。秋屿看了眼后视镜，她手里还拿着平板电脑，不久前她还在用它查看资料，可此刻她侧头靠在那里，睡得很沉。他调高了车内的暖气，查看导航，之后拐进了下一个休息站。

他将车停在一旁，因为怕吵醒她，没有下车，而是直接从前排座位的中央探过身体，将自己的西服外套轻轻盖在她身上。座位上的女孩动了一下，拢着他的西服，以一个更舒服的姿势继续安睡。他一手撑着座椅靠背，单腿跪在那里，目光落在她静谧柔和的脸上。许久，他伸出手指，将她落在唇上的发丝轻轻撩开。男人拇指的指腹不小心擦过了她的唇角，那一点细腻柔软的触感，却仿佛带了电，让他由指尖酥麻到心脏。秋屿睫毛微动，及时收回了手指，平静的俊美脸庞下，压抑着翻涌的海浪。他早已习惯了这种克制和隐忍，哪怕内心波动再强烈，都可以维持表面的冷静。即便她睡着了，这种克制依然不会松懈分毫。

他的手机在副驾驶座上闪了闪，他坐回原位，取过查看。

微信是A发来的，虽然是文字，却明显带上谄媚："老大，钱已经打回她账户了，除了该扣的费用，我一分没拿，全都打回去了，你可千万别不理我，我还要靠你养家糊口呢！呜呜……"

秋屿回复："没有下一次。"

A："呜呜……知道了……"

秋屿又回："你该得的报酬我会给你。"

A："咦？谢谢老大！老大威武！"

之后是一连串各种萌物的图片，秋屿没有再看，直接锁了屏。片刻后，黑色奔驰再次启动，以更加平稳的速度融入夜色中的高速路。

郁盛醒来已经是第二天，这是郁贵东的别墅，她位于三楼的房间。有关昨天自己是如何从车上回到房间，她的记忆有些模糊，似乎隐隐约约间，有人从后座抱起了她。对方的手臂很有力，她靠着对方的胸口，那里有她熟悉的温度和气息，她很喜欢，于是放松自己，安心地陷入更加深沉的梦境……郁盛拥着被子斜靠在枕头上回想和醒神的时候，房间门口传来嗤笑声。她抬眼，对上郁有枫似笑非笑的表情。

他双手插着裤袋，斜靠在门口，开口时声音有些懒散："姐，我也想找个又美又飒又能干的保镖！能让你那个保镖给我介绍一个吗？"

郁盛目光里带上了冷意："没睡醒就再去睡会儿，不会说话就别开口。"

"怎么了，我说什么了？"面容秀气的少年走到床边，低头看着她，故作无辜，"我们是姐弟，好东西就该分享。要不是我昨晚正巧还没睡，看到你被你的保镖抱进来，我都不知道你居然在身边藏着这么帅一个人……”

他的话被她伸手揪住衣领的动作打断。郁盛坐起身，拉着他的领子将他拽到自己面前，眸色泛冷地看着他：“郁有枫，安分一点，别惹事。”

这大概是他第一次在这个家里看到她露出这样的表情，眉宇间虚假的柔软被冷漠厉色取代，连同声音都冷下来。这样的她，看起来锐利而难以接近，却远比那个永远带着柔美笑意的郁盛要鲜活真实得多。

郁有枫歪了下头，漂亮的薄唇微勾：“好的，姐姐。”

顾觉将签完字的文件递给沈秘书，后者接过，却犹豫着没有马上离开。

他抬眼：“有事就说。”

沈秘书将手里的平板电脑打开，点开一个页面，然后递到顾觉面前：“那天宴会的照片上网了。”

页面上，是顾家家宴那晚的照片，主角自然是他，因为那晚他带着郁盛现身，所以大部分照片都是他们两人的合影。她挽着他和人举杯互碰、他揽着她的腰低头同她说话……那晚有几个一线艺人和时尚圈名人到场，这些照片也带上了他们的身影，流量为王的年代，粉丝都是闻风而动，也因此这些照片上网没多久就起了热度。有粉丝称赞自家艺人多美多帅的同时，也因为看脸顺便赞了一下郁盛和顾觉，无外乎最帅霸道总裁和绝美豪门千金那点事，看图说话脑补爱情自娱自乐。倒是没人看出来男主角就是先前和暮樱爆绯闻热搜的那一位。

沈秘书见顾觉看着页面没出声，吃不准他的心思，但因为之前暮樱的事，还是开口提醒：“顾总，这会不会是郁小姐……”

他跟了顾觉数年，很清楚他的界限在哪里。顾觉从不苛待身边的女伴，也从不勉强任何人，喜欢就多留对方一阵子，不喜欢可能一个星期就直接结束。他很大方，该给的从不会少，但所有一切都只归于身体关系，这是一个交易，他不谈感情，也最反感女伴生出其他心思，妄想一些不可能的事。郁盛是特殊，特殊点却是基于未婚妻这个身份。他见过顾觉真正喜欢上一个女人是什么样子，郁盛再特殊也远不及那个人，更何况，那个女人现在重新出现了。郁盛此刻如此高调地宣示主权，绝对过了顾觉的底线。而顾觉，原本就已经晾郁盛数天了。

“你也觉得这是她做的？”顾觉搁下平板电脑，再次抬眼。

“顾总，我只是猜测。”对方依然没显露任何表情，沈秘书有些不安，怕他这是真怒了。

但下一秒，他看到办公桌后的男人勾唇笑了起来。他以为是自己看错，那或许是个嘲讽的冷笑，但他很快发现不是。

他感觉到了顾觉身上散出的愉悦气息，他甚至发出低沉的笑声：“我就知道她忍不了几天，不愧是她……”

不愧是那个让暮樱身败名裂的同时还能在他面前露出纯澈笑容的郁盛。

顾觉突然没了工作的心思，他看看时间，发现快到她下课的时间，于是关上电脑起身，同时吩咐沈秘书备车。

“是去夏小姐那里吗，顾总？”沈秘书仍有些诧异。

经对方一提醒，顾觉才想起今天原本约好陪夏娃吃饭：“不是，去学校。夏娃那边，你联络一下，和她改天约。”

“是。”纵然内心再多疑惑，沈秘书依然恪尽职守做自己该做的事。

夏娃接到沈秘书电话时正对着镜子换衣服和化妆。

这几天，顾觉一直在陪她，甚至还给她安排了住处——哪怕她其实并不需要，也带她去以前充满回忆的地方吃饭。只是他并没有碰她，除了酒宴那晚喝多吻过她之外，他一直没再碰过她。而今天是个特殊的日子，她原本以为可以借着今晚，重新唤起他和她那些亲密回忆。她甚至想象过当他见到她穿上多年前那条白色的裙子，是否会一如当年那晚失控。而她呢，就这样接受？轻易原谅？还是拒绝？

她捧着发热的脸颊，甜蜜又无奈。然后她就在这样的心情下接到沈秘书通知说晚上约会取消。顾觉取消了约会？而且还没有亲自打电话？一瞬间，滔天委屈漫上夏娃的心头。

挂上电话后，她丢下裙子，打开手机浏览某个网络平台上的图片。

这些照片她昨晚就看到了，那时她就觉得是对方故意自暴出来宣示主权的，目的就是为了引起顾觉注意，毕竟这几天顾觉除了工作，天天都陪着她，对方感觉被冷落自然不会甘心。亏她酒宴那晚还对郁盛印象不错，觉得对方亲和美丽，气质矜贵。可现在想想，那些出身豪门的千金又有哪个是省油的灯！

“顾觉未婚妻”这个头衔就真的这么好吗？让对方哪怕使用各种手段也要拽着根本不属于她的男人？

“你知道了？”顾觉这句话说得没头没尾，有些突兀。

餐桌对面，郁盛正查看手机上的资料，闻言微微皱眉。

这家会员制餐厅位于B城繁华地段的大厦顶楼，以昂贵价格和一流夜景闻名，也是极致浪漫的“约会圣地”。不过郁盛此刻却对这些没兴趣，她以为顾觉这阵子重拾旧爱，正忙着玩霸道总裁和灰姑娘的游戏，应该没时间来找她。她这星期一直在忙树屋度假村的事，因为涉及第三方，方案的很多细节要改。章年虽然表示会先联络海名，把一些前期工作先推进，但郁盛明白，对象不同，同样的计划书可以打动章年，却不一定能打动海名的负责人。所以，她要做的准备工作很多。

在这样忙碌的情况下，她根本不可能留意网上那些照片，也更加听不懂顾觉的话。然而，她皱眉沉默的样子，在顾觉眼里又是另一番解读。

“小郁。”他摘下金边眼镜，放松忙碌了一天的身体，轻轻靠向椅背，“其实你可以直接问我，而不是用这种试图挑战我底线的方式。”

郁盛很聪明，哪怕他这番话说得没头没脑又莫名其妙，也大致猜测了一些：“你是在说夏娃？”这个名字出口的时候，郁盛下意识抚了抚手臂上冒起的鸡皮疙瘩，忍不住问，“她从小就叫这个名字？”

顾觉眯起眼。

“只是随口问问。”

顾觉盯视了她片刻，目光再度缓和下来：“你不用对她有敌意，她和暮樱是不同的人。”他从不喜欢和身边的女人多解释什么，他以为听到郁盛提夏娃，他会很不耐烦。可他此刻却发现，他对郁盛的耐心比他自己想象中更好。

“她和暮樱是不同的人？”郁盛眨了眨眼，目光澄澈天真，似乎真的因为不解在反问。

但很快，顾觉就知道不是，因为郁盛自己说了下去：“她在知道你有未婚妻当晚，在同一个场合，和你躲在小花园里亲热，所以，她和暮樱究竟有什么不同？”

顾觉眉头一跳，很难形容这一刻的心情。有些事，私下去做，和当面被说出来，完全是两回事。

“郁盛。”他语带警告。

“怎么了，没有吗？”郁盛“哦”了一声，“那大概是我没看清楚，不管怎么样，听起来她并没有拒绝，你想自己重新听一遍吗？正巧我有录音。”

顾觉眉头一阵阵地跳：“你别这样，这事和她无关，那晚是我喝多了。我和她之间是有段过往，但那些事已经成为过去，你不明白她的情况和处境，我有照顾她的责任。”

“嗯嗯，对的，我理解。”郁盛撑着下巴，顺势开口，“那这样吧，我们两个先分手，然后你再……”

“你说什么？”男人的目光骤然变冷，他眯起眼睛盯着对面的人，似乎想从她脸上寻找到她说出这句话的动机。

“我说我们先分手——”

“郁盛！”顾觉再一次打断她，这一次的语气异常冰冷，“有些话，说之前最好考虑考虑清楚。我不可能因为这件事和你分手，别再想了。”

这是她认识顾觉三年以来，他在她面前最严肃的一次。其实她这次提分手只是一时兴起的试探，就算他同意，她在这之后也会面临一堆麻烦。所以严格来说，他今天同意也好，不同意也罢，对她来说，区别不大，反正她后续还有其他计划。

“不同意就算了。”郁盛应了一声，重新低下头看手机页面上的资料。

顾觉没再开口，餐桌上的气氛冷了下来，直至后来服务生上菜，郁盛都没主动说什么。郁盛沉默，他自然更不可能主动说话。该说的他都已经说了，再继续解释他就不是顾觉了。

两人就这样安静地吃完了晚餐，下楼的电梯里，顾觉的手机来了消息。他取出查看，消息是夏娃发来的图片，上面是一份煎得不太好的牛排。图片下是她发的文字："幸好今晚你没来，否则要饿肚子了……"后面还配了个吐舌头的调皮表情，看着可爱又淘气，顾觉被冷待了一晚上的心情稍稍转好。

他回复："我现在过来。"

电梯抵达底层，"嘀"的一声开了门，顾觉伸手，拦住了郁盛准备离开的脚步。有些话，离开之前他觉得有必要提醒一下，于是便开口道："我不喜欢女人无理取闹，争风吃醋记得适可而止。"

郁盛扬了扬眉，她记得之前在郁贵东的寿宴上，他还说过很喜欢未婚妻为他争风吃醋，让她不用太大方，这么快就反悔了?

顾觉显然也从她的表情里想起那件事，但对他来说，夏娃和其他人是不一样的，她是个特殊的存在，所以哪怕是郁盛，也不可以取代。或许他让她独自冷静的时间还不够长。顾觉注视她片刻，率先转身走出电梯。

郁盛觉得顾觉应该是误会了一些事。

她一开始说那些话，纯粹只是想让他难堪罢了，好让他别有事没事来烦自己。两个人取消婚约，郁贵东那里肯定会多出很多麻烦，也一定会对她的计划有影响，但现在不是三年前，她有自保的能力，所以分手与否对她来说纯粹是权衡利弊的问题，和顾觉自以为的争风吃醋相差甚远。当然，若是不分手，他也不来打扰，暂时维持现状是最好的方式。

因此，当顾觉再一次将郁盛晾在一旁，希望她自我冷静时，郁盛很是愉悦地投入了工作。其间还请假瞒着郁贵东飞了一趟S城，去见海名的负责人。

这位神秘的负责人出乎意料地年轻，看着不过三十来岁，长相英俊，当然，郁盛讶异于对方的年纪时，对方同样惊讶于她的年轻。在对方眼中，郁盛长相精致，气质不俗，谈吐沉稳，但仍旧是个很年轻的女孩。大约因着这个，几方人员午后在酒店会议室开会时，海名负责人的目光总不由自主在她身上停留。

郁盛并不介意这些，美貌是她的优势，可以吸引更多的注意力，而注意力很有可能是一项合作的开始。

这次的PPT由郁盛亲自演示，会议室里除了章年和他的经理，还有海名的负责人、助理以及总经理和执行策划。这四个人里，三名是男性，在郁盛开口之前，都用挑剔的目光打量着她，哪怕是演示的过程中，也轮番向她抛出诸多问题。

海名的负责人叫周洛，章年称呼对方周总，这个姓氏让郁盛想起之前宴会上见过的另一位周总。不过眼前这个周总，和周放成熟稳重而又犀利的模样完全不同。他穿了件很花哨的休闲西服，左耳戴着一个钻石耳钉，两只手上都戴了尾戒，和她握手时，笑容洋溢态度亲和。在她演示PPT的整个过程里，无论他手下的表情有多严肃，问题有多刁钻，他从头至尾都保持着同样的笑容。这是一个笑面虎，这样的人，看似亲和，实则很难打交道。因为当他对人笑着的时候，对方根本猜不透他心底的想法，究竟是满意，还是不满意。

郁盛一向信奉尽人事听天命，无论面对赞赏还是挑剔，她深知做好自己才最重要。合作项目得你情我愿才能长久，否则只会产生诸多矛盾，而且这个项目，她和章年两个人也能做起来，不过是赚多赚少的问题。

PPT演示全部结束后，一直靠在座椅上稳如泰山的笑面虎终于开了口："郁小姐远道而来，晚上一起吃饭吧，去过乐园的星空餐厅吗？"

"太忙，还没机会去乐园。"

周洛笑容更盛，衬得他整个人越发俊朗："很荣幸能成为第一个带郁小姐去乐园的人，回头我让助理准备几张乐园的年卡，不管这次项目能否合作，郁小姐这个朋友我交定了。"

郁盛礼貌地表示了谢意，周洛又和章年聊了几句，正寒暄时，周洛的助理接了个电话，随后将手机递给他，同时压低声音道："是夏小姐。"

郁盛眉梢轻扬，夏小姐？该不会是她知道的那位夏小姐吧？

周洛后面的一句话，证实了她的猜测。

"你不是刚回B城吗？"周洛也不避讳，朝郁盛和章年笑笑，便直接接了电话，“你来就来呗，我和哥说这些做什么？”

“不是啦，你知道的，你哥他一直不赞同我去玩那些刺激的项目，所以我这次是偷偷和我一个朋友一起来的，我们已经下飞机了，现在准备去打车……”

“行吧，你把到酒店的时间告诉我助理，她会帮你们安排房间。”周洛说着，就想把手机转交给旁边的助理。

“等等！你……你不和我一起吃晚饭吗？”

“你不是带了朋友吗？”周洛不甚在意，“再说，我有工作要忙，你以为成天和你似的游手好闲啊！”

夏娃被“游手好闲”这四个字气到了，恼得直接挂了电话。

周洛没回打过去，直接把这事交给了助理，助理拿着手机，离开会议室出去处理了。在她眼里，夏娃属私人事件，无论夏娃在周放那边多受重视，她也不可能让这类事情影响到自家老板的工作。这完全是两种性质的事情，不在同一条水平线上，没有可比性。

会议室内，郁盛神色未变，一众人又寒暄了几句，随即约了晚餐时间。

秋屿起身收拾平板电脑和文件资料夹的时候，周洛终是没忍住将视线落在他身上。对方虽自进会议室后一言未发，安静沉默得好似不存在，但那张脸和身高，想不注意都难。

周洛这两年也陆陆续续投过几个网剧和电影项目，见识过娱乐圈的繁华和星光，但现在想想，那些男明星，居然没有一个比得上眼前这个安静的助理。而拥有这样长相的男人，居然只是一个助理？凭他的模样，哪怕他什么都不会，只要朝镜头前一站，也多的是影视公司签他……

“周总。”郁盛的声音适时令他回神，周洛收回目光，和郁盛带笑的目光对上。她分明笑容明媚，可周洛却隐隐觉察到了她的不悦。是因为他多看了那个助理一会儿吗？可刚才，他用这种目光——甚至更加肆意的目光打量她时，她根本毫不在意。

这么维护手下的吗？有意思。

对方给郁盛安排在酒店的错层商务套房内，因为分上下楼，有两个卧室，郁盛便让秋屿直接住进了套房。距离晚餐还有几个小时，她准备回房间休息会儿，洗个澡，再换身衣服。

套房很漂亮，朝南是大块的落地玻璃窗，有点像她在B城的错层公寓，顶部高挑，采光非常好，视野更好，可以将马路对面的惊叫乐园尽收眼底。

“阿屿，找人查一查周洛和周放的关系，还有一个叫夏娃的。我想知道，她和他们两个人的关系。”夏娃和顾觉之间的事，她没兴趣查，但周家人不同，尤其是周洛。

她要跟周洛合作，得先弄清楚周放在海名的话语权，以及周洛和夏娃的关系如何。当然以刚才那个简短的电话来看，夏娃在周洛这边似乎不如在周放那边得宠。但一个年纪和她差不多的女孩，能同时跟顾觉、周放、周洛都有点关系，莫非也是富家千金？但在B城上流圈子里从没听过有个夏家，不仅B城，S城也没有。

“好。”秋屿没有多问，简单应下，取出笔记本电脑，在餐台上打开开始做事。

郁盛冲完淋浴，换上更为舒适的衣服下来时，秋屿已经结束工作，正在用房间里的咖啡机冲泡咖啡。

“房间提供的胶囊咖啡，不一定好喝，试试看。”他将两杯咖啡搁在一旁的吧台上，从冰箱里取出牛奶倒入。

郁盛“嗯”了一声，站在落地玻璃窗前看对面的惊叫乐园，手里还拿着一本介绍册，一一比对地图和建筑。

秋屿将加了牛奶的咖啡递到郁盛手边，郁盛喝了一口，嫌弃地递还给他：“不好喝。”

他接过搁到一旁：“我让楼下咖啡厅送现磨的吧。”

“不用麻烦了，我们下去买吧。”郁盛将手里的介绍册翻到其中一页，然后展示给他看，“阿屿，我要去这个鬼屋。”

秋屿愣住：“您确定？”

没人比他更了解郁盛，她怕冷怕黑，之前有一次半夜打电话给他，因为她临睡前看了一部很经典的《林间小屋》，加上那天她一个人住在公寓，结果又困又不敢睡。最后是他开车赶去，和衣在她公寓下层的沙发上躺过了后半夜，她才在楼上睡着。

郁盛大概也是想起了那次，不过在她看来情况不同："没事，反正今天你和我住一个套房。"说着，她又补充了一句，"现在就去。"

郁盛没有去过这样大型的游乐园。

十三岁之前，她妈妈还在的时候，是碍于家里条件去不了。她妈妈独自抚养她，生活压力大又忙碌，她从不会提过分的要求，有时周末去一趟附近的小型游乐场，她已经很满足了。

十三岁之后，她去了B城，进了郁家。郁贵东除了和她有血缘关系外，等同于一个陌生人，根本不可能像个正常的父亲一样在假日带她出去玩。

再后来，她长大了些，在大学里结交了几个要好的朋友，可以独自外出并照顾好自己，郁贵东却动了利用她联姻的心思。她曾被郁贵东带去和某个谢顶的中年实业家吃过两次饭，也是从那时候起，她便明白了自己对郁贵东而言意味着什么。在郁贵东眼里，她这个做女儿的大约只是一个拥有交换价值的可以利用的"礼物"。

她正式和顾觉订婚后，即便有时间有钱，也完全没心思去游乐园那种地方。她总是嫌时间不够用，有太多东西要学，有太多资料要看，太多数据要分析，等她反应过来的时候，发现自己早已和同龄人距离遥远，连初中高中交到的朋友也渐渐疏离。她根本不可能像个正常的无忧无虑的大学女生那样，享受青春、友谊和恋爱。

S城位处江南，冬天多雨，正巧前一天刚刚下过一场，此刻空气里满是湿冷的水汽，那种湿冷远比B城的寒冷更甚，一丝一丝的冷意仿佛能钻到人的骨头里去。

郁盛穿了件厚软的白色绒外衣，外衣很长，过膝，有兜帽，可以将她整个人都包裹在里面。可她还是觉得冷，尤其在进了鬼屋之后。

和大多数明明怕得要死却又想玩鬼屋的人一样，她在踏入伸手不见五指的空间后立刻感觉四面八方都不安全，随时会跳出什么东西。

“阿屿……”她去揪身旁人的大衣，感觉自己的指尖凉透了。

“嗯，我在。”他感觉到了拉住自己大衣的手指，他手指动了动，还是忍住了想要握住她手的冲动。

郁盛却攀着他衣袖抱住他手臂靠过去，将脸颊贴住他手臂的同时用手指半挡着眼睛，一旦情势不妙可以立刻捂住眼睛。不知道是不是她的错觉，她靠住他的时候，对方的身体似乎微微僵了下。

“阿屿，你怕黑吗？”

“不怕。”

“那你怕鬼吗？”

“不怕。”

“你可太靠得住了……”周围逐渐出现各种奇怪的声音，有开门的吱呀声，似乎还有幽怨的叹气声，郁盛感觉衣摆被人拉扯了下，立刻捂着眼睛整个人缩进他怀里，“有、有东西摸我！”

“没事，只是一个工作人员蹲在那里。”秋屿点开手机的电筒功能看了眼，确定只是无害的工作人员之后，刚想关闭电筒，郁盛已经从他怀里抬起头。

他想要阻止已经来不及了，郁盛侧头看去，在电筒的帮助下清楚看到了自己脚旁的一张“鬼脸”和血淋淋的“半截身体”，这一眼对视差点直接把她给送走……

郁盛说什么也不肯走了，揪着他的衣服说要原路返回。

“已经走了大半，原路返回花费的时间更久，更何况，后面还有其他客人，有几个路口很窄，又很暗，返回的时候会撞上别人。”他一条一条耐心地劝说，可这个时候，劝说根本无用，郁盛哪里肯听。

她使劲抱住他劲瘦的腰身，把脸藏在他胸口，连眼睛都不肯睁开，更别说走路了。

秋屿被抱得动弹不了，尤其心口那一处，能清楚感觉到她紧贴着他的温热呼吸。明明是无赖又不讲理的模样，与不久前开会时那个沉稳大气的郁盛相去甚远，可他就是抵抗不了，心脏甚至又酥又麻的，就像不是他自己的。

他听见自己叹了口气，第N次无原则地败下阵来：“那我背您出去，好不好？”

“嗯。”这回郁盛同意了。

秋屿蹲下，轻轻松松地将人背了起来：“害怕就闭着眼睛，一会儿就出去了。”

郁盛没出声，但是将搂着他脖子的手收得更紧了些。即便背着一个人行走在黑暗里，他的脚步也又快又稳，这种感觉令人安心。

郁盛渐渐不怕了，松开捂眼的手，还有心思和他聊天：“阿屿，你肩膀好宽啊……”

“……”

“阿屿，我记得以前你也背过我一次，我有没有变重？”

“……”

“阿屿，我刚才就想说了，你身上好香啊，用了什么香水？”

“郁总，我没用香水。”

“是吗？我再闻闻。”

郁盛说完，秋屿就感觉到有温热的呼吸靠近了他的脖颈，像某种毛茸茸又柔软的小动物那样，轻轻嗅了嗅，还不小心蹭了下。他脚下不知绊到哪里，一个踉跄，迅速用手扶住旁边的墙壁才避免了摔倒。

“你没事吧？”柔媚的嗓音在他耳旁响起，气息拂在他耳际，带来一丝丝酥麻的痒。

黑暗中，秋屿悄悄收紧了手指，开口时声音却比往常更加冷静：“没事，马上到了。”

第 七 章

秋屿，我们的公司终于正式开张了

夏娃没想到来S城散心居然会看到那个令她心烦的女人。

顾觉已经几天没来见她了，自从那晚她发了张做牛排的照片，他去他给她安排的公寓里坐了会儿，吃了几口牛排外，就再也没去找过她，也没有带她出去。夏娃觉得自己已经够主动了，而且她和他之间原本就是他欠着她的，如今让她一而再再而三地主动去找他，她做不到。可就这样待在B城，只要他想，她又随时能被他找到。最后，她决定带着好朋友来S城待几天。她知道周洛在S城，而且自这个游乐园开业后，她还没来过，哪里知道跑这么远，还能见到不想见的人。

不远处的鬼屋门口，郁盛正从一个男人的背上下来，她看起来心情不错，笑着和对方说了句什么，那人便朝一旁的棉花糖摊子走去。很快，男人带着买好的棉花糖回来，递到她面前，她揪下吃了一口，又揪了一团踮脚递到对方嘴边。

目睹全过程的夏娃摇头叹息，她的好友在旁边不解地问："怎么了，看见谁了？"

"一个认识的人，我还以为她多喜欢他，结果……"夏娃冷笑，"不过我也不算多意外，这样的豪门联姻哪里来的真爱，有些女人表面看起来美好其实私下玩得很开放……"

"豪门联姻，你该不会是在说你男朋友那个被家人安排的未婚妻吧？"好友闻言眼睛顿时亮了，“别傻着，赶紧拿手机出来拍照啊，在哪儿啊？这种都是她出轨的证据！越亲密越好！”

夏娃被好友催促着拿出手机，最终调整镜头开始拍照。

冬天的傍晚太阳落山早，六点多天色已经黑了，夏娃数次按下拍照键的时候，闪光灯自动工作，连闪数下。秋屿是何等敏锐的人，即便在人来人往的游乐园里面，也立刻觉察到了朝着他们连闪的闪光灯。

他回头，迅速从人群里辨别出对方的方位，然后在对方略显慌乱的时候快步走到她们面前：“很抱歉，可以给我看一下你的手机吗？”

夏娃有片刻愣怔。

男人双腿修长，穿了一件全黑的薄呢大衣，逆着一旁摩天轮的灯光走来，那张脸清冷又淡漠，漂亮到令人失语。

“什么？”视觉的冲击让夏娃一时没能反应过来，她握住手机怔在那里的时候，对方再次说了声“抱歉”，然后伸手取走了她的手机。

手机离手之后，夏娃才反应过来，想要夺回自己的手机，秋屿已经迅速从还开着的拍照界面点进了相册，再点开新拍的几张照片，无一例外主角都是郁盛和他，十分清晰。

“你未经同意拍摄了我们的照片，已经侵犯了我们的隐私权。这一次，我只选择删除照片，如果再有下次，我会报警。”秋屿将手机转过去，让她看清了屏幕上的照片。

因为拍摄镜头拉得很近，照片主角一看就是他们两人，夏娃连“只是拍乐园不小心顺带拍下两人”的辩解的话都说不出口。之后，他将里面他和郁盛的照片全部删除，再进入“最近删除”，将照片彻底删掉。他动作很快，不过数秒已经将删除了照片的手机递还到夏娃面前。整个过程里，他脸上都没有丝毫表情，眉宇间的冷色令人望而生畏。

“你……你这人怎么这样？”夏娃的朋友好不容易才反应过来。

秋屿并不理会，还了手机直接转身，朝郁盛走去。

“夏夏，怎么办……”那女生见状，伸手去拉夏娃，“我们就这样错过这个机会吗？”

夏娃此刻又恼又羞，偷拍被当面捉到，还被当面警告，让她无法忍受。

“你待在这里！”她一咬牙，点开手机按了几下，然后握着手机追了过去。

郁盛还没和秋屿说两句话，就看见夏娃带着一脸坚毅之色冲到她面前：“拍照是我不对，可你这样，对得起顾觉吗？”

郁盛一脸疑问，是她……耳朵出问题了？

郁盛轻轻抬手，制止了想要上前处理的秋屿。

在她的认知里，第三者这样的角色都应该对正牌未婚妻敬而远之的，但凡有点羞耻感的人，都不至于觍着脸主动上前。可顾觉身边这些女人，新人也好，旧人也罢，一个个的，都无畏无知得很，也不知道是什么给了她们勇气。

“我刚才都看见了，你们两个人……你不用着急否认，我知道这是你的私事，我无权过问，原本我也没打算过来说这些，但我这个人最不喜欢的就是被人误解。所以我过来想要告诉你，我是有错，但你也好不到哪里去，不要以为派人过来说一句侵犯隐私权，就能显得自己多正义。”

郁盛大致明白了，对方这是觉得被秋屿下了面子，现在过来“找场子”。不过听她的语气，挺正义凛然的，似乎并不知道郁盛已经知道了她和顾觉那点事。

郁盛玩心起了，决定皮一下：“你是哪位？”

夏娃一口正气噎在喉咙里：“我……我们那天见过，在顾家的宴会上。”

“哦，不记得了。”

“不记得没关系。总之，你瞒着顾觉在这里和其他男人约会是事实，我也只是不小心拍到，你不用这么紧张，照片已经被删除了，我也并不害怕你的威胁。”

郁盛纤长的眉尾轻轻一挑，她看着对方紧握在指间的手机和她微微紧张的模样，突然醒悟过来。

她微微一笑，再次开口：“我不知道你是谁，也不知道你为什么非要曲解我和我保镖的关系，但顾觉是我的未婚夫，你这样替别人的未婚夫打抱不平，是在告诉我你看上他了，想当第三者吗？还是说，你已经当上了第三者，现在是在故意找碴儿？”

“你、你胡说八道！”夏娃又气又恼，眼眶却不自觉红了。

她看着站在面前一身高奢名牌又艳光四射的郁盛，突然想起自己现在和顾觉的关系，当别人说出第三者的时候，她满心被冤枉的愤怒，很想大喊不是，但她好像根本就没有反驳的底气。

郁盛看着她，渐渐收起笑意：“既然不是，那就少管别人未婚夫的闲事。”

对方突然冷下来的眼神让夏娃一下子气势全无，她转头去看秋屿，想从他脸上看出一些端倪，她不相信一个长相气质都如此不俗的男人会愿意忍耐当个没有名分的第三者。可是对方神态漠然，目光清冷，似乎对郁盛口中的“未婚夫”三个字毫无反应。在那样的注视下，夏娃突然有些无地自容，她转身想要离开，结果没跑几步，却一头撞到来人身上。

她抬头，看到熟悉的花哨西服和周洛那张俊俏的脸孔，仿佛一下子看到了救星：“周洛哥，你终于来了，我刚才……”她转头朝郁盛的方向看了几眼，话没说清楚，语气里却带着无尽的委屈，像是被人狠狠欺负了一样。

周家的人都很护短，哪怕周洛平时待她不冷不热的，从没什么好话，但是在外人面前他都会护着她。

夏娃见周洛朝郁盛走去，以为对方是要给自己出头，结果周洛还没走近，就已经朝郁盛笑了起来：“郁小姐，真抱歉，她是不是给你惹麻烦了？她是我哥的一个朋友，年纪小不懂事，有什么得罪的地方我先替她说声对不起。”

“没事，我没那么小气。”郁盛似笑非笑地瞥了夏娃一样，“年纪小吗？倒是没觉得。”

周洛这才想起面前人的年龄，他听章年提过，算起来似乎比夏娃还要小上几个月。他于是笑了笑：“没办法，有些人只长年龄不长心……她的心还是个孩子，郁小姐不要介意。”

夏娃听到这里，泛红的眼眶里终于涌满眼泪，她用手背擦了擦眼角，转身头也不回地跑了，因为没怎么看路，还差点撞上跟着周洛几人一起过来的章年。

章年“咦”了一声，转头看着夏娃离开的方向，摇了两下头：“眼睛水润，目光涣散，颧骨带痣……”

章年喃喃自语的两句话，却突然让周洛皱眉认真起来：“章总，怎么了，她的面相有什么问题？”

“没什么，你别介意，我只是老毛病犯了，如今不兴这个。”

章年的推托之言自然没能让周洛打消念头，他原本也不相信面相风水之说，可去年的时候，他就是偶然间从章年那里得了一番面相之言，才解开了困扰他许久的疑惑和心结。也因为那件事，他和章年成了朋友，后来处理B城郊区度假村的时候，他得知主事人是章年，念着之前的情分，没以一贯的霸道手法做事。

因为还有郁盛在，周洛没继续追问。当天晚餐结束后，他再次单独找上了章年，表示很想听他傍晚未说完的话。

“章大哥。”这是周洛私底下对章年的称呼，“你不明白，那个女孩子和我哥关系很近，我哥这大半年一直都很纵着她，谁的劝也不听……”

“好吧，不过我这只是依面相直说，作不了准。”

“明白的。”

“眼睛水润，目光涣散，颧骨带痣，鼻小唇不均，夫妻宫带横纹……唉，每一个都是多情祸水之相，普通人一般只中一两个……”后面的话，章年不太好说，因为不好听。但即便不说，周洛也明白过来。

“谢谢章大哥，我明白了。”

“你也别太看重这些个说法，说到底这也是封建迷信，不要太过相信。”

周洛笑了笑，没有反驳。

晨间阳光轻淡，靠窗的座位可以俯瞰酒店旁的乐园。夜晚的流光溢彩已经褪去，微微泛白的浅色阳光下，乐园里的设施还在安静沉睡。

这样宁静的清晨时光里，秋屿一句话，让郁盛差点把咖啡喷出来。

“顾觉和夏娃曾经谈过恋爱。”

秋屿继续说：“夏娃原名顾贞夏，他们没有血缘关系，夏娃是顾觉的大哥顾庭再婚时，再婚对象带进顾家的。顾家老爷子也因为这件事和顾庭关系变差，之后开始悉心培养顾觉。因为顾老爷子的不认可，夏娃进顾家后处境尴尬，后来她和顾觉熟了起来，因为两人岁数差距不大，所以关系变好后，顾觉一直对她照顾有加。在某种意义上，这也算是青梅竹马，后来会在一起也是……”秋屿说到这里，抬眼看了看郁盛。

郁盛正在喝粥，见他停下不解地看他：“继续啊，正说到精彩的地方呢。”

“总之，夏娃年满十八岁的时候，两个人在一起了。后来这件事被顾老爷子知道，大发雷霆，怒火都是冲着夏娃去的，之后她意外摔倒流产……。顾老爷子一方面以继承者的位置向顾觉施压，一方面让顾庭亲自处理家务事。当时夏娃的母亲已经怀了顾庭的孩子，顾庭到底没忍心离婚，于是安排夏娃改名换姓，去了国外。顾觉曾经找过夏娃，但有顾老爷子介入，没能找到。再后来，顾老爷子在一次宴会上看到了你……”

“看到了我？呵呵，是看中了吧。是不是觉得我足够漂亮，家庭背景尚可高攀顾家，却又完全可以拿捏，所以当作礼物一样安排给顾觉，以为这样可以把他的心思拉回来？”郁盛搁下勺子，冷哼了一声，“难怪，那天的顾家家宴，夏娃跟着周放不请自来，这是回来示威的吧？怪不得那天顾老爷子身体不好早早退场休息，原来是被气到了。也难怪顾觉会说他对夏娃有责任，这可不嘛，害得她流产，又被改名换姓远送出国，离开亲人身边，责任是挺大。”

“夏娃出国后认识了一个男人，那个男人给她引见了欧洲一个著名芭蕾舞团的老师，之后她才能继续学芭蕾。再后来，她在一次演出时认识了周放，她和周放的关系比较特别。周放未婚，对外宣称两个人并不是男女关系，但这大半年周放背地里处理了数个追求夏娃的男人。”秋屿说着，将手里的平板电脑转到郁盛面前，“具体详情和一些照片资料也都在这里。”他目光微落，顿了顿才继续道，“后面这些，需要复制一份交给顾觉吗？”

“交给他做什么，我才没那么好心帮他查他青梅竹马的资料。”郁盛慢条斯理地喝着咖啡，“你说夏娃这些事情，周放知不知道呢？”

“当年顾家封口以及安排夏娃改名和去国外的事做得很干净，一般情况下，即便有人去查，也不一定能查到。”

郁盛想了想："把所有资料，剔除周放后面做的那些事，复制一份用你的邮箱发给周洛。"

"是。"

秋屿并没有多问，但郁盛很愿意和他多说几句。

"如果周洛知道就算了，但如果他不知道，我这就算是卖个人情给他，合不合作另说，让他欠我一次也好。"她从周洛待夏娃的态度，以及他认真打听章年对夏娃面相之说可以看出来周洛的立场。

她对周洛的印象比对周放好，能成为朋友尚言之过早，但商场上面，周洛可能是个不错的合作对象，从他待章年的态度就可以看出来。以章年的资产，度假村那事周洛完全可以实力碾压或者下黑手，但他没有，甚至对章年还以礼相待。

"顾觉说得没错，夏娃和暮樱确实是完全不同的人，暮樱里外一致，跋扈就是跋扈，坏就是坏。而夏娃这类人，非常喜欢把自己包装成善良的柔弱的好人，实际人心一点也不善。一般这类型的女人都是男人的最爱。"想到夏娃昨天的意图，郁盛觉得有趣，"又想套我的话录音，又没有配得上的演技，我在她眼里到底是有多蠢？还是在别人眼里，像我这样的富家千金，就真的只懂买买买和享受生活？"

可这圈子里的千金小姐们，又有哪个是真正天真懵懂的。

秋屿抬眼凝视着桌子对面的年轻女孩，因为时间尚早，又不是工作时段，她没有化妆，黑色长卷发也松松地盘了个髻，她穿了件浅灰色的长绒毛衣，一字领，露出纤细漂亮的锁骨和修长脖颈。

即便没有化妆，她的双颊依然白皙柔嫩，唇色红艳，满满的青春气息。可是这样柔弱又纯真的年轻女孩，目光却清冷如深潭。

没有人生来便能遇事冷静胸有成竹，也没有人天生会有这样坚韧的眼神。这三年，他几乎是看着她一点一点从一个天真懵懂的女孩成长至此，她努力挣扎着，跌跌撞撞朝前走，摔倒就自己爬起来，从不喊疼喊累，只有更多的学习和不断的实践积累。有微微的刺痛感在秋屿心口泛起，秋屿轻轻收紧手指，他向来是能忍痛的人，腿被钢筋刺穿也能面不改色支撑几个小时。可此刻，那一点点疼痛却让他觉得难以忍受。

他很想做什么，想伸手过去，轻轻触上她的脸颊，用自己指尖的热度温暖她；想站起身，坐到她身旁让她靠进自己怀里，替她挡去所有寒冷；更想抚上她的眼睛，让那双深黑的眼睛里只有清亮，再不见昏沉。可是所有这些都不行，因为对她来说，他是保镖、是司机、是助理，他可以做她的眼睛和手，替她处理一切。唯独她的感情和人生，他不能插手，那是越界。他承担不了越界的代价，所以唯一的方法就是克制，让自己永远待在界限的这一边。也唯独这样，他才能够继续留在她的身边。

郁盛在S城多留了几天，把惊叫乐园玩了个遍。

郁贵东盯她盯得很紧，一个晚上不回去还行，两三个晚上不见人影他就会开始问东问西，所以这次她出来用的理由和之前向他要钱的理由是同一个：胸部整形医生那里约的时间到了，她得去医院住几天……

郁盛觉得，一个故事有头有尾，才算编了个好故事。

她回B城后没两天，章年给她带来了意外之喜——海名集团的合作书。

不知道是不是她先前让秋屿发过去的有关夏娃的调查资料起了作用，海名递来的合作计划书可以说相当有诚意，投资参股树屋度假村计划，但是占股比例不高，也不参与任何决策。简单来说，就是单纯砸了笔钱来，只每年按比例拿分成。当然这得是在赚钱的前提下，要是郁盛这里真的马失前蹄，亏了，那周洛那笔钱自然也就打水漂了。计划书还有一份附议，内容是等到旁边的惊叫乐园建成后，可以和树屋度假村达成商务合作，即推出捆绑套餐，也可以部分客源共享，彼此的客户享受一系列优惠政策等等。

这份附议带来的补充合作项虽然不多，却让郁盛非常高兴，因为这意味着B城的惊叫乐园修建在即。以后周边一圈地带都会因此慢慢增加人气，这种叠加的效果是以几何级数增长的。

关于如何确定合作的事，章年起先没有说，后来跟郁盛吃了两回饭，关系熟起来后还是说了。果然是因为郁盛递送过去的那份调查资料，资料内容周洛没和章年详细说，但他表示，他其实之前也查过资料上的内容，但他调查的结果远不如郁盛递送过来的如此详细。用周洛的原话来说，她有本事把连他都调查不到的事情查得这么清清楚楚，可见有几分真本事。当然，更让他看重的是她的领悟和观察能力。

一个才刚刚二十出头的女孩，在海名几个商场老手咄咄逼人的提问下有条不紊，清晰且沉稳地展示计划书；仅凭一两面的时间猜到他对夏娃最介意的是什么，默默递上一份完美调查报告，不邀功不张扬。再过几年，她会成长为何等模样？这一切的种种，都让他觉得不该错过这次的合作。

海名不差钱，最多也就是亏了这次，但一个好的合作对象，却可遇不可求。更何况，那份树屋度假村的计划书海名几个人已经分析过了，可行性非常高。

之后，郁盛和章年这边同海名开了几次视频会议，经过几次商谈最终将合同细节敲定。原本郁盛这边想再飞一次S城签约，但周洛表示这次他飞过来。

“我过来实地考察。”周洛在摄像头那边朝章年说完，又看向郁盛，“顺便看看我哥，再请郁总吃顿饭。”

周洛对她的称呼已经从郁小姐变成了郁总，这也等于是变相的认可。

“周总过来，应该是我这边尽地主之谊。”

“你们都别抢了，这顿应该是我请。”章年笑呵呵地开口。自从他认识郁盛后，似乎开始转运了，原本只是为了女儿收了一个停业状态的度假村，也没想要赚多少钱，甚至做好了亏本的打算，没想到这么快就能开始重建，还是以他从未想象过的规模。

结束视频会议后，郁盛合上笔记本电脑，靠坐在办公桌后的转椅上，抬眼打量这套精致小巧伴随她度过起步阶段的错层公寓。

“阿屿。之前你看过的几处办公楼，这几天推进一下，我们要正式组建公司了。”郁盛取过一支软头钢笔，在白色的A4纸上写下之前注册公司时就取好的名字：盛世繁华。

她的字很漂亮，横撇竖捺，力度十足，霸气潇洒，单单看字，不太像女孩子能写出来的。

她把纸交给秋屿，笑了笑：“喏，公司的招牌，后面加个投资、创投、资本……都可以，你来决定，只要记得把我这四个字挂上去就行。”

她是真的开心，起身走到落地窗旁，俯瞰脚下的城市：“秋屿，我们的公司终于正式开张了。”

这时的郁盛，有期待、有计划、有野心，但她也向来不是自得自满，自我感觉过分良好的人。她喜欢定下大目标和小目标，然后朝着目标一步一个脚印地走。所以这时的郁盛从未想过，在未来，盛世繁华将成为国内数一数二的投资公司，她会成为帮助很多人成就梦想的传奇投资人。

第 八 章

想不明白，我们就分手

顾觉再次打来电话是在平安夜当天。

郁盛不怎么爱过这类外国人的节日，往年圣诞节或是情人节之类的，顾觉一直都行程繁忙，也从未和她一起度过。所以她完全没想到他今年会找她。

郁盛最近很忙，租办公室、装修、招人、推进树屋度假村计划……还得准备论文，虽然大部分工作都有秋屿协调，但她也不可能把所有活都推到他身上。幸好，树屋度假村的主要执行人是章年，他已经慢慢转移重心，收回其他几个投资项目的资金，把所有人力物力都投入到度假村的建设上。

因为临近年底，从其他项目撤资都还算容易，只是这几个项目当初章年都拉了郁贵东的资金一起投资，这次他单方面撤了让郁贵东颇为不满。蚊子腿也是肉，更何况章年有诚信，项目来钱慢但是很靠谱，加上有他盯着，每年分成都很稳定。这回一次性撤了几个项目，让郁贵东这边破天荒主动联系了章年。

章年再老实也不可能说“撤资是因为我和你女儿在合作准备大搞度假村”，于是很低调地表示自己最近身体有些不太好，没办法同时盯那么多项目，只能对郁贵东这边说抱歉了。

向来都是章年求着郁贵东这边，这次等于郁贵东单方面被取消合作。但之前投资签约就是以年份算的，章年撤资并没有违反合同，郁贵东再生气也不能把他怎么样。

这几天郁盛以找一些实习资料为借口故意去了几回郁氏，最后一次时，果真听说郁贵东在会议上发了火，还提到某个不识相的合作者，小打小闹的项目也敢跟他摆谱，不过就是考虑的时间久了点就要脾气连从前的项目都撤了，让项目部的人眼睛放亮一点，以后这类型的小企业家别再放入考量范围，之后骂了一大通对方不知好歹云云。

郁盛从郁氏离开时唇角是勾着的，她决定奖励自己去吃顿好的。

“阿屿，我们去T城吃海鲜吧，我想去海边吃那种热热闹闹的大排档。”B城当然也有海鲜，但是B城没有海，海鲜都是运送过来的，价格贵，吃饭的地方也太高级，她总觉得吃起来没滋没味的。

“好的，郁总。”驾驶座的秋屿应了，又出声询问，“现在就走吗？可以从这边上高架桥，然后直接开去高速路。”

“你准备自己开车过去？我本来想坐高铁的。”郁盛朝前挪了挪，伸手抱住驾驶座的靠背，侧过头去看他。

“开车比较方便，大约两三个小时就能到。”

郁盛看着他线条利落的俊脸：“可是开车你会比较累。”

“没事，两三个小时很快，您可以在车上睡一会儿。”他扶着方向盘，目视前方，似乎并未觉察她打量自己的目光。

“要不我们不去T城了，就在B城找个地方吃吧？”秋屿这阵子比她还累，她实在不忍心折腾他，拿出手机打开APP想在B城找家好吃的店。

顾觉就是在这个时候来了电话：“你不在学校吗？”

“有点事提前离开了，怎么？”顾觉和夏娃从前的事其实让郁盛很反感，她如今已完全没了对他演戏的心思，语气自然冷淡不少。要不是顾及她的“盛世繁华”刚贴上公司门牌，她连这个电话都不想接。

郁盛声线柔美，即便语气冷淡，依然动听，透过手机落在顾觉耳中，反而像是另外一种情绪。因为他冷落她大半个月而生气，故意冷待他。

想到她为了自己冷落她而闹脾气，顾觉心里起了莫名的悸动和软意，声音也温柔下来："生气了？"他在电话那头发出愉悦的低笑，"别气了，在哪儿？我现在过来接你。"

有的时候，郁盛不太能理解男人这种自信。

例如郁贵东，年轻时还能用端正俊朗形容一下，如今身材发福，脸颊松弛，和俊朗完全不搭边，却依然老当益壮，喜欢上了一个女大学生，便把交往了两年的女朋友给甩了。

那女大学生郁盛见过，比她还小，黑色的长发，初恋脸，娇娇俏俏的，起码是系花一类的长相。郁贵东挺宠这个女孩，不仅数次出席宴会带在身边，甚至还带她回郁家别墅吃过两回饭，俨然要扶正的架势。而先前和郁贵东好了两年的女人自然不答应，于是各种使手段闹腾。结果小姑娘知道后，也没有闹，直接留了一句话说自己离开，成全郁贵东和他前女友。郁贵东对她正是上心的时候，哪里愿意，小姑娘便凄凄楚楚开始表达，说别人都说她是为了钱，但她是真爱，爱他的内在和才华，心疼他丧妻，这几年独自一人走过来，想给他一个温暖的家……无论郁贵东送什么昂贵首饰还是名牌包，就是不肯松口原谅他。

最后郁贵东买了一枝玫瑰花，答应从此对她一心一意，她才接受了他的道歉。而在这之后，郁贵东也正式和前头那个女友分了手，甚至开始计划和小姑娘结婚。

这事被郁有枫知道后，父子两个吵了一架。郁有枫说他疯了，居然信一个年纪比他女儿还小的女人会爱他，他在外面怎么玩郁有枫不管，但是涉及结婚，他绝对不同意。郁贵东自然不需要他同意，这个家里的一切都是他挣来的，他辛苦了这么多年，想结个婚而已，哪里需要郁有枫同意。

郁盛不懂，郁贵东到底是哪里来的自信去相信一个年轻姑娘如何爱他，如何同另一个三十来岁的女人斗来斗去就为了争得他更多的宠爱？这不瞎胡闹吗？

再说回顾觉，相比之下他的条件和郁贵东完全不是同一条水准线上的。

他年轻，长相英俊，气度不凡，有品位会穿搭，经常健身，是百亿集团的掌权人，B城数一数二的优质继承人。他答应订婚，明知她喜欢他，却将她这个未婚妻像摆设一样放在那里，不解除婚约，不说分手，甚至定期见面约会，然后自己在外面换了一个又一个女伴。

直至某天，他不知出于什么心思对她感兴趣了，上心了，不仅说要结婚，甚至慢慢流露出他以为的温柔宠溺，还玩起了霸道总裁时冷时热的戏码。他到底哪儿来的自信认为一旦他想要浪子回头，她依然会在原地等他，依然会像最初那样喜欢他，会感激涕零地接受他想要给予的一切？即便被她当面挑明他和夏娃那点事，也第一反应认定她是在争风吃醋？他能管理那么大的集团，在接手后扩大商业版图，想来也不是什么无脑的人，甚至应该比绝大多数人都聪明。可一涉及女人的事，为何能如此盲目地自信？

郁盛最终还是去和顾觉吃了饭。

她不是意气用事的人，不会因为事业有了点小成绩就轻飘飘起来，大谈骨气至上。顾觉再盲目自信，他依然是百亿集团的掌舵人，他要是想给她使绊子，现阶段有的是办法。她若要扯破脸皮分手，也不是不行，可这样等于同时得罪了郁贵东、顾家老爷子以及顾觉。她又不是傻子，决定订婚的人是他们，不该由她来收拾残局，也不该由她来面对这三方的压力。但她所能容忍的，也只是在这样的公众场合见面吃饭，再进一步的事自然不可能有。

顾觉倒是不介意，或者说目前阶段，他很愿意和她玩这样的暧昧游戏，甚至还有点乐在其中。

“一会儿让你司机先回去，我来送你。”晚餐过半，顾觉开口吩咐。

“今天是平安夜，你不用分点时间给夏小姐吗？”

顾觉掀起眼皮看她：“就这么想让我生气？”

餐厅烂漫的灯光下，他出挑的皮相配上这副斯文败类的表情，着实很养眼。郁盛觉察到，隔壁桌的一位性感女人已经第三次朝这里投来了目光。这里是会员制餐厅，普通人连门都进不了，能在这里吃饭的都非富即贵，即便谁长得好看一些，旁边的客人也不至于这样盯着，又不是没见过长相好的。

郁盛想起对面这人丰富的“阅历”，好心提醒：“旁边那人好像认识你。”

顾觉转头看了一眼，正巧和女人投来的目光对上，后者眼睛弯了弯，冲顾觉露出一个笑容："好巧。"

对方已经先打了招呼，顾觉便也颔首算是回了招呼。但很快，那女人就站起来朝他们这桌走来。她那桌上有三四个人一起，年纪相仿，看着似乎是平安夜朋友聚餐。

"好久不见，我还在想你到底会不会看见我呢。"女人语调平缓，很是悦耳，说着朝郁盛看去，眸底隐隐带着挑剔和审视，"和女朋友共度平安夜啊？"

顾觉勾着唇："未婚妻。"

"哦，原来是郁小姐。"对方朝她伸出手，"你好，我是泰盈。"

姓泰，又通身富家千金的贵气，郁盛很快猜出对方的身份——千泰地产的千金。千泰地产是顾氏的合作伙伴之一，之前两家公司一起合作开发了B城一块地，用来建购物中心。现在看起来，顾觉不仅和泰家有合作，和泰家这位千金似乎关系更好。

郁盛同她握了握手："郁盛。"

泰盈收回手，同时也收回了落在她身上的目光，转而朝顾觉笑笑："我爸那天还和我提到你呢，说上次合作后，还没机会再一起吃个饭，这么巧今天就碰到你了。"

"是我的失误，改天一定请泰董吃饭。"

"就只请我爸呀？"对方娇嗔。

顾觉笑笑："你喜欢吃什么告诉我，我来定地方。"

"行，那回头联系。"泰盈得到想要的答复，笑着离开了这边，转身之前，目光似不经意般掠过郁盛，轻挑长眉露出一点挑衅之色。

郁盛无动于衷地继续吃饭，那神色她从顾觉身边各种不同的女人脸上见过无数次。如果她真和顾觉在谈恋爱，连出来吃个饭都会遇到他的红颜知己，还被对方挑衅，恐怕怄都要怄死了。不过现在，她倒是有了正大光明拒绝的理由，不仅餐后拒绝"续摊"，还拒绝了他送她回家的请求。

送她坐电梯下楼的途中，顾觉脸色不太好看："我之前就说过，那些都已经是过去的事，对我来说也没有任何意义。”

“我没有生气啊。”郁盛一脸“你想多了”的表情，还朝他露出个笑容。

只可惜，顾觉非要脑补，脑补的同时再次动了气：“我不喜欢为同一件事一而再，再而三地解释，我说了已经过去就是已经过去。”

电梯抵达地下停车场，顾觉像是真的有点生气，一改之前绅士的作风，握住她手臂，直接将她拽到自己的车旁。

今天他没带司机，是自己开车来的。他打开副驾车门，敛眉沉声道：“上车，我送你回去。”

“可我司机还在等我。”

顾觉伸手拦住她，强行将她推上车，并倾身过去替她系上了安全带：“告诉他，让他下班。”

他这一推一系的当口，两人不远处有闪光灯亮起，顾觉皱眉抬头，发现一个戴着帽子的狗仔抱着相机，转身就跑。身为顾氏集团的掌舵人，名下又有明灿影视，顾觉的绯闻照片同样拥有流量价值。

这晚，在顾觉坚持开车将郁盛送回郁家别墅后，两个人平安夜约会的照片也很快在网络上曝光，还是以连续剧的方式。

因为拍摄角度的问题，顾觉给郁盛系安全带的动作很像是在弯腰探进车里和她接吻。编辑选了几张角度最像的照片，冠以“顾氏集团总裁豪车激吻美女”这样的热辣标题，很快吸引了大批流量。虽然女方的脸和半边身体被顾觉挡住，看不清是谁，但她修长白皙的脖颈和一边莹白如玉的耳垂却被拍得格外清楚。有了流量后，编辑再以“顾氏继承人和其未婚妻感情笃深”为标题，以示澄清。既吸引了眼球，又不至于太过分得罪顾觉。

沈秘书在照片上网的第一时间通知了顾觉，并询问是否要撤。

一般这类过分博眼球的照片沈秘书都会在第一时间撤掉，或者在上网前就直接将其拦下，否则以顾觉这几年换女伴的速度，也不会到了今天只被爆出那么一两次绯闻，且还是以背影为主。但今晚这些照片不同，他知道顾觉今天是去和郁盛过平安夜，所以照片上的女人应该是郁盛，依照之前的经验，这些照片是否要撤他必须亲自问一声顾觉。

果不其然，顾觉看过照片后，在电话那头哼笑了一声，感觉像是原本绷着什么怒气，此刻倒是消散了些："不露脸就不用撤。"

"明白了，顾总。"

顾觉挂上电话，刚发动车子，手机又响了。

他看了眼屏幕，接听时，语气温柔下来："怎么了？"

盛世繁华的办公地点租赁在B城商业区的一栋大厦里，这里和郁氏公司以及郁氏别墅距离比较远，但靠近郁盛的公寓，也不太容易碰到熟人。

今天是圣诞节，去公司的路上，沿途建筑上面都是各种各样的圣诞装扮，节日气氛浓郁。有几个人要来面试，因为是比较重要的职位，郁盛得亲自面试，好在她如今大四了，上半学期也即将结束，只要把该交的论文交了，在不在学校都可以。

公司刚起步，目前就只有一个树屋度假村的项目，资金也有限，所以暂时只设立三个部门：业务部、财务部、风控部。这三个部门里，又以业务部为重，无论是融资还是投资，都是公司如今最切实需要的。这一行水深，郁盛目前不想把公司铺大，也不想分散投资，她想先做出几个扎实的典型项目来，把基础打好，所以对人员的要求是少而精。

上午来面试的十个人里，她只录取两个。她翻看平板电脑里的资料，发现其中一人有管理酒店的经验，便着重看了两眼："二十七岁，有七年酒店管理经验？"郁盛抬头看向面前的秋屿。

他想了一下，随即上前查看："抱歉，是我录入数据的时候出错了。"他说着，撑着办公桌半弯下腰，轻点屏幕重新修改。

郁盛坐在办公椅上支着下颚看他的侧脸："好难得啊，你居然也会出错？"他向来比机器都要精准，更何况是这样显而易见的错误，几乎是不可能发生的。

"抱歉。"他微微皱眉，"这些我先拿回去重新检查一次，等一会儿再给您。”

他收起平板电脑，起身时视线掠过她的唇，饱满柔软的嘴唇，红润而惑人。他想起了昨天网上那些照片，当时他也在那个停车场，只是和顾觉的车子隔了很远的距离，所以他并不知道他们之间真正发生了什么。他只知道后来郁盛发消息给他表示顾觉会送她回去，让他下班。

他知道自己分神了，这不应该。

“没必要是这副表情吧，难得出个错而已，很正常。”她笑了笑。

今天的秋屿似乎格外严肃，他离开办公室后，郁盛的微信响了，上面是一条新的好友申请。郁盛点开后，顿时挑了挑眉，申请附带四个字：我是夏娃。

夏娃近来过得并不顺心。

之前周洛来了B城，她因为上次的事心里还很不舒服，但想着他到底是周放的弟弟，她不该和他多计较。于是她那几天重新住回周放的别墅，在周洛飞抵B城那天亲自下厨，忙碌一整天做了一桌子菜，给对方接风洗尘，结果最后周洛下了飞机就直接和人去吃饭了，压根儿没有来周放的别墅这边。

周放对此没说什么，可夏娃心里却委屈到不行。她忙了一天花各种心思，可对方压根儿正眼都没给一个，她明明就说过会亲自下厨的，对方也知道，却故意忽略，摆明了是看不起她。

之后几天，当着周放的面，周洛总是笑吟吟的，可一旦周放不在，他连目光都懒得多给夏娃一个。哪怕她不计前嫌主动和他说话，他也爱搭不理的，有时还会用似笑非笑又意味深长的目光看着她，无论她做什么说什么，都像是……在看戏一样。

她不明白自己究竟哪儿得罪他了，以前不是这样的，周放宠她，周洛哪怕和她关系没那么亲密，也因为周放而对她诸多关照。

夏娃到底不蠢，她回想整件事，发现对方的态度是从惊叫乐园那次见面后改变的。一定是郁盛说了什么，或是做了什么。能让一个女人无缘无故地针对另一个女人，她一定是知道她和顾觉的关系。想起郁盛口中的“第三者”，夏娃再次感觉到委屈和愤怒，她约了顾觉去她公寓，没给他好脸色，表示以后两个人不要再见面了，她承受不起他未婚妻的怒火，她也不是第三者。

顾觉看起来并不惊讶，甚至还站在对方立场说话：“她找过你了？这不怪她，她确实对我们有了点误会，我替她向你道歉，好吗？”

他走到她面前，轻轻抚着她的头发，他少有这样温柔的模样。可她却分不清这些温柔是因为她，还是因为在替郁盛解释。夏娃觉得难受，不知道是因为他在她面前替另一个女人说话，还是因为他口中的“误会”两个字。所以，那天在顾家别墅的花园里，他汹涌的拥抱亲吻和对过往的不甘惆怅就只是个误会?

后来第二天，她有些神不守舍地回到周放的别墅，迎接她的却是一沓照片，上面的主角是她和顾觉。

他们两个在公寓里见面、吃饭，他抚摸她的头发，拥着她的肩膀……照片拍得极其清楚，甚至可以看到他们的每个细微的表情。夏娃看着坐在沙发上长腿交叠的成熟男人，一时说不出话。

“这就是你之前说想要自己找房子住，想独立，不想过分依赖我的理由？”周放脸上没什么表情，唯独那双眼犹如深潭。

夏娃手脚冰凉，喃喃开口：“不是的……”

她没有告诉周放她和顾觉的过往，只和周放说自己在外面租了一套公寓住。这是下意识的行为，哪怕她和周放不是那种关系，她的直觉也告诉她不该让他知道自己和顾觉的事。

“不是的，我不是有意隐瞒。”她稳定一下情绪解释，“我和他的事情已经过去了，这次回来我只是想散散心，没想到会再见到他……”

周放看着她，沉默不语。

她心脏跳得飞快，一边告诉自己不用怕，她喊周放“叔叔”，她把他当长辈，他们又不是那种关系，就算她和顾觉见面又怎么了，可同时，她依然控制不住身体的颤抖。

周放安安静静盯视她许久，之后拿起那沓照片丢进了一旁的垃圾桶：“我快四十岁了，不是二十多岁的年轻人，没那么单纯。虽然这大半年我对你没有任何要求，但有些事我觉得你懂。我不喜欢别人碰我的东西，你安分守己，就留下，否则，就离开。”

他没说一句重话，那冰冷阴郁的眼神却让夏娃不住战栗。她在害怕，害怕面前这个真实的周放，揭开表皮，他让她明白那些所谓的宠溺，不过是另一种男女关系的游戏。

这一刻，她突然想起了顾觉的温柔。不爱就是不爱，她可以公然享受周放的宠爱，可她没法想象和周放如果转变成另一种关系，那样的画面让她觉得恶心。

夏娃什么也没能带走，除了自己的衣服用品，所有的奢侈品，包和那些价值连城的首饰，一样都没能拿走。

周放没有出面，别墅的管家跟在她身后，看着她收拾东西，仿佛驱逐，这种感觉让她差点崩溃。

离开时，周洛正好回来，看到她拿着行李箱，一点都不觉得意外，甚至还露出一点笑意：“我还以为你会选我哥呢，毕竟我哥是单身，没有未婚妻。”

这话再明白不过了，是郁盛！是她在周洛面前挑拨的！

夏娃不敢对周洛说什么，可是郁盛，她绝对不会就这么算了！郁盛不是处心积虑想把顾觉绑在身边吗？原本她已经想和顾觉说清楚了，可对方却在背地里使手段，这次她再也不会忍让，她会让郁盛后悔曾经对她做的这些事！

咖啡厅外，夕阳已快要消失。冬天的日暮时分，天空颜色清冷而寂寥。

“你知道昨天顾觉在哪里过夜吗？”临窗的桌子对面，夏娃看着她开口。

郁盛将目光从窗外收回，落在对面那张甜美可人的脸上，貌似不觉：“哦？在哪里过夜的？”

夏娃露出一点笑容：“你心里很清楚顾觉昨天晚上在哪儿，哪怕你昨晚和他过平安夜，找人拍摄照片放上网秀恩爱，那又怎么样？他后来还是去了我那里，和我在一起。”

“什么照片？”

“你不承认就算了，我只是想告诉你，收手吧，你做再多也只是无用功。你强拉着一个对你毫无感情的男人，真的快乐吗？你确实很漂亮，又有钱，无论家世还是身份，我都比不上你。可他不爱你。”

“哦，不装了？承认是第三者了？”

“你果然早就知道！但我不是第三者，我和他原本就相爱，只是迫不得已分开。他爱的是我，不是你！”

郁盛掀起眼皮看了对方一眼：“所以，你觉得他爱你？”

“他爱的一直都是我，当年我们只是被迫分开。”夏娃自若一笑，像是对于这点从来没有怀疑过，“所以你收手吧，你们之间只是商业联姻，根本没有感情，强行捆绑在一起只会彼此痛苦。你现在可能因为不甘心、不愿意，也听不进我这些话，可你这样子，不仅对他不好，对你自己也不好。大家都是女孩子，我知道你是怎么想的，我今天也不是来逼你们分手，因为分不分手是你的选择，我无权干涉。可是，我想告诉你，我这次不会再走了，我会一直待在B城，你明白这意味着什么。”

郁盛脸上没有露出夏娃以为的愤怒，她眉梢扬了扬，清澈的眸底竟然露出一点钦佩的神色：“看来你真的很爱他。”

“我……当然爱他。”夏娃觉得有一点违和，她不懂郁盛想干什么。

“你不介意？”郁盛眸底的钦佩里又露出更多的佩服。

“什么？”她莫名其妙。

“这三年，他几乎每个月都换一个女人，你知道他名下有一家影视公司吧，所以他在娱乐圈也很受欢迎。不夸张地说，大半个娱乐圈的未婚女人都是他的‘女朋友’。”郁盛说着，指了指对面楼的广告招牌，“那个，二线小明星。”随后，她又指向不远处公交站台上的广告女星，“还有那个唱跳歌手。”之后，是斜对面的一栋高楼的大幅广告招牌，“那个当红女星，他当时还挺宠的，多交往了三个月呢……”

夏娃：“……”

郁盛不紧不慢地给夏娃介绍完了几位相亲相爱的“好姐妹”，再次看向对方：“你真的，不介意？”

对面的女孩早已脸颊僵硬，嘴唇颤抖，她勉强稳住唇角的笑意：“不介意。我爱他，爱的是他的心。我知道，他心里真正爱的人也是我，我对他来说是不一样的。”

提到这些，夏娃才感觉好了一点。是的，没有人比她更清楚顾觉对她的感情，他们拥有那么多无人可以替代的回忆，她相信自己不会介意。

再开口时，夏娃的神色又坚定了一点：“你不要以为这样就能吓跑我，我知道当年因为我离开这件事，让他很痛苦，对他伤害很大，他后来会那样我可以理解……人生百年，身体只是个臭皮囊罢了，更何况对男人来说那些根本不算什么，不过是他人生里的过客。我爱他，爱的是他的灵魂，我不会介意的！”

啪啪啪——夏娃好不容易努力坚定起来的信心被郁盛伸手鼓掌的动作打断。

郁盛用钦佩至极的目光看着她，给她鼓掌：“说得好，你果然是真的爱他，那么你觉得他也是真的爱你？”

夏娃不知道她到底想干什么，一会儿说那些事情，一会儿又给她鼓掌，嘲讽她吗？她刚想开口，郁盛就点开了桌上的手机，放了一段音频给她听。

那是一段对话，顾觉和郁盛的声音。

“她在知道你有未婚妻当晚，在同一个场合，和你躲在小花园里亲密。所以，她和暮樱究竟有什么不同？”

“你别这样，这事和她无关，那晚是我喝多了。我和她之间是有段过往，但那些事已经成为过去，你不明白她的情况和处境，我有照顾她的责任。”

音频很短，声音清晰，简单几句话，却像是巴掌一样打在夏娃脸上。

郁盛朝她笑笑：“他似乎，并没有像你说的那样子爱你啊。”

夏娃再也忍不住了，她站起身，端起咖啡似乎想泼过去。郁盛正要躲，却看到她似乎瞥了眼窗外，不知怎么的，那杯咖啡就被夏娃泼到了她自己身上。

片刻之后，有人推开咖啡厅的门快步走进来，他发现了夏娃满身的狼狈，朝郁盛看去：“你在做什么？”

“如果我说是她自己泼的，你会不会信？”郁盛坐在那里，气定神闲地扶着吸管喝橙汁。不知道是不是她的模样太淡定，顾觉下意识看了眼怀里的人。

“明明就是……”夏娃欲言又止，露出苦笑，“行，就当我自己泼的吧。”

这演技，郁盛差点没忍住又要给这句以退为进鼓掌了，她瞥了眼咖啡馆斜对面屋顶角落的监控摄像头，只当没看到，然后端起橙汁直接朝夏娃身上一泼。她动作快狠准，上一秒还在笑着，下一秒就直接泼了个痛快，别说夏娃，就连顾觉都没有反应过来。

在夏娃的惊吓声里，顾觉的脸色冷下来：“你干什么！”

“没什么，坐实她的话而已，你露出这表情干吗？反正在你眼里这也不是第一杯，无所谓吧？”她搁下杯子，抽了张纸巾擦手。

顾觉这会儿也顾不得和她多扯，投去警告的一眼，便取过纸巾帮夏娃擦拭头发和衣服。

郁盛下手可比夏娃自己下手狠多了，是直接照着脸上泼的，此刻她头发黏腻地贴在脸颊上，满脸狼狈，已经让咖啡厅里的其他人都看了过来，不时窃窃私语指指点点。

当然，这模样在顾觉眼中就更可怜了：“我不是说过结束工作会过来，让你在公寓休息不要出门吗，你病还没好，出来干什么？”他说着，伸手试了试夏娃的额头，那里依旧很烫，他脸色微变，“你又发烧了！”

郁盛看向对方，这点她倒是没想到，对方这可真有点厉害了，发着烧还能坐在这里没让她发现一点端倪。

“我吃过药了，我没那么娇气，更何况公寓就在对面，真不舒服我也能马上回去……咯咯……”夏娃像是实在没忍住，咳了两声，“我其实也想见郁小姐一面，有些事情，咯咯……我想和她说清楚……”说到最后，嗓音嘶哑，让人听着心疼。

顾觉轻轻拍着她的背：“你别说话了，你发烧反复，还是得去一趟医院。”

“就是啊，别说话了，你一个小三来见正宫还能说出什么话来？”郁盛撑着额角，慢条斯理地说。

“郁盛！”顾觉皱眉看她，今天的郁盛似乎格外尖锐。然而对方对上他警告的目光，却并不买账，也完全没有收敛的意思。

顾觉最不想理会这类争风吃醋的话题，换作其他人，他应该已经走了。但现在这两个，一个是他曾经放在心里真实爱过的女孩，另一个——他想起自己给过她结婚的承诺，又想起那晚在顾家宴会上自己喝多了在花园里吻夏娃的场景，事后那种愧疚感到现在还没完全消去。

他没办法因为郁盛刚才对夏娃做的事，就站在郁盛的对立面去指责她。

“好了，今天就到此为止，她在发烧，我先送她去医院。你……我让司机送你回去。”

郁盛一直在留意顾觉的表情，她没有错过他眼底一闪而过的犹豫。她知道，像今天这样的机会可遇不可求，她绝对不能就这样错过。

她看着顾觉，脸色骤然变冷：“你不许送她去医院！”

顾觉皱眉回视：“你说什么？”

“我说，我不允许你送她去医院。其他人我可以不计较，但是她不行。我知道她在你心目中的分量，也知道你们曾经有过美好的过去，没错，你是说过那些已经是过去的事，但在我看来并不是那样。我不想你再见她，再关心她，她有手有脚，能自己来咖啡厅见我，也能自己打车去医院，又不是腿瘸了，要你送？”

他上上下下地打量她，像是要找出她开玩笑的迹象，但很遗憾，郁盛似乎是认真的。

“你知道你自己在说什么吗？”他顿了顿，心中不知道是失望，还是生气，“之前你那些小心思，那些照片，我都可以无视，甚至刚才那些无礼冒犯的举动，我都能原谅。但这个，你过分了。郁盛，你就这么不相信我？”

夏娃靠在他身侧，小声开口，表示自己可以去医院，让他不要生气。只可惜，顾觉怒意正盛，她这番楚楚可怜的模样他根本没注意到。

夏娃看着顾觉盛怒的脸，不知怎么的，虽然他是在冲郁盛发火，可她心里却感觉很不是滋味。

夏娃都能感觉到，郁盛又怎么会听不懂。所以顾觉的意思是，几个女人之间怎么闹都行，但一旦冒犯到他，就绝对不行。

郁盛朝他扬了扬纤长的眉，她什么都没说，艳丽的红唇却勾出一个嘲讽的笑。

顾觉一直压制的怒意终于被点燃，他甚至都不明白自己为什么会这么生气，比刚才亲眼见到她泼夏娃橙汁还要生气。她分明什么都没有说，只是露出一个嘲讽的笑容罢了，可这样无声的嘲笑却比任何语言都更有力。她清楚明白地告诉他，她不相信他。

“看来我是真的太纵容你了。”他完全冷下了脸，“我顾觉想做什么，想见什么人，还轮不到你来管。”

“你这话是什么意思？”她步步紧逼。

“年后结婚的事，暂时先作罢。你自己好好冷静一阵子，想清楚想明白了，想好怎么和我说话，再来找我。”他说着，拥着怀里的人，就想离开。

“要是我永远都想不明白呢？”郁盛站起身，提高了一点音量，听起来像是陷入了某种极端的心态。

顾觉冷冷瞥了她一眼：“那就永远别来找我。”

“什么意思你说清楚，难道你还能和我分手？”

“对，想不明白，我们就分手。”他丢下这句话，带着夏娃转身离开，没再回头。

郁盛从玻璃窗里面目送顾觉将夏娃扶进车子的后排，紧接着他也很快坐了进去。司机发动车子，慢慢驶离。

郁盛看着越来越远的车尾，原本紧抿的唇角缓缓松开，最终转化成一个意味深长的笑容。

夏娃确实挺聪明的，一猜就知道是她做的。顾觉也没有猜错，昨天平安夜的照片，是她找人拍摄并且放上网的，她甚至为此特意叮嘱秋屿将车停远一些，如果看到什么事也不要轻举妄动。

顾觉给夏娃安排的公寓就在咖啡厅对面这件事，她早就知道了。今天要不是夏娃故意把见面地点约在这里，她可能还不会来。她甚至连周洛都算计上了。

所有事情终于照着她计划的那样一点点走到今天这一步。

郁盛轻轻叹了口气，将搁在桌上的精致手包拿了起来，在手包拉链处的装饰物后方，藏了一个小小的摄像头。她将刚刚拍摄到的画面传到了手机里。

她打开手机，将画面拉到最后，顾觉眼神犀利地看着她说：“对，想不明白，我们就分手。”

嘁，鬼才会想明白……

既然他不愿意“被分手”，那么她也只有勉为其难，让自己“被分手”咯。

他果然不负她所望。

郁盛扫码买了单，然后打了电话：“阿屿，来接我。你饿吗？如果不饿的话，我们现在开车去T城吃海鲜吧？”

第　九　章

阿屿，你怎么这么好欺负啊

郁盛他们在T城住了一晚。信息时代，只要带着手机，就等于带了钱包和身份证。两人在热闹喧嚣的室内大排档吃完一顿海鲜大餐后，她让秋屿开车去了T城以“坐观最美日出”著称的一家五星酒店。酒店在海边，她直接开了顶层的套房，套房三室两厅，还有面朝大海的露台。之后，她叫了客房服务，点了一些甜品和水果，结果餐车过来的时候，还送了一瓶红酒和几盘寿司。

“这些我们没有点。”秋屿看了眼餐车，朝对方道。

“您好，这些是我们岳董吩咐送过来的。”对方礼貌回道。

郁盛擦着头发从里侧的房间走了出来：“你们岳董？”

“对，岳董正好今天过来，刚才在大厅看到您，这是他的一点心意。”服务生将餐车推入，然后离开了房间。

郁盛低头看向餐车，伸手拿起那瓶红酒，2010年的“白马”，算不上贵，但也不便宜，反正比这套房一晚上的价格要高。

是谁会送她一瓶比房费还要贵的酒？

郁盛一边在记忆里搜索姓岳的人，一边看着秋屿弯腰将餐车上的盘子一一搁在茶几上。他冬天向来穿得不多，薄呢大衣底下就是衬衣和西裤，此刻室内空调温度适中，他脱了薄呢外套，衬衣袖口也卷至肘部，露出一截结实又骨感的手腕，衬衣领口的纽扣却依然扣到了最上面一颗，她看着都觉得不舒服。

“先别忙了，你也去洗个澡换身衣服吧。”郁盛已经洗过了，还换上了刚才在酒店大堂买的棉质T恤和休闲长裤，因为房间温度高，她也没穿袜子，光脚踩着棉拖鞋，整个人放松又自在。

“没事，等一会儿您休息后再换。”

“我还不想睡。”郁盛把红酒交给秋屿，让他用开瓶器开了先醒酒，“开完这瓶酒，你就先去换身衣服。对了，姓岳的人，你有想到是谁吗？”

秋屿走去吧台，动作利落开红酒的同时给了她答案：“阳乐新媒体，岳栋。”

这个名字让原本已经蜷缩在沙发上的郁盛又坐了起来：“岳栋？和顾觉有仇的那个？”

“表面来说，他和顾觉是合作伙伴，而您是顾觉的未婚妻……”说到这里，秋屿握着开瓶器的修长手指一顿，在她看不见的角度，他低垂的睫毛动了两下，“合作伙伴的未婚妻入住酒店，他自然不能当看不见。”

郁盛搁下毛巾，取过手机打开微信，她记得她和岳栋交换过联系方式，只是还没有说过话。

“找到了。”她点开一个头像，发了句寒暄的感谢之言过去，“之前没找到合适的契机和他说话，今天可真是巧了。我记得阳乐新媒体之前制作了两部网剧，口碑都很高，其中一部网剧是揭露娱乐圈内幕的，里面有一个角色的遭遇，和他那位已经去世的同父异母的妹妹的遭遇很像。我想他当时应该是想借由这部剧观察顾觉的反应，只可惜顾觉根本就没注意到。”郁盛说着，又取过茶几上的平板，“你说，我如果想暗示些什么，是不是从这部剧着手和他聊一聊，更容易让他信任我呢？”

郁盛认真翻看那部网剧的剧情介绍和网友评价时，有人在她面前轻轻叹了口气。男人修长的手伸来，取走了她的平板。郁盛错愕抬头，对上秋屿深黑沉静的眼睛。

他半蹲在她面前，将平板搁在一旁，把切好的水果挪到她面前，认真道：

“郁总，难得休息，好好放松一下吧。”

盯装修、布置公司、面试职员、和章年开会商谈细节、找人办理度假村各项许可证件、写论文，还要和顾觉见面，她已经够忙了，难得她愿意给自己放个假，他只希望她能真正放松一下。

郁盛看着他表情认真的脸，笑了：“倒是会说我，你进了房间多久就忙了多久，让你去换身衣服还非得等我先休息了。”

他试图和她说道理：“这不一样。”

郁盛一见他这样子就想逗他：“哪里不一样了？你又不是二十四小时卖身给我了。”

秋屿垂下眼帘没有说话。

“阿屿，浴室的电吹风是连着线的，不方便拿出来，可我头发太长了，还没擦干……”她的声音软了下来，每次她想让他做公事之外的其他事情时，都会用这个语气说话。有时是为了故意逗他，有时是真的想让他帮忙。

“我来。”他起身，拿起茶几上的毛巾，郁盛立刻旋了个身，跪坐在地毯上，背对着他。

她头发委实有些长了，带着微卷的发梢已经长及腰际，柔软浓密的黑色发丝带着淡淡馨香，他用毛巾裹起一缕，轻轻擦拭至蓬松，之后又裹起另外一缕。

郁盛嫌跪坐在那里无处着力，累得慌，干脆朝沙发上一趴，歪着头让他继续擦。

秋屿的动作很温柔，每次擦干一缕，还会用指尖替她将发丝顺开，郁盛舒服得都快睡着了：“阿屿，我明天想看日出，不过我怕我起不来，你等会儿查一下日出时间，然后帮我定个闹钟。”

“好。”

“今天的海鲜很新鲜，可惜点太多都没吃完，明天走的时候再买一点回B城吧……”

“好。”他还在等着她说下一句，结果等了半天也没见她再出声，他停下动作看去，她趴在那里，像是已经睡着了。

“郁总？”他放低嗓音试探着喊了一声。

“嗯……”郁盛还没完全睡着，只是半梦半醒的，不想回应。

“去房间里面睡吧，现在是冬天，就算开着空调也容易着凉。”

她可真的一点也不想动，但她知道他说得对，她现在就已经觉得有些冷了。她强迫自己半睁开眼，对上他俊美的脸和认真的眼神，突然又起了逗他的念头，她朝他伸出手，把声音放软：“那你抱我进房。”

如她所愿，对方清冷的眼眸中露出难以置信之色，简直真实演绎了“瞳孔震惊”四个字。

那表情太有趣了，她忍不住坏笑：“阿屿，你怎么这么好欺负啊。”

然而下一刻，她突然感觉到身体一轻，等她反应过来时，人已经被他打横抱在了怀里。他抱得毫不费劲，和身形高大的他比起来，她似乎轻得像羽毛一样。郁盛的脸颊贴着他的衬衣，朝上看去，入眼的是他线条利落的下颌线。

他似乎感觉到她在看自己，垂眸朝她投来目光，房间明亮的灯光在他挺拔的鼻梁处投下阴影，他目光深沉，低声说：“我送你回房。”

郁盛感觉自己心脏快跳了两下，奇怪，往常他也总是用这样的眼神看她，怎么今天莫名觉得哪里怪怪的。

她揪着他的衣服，在他怀里调整了一个更舒服的姿势。她原本穿得就少，这样动几下，整个人几乎是紧贴着他。柔软的，纤细的，像绵软的云，又像枝头带着露珠微颤的花朵。

秋屿脸色沉静，迈动长腿脚步稳健地朝房间走去。唯独收紧泛青的指关节，才泄露了一些他此刻的其他情绪，但如往常每一次一样，那些情绪被他掩藏在了安静的表象之下。

他在床上放下她，帮她脱下拖鞋，然后给她拉过被子盖上：“郁总，早点休息吧。”

郁盛第一次逗他逗到自己语塞，难得出来散心，她原本真的没想就这么睡了，不过现在她都已经被他放在床上了，还服务这么到位，她也只能睡了。

她用被子裹紧自己，只露出一张脸：“阿屿，晚安。”

灯光昏黄的房间里，她蜷缩在被子里的模样柔软又可爱，和白天面试职员时明艳犀利又气场沉稳的模样截然相反。

只有他才能看到这样子的郁盛。这个念头一旦在心中形成，就再也收刹不住。她纤细指尖的柔嫩，她脸颊的温度，她红润嘴唇的气息，她发丝在他指间滑过的柔软，还有他抱起她时她纤细温软的腰肢……那些已知的触感和未知的触感混杂在一起。而未知的，总是最致命的，她什么都不用做，就单单这样看着他，就如同一个无底的漩涡，诱惑着他跌入其中。

昏黄灯光里，秋屿撑着床板的手指在慢慢收紧。

“怎么了？”郁盛见他一动不动的，伸手去拉他的手臂，“不舒服？”

他在她即将握住他手臂的前一刻撤回了手：“没有。”他伸手关了灯，在黑暗里轻轻道，“晚安，郁总。”

他们第二天离开的时候，房间门口多了一个装着各种海鲜的手提式冰柜，秋屿还是一如既往的能干，郁盛都不知道他是什么时候买的这些，她只不过昨晚随口提了一句而已。她离开房间的时候有些惆怅地叹了口气，倒不是不舍得，而是遗憾没能碰见岳栋。

“要是能巧遇就好了。”她在电梯里嘀咕了一句。

之后两人抵达大堂，她去酒店旁边买车上喝的饮料，他则去办理退房手续，说好了一会儿直接在车上见。然而她上车等了好一会儿，都没见他过来。郁盛刚准备给秋屿打电话，车子的后备厢被打开，秋屿将手提冰柜放置好，然后迅速绕到驾驶座的车门旁上车。

“怎么了？”后排的郁盛抬头从后视镜里看他。

“现在还说不好。”他应了一句，随即很快发动车子，快速离开了停车场。

郁盛很快知道了为什么，车子开离停车场之后，在海滨大道看见一辆开着双闪灯的车，秋屿降下车速，在停下之前提示她：“郁总，平板在副驾驶座上。”

这话听来没头没尾的，但当郁盛看见那辆抛锚的车旁站着的人后，顿时懂了。那辆车是岳栋的，岳栋比他们早一步离开酒店，车子却抛锚了。郁盛心里还是有点奇怪，例如秋屿是怎么知道岳栋的车抛锚在这儿的，这里离酒店虽然近，但也隔着一段距离，他之前又没有车，难道是千里眼吗?

不过这些疑惑此刻都得暂时放一放，黑色奔驰停稳后，郁盛降下车窗，朝站在那里来回踱步的岳栋笑道：“岳总，真巧，又遇上了。”她这里的“又”，指的是他昨晚看见自己并且送酒那件事。

“郁小姐。”岳栋回头，露出一张清俊斯文的脸，朝她礼貌颔首。

“车坏了吗？”

“对，突然熄火，也不知道哪里出了问题。”冬天的海滨大道游客不多，车辆很少，岳栋的司机正在边查看车边打电话，看起来一时没有进展。

“岳总去哪儿？不介意的话，我载岳总一程吧。”

“这……”岳栋有些迟疑。

“天气这么冷，车发动不起来也开不了暖气，就算等修车店的人过来也得好一会儿。岳总昨天还送了我一瓶“白马”，怎么今天就和我客气起来了？”郁盛说着，直接推开了车门，然后朝左侧挪出了位置，“我不赶时间，岳总真的不用和我客气。”

“我赶时间去唐城，可以吗？”对方还是询问了一句。

“巧了，我正好也去唐城。”郁盛笑笑。唐城是T城附近的一个小城，那里保存有不少古典的建筑，古色古香的很适合剧组取景，开车过去走高速的话就一个小时。

岳栋大概真的还有事情，过去和司机交谈了几句，回自己车上取了大衣和公文包，然后上了郁盛的车。郁盛怕冷，车内暖气开得很足，岳栋刚才在外面冻了一会儿，此刻被暖气包围，只感觉周身暖洋洋的。

车子重新启动，郁盛打开一侧的柜子，取了一个杯子出来搁在杯架上，然后又打开保温杯，给岳栋倒了一杯热咖啡。保温杯是车上常备的，里面的咖啡是刚才在饮料店买的，她虽然喝不惯外面的咖啡，但想着路上给秋屿开车提神喝，所以买了两杯让人装在保温杯里给秋屿暖着。她自己则买了低糖的奶茶，加了珍珠糯米布丁，超大杯，可以直接当午饭。

"郁小姐别客气，今天谢谢你了。"

几句寒暄后，岳栋打开平板处理公务，郁盛则打开平板开始看剧，她戴着耳机，一开始岳栋没注意到，直至后来无意间一瞥，他处理公务的手顿时停下来。郁盛在看的正是岳栋公司之前投资拍摄的那部揭露娱乐圈内幕的网剧《面具》，她看的是第七集，这几集里面重点出现的一个女配角色，因为遭受到各种不公平的待遇从而导致自己患上抑郁症，而不得不宣布退圈，并且在回家路上发生了车祸。只是和岳栋那位妹妹的遭遇不同，剧集里面的角色发生车祸后脱离了生命危险，醒来后改头换面、重新归来，让观众看得非常解气。

岳栋果然和她聊起了这个角色，因为先前有过准备，郁盛对这个角色很了解。她虽然带着别的目的，但她同样非常欣赏这个角色的果敢和坚韧。网剧播放之后，这个配角人物在观众那里是有争议的，有人觉得她做法极端，太过狠辣，也有部分人代入了角色，和她共情，觉得很痛快。

郁盛此刻是后者。

共鸣和共情或许可以演出来，但如果不是发自内心地认可这个角色，旁人很容易看出端倪——尤其是像岳栋这样的人。郁盛知道，她现在认可的，并非剧中那个角色，而是岳栋自己。死而复生，有仇报仇，碾碎人渣，这应当是岳栋的想法，身为这部网剧的制片人和投资方，让编剧在里面加入自己的剧情和想法，还是可以的。

在今天之前，在岳栋眼中的郁盛还只是一个特定的标签符号——顾觉的未婚妻，需要礼待，也得敬而远之。但经过今天，对他来说，郁盛就只代表郁盛自己，她和他认识的大多数千金小姐一样，有着足以养尊处优的家世和美丽纯美的长相。可不同的是，她身上有一种坚韧的气质，她认可以牙还牙。

"有些事或许是错的，但如果把我放在她的位置，我会做得比她更狠。"郁盛说的是实话。

这天，岳栋在抵达唐城影视城外下车的时候，伸手和郁盛握了握手："很高兴认识你，郁小姐，等我回B城，再请你吃饭，谢谢你今天专程送我过来。"

郁盛立刻捕捉到了这句话里面的关键词，她脸上丝毫没有被点破的尴尬，笑容反而更加明媚："我也很高兴认识你，下次见，岳总。"

回B城的路上，郁盛问秋屿："你怎么知道岳栋的车抛锚了？那里和酒店有几百米的距离呢。"

"只是推测，我从酒店出来去停车场时，他的车正好经过，我听出车的发动机有点问题，加上酒店外面只有一条马路，所以……"

秋屿神色如常地陈述，对此并不觉得有多值得炫耀，只是一个正常的推测判断罢了，并不难。然而郁盛却不这么认为，她能听懂岳栋下车时那句话的意思，很高兴重新认识她，对他来说，她不再是顾觉的未婚妻，而是一个朋友。不是下次有机会再吃饭这样的寒暄，而是等他回到B城，会很快安排吃饭面谈。最重要的是，他看出了她的目的，知道她是特意送他，可他并没有排斥。今天这一个小时的车程，远胜数次交际的结果，一下子就拉近了她和岳栋的距离。

她看着后视镜里的秋屿，慢慢勾起红唇："阿屿啊，要是没有你我可怎么办……"

他没有出声，目视前方，脸色一如既往地清冷，用沉稳的动作开车载着她驶向高速路的另一头。

下午郁盛原想先去公司看一看，然后直接回公寓，然而郁贵东来了电话让她回家。郁盛没问原因，郁贵东语气不太好，问了估计也不会说，还有可能被骂几句。她猜想会不会和她昨天跟顾觉闹掰那件事有关，但她又觉得郁贵东那里不可能这么快得到风声。更何况，在郁贵东眼里顾觉那么重要，如果他真知道了，绝对会在电话里直接将她喷个狗血淋头。

她在一小时后抵达了郁家别墅，下车之前，她嘱咐秋屿把带回来的海鲜先冻在冰箱里。

"放完海鲜你就先下班吧，等明晚再吃。"郁盛看看时间，打趣道，"还不到四点，今天应该是这个月你下班最早的一天，可以和朋友约着出去吃饭了。"

平时她无论去哪里，忙到多晚，吃不吃饭，他都得跟着，一直都很辛苦。

他对约朋友吃饭的事不置可否，开口问："郁总，明早想吃什么？"

和她跟顾觉一起出去吃饭一样，郁家别墅的早餐总不是那么合她胃口，尽管家里有几个用人，但所有餐饮习惯都是依照郁贵东和郁有枫来的。郁盛懒得多说，见到喜欢的就多吃几口，不喜欢的就少吃或是不吃，反正每天秋屿都会帮她准备早餐。

“你看着办，你准备的东西我都爱吃。”她将装着咖啡的保温杯递给他，然后笑了笑，推门下车。

秋屿目送她穿过别墅区内的车道，走进别墅大门。他落下视线，目光定在一旁的保温杯上，就像她记得他不喜欢喝冷掉的咖啡一样，他也记得她所有喜欢吃的东西。所以，不是他准备的东西她都爱吃，而是他只会为她准备她喜欢的东西。

秋屿重新发动车子，驶离别墅区。

郁家别墅内，客厅地板上的玻璃碎碴还没完全收拾掉。

她把手包和大衣递给上前的用人，换上拖鞋走去客厅问道：“怎么了？”

客厅里，郁有枫冷着脸站在那里，衬衣的领口斜斜地被扯开，露出一侧的锁骨。郁贵东则端坐在他对面的沙发上，他靠在那里，脸色严肃，眉头紧皱。

郁家负责打扫的用人一脸紧张地快速收拾残局，郁贵东看着郁有枫这副欠抽的模样就来气：“别收了，让他砸个够！”

用人哆嗦了一下，加快速度三两下把玻璃碴收拾完，匆匆退出去。

“出什么事了？”郁盛在另一张沙发上坐下。

“你问他啊！”郁有枫盛怒的火气稍缓，“都几岁的人了，居然真要和个小姑娘结婚，她比我都小，现在想把人娶回家，你不嫌丢人啊！”

郁贵东冷笑一声：“你就是这样和我说话的？我想干什么，轮得到你管？你吃我的用我的，让你好好读书，可你呢？别人家的儿子都去国外深造，你连二本都考不上！你姐都比你强！你居然还有脸管我的事？”

郁盛坐在那里，尽量让自己保持面无表情。她其实挺爱看他们吵架的，反正影响不到她，不疼不痒。

大概之前已经吵闹过了，东西也砸过了，如今两个人一来一回都只是丢各种冷嘲热讽的话。郁盛听了一会儿明白过来，原来是郁贵东打算结婚了。这次和上回不同，上次提到结婚，还只是一个想法，但这次，郁贵东已经求婚了并送了戒指，甚至还打算在过年时把酒席办了。

“你不会真以为那女的喜欢你吧？你也不看看自己几岁了，她要不是为了钱估计连看都不会看你一眼，都能当人爸爸了，你真的好意思？”

“住嘴！”显然郁有枫戳到了郁贵东的痛处。这场吵架，以郁贵东扬言停了郁有枫所有的卡，郁有枫冷笑一声然后离开了别墅而告终。

郁贵东被气得不轻，扶着沙发一手捂着胸口顺了好一会儿气，回头见郁盛还安安静静坐在那里，气不打一处来：“你也要来对我指手画脚吗？”

“怎么会？”郁盛先是一愣，随即笑了，“刚才你们说了半天也没提到关键的信息，婚礼定哪天了？要办酒席吗？穿婚纱还是中式礼服？”

郁贵东看着她脸上的笑容，脸色依然阴晴不定：“你不反对？”

“不反对啊。”

“你不怕我再娶之后，再生个孩子，分掉原本属于你的钱？”

“有枫是因为钱才生气的？”郁盛笑容不变，“那是他的想法，不代表我的，结不结婚都好，郁家所有的一切都是你自己挣的。你愿意给我，我就接受，不愿意给也没事，反正我现在也没有那么多需要用钱的地方。”

郁贵东脸色缓和了不少，不管郁盛说的话是不是发自内心，有了郁有枫做对比，如今能听到几句软话，他也不在乎究竟是真是假。

于是郁贵东开口道：“暂时别告诉有枫。心心怀孕了，婚礼就定在年初那几天，如果你有时间，可以帮着准备一下。”

郁盛：“……”

“秋助理，这份文件要郁总的签名，请问郁总什么时候回公司？”办公室门被敲响，新来的财务部同事小彩站在那里，小心询问。

相比时不时露出笑容的年轻又美貌的总裁，这位跟在总裁身边的助理虽然长了张极其俊美的脸，却反而比总裁更让人生畏。刚来面试的时候，发现公司总裁和总裁助理都是美人后，小彩可真是高兴坏了。每天上班养眼又养脑，工作娱乐两不误，可她后来就不这么想了。秋屿是长得好看，她从小到大就没见过这么好看的男人，可从她进公司以来，她就没见他笑过一回。无论公司的人原本在干什么，但凡他出现，气氛便立刻变得紧张凝滞，一个个立刻埋头做自己的工作，不敢开一秒钟的小差。

而这两天，郁总不知道为什么没来公司。他们都知道她还没毕业，也不是每天都能在公司从早待到晚，但就算她再忙，每天她都会抽时间过来一趟，签一些文件，盯一下进度，再顺便听听业务部的同事提一些新项目。不知道是不是因为这两天她没来，秋屿身上的气压简直低出了新纪录。

外面办公间的同事，哪怕隔着办公室的门板，都能感觉到那种紧张凝滞的气氛。大家已经顶着这种压力工作两天了，一个个的效率奇高，再这么下去，这个星期他们将面临无事可做的尴尬。

“拿来我看一下。”秋屿开口，接过小彩递上的文件，是树屋度假村其中一笔投资金的款项，因为资金超过两百万，需要郁盛签字。但其实他也能签，郁盛之前就已经签署了授权书，给了他权限，只是公司的其他人不知道。

秋屿两天没见郁盛了。

那天早上郁盛来电话时，他已经买好了早餐正准备开车过去，收到她的微信，她说有事，先不去公司，也不去学校，继续让他放假。她并没有告诉他是什么事，这种情况很少发生。

秋屿没告诉小彩自己有签字的权限，他看着手里的文件，问道：“还有其他需要郁总签字的文件吗？都一起拿过来，我去拿给她签。”

秋屿走进婚纱店的时候，郁盛正在里面试穿婚纱。

她也是在等待的时间闲来无事，顺手挑了一套来试。这件婚纱据说对身材极其挑剔，然而郁盛细腰长腿，上身丰满，穿上后简直像是量身定做一样。婚纱店的工作人员大力赞美，而秋屿就是在这些赞美声里走了进来，一直走到她面前。

“郁总。”他的目光落在她的婚纱上，许久才沉声开口，“恭喜您……要结婚了。”

郁盛愣了一下，随即大笑：“谁告诉你我要结婚了？”

她压着笑意，看了一眼里面的更衣室，扶着他肩膀踮起脚，凑到他耳根旁边道：“这件事我之前忘记告诉你了，现在不太方便说，反正我不可能也不会和顾觉结婚。”

秋屿立刻看向她。

在他的认知里面，郁盛是想要和顾觉结婚的。他知道她并没有多喜欢顾觉，平日里他一直跟在她旁边，这点认知还是有的，但他同时也觉得，她应该想和顾觉结婚。他知道她在事业上的计划和野心，现在这点程度还远远不够。她和顾觉结婚，虽然是两家的商业联姻，但肯定会加速她事业的进程。

他早就已经有了心理准备，无论她抱着什么想法，无论她想做什么，只要是她的意愿，哪怕是她想要嫁给别人，他也会一直继续待在她身边，替她扫平事业路上所有的障碍。可她现在却突然告诉他，她不可能也不会和顾觉结婚？

秋屿一时不知道作何反应，巨大的惊喜冲击着他，他要用比平时更强的自制力才能克制住自己此时的心情。

郁盛去更衣室换下婚纱再出来，秋屿正背靠着墙垂眸站在那儿，似乎依然有些出神。她觉得他之前大概是把她要嫁给顾觉这件事当真了。郁盛和婚纱店里的人打了声招呼，表示自己有事先走，让她们继续接待里面那位秦艺心小姐，务必要让准新娘找到满意的婚纱为止。

她拿了包，想去门口处拿外套，他已经拿起外套等在了那里。

她走过去，一边由着他替自己穿上，一边开口：“他之前是随口求了婚，不过那只是他一厢情愿不切实际的想法。我怎么可能那么想不开？他连你一半都比不上。”

等到郁盛走出婚纱店，回头想问车停在哪里时，才发现他耳朵红得厉害。

“怎么了，很冷吗？”她伸手想去碰他的耳朵，手才扬起，就被他握住。

“没事，不是很冷。”他说着，拉住她过了马路，然后替她开了后排车门。

郁盛弯腰上车之前，眼角余光瞥过马路对面的一个身影，那道纤细背影行色匆忙，很快推开婚纱店的门，走了进去。

“怎么了？”秋屿注意到她的视线。

“刚才那个人有点眼熟……”只是她一直想不起来在哪里见过，她想了想，作罢，“没事，走吧。”

第　十　章

任何时候醒悟、独立、努力，都不算晚

元旦之后，岳栋果真邀请她去吃了饭。

对方是以朋友的身份邀请，这次约饭完全和顾觉无关，上回两人交浅言深，这次倒是没聊那样深入的话题，大部分时间都是闲聊，当然这个闲聊也并不是天马行空地聊。例如B城近年来的一些发展，网剧这两年来的飞速进步，制作电视剧时的一些有意思的事。

郁盛是带着秋屿一起进的包间，她不是自夸，但她知道自己的脸长什么模样，一个容貌不差的精英单身男士邀请一个漂亮的年轻女人单独共进晚餐，即便原本没有什么，后期也容易产生一些什么。她不想让对方误会，她也很想和对方打好关系，所以一开始在电话里就开口询问自己是否能带助理同行，因为她晚餐前正好和助理在附近有点事。这样的询问合情合理，岳栋原本就是为了感谢她上次专程送她，加上两人某方面有共鸣，自然表示没有问题。

这晚，除了郁盛带着秋屿刚刚抵达时，因为秋屿引起岳栋和其秘书的小小侧目外，气氛一直都很好。

岳栋出身小富之家，靠自己努力打拼才一路走到今天。阳乐新媒体近两年发展势头很好，公司扩大后，背后有数家实力不错的投资公司给阳乐新媒体注资，已经不是单靠他自己的时代了。所以这晚饭局进行到最后时，郁盛笑着递出了自己的名片。

岳栋原本以为她在自家公司担任什么职位，只是按惯例递送名片，结果接过一看，上面霸气十足四个字——盛世繁华，后面跟着“创投”两个字。他又翻过名片，后面是郁盛的职位：总裁，没有写姓名，就只留有手机号和微信号。当然，这不是她私人的手机号和微信号。

“这是郁小姐自己的公司？”岳栋看起来很是惊讶，在他看来，郁盛这么年轻，家世不错，又早早和顾觉订婚，即便毕业后想工作，也会靠着家里或是未婚夫的公司，没想到她居然选择自己创业。

“对，只是刚起步的小公司，还得靠朋友们多支持。”她说着，露出略带无奈的笑容，才继续道，“我家里人不喜欢女孩子抛头露脸工作，我和他们的想法相悖，大概是我太要强了，我总想着不依靠他们，自己做出点成绩来。至于顾家那边……呵，女孩子只有拥有了自己的事业，才能有独立的资格，决定自己的人生，在关键的时候说不。”

第二个笑是略带嘲讽的冷笑，顾觉花名在外，懂的都懂。岳栋是聪明人，她相信他能听明白她的暗示。

岳栋看着那张名片，沉思了一会儿问道：“目前郁小姐的公司有投资什么项目吗？”

“目前只投了一个项目，惊叫乐园附近的一个度假村。”

“惊叫乐园？”岳栋挺意外，“所以项目在S城？”

郁盛笑了笑：“靠近B城。”

惊叫乐园的建设期远比树屋度假村更长，所以在元旦之前就已经开始了建设工程。周洛计划B城惊叫乐园的项目不是一两天了，加上周放在B城做生意这么多年，各方面的关系都熟，所以审批流程走得很快。建筑工程开始后，这个项目就不算是秘密了，慢慢地也会开始宣传，所以郁盛这次才会放心透露给岳栋。B城即将兴建惊叫乐园，哪怕只是比大众提前几天得知这消息，对岳栋这样的生意人来说也等于掌握了先机。

岳栋知道，这是郁盛特意告诉他的。

这个人情他领了，随即也递了自己的名片给她：“郁小姐对投拍网剧有兴趣吗？公司最近又签了几本热度不错题材不错的小说，哪天有时间，可以来我们那里喝下午茶。我们公司附近有几家网红茶座。”

“有啊，我对不同类型的项目都很有兴趣。”郁盛双手接过，对方的明示她也收到了。

这次饭约，效果比郁盛预期的更好。

结束饭局回去的路上，郁盛靠在后座打趣秋屿：“你说他们今天提到网剧的事，会不会是冲着你来的？毕竟你长成这样，他们做新媒体这一行的，见到就想捧……”

秋屿在等红灯的间隙看向后视镜，郁盛靠坐在椅背上，双颊绯红，一双漂亮的桃花眼因为酒意而显得格外水润妩媚，眼角眉梢却全是飞扬而单纯的笑意。她今天喝了两杯红酒，不是对方劝，只是因为相谈甚欢。她酒量不算好，一喝酒容易上脸，只要一两杯，就有种醉意生媚的效果。

“郁总，回别墅吗？”

郁盛摇头：“去公寓吧，郁贵东这几天忙着陪他的心心，应该不会回去。”

结果，不光郁贵东没回别墅，就连郁有枫也没回别墅。

车子还没开到公寓底下，远远地就看见一个高瘦的身影坐在路灯下的长椅上。对方看见有车开过来，转头看去，车灯刺眼，他伸手挡了挡眼睛，再转头时，车子已经停下了。

郁盛降下车窗，看清面前的脸后，皱起眉心：“你在这里做什么？”

俊秀的少年露出笑容，他插着裤兜，朝车窗弯下腰，气息里带着冬夜的寒意和浓郁的酒味：“姐姐，你回来啦！”

郁盛不知道郁有枫是怎么找到这里来的，她在外面购置公寓的事郁贵东并不知情，她其实并没有严防死守地隐瞒，毕竟只是一套小公寓，哪怕在他眼里她只是个每天读书回家偶尔约会的普通女孩，他那几年给的零花钱加起来也足够买下这套公寓了。郁贵东只是对此不关心，也不会过问，不知道是对自己太有信心，还是因着她这几年对他言听计从的乖巧懂事，认定她不会翻出什么花样来。

所以，郁有枫会出现在这里，让她挺意外。看来，她这个弟弟倒是比他们的父亲更了解她一点。

郁有枫醉了，走路打飘那种，郁盛想让秋屿送他回别墅，他死活不肯，闹着求她收留他。和平时带着张扬恣意笑容的他不同，酒后的郁有枫整个人像是蜕了一层壳，看起来十分乖巧。上公寓的电梯里，他靠着秋屿的搀扶勉强站立，电梯上升的整个过程里都靠着他手臂，用小鹿般温驯的目光看着一旁靠着电梯墙的郁盛，偶尔还会笑一笑。这副模样的郁有枫让人无语，她虽然挺烦他不请自来，但到底不能真把人丢在楼下不管。

进了公寓后，郁盛让秋屿把人丢在沙发上，自己去楼上取了块毛毯下来，然后站在沙发旁居高临下地看着他："听好了，仅此一次，下回再随便跑来这里，我会直接当作没看到，听懂没有？"

躺在沙发上的郁有枫抿了下唇，他唇薄，五官生得细致秀气，稍稍露一点怯看着就格外可怜兮兮。

郁盛能看出来他今天喝了酒还跑来这里，是因为郁贵东要结婚的事心情不好，可他却什么都没说，哪怕如今躺在那里衣领半敞、头发微乱，也一句示弱的软话都没有。他甚至还在笑，一边笑着，一边去拽她的手，她躲开，他就再拽，她被他抓住甩开他还去拽，像是迷上了这样拉来扯去的游戏。

郁盛最终不耐烦地打掉他的手，郁有枫的脸立刻晴转多云，朝她哼了一声："小气！"

郁盛觉得自己不该和一个醉鬼较真，秋屿走了过来，手里拿着一杯温水，还有两颗醒酒的药。

"让他吃了，然后你早点回去休息吧。"郁盛让出位置。

秋屿将药和水递到郁有枫面前，后者顺着他的手看了眼他的脸，又看了看站在他身侧的郁盛，一伸手就打翻了水杯："我不喜欢你的保镖，让他离我远一点！"

他不光打碎了杯子，还用力推了秋屿一把，只可惜，他根本没能推动对方。

秋屿依然站在原地，纹丝不动。

“郁有枫！”郁盛恼了，她上前拉住秋屿的手，修长的指尖果然被碎掉的玻璃划开了一道小口子。

“喊，这么小的口子，也值得你紧张成这样。”郁有枫嗤笑了一声。

郁盛心痛个半死，她最看不得的就是秋屿受伤。因为她知道他不在乎受伤，也习惯受伤，但正因为如此，她愈发不愿意他因为她而受伤——哪怕只是被划破一道口子。

“你给我闭嘴！我警告过你的，安分一点。”她冷冷瞥了他一眼，将毛毯扔到一边，“郁有枫，你真该庆幸你和我有一半的血缘关系。”她说着，拉着秋屿的手，直接朝楼上走去。

沙发上的人拉过被丢下的毛毯，拍了拍，然后轻轻地抱在了怀里。

郁盛拉着秋屿进了房间，随手取了医药箱，又拉他进了浴室。她先开水龙头给他冲了冲伤口，以免有细小的玻璃遗留在伤口里，然后打开医药箱去找碘伏棉签。

“郁总，不用上药，很快就会好的。”他刚把手缩回去，又被她小心握住拉过去。

“伤口虽然小，但是很深，这种伤口愈合起来慢，尤其现在是冬天，天气干燥，伤口一直裂着会很疼。”她一脸认真地朝他道。

秋屿垂眸看着她，这次没再拒绝。

他安静而专注地看着她，看着她用不熟练的动作掰断碘伏棉签，给他伤口消毒，看着她低下头凑近，将碘伏吹干，看着她从医药箱里找出创可贴，比对着伤口的位置，小心给他贴好。她的气息温暖而轻缓，每一个步骤都小心翼翼，仿佛他手上的不是被玻璃划开的小口子，而是刀伤、烫伤。

郁盛却在这时候笑了起来。

“怎么了？”他问。

“我突然想起很久以前你给我上药的事。”那次她到底因为什么事发脾气，现在居然有些想不起来了。只记得把所有的怒意都发泄在这套刚买的小公寓里，她几乎砸了手边所有能够到的东西。

那时候，原本站在大门边的秋屿无声地走了过来，安静地半蹲下，仔细收拾了所有的碎片，然后注意到了她手上的伤口。那伤口也和他今天的一样，不大，但是很深，隐隐作痛。他依旧没说话，取了医药箱，拉着她走到一旁，弯腰给她处理伤口。第一次的时候她避开了，抽手抽得很快，带着不耐烦和未消的余怒，甚至因为他想给她上药，而说了几句迁怒的话。可他没有出声，脸上也不见一丝不悦，再次把动作放得更加温柔，小心靠近，给她消毒上药，用纱布和绷带给她包扎好。最后，他半蹲在她面前，问她饿不饿，如果饿，他可以煮面给她吃。

那样简单的一句话，却抵得上千百句华丽的辞藻，也奇异地消除了她心里的怒气和难过。那些画面，即便隔了这么久，依然在她的记忆中鲜明深刻。

这几年，因为有他，即便是那些不怎么美好的狼狈瞬间，再次回忆，居然也变得美好起来。

郁盛关上医药箱，回头再次看向面前的男人，目光认真而清澈："阿屿，小心照顾好自己，我不喜欢看到你受伤，明白吗？"

他目光沉沉地回视她，满腹的话和诸多情绪，他却最终只说出两个字："明白。"

郁有枫没能在郁盛公寓里过夜，她从来不是什么大方的人，冲秋屿发脾气，还打碎杯子弄伤他，还想睡在她这里？她给了郁有枫一个冷笑，等他吃完醒酒药，就让秋屿带他下楼，把他送回别墅。

"不用他，我自己会回去！"他脾气倒还挺大，瞪了一眼秋屿，自己爬起来脚步发飘地穿上外套走了。

郁盛笑了一声："随便你。"

不想让秋屿送最好，她还舍不得让他大晚上跑来跑去呢，他真以为自己是少爷啊！

郁有枫已经走到了大门口，闻言回头嗤笑了一声，视线扫过她身侧的秋屿，像寒夜里的冷风一样："姐姐，有些事也别太过了，你也不想爸他知道吧？"虽然是疑问句，但他用的是警告的语气，显然意有所指。

郁盛看着郁有枫，似笑非笑地做了个请的手势。如果是几年前，这样的警告她还会顾忌一下。但现在，随着她一点点成长和强大起来，很多事情她不同郁贵东扯破只是因为她有自己的节奏和计划。她现在是个生意人，她想要保证事情最大的利益化，并不是因为忌惮。但在那同时，她会保护好自己，也会保护好她在乎的人。

郁盛再次和岳栋见面是在一个阳光和煦的午后，她照旧带着秋屿一起。对方也带了两个人，除了上次见过的秘书，还有阳乐新媒体一个很有能力的制片人。

因为之前郁盛和岳栋已经在微信上交流过影视和IP方面的话题，说过有意向合作的项目，所以这次过来主要是谈合作细则。

“这几个项目都挺大胆的。”

岳栋上次听郁盛说对影视、网剧这方面有兴趣，一开始以为她只是随口说说，或者她确实很有诚意但目前毫无经验。他没想到，后来两个人在微信上聊天时，她会提出这样全面的项目构想。无论她是原本就了解这一行，还是那晚见面之后回去才补的课，总之能提出这样完善的项目构想，可见真的诚意十足。

那位制片人点头：“没错，其实国内无限流小说在各大网络阅读平台一直都很流行，内容类型也从类似《源代码》这样简单的死循环无限流，到随机投放各种不同场景世界完成脑力或体力任务的多重无限流，应有尽有。除了我们阳乐，其他影视公司也都有收购这方面的热门小说，只是碍于各种原因，迟迟没有启动而已。这个各种原因里面，最大的原因便是钱。”

郁盛对此表示同意：“同一笔钱，投资已知的成功影视领域，和投资一个未知的不擅长的影视领域，谁都会选。影视媒体公司最上面那些人，没有几个是真正热爱这一行，或是拥有创新情怀的人。生意人以赚钱为本，无可厚非。但这两年，市场上各种粗制滥造的影视剧几乎泛滥成灾……当然，我也承认存在即合理，公司能投能拍就说明依然有人看有人追捧，对投资方来说，便是赚多和赚少的问题。”

岳栋笑了笑，笑容里带着无奈："赚得再少也是赚，反正比投入未知领域要保险。"

他这个年纪能创立这样一家媒体公司，自然不可能单靠自己，公司上面有不少董事，资金庞大的投资项目不是他一个人能做主的。所以这次，当郁盛提出合作制作迷你剧这个模式，并且有意挑战无限流剧时，他立刻来了兴趣。

"不过就算是迷你剧，如果要把画面做得真实好看有代入感，资金投入也少不到哪里去。还有剧情方面，血腥、暴力价值观等等问题要过审非常不易，再加上这块领域我们有很多不熟悉的地方，真怕拍出来不伦不类的，亏钱倒先别说，就怕到时骂声一片，成为这个领域起步的反面例子。"这是每个媒体人都不想碰到的事，也是岳栋唯一的纠结点。

"对，那天我们聊完后我也想到了这点，所以是不是可以考虑把我们目前影视剧方面擅长的东西和无限流原素结合起来？"郁盛说道。

"什么意思？"

郁盛低头喝了一口咖啡，秋屿则打开笔记本电脑，将准备好的资料展示给对方，让郁盛能继续说下去："这里有几部女性无限流小说，以女性为主角，任务也大多和爱情、亲情、友情以及背叛、复仇、报恩有关。这样的小说如果做成剧集，就等于是在擅长的影视领域里面做出一部分新尝试，剧情方面也可以很大程度地避开暴力与血腥等问题……老实说，大家看了这么多年的正剧、苦情剧、甜宠剧……也是时候换换口味，看一看这样替人复仇打脸，活出精彩人生的爽剧。"郁盛看着岳栋，她知道，他会有兴趣的。

岳栋目光深沉地看着郁盛，唇角却一点点勾出舒展的笑容，他原本就是长相清俊的人，现在这样一笑真如春风和煦："郁小姐，虽然我知道我已经说过了，但我还是想再说一遍，很高兴能认识你，真的。"

因为双方达成了共识，所以后面的进度推动得很快，岳栋让公司里的专业编剧和制片人评析。双方再次见面时，已经选出了最适合改编的那本小说。郁盛看到小说名和作者名字的时候，微微挑了挑眉。

"怎么了，你不看好它？"岳栋现在很看重她的意见。

“不是，只是这个作者我认识。”

当初筛选小说时，她也没想到会这么巧，后来秋屿递来资料，她才看到作者信息。不过她一向公事公办，既然一开始已经选择了这几部，自然不会故意再挑拣出来。而且五分之一的概率，她也没想到岳栋最后真的会选到这部小说。

这天回公司的路上，郁盛看着平板电脑上小说作者的资料照片，手指轻轻点在那张熟悉的胖胖脸孔上：“阿屿，这次和作者签约，你代表我出面吧。”

秋屿看了眼后视镜：“好的，郁总。”

他不多问，郁盛却喜欢多说几句：“她看心理医生没多久就转学了，我这个旧同学目前阶段还是避避嫌比较好。”

“她在心理医生那边的治疗已经结束，目前应该已经恢复。”这是秋屿早前得到的通知。

卢娜在心理医生那里治疗的事，郁盛后期有跟进过。医生表示卢娜的治疗情况还可以，毕竟她面对的不是什么无可挽回的局面。害怕回去学校被人指指点点，就转学；对异性有了畏惧心，就暂时先把恋爱这样的问题放到一边，找一个自己感兴趣的事情去做，替代缺失的部分。看来卢娜不仅找到了这件事情，还做得很好。

郁盛“嗯”了一声：“我还挺高兴看到她能从低谷重新站起来，女孩子就该这样，任何时候醒悟、独立、努力，都不算晚。”

她说着，转头去看车窗外的城市夜色。这世界永远都有它好与不好的一面，我们改变不了世界，但是我们能改变自己。

年前这段时间，郁家颇有些闹腾。主要还是因为郁贵东结婚一事，郁有枫后来还是知道了秦艺心已经怀孕，这让原本稍缓的父子关系再次陷入僵局。

郁盛很忙，学校虽然放假了，公司仍有不少工作要在过年前收尾。树屋度假村之前已经开始建设，迷你网剧那边也进入剧本改编流程，这两个项目盛世繁华这边虽然都以投资为主，但总不可能万事不管，不闻不问，更何况一些关键重要的决策会议她仍旧要参加。不过无论是章年那里，还是岳栋那里，都有专业的团队在具体做这些事，她真正需要花费的心思并不算多。目前这两个项目她已经投入了不少资金，所以最近她都在忙银行贷款的事，有两个项目投资合作书在手，银行一般都会放款。这些资金，她会继续寻找新的可靠项目投资。这就像是滚雪球，等到了后面，投资的项目会越来越多，也更靠前期项目的口碑吸引更多的资金。不过款项到账估计得年后，过年这段时间她则计划着再好好考察几个项目。

郁贵东那边有潜力的项目不少，周洛也联系她，表示哪天可以聚一聚，他有心在B城做几个其他的投资项目，问她有没有兴趣一起。所有人里，岳栋是联系她最多的，虽然这一行看起来五光十色，外人会感觉水很深。但越是这样的圈子，机会也越是多，只要有人带着，懂得规避，机会往往不期而遇。

郁盛运气不错，受岳栋邀请出席了两次时尚宴会活动，就认识了不少人，也小打小闹地投了两个小项目。都是周期短来钱快的项目，赚的钱虽然不多，但人情更重要，和对方打好关系，才会有下一次的合作。

也因为这几次的交流，郁盛和岳栋的关系迅速密切起来。

过年之前，他组了个重要的饭局，请的是圈内人，关系不错的导演、监制，一个合作过数次的影视公司老总，以及已经在进行迷你剧剧本改编的两位编剧。这是岳栋初步定的迷你剧班底，还没有最后敲定，但过年前，大家一起聚一聚很有必要。

郁盛之前见过两位编剧，导演、监制和影视公司老总却是第一次见。岳栋应该打过招呼，他们见到她倒也没露出特别意外的表情，就是对跟在她身边的秋屿多看了几眼。长得好看的男人他们几个都见得多，但是绝对不会有像面前人这样的气质和气势，看似沉默内敛，但对视之间毫无怯场之色，安静自若。

郁盛早就已经习惯别人第一次见到秋屿时的反应，她向几人介绍了一下秋屿特助的身份，一众人开席，边聊边吃。

导演姓商，小有名气，也有代表作，一整个晚上都在和监制、影视公司老总以及岳栋喝酒。后来喝到兴致来了，又把目标转移到郁盛身上，重新拿了个干净的小杯倒上白酒说要和她喝一杯。郁盛没喝过白酒，一晚上喝的都是红酒，那杯子虽然小，但那一口下去估计也不好受。秋屿已经准备站起来去接那杯酒替郁盛喝，但被郁盛按住，不让他代喝。这种交际场合，人情来往皆在杯中，又不是五杯十杯，一杯而已，就让特助代喝，未免太不给对方面子。

于是郁盛自己站了起来，笑着去接，酒杯才到手，就被她另一侧的岳栋拿去。

“你……”她只来得及说一个字，岳栋已经一口干了那杯白酒。

她忍不住看向岳栋，岳栋搁下杯子，先和商导演说了几句她喝不来白酒的解释，之后转头朝她笑了笑：“没事的，今晚都是熟人，你不用勉强，喝红酒就可以了。”

“谢谢。”郁盛回了对方一个笑容，精致明艳的五官，嫣红的唇色，眉宇之间却因为笑意带上了几分纯真，岳栋忍不住多看了她一眼。以前听导演讲戏，让女演员做高级表演，如何展现又纯又欲又矜贵的神态。他那时听了心想，怎么可能有人拥有这样的长相？可现在他发现，原来真的有。

岳栋这时候莫名想起了和郁盛的初见，她挽着顾觉的胳膊，以对方未婚妻的身份和他问好。他想到顾觉花名在外的传闻，心里突然很不舒服。那样的男人，若不是靠着家里雄厚的资产，又哪里配得上她？

这种不舒服，并不代表岳栋喜欢上了郁盛，他纯粹只是对美好事物的感叹。一个男人对一个女人可以有很多种不同的喜欢，像郁盛这样的女人恐怕没几个男人会不喜欢，但大多数人的这种喜欢，欣赏的成分更多。毕竟从欣赏到爱，还有很长的距离。他有时候看着郁盛，会想起自己早逝的妹妹，那时候她陷入孤立无援的绝境时，如果再勇敢一点，选择揭发而不是轻生，又或是那时候有人对她伸出援手的话，她现在是不是还活着？

岳栋帮郁盛挡了酒，还开口解释，导演、监制几个都纷纷笑了起来，说岳栋护花使者当得好，倒是他们拎不清了。岳栋清俊斯文，郁盛漂亮矜贵，同样年轻出色，在岳栋开口维护她之后，旁人看他们的目光多少添了几分暧昧。

郁盛倒没觉得怎样，反倒是岳栋，突然侧过脸看了眼秋屿的表情。他安静地坐在郁盛另一侧，正在专心给她剔鱼刺，剔干净一块，就用公筷搁入她碗里，她一边吃一边小声和他说着什么。他目光仍落在碗里的鱼肉上，一边继续剔鱼刺，一边不时点头。

岳栋知道，其实刚才秋屿原先打算替她喝那杯酒的，只是被她一挡，才让他占了先机。岳栋从前倒没怎么注意过他，虽然他的长相非常出色，可在别人眼里，他只是郁盛身边的助理和司机。但现在想想，即便郁盛对他没什么，他却不一定对郁盛没什么。只可惜，他看了对方好几次，对方都无动于衷，连一眼都没朝他这里瞥过来，像是并不介意他刚才替郁盛喝了那杯酒。

酒过三巡，饭局结束后，岳栋提出让郁盛坐他的车回去，他表示他虽然喝了酒，但他也有司机，而且他的司机就只担任这一项工作："秋助理今晚也辛苦了，不如早一点回去休息，我来送郁小姐。"

秋屿看了他一眼，什么都没说，只安静地去看郁盛。这样的事情，选择权在郁盛那里，他不会逾矩。

"不用麻烦了，岳总今天也辛苦了，还是早点回去休息吧。"郁盛笑着婉拒。

"其实我是有点事想私下和你聊。"岳栋朝她走了一步，继续道，"是有关这部剧的作者卢娜的事。"

郁盛闻言，轻轻扬起眉。

秋屿发动汽车前，抬眼看向前方不远处的郁盛，她裹着黑色长绒大衣，正弯腰坐进岳栋车子的后排，岳栋很绅士地替她开着车门，还用手微微挡住车顶，似乎怕她不小心撞上。

车道旁的霓虹灯光透过车窗玻璃，落在男人俊美安静的眉眼上，片刻，他收回视线，脸上没什么表情变化，握在方向盘上的手指却不自觉紧了又紧。又隔了片刻，直至对方车子驶动，他才低头系好安全带，启动了车子。

黑色奔驰以一个不远不近的距离跟在前方车子的后面，自从那次意外后，他不可能放郁盛一人在外独自回家。无论是回公寓，还是回别墅，他必须要亲眼看见她走进大门才能放心。

这不是他第一次开车跟在其他载着她的车子后面，从前，每次她和顾觉例行约会，他都是这样保持距离跟在后方。可这一次，他心里却有一些异样的感觉。从前他知道，她并没有多喜欢顾觉，未婚妻这个身份只是因为无可奈何。可这次的岳栋却不一样，他和顾觉不同，他们两个……似乎很般配。

秋屿皱眉，适时将这些不该有的情绪抛去脑后。

郁盛在车上接到了郁贵东的电话，对方没有问她在哪儿，只让她立刻回家。

她这会儿原本就是朝别墅的方向去，闻言回道："还有半个小时到家。"

郁贵东听了，一言不发地挂上电话。

郁盛若有所思地握着手机，一旁的岳栋出声询问："没什么事吧？需要让司机开快一点吗？"

"没事。"她朝他笑笑，想起他刚才说的卢娜的事，又道，"卢娜那边我会来联系的，可以在年后开会时再让她过来。"

岳栋笑着应了。他原本也没什么特别重要的事，不过是想找个借口送她回去罢了，然而郁盛接完电话没多久，又来了消息。她打开微信一看，消息是郁有枫发来的。

他很少会给她发消息，消息不是语音，是文字："爸刚才是不是叫你回来？你可别怪我没提醒你，要是有合适借口，今天就先别回来。"

郁盛垂眸回复："我已经告诉他会在半小时后到家。"

郁有枫："保重。"

郁盛没有追问他到底是什么事，其实也不太需要追问。她原本猜测是不是又和上次一样，是郁有枫和郁贵东之间的矛盾。但现在看到郁有枫的消息，这点已经能够排除了，再加上他这句话所隐带的含义……郁盛觉得自己应该大致猜到了是什么情况。

先别回去？如果郁贵东已经知道了，她不回去又能怎样？更何况，她真的有些好奇郁贵东此刻的表情，当他发现她并不是他想象中逆来顺受的乖巧棋子时，他会露出什么样的表情？

因为电话和消息，郁盛之后没再主动开口和岳栋说话，岳栋也感觉到了她的情绪，十分体贴地没再开口打扰她。

郁家所在的别墅区很快就到了，因为天气寒冷，郁盛大衣下面是一件不怎么御寒的裙装，所以岳栋询问她之后让司机一路开车送进别墅区里面，在郁家别墅外的车道上停下。

“谢谢，年后再见。”郁盛拿起包，冲他礼貌一笑。

岳栋想了想，还是忍不住开口：“如果有什么事，尽管来找我，只要我能帮得上忙，我都会帮！”

郁盛再次冲他露了个笑容，推门下车。

她目送岳栋的车离开后，转身朝别墅走去。

第 十 一 章

我只有你了，阿屿……

和那天一样，别墅里的气氛很是凝重，郁贵东身上穿着昂贵的西装，坐在客厅的沙发上，眉头紧锁。他大约嫌领结勒着脖子闷得慌，早已把它扯开丢在一旁，而郁有枫亦是同样穿着修身的银色西装，两个人的打扮一看就是刚从一个宴会上回来。

郁盛弯腰想换拖鞋，郁贵东却已经忍不住了："你给我过来。"

她直起腰，踩着四厘米高的裸色靴，直接走进客厅。

"我问你，你和顾觉到底是怎么回事！"郁贵东憋了一晚上的怒意终于开始迸发出来。

郁盛轻轻扬了扬眉，她不确定郁贵东是怎么知道的，知道了多少，她决定先试探一下。

"爸，你在说什么？"

"别装了！我都知道了！"他拍着沙发扶手，怒不可遏，"你到底做了什么惹他生气？是不是和刚才送你回来的男人有关？怎么，你现在是不满意顾觉，还是受不了他身边有其他女人，所以打算报复他？你知不知道刚才在宴会上我有多丢人……"

郁盛从他带着怒意的话里拼凑出了大概的情况。

郁贵东今天带着郁有枫去参加一个高级的商务晚宴，这个晚宴估计有不少他想要认识和攀附的上流人士和商界大鳄。他应该在酒宴上见到了顾觉，和顾觉在一起的估计都是他很想认识的人，他原本想仗着未来亲家的身份去攀谈，结果却被当众落了脸。顾觉这个人，既要面子又记仇，在场面上应该不会多说什么，不过肯定丢过几句不好听的话，还应该含沙射影地让郁贵东发现这是她的“锅”。

在郁贵东的概念里，郁盛本该言听计从，扮演好她未婚妻的角色，顺着顾觉哄着顾觉都还来不及，现在居然敢惹他生气？不仅惹顾觉生气，还让他气到能直接在场面上落他郁贵东的脸面，她到底做了什么？！

“我没做什么。”郁盛神色冷淡地看着郁贵东。

“没做什么？你还敢告诉我你没做什么？那个人可是顾觉！知道顾氏集团有多少产值吗？几百亿！那可是几百亿啊！百亿豪门太太，你居然还不满意，敢去惹他生气？还在外面认识一些乱七八糟的人？你！现在就立刻给我去找他！不管你去他面前自我反省也好，道歉认错也好，求他也好……他让你做什么你就给他做什么！总之你给我把他哄好哄开心了！”

郁贵东话语里的暗示就连郁有枫都听懂了，他忍不住皱起长眉，有些不忍地看向郁盛。可是他不敢在这个时候开口，平时他顶撞郁贵东都是因为无关紧要的小事，唯独郁盛这门婚事，是郁贵东最紧张的大事。所以，即便他此刻因为郁贵东的话心里不太舒服，依然没有出声。

郁盛同样没有出声，她想听听看，郁贵东接下去还能说出什么来。在她看来，这便是典型的无能怒吼，郁贵东正在为事情脱离他的掌控而生气，想要用这种方式让她害怕，让她顺从。但他并不明白，哪怕他的吼声再响，今天也不可能让事情依照他的想法走下去。为了有一天能像今天这样冷眼无视郁贵东，她花费了整整四年的时间。从十七岁至今，她人生里本该最美好最无忧无虑的时光，都在拼了命地努力学习和成长。

“你到底听懂没有！”郁贵东发泄了一通，却发现郁盛站在那里毫无反应，既不紧张也不害怕，更加没有以前的乖巧和顺从。

“我不会去找顾觉道歉的，是他提的分手，让我不要去找他。”

“你、你说什么？”大概是郁盛口中的“分手”两个字，让郁贵东脸色大变，他原本以为他们只是吵架闹矛盾，哪里想到会这么严重。

但很快，郁贵东又稳下了心神。不对，如果顾觉真的要和她分手，今天不会丢话给他，让他知道郁盛惹顾觉生气，如果顾觉真想和她分手，压根儿就不会提起她。所以反过来说，顾觉今天会提起，完全是想让郁盛主动去找他道歉，他这是在递台阶啊！郁贵东想起自己寿宴那天顾觉对郁盛的维护，他对郁盛这么上心，又怎么可能因为一次矛盾就分手！想到这里，郁贵东立刻再次催促郁盛上门去道歉，让她无论如何也要把顾觉哄回来，否则她就不要再踏入这个家，也别再叫他“爸”！

郁盛看着对方因急功近利而微微有些扭曲的脸，轻轻笑了笑：“爸，我记得在我很小的时候，你还回家的那段时间，有一次你带我去公园。有个男生过来揪我头发，把我的辫子揪散了，你匆匆忙忙跑过来，一边抱起我，一边非常生气地骂对方，还告诉他男生不能欺负女生，女生都是小公主……”

郁贵东皱眉看着她，不明白她为什么突然莫名其妙说这些。

郁盛没有理会他的表情，继续缓缓说了下去：“后来，你和妈妈大吵了一架，你再也没回过家……爸，究竟是这个世界变了，还是只有你变了，或者说……你原本就是这样的人？”

“行了！现在我没心情听你说这些莫名其妙的话，你赶紧出门！记住我说的话！如果哄不好他你就永远别回来！”

“我不会去找顾觉的。”郁盛说着，拿起一旁的包，“要哄你自己去哄，要嫁你自己去嫁，我不是你手里的货品，也不是任由你摆布的棋子。”郁盛冷冷看着他，第一次毫无遮掩地让他看到真实的自己，“从小，妈妈和老师都教导过我，想要得到什么，就该通过自己的努力去获得，你想要得到利益，却要我来付出，你在想什么美事呢？我有那么傻吗？”

话至此，再多说也无意义。郁盛转身朝别墅外走，一步一步，缓慢却坚定，把郁贵东再次爆发的怒吼声轻轻甩在了身后。

郁贵东似乎想要追，可没走两步就捂着心口跌回沙发上，客厅里顿时乱作一团，有人上前扶人，有人手忙脚乱想打电话叫医生，也有人迟疑着不知道该不该把郁盛劝回来……

郁盛就在这片混乱中踏出别墅，她没走两步，郁有枫追了上来。

“姐姐……”他拉住她，张了张口，却不知道该和她说什么。

郁盛朝他笑笑：“想不出来说什么就不用说了，你早晚也会像我一样，有忍耐不下去的一天，祝你好运。”

“姐姐……”

郁盛没有回头，大步走进了寒冷夜色里。她在别墅外的车道上没走几步，熟悉的车子缓缓驶来，在她身侧停下。秋屿很快下车来到她面前，将她上上下下打量了一遍。

郁盛抬头看他，对上他紧锁的眉头和眼底的担心，冲他笑了笑：“没事，走吧。”

她上了车，没有告诉秋屿要开去哪里，他也没问，保持着不疾不徐的车速朝前方开。车内暖气很足，可郁盛却感觉自己手指冰凉。她晚餐时只喝了一点红酒，以为酒意早已散了，可此刻胃部却不舒服起来，就像是有一只手捏住了那里，在用力拧动。她想要忍，可越是忍耐越是难受。

“郁总？”秋屿从后视镜里看见郁盛闭着眼睛蹙眉靠在那里。

“阿屿，找个地方停车……”郁盛睁开眼，一手捂着胃，一手扶住驾驶座的椅背。

车子正行驶在一条大道上，秋屿立刻靠边停车，郁盛推门下车，感觉到扑面而来的寒风，胃里的翻腾才缓了下来。

“怎么样？”男人从她身侧扶住她，轻轻拍着她的背，“前面应该有超市，我去买一些热饮吧。”

“不用了，我喝不下。刚才可能是因为晚餐喝了点酒，现在好一点了。”郁盛看了眼四周，这是一条栽满了梧桐树的车道，两侧没什么高楼大厦，车道上也少有行车。冬天的梧桐树枝光秃秃的，矗立在路灯下就像是伸向夜空姿势怪异的手臂。

“我想自己走走。”郁盛示意了一下车，“要不你先回去吧？”

秋屿看她一眼，没有出声，从车后座上拿了一条厚实的围巾，过来替她严严实实地围上，又低下头，借着昏黄的路灯，将她黑色大衣的纽扣一个一个扣好。

“好了。”他检查完毕，朝后侧退了一步，将空间还给她。

郁盛的半张脸都被裹在柔软厚实的围巾里，倒是真的不太冷了。她心里有事，也没有和秋屿说话的心情，只“嗯”了一声，转身沿着步行道慢慢朝前走。在她身后不远处，秋屿穿上薄呢大衣，从车上取下车钥匙和手机，锁了车门，抬步跟上。

这一晚，她独自一人走了多远，他便在后面默默跟了多远。他没有上前打扰她的意思，保持着距离安静跟在她后面。郁盛知道他在后面跟着她，也知道没有她的允许他不会上前打扰她。无论再冷、再累，无论困了还是渴了，他都会这样陪着她一直一直走下去。

她终于走累了，在路旁的长椅上坐下，一回头，他果然站在不远处的树影里，身体挺拔如松，双腿修长，一如既往，无论是炎夏的夜晚街头，还是寒风萧瑟的冬夜，他从来不曾远离过。

郁盛感觉额头一凉，有什么冰冷轻盈的东西落在她的脸上。

这是……雪?

真的下雪了，这是B城今年冬天的第一场雪。

郁盛再次看向秋屿，她知道，他穿得比她更少，薄呢大衣底下只有一件单薄的衬衣，他的围巾也早就给她戴上了。连她都觉得冷，他只会比她更加冷。可他却一声不吭，就这样跟着她在外面走了一个小时!

一股无名怒意从她心底冒起，压也压不住，她看着他，开口冷斥：“不是让你回去吗？为什么不听？是不是现在我说的话一点用都没有？”

她见他没有动，起身想走过去，结果小腿却不小心踢到长椅的铁质椅脚，疼得她弯下腰去。

“郁总！”原本还静默不动的男人匆匆几步来到她面前，扶她坐下，然后蹲在她面前，卷起她的大衣和长裙的下摆，查看她小腿撞伤处。

她没有穿打底裤，长裙下露出一截白皙的玉色，上面青紫了一块，还有些破皮。走了这么半天，她两条腿摸上去冷冰冰的，此时他温暖有力的手指覆上去，暖得她差点落泪。

"很疼吗？我们现在回去上药好不好？"他抬头看向她，眉眼温柔，深邃的眼睛里面只有对她的担心和关切。

那是非常温暖的眼神，温柔又坚定，仿佛无论她发生了什么事，无论她对他说了什么过分的话，他都还是最初那个模样，永远不会因为这糟糕的世界而有变化……

"对不起……"郁盛没有忍住，倾身过去紧紧抱住了他，将脸颊贴在他脖颈上，"是我不好，我不该冲你乱发脾气……"这是阿屿啊，那个可以用生命保护她的阿屿……

"郁总。"他心疼难忍，张开手臂将她抱住，温柔地拍着她的背，"没事的，不用道歉，也不需要道歉。你可以对我说任何话，让我做任何事。"

"阿屿，我不明白，我以为我早就不在乎了。自从十七岁那年……我以为我已经不会再有任何期待了，可为什么今天我还是会难受？阿屿，这世界上到底有没有永恒不变的情感？友谊是脆弱的，因为会疏远；爱情是脆弱的，因为有背叛和欺骗；就连有血缘羁绊的亲情也一样脆弱不堪……我真的不想再期待任何情感，你明白吗？只有不期待才不会再有失望……"

秋屿安静地听她诉说，想告诉她：有的，三年来，他的情感从来没有变过。可最终开口，还是成了另一句话："一切都会好起来，我在这里。"

两个人回车子那里的路是秋屿背她走的，她伏在他宽大温暖的背上，紧紧抱住他的脖子将脸颊贴在他颈后，然后在他耳边时不时说些话。

"其实我挺喜欢下雪的，我喜欢在温暖的屋子里，隔着窗玻璃看下雪的城市……

"今天很冷，我这样靠着你是不是暖和一点？

"我有没有和你说过我的妈妈？她是个很温柔的人，即使郁贵东离开了她，她也从来没在我面前说过他一句坏话。她总是告诉我，郁贵东离开的人是她，不爱的人也是她，不是我。我是他的女儿，这辈子都是，我们之间的亲情关系永远存在……

“那时候我十三岁，刚来B城，我以为他接我过来，是因为他想念我，希望我和他一起生活……我可真是傻啊，如果他真在乎我这个女儿，又怎么会那么多年都没回来看过我一眼……

“阿屿，我有点饿了，回家你给我煮面好不好？”

秋屿听到这里，出声道：“好。”

郁盛心满意足地靠着他：“阿屿，我觉得我来B城最幸运的事就是遇到了你，我小时候就一直想要一个哥哥，就像你这样的。他很厉害，什么都会，会一直在我身边保护我，无论我做错什么，都会包容我替我收拾残局，会在我难过的时候哄我开心，会在我累的时候背我回家……阿屿，我知道这个世界上没有永恒不变的事物，时间流逝，情感会淡，人会离开。可是，我希望你不要离开得那么快，不要突然跑去我看不见的地方……我只有你了，阿屿……”

这一次，她等了许久，才听见他的声音传来。

“好。”依然只有一个字，可是却异常坚定。

郁盛不准备再回郁家别墅了。

她早已做好摊牌后和郁贵东闹翻的准备，现在虽然比她计划的时间提前了一点，但也没太大关系。唯一麻烦的是郁贵东可能会因为想让她去哄好顾觉，而再度上门找她麻烦。

她可不想被他找麻烦。

不过依照郁盛对郁贵东的了解，他为了达成目的什么都能做，顾觉对他这么重要，他不会轻易松手。既然如此，那她也只是在他找她麻烦之前，先给他找一点麻烦了。

冬天的清晨，郁盛捧着咖啡杯，站在公寓的落地窗前，俯瞰被白色覆盖的城市。

雪从昨晚开始就没有停过，一开始还是柳絮般的小雪，到后半夜就转成了鹅毛大雪。今天早上她醒来，发现外面的世界已经成了另一副模样。

郁贵东的事，她原本没想太早去做，因为时机很重要。她未雨绸缪惯了，加上要盯着郁贵东的公司截合作方截项目，所以一直让秋屿找人盯着他，看他和什么人来往，是否有可以撬的墙脚。所以，早在郁贵东正式把秦艺心带回郁家之前，她就已经知道她的存在。

起初，她看到秦艺心和郁贵东出去吃饭、购物、喝茶、打高尔夫，甚至外出度假的照片，她还以为这是郁贵东另一位私生女。结果这位比她还要小上几岁刚刚念完大一准备升大二的清纯小姑娘，居然是他的新女友？！

也就是那次调查，不光查清了秦艺心和郁贵东的关系，也查到了她和另外一个人的关系。秦艺心除了郁贵东外，另有一个交往了一年的秘密男友。大概因为想要保持清纯校园女神的人设，加上这个男友没什么钱，所以两个人虽然交往了一年身边人都不知道。

秋屿找人查的是秦艺心近期的事，所以有关她和秘密男友的分分合合并不清楚。现在的情况是，这个男友知道郁贵东的存在，郁贵东却不知道对方的存在。三个人里，一个女生想要两头瞒很难，但是如果两个人联合起来想要骗第三个人，就简单多了。

郁盛吩咐秋屿找人继续盯着秦艺心，她原本也是想找机会多拍一些照片。结果因为正值暑假，秦艺心这边和郁贵东说明，要和几个大学女生去海边玩几天，那边一到海边就和秘密入住同一家酒店的小男友见了面，为郁盛这边提供了诸多大尺度的照片和视频。

不久前郁贵东这里传来秦艺心怀孕的消息后，秋屿那边又有人拍到秦艺心和小男友鬼鬼祟祟地碰头，一起同去妇产科的照片和视频。这个孩子到底是谁的目前还不好说，但郁盛觉得郁贵东想要老树开花也绝对没那么容易。总之，这顶绿帽子他是戴定了。

她原本想着，等到两个人结婚，恩恩爱爱难舍难分的时候再把这些照片和视频匿名发给他。而现在，她打算把这件事提前，只是目前这种情况她不能自己去做，就算是匿名的，也太明显了，郁贵东很有可能猜到是她。她想要给他找麻烦，不是想把麻烦惹上身。而有一个人，却非常适合，她相信他拿到这些照片和视频之后，会把事情办得非常漂亮。她不想自己出手，但是她很喜欢坐收渔翁之利。

郁盛勾起唇角，给秋屿发了语音微信："阿屿，之前你找人查到的那些照片和资料，用匿名的方式发一份给郁有枫。"

正月初六，郁贵东宴请宾客，大办婚宴。

他不久前刚过了五十大寿的生日，然而他老当益壮，人老心不老，不仅找了个比他小两轮不止的女朋友，还老树开花，真是双喜临门可喜可贺！那天去吃喜酒的人回来都表示从未参加过如此精彩的婚宴。

有人便问："场面真的很大吗？倒是听说过郁贵东很宠这个小妻子，人家是名牌大学的学生，还没毕业呢，长了一张初恋脸，据闻之前都没谈过恋爱，又纯又美，还爱才不爱钱，之前郁贵东送她房子都不要，只肯收些小礼物。"

参加宴席的人于是摇摇头，表示这些都算不上精彩，真正精彩的是在婚宴正式开始的时候，当新郎新娘站在台上，互相诉述如何从相识到相爱的时候，后面的大屏幕突然自动播放的照片和视频。

"郁贵东真的太不见外，完全把宾客都当作了自己人，竟然把新娘的各种'私人照片'用一面墙那么大的显示屏播放给全体来宾看，让人大开眼界。唯一美中不足的，就是照片和视频里的男主角不是新郎……"

"……"

"还好你没去啊，郁贵东当时那表情简直像要吃人一样，新娘又哭又叫，岳母大人当场就晕了，郁贵东则疯了一样找人想把显示屏关掉，最后是直接砸了机器才叫停了播放的照片和视频。当时桌上才上了冷盘，热菜一个都没见着，红包我倒是给出去了……本来听说每个参加婚礼的人回礼都是一条铂金项链，是郁贵东花了大价钱私人定制的，可后来婚礼一团乱，回手礼也没见着，亏了，这次可真是亏啊……"

原先打听的那人这会儿已经凝固了。这样精彩绝伦，一辈子难得一见的场面居然就这样错过了！那人此刻只恨自己没有努力赚钱，公司太小，挤不进郁贵东的婚宴名单。

不过很快，他就又高兴起来了，因为他那位参加婚礼的朋友取出手机，点开了一个视频："你得好好感谢我，幸亏我眼明手快，躲在后面偷偷录了视频……"

这天晚上，很多参加郁贵东婚宴的宾客回去后都在说差不多的话，做差不多的事。除开为数不多几个给郁贵东面子（看顾觉面子）来参加婚宴的商界大佬讲究面子外，其他不那么讲究的宾客都没有错过传播这样超级大八卦的机会。

郁贵东在真正的上流人士眼里不过是个没什么格调的暴发户，但对一些中小资产的企业来说，十几亿市值的郁氏同样是艘航空母舰。他们亲眼看着对方的豪华婚宴变成一场笑话，那可比什么明星绯闻精彩多了。

之后，因为这次婚礼上的突发事件太过狗血，很快就上了热搜。虽然郁贵东一席人的脸都被打了码，但上流圈子里和商界里的人都知道那是谁。一时间，郁贵东那个婚礼，成了大家茶余饭后的笑料。

郁盛这边，并没有刻意留意郁贵东那边的情况，她过年虽然没回郁家，但一直挺忙。除了大年夜和年初一，各种交际往来的小酒宴和餐会基本没有停过。

她原本给秋屿放了半个月的年假，可他一天都没休过，连大年夜都在她公寓帮她包饺子，洗菜做火锅，贴春联和窗花，最后甚至还挽起衣袖给她大扫除，压根儿就没停过。搞得郁盛叹了一天气，总感觉自己是压榨他的无良老板。

"我在B城没什么朋友，就算回去也是一个人过，不如留在这里，至少能陪你一起过年。"过年那几天，无论她感慨几次，他每一回都是用这句话回应她。

秋屿第一年来她身边做事时，郁盛就问过他家里人的情况，当时秋屿只简单告诉过她，自己家人都不在B城。她那时看出他不太想谈这方面的事，所以她没有继续追问，而他自己也从未主动再提起过。

这三年，除了过年那七天，其余时间他都在她身边工作。有时过年，因为得到郁家这边其他司机的通知，知道她要外出，他连七天都没休满就回来上班了。其实郁盛根本不需要他这么拼，她外出坐车，哪个司机开都一样。可他于这点上却很坚持，毕竟对她来说，他不仅只是个司机。关键时刻，他能保护好她，其他人未必可以。而今年，因为郁盛不用回郁家过年，秋屿就连那三到七天的时间，都直接省去了。

大年夜，他在她公寓和她一起吃火锅、看《春节联欢晚会》、守岁。

大年初一，他拎着工具过来，把公寓里所有有问题的电器、家具都修了个遍。

大年初二，她去参加一个午后茶会，他随行。

大年初三……

到后来，郁盛都习惯了，哪天他不出现她才觉得奇怪。

她也不是真不知好歹的人，她知道秋屿今年会这样，完全是怕她一个人过年，会孤单寂寞。毕竟，对中国人来说，春节大过天，有血缘关系的一家人无论从前有什么矛盾，到了这天也会聚在一起过个团圆年。

但显然，这样的惯例不适用在郁贵东那里。

那天后她倒是接到了郁贵东不少电话，对方也发来一大堆的语音，但无一例外，内容都是指责、怒骂，要求她妥协顺从，甚至威胁她如果继续任性下去，那么他的钱她以后一个子儿都别想得到。郁盛干脆直接把他拉黑了。郁贵东没因此找上门来，想来郁有枫应该没告诉他她这套公寓的事，算是让她清清静静过了个年。在这种情况下，她看着自始至终都陪着她的秋屿，心里越发觉得温暖。

对她好的人，她自然一心想对他更好。他跟了她三年多，忠心耿耿又特别能干，光是一份薪水一份年终奖远远不够。她想给他更好的，最好的，她知道有些事情不能用金钱来衡量，但如果连最基本最该给的物质都没有，光谈信任和依赖完全是空话。

对她好的人，她从来都不小气。一些计划和想法在她刚组建公司的时候就已经有了，如今只等过了年，就把这个计划提上日程。

年初六之后，她隐隐听到一些有关郁贵东婚宴的传闻。

如今在这个圈子里和她保持交际往来的人，都是跟她本人关系不错的，他们自然不可能当着她的面去聊这件事，所以郁盛一直都只是隐约耳闻。

直到这天，她收到了郁有枫的微信。他给她发了两个视频，第一个是郁贵东婚宴那天的那场闹剧，第二个明显是偷拍，内容是郁贵东在郁家别墅逼问秦艺心出轨情况的视频。

两个视频后面，还有一段略带自得的语音："姐姐，你看这两个视频精彩吗？呵呵，不用谢哦。"

隔了一会儿，他又发来了一段语音："当然，如果你真的想要谢我，我也不是不能接受，家里这两天太闹腾了，连顿好好的饭都吃不上，我能去你那里吃顿饭吗？"

过了会儿，来了第三条语音："那就这么说定了哦，明天周末，我晚上过来吃饭！"

郁盛听完郁有枫这三条自说自话的语音，才重新点开视频仔细去看。

婚宴上那场闹剧拍得非常清晰，大概因为整个闹剧都是郁有枫一手安排的，所以他很清楚要在什么时候以什么角度拍摄。总之，无论是满屏的照片和视频，还是新娘尖叫哭泣的模样，岳母从满脸喜色到翻着白眼昏倒，岳父从一脸正色到脸皮抽搐，还有郁贵东从惊怒到暴怒的表情和厉声呵斥让人关掉显示屏的种种关键画面，视频上一个都没错过，甚至还有近景远景切换和多角度拍摄婚宴上宾客们精彩纷呈的表情变化……简直让郁盛身临其境。

而第二个视频，虽然是偷拍，但重要的对话一清二楚地录了进去。从这个视频里秦艺心一边抽泣一边被迫交代的话语，再加上秋屿前期递送到郁盛这边的调查资料，两者相结合之下，郁盛连拼带凑，大致还原了背后的故事。

秦艺心今年春天在一个聚会上无意认识郁贵东后，被对方整整追求三个月。

她一开始不答应郁贵东，一方面因为她有个不公开的男友，另一方面也是考虑到了郁贵东的年纪长相。那三个月她虽然没答应交往，可郁贵东经常约吃饭约见面，她五次里也会去个三次。对她这样的普通人来说，郁贵东到底算是富豪，出行豪车配司机，吃饭每顿不下几千上万，喝下午茶去私人会所，看电影直接包场，再加上每逢见面都有礼物攻势，但凡对钱有一点欲望的都会沦陷。

当然，那三个月无论郁贵东送多贵重的礼物，她都只挑便宜的那些收，其他昂贵的一律拒绝，也算把自己清纯女神的人设坐实了。后来她男朋友知道了这事，自然感觉被戴了绿帽子，两人闹了分手，郁贵东就是在那阵子夺得了美人芳心。可没隔几个星期，那个男友后悔了，又来找秦艺心，各种发誓跪地求和，她最终还是心软了……再之后，就是秋屿那边拍到的那些照片里的内容，秦艺心开始瞒着郁贵东和前男友保持联系，找机会见面约会，大概因为偷偷摸摸，反倒有种更胜从前的刺激感。

至于这个孩子，目前秦艺心一口咬死是郁贵东的。但郁贵东也不傻，算了算怀孕的日期，发现那阵子正好国庆放假，对方有几天回了老家，所以他不能百分百肯定孩子是自己的。

最终一番训斥、交涉、求原谅、扯皮之后，郁贵东决定暂时不离婚，等秦艺心先把孩子生下来之后，验了DNA再说。虽然现在她怀孕已满四个月，可以做胎儿亲子鉴定，但郁贵东不甘心就这样让她去做鉴定。现在做鉴定，无非两个结果：第一，孩子不是他的，他和秦艺心离婚；第二，孩子是他的，可他也不甘心就这样原谅她和她过日子。他打算借怀孕养胎为名，把她困在家里，寒假之后也不打算让她再上学，雇了一个保姆专门负责照顾她，还加派了保安，不让她出门，彻底将她困死在了别墅里。可秦艺心不能随便出门，郁贵东还是要出的，并且又恢复了从前的状态，夜不归宿之后遭到秦艺心抗议，回回都能吵起来。

在这种情况下，郁贵东自然没工夫顾及郁盛这边。所以，这也是郁有枫语音里满是邀功语气的原因。他并没有告诉郁盛那些照片和视频的来源，反正是匿名的，直接把这功劳算在了自己头上。

郁盛估计他应该也没猜到来源，但这整件事，郁有枫做出来的效果比她想象中更好，她原本以为他会直接把照片和视频交给郁贵东，在赶走秦艺心的同时，顺便在郁贵东面前邀功。可他现在采用让郁贵东丢脸的方法直接闹大，等于放弃了在郁贵东面前邀功的机会。宁可不要好处，也要下郁贵东面子，这样的方法还挺拼，也挺让郁盛意外。

就像是鹬蚌相争里面的那只蚌，明明就被她算计着利用了，却还傻兮兮地跑来她面前炫耀。所以，当第二天的周末，郁盛和秋屿从酒宴上归来，车子抵达公寓楼下，见到路灯下熟悉的高瘦身影时，她没直接把人赶走。

郁有枫裹了一件厚呢大衣，双手插在口袋里，迈动长腿晃到她车旁，弯腰朝车窗后的人委屈地抱怨：“你怎么才回来，我都快饿死了！”

第 十 二 章

在这世界上，我最相信的人就是你

郁盛换下外出的裙装，穿上一件柔软宽大的薄毛衣和一条黑色打底裤下楼时，秋屿正在敞开式厨房的料理台上切菜。他太高了，对他来说料理台略低一些，所以每次在那里切菜的时候，他都必须完全低下头。郁盛看了眼秋屿低垂的眉眼和为了切菜而挽起的衬衣袖口，再瞥一眼斜靠在沙发上打手机游戏的郁有枫，气不打一处来。她直接走上前，伸手抽走了他的手机。

"啊！你干吗？关键时候，快点还给我！"郁有枫忙伸手来抢。

郁盛直接将手机搁到一旁的书柜上："谁让你少爷似的躺在这里？他今天忙了一天，刚刚才结束工作，为什么你躺在这里，反而让他做事？自己弄。"

郁有枫不高兴地撇嘴："你也太偏心了，我昨天明明就说过今天会来吃饭，你不仅这么晚回来，现在还让我自己动手。"

郁盛懒得和他争辩，直接道："我每天都很忙，你以后别来了。"

郁有枫听到这里，立刻从沙发上站了起来，他也很高，虽然比不上秋屿，但站在郁盛面前也将近高了一个头。

郁盛以为他又打算撒泼，结果他却双手插在裤兜里凑到她面前，冲她笑了笑："我现在就过去帮忙，别生气啊！姐姐。"

五分钟后，郁有枫还是被赶出了厨房区域。这位大少爷五谷不分四肢不勤，让他洗菜他整个拿起来冲一冲，让他切丁他刀滑，倒是没切到手，就是惊叫不断，实在聒噪。别说帮忙，完全是在给秋屿帮倒忙。最后他被郁盛驱赶出去，可她又心疼秋屿一个人在厨房忙，最后取了围裙，表示她亲自帮忙。

她好歹也自己弄过几次早饭，洗菜什么的还是没问题的。再不济，陪在这里吹点“彩虹屁”也行。秋屿已经做了司机、保镖、助理的工作，难不成连保姆的工作都让他做吗？她可不舍得。

“没事，我一个人可以，你站了一晚上，去那边休息会儿吧。”

“说得好像你没站一样。”郁盛把围裙递给他，“帮我穿上。”

他知道劝不了她，于是接过围裙站到她身后，先替她将围裙挂上脖子，然后微微弯腰帮她将系带系上。

郁盛看了眼料理台上的肉丁和菜，叹气：“你还真准备给他做顿饭啊，随便下个面得了。”

“不是给他做的。”秋屿的声音从她身后传来。

郁盛侧头去看他，碍于角度只看到两道修长优美的眉和高挺的鼻梁：“那是……”

秋屿系好围裙，重新直起身，垂着眼帘看着身侧的女孩：“你刚才在宴会上没吃几口东西，还揉了两下胃，应该一开始空腹喝了酒所以不舒服。我怕你等会儿饿，所以打算煮点蔬菜粥，再炒点容易消化的菜，你吃了再睡，不要空腹直接睡，很伤胃。”

郁盛笑了起来：“所以是为了我？”

他点点头。

“做给我吃可以。”郁盛点点头，突然想到什么，冲他招了招手。

“什么？”秋屿看向她。

郁盛示意他低一点，然后搭住他肩膀，凑到他耳旁悄悄笑道：“郁有枫最讨厌葱味，等会儿你多撒一点，我喜欢吃葱。”她凑得太近了，温热的气息一个劲地朝他耳洞里面钻，激得他那一片的皮肤全部泛起了粉。

秋屿想推开，她却好奇地拉住他不放：“阿屿你耳朵红了？”

“……”

“阿屿，你好敏感啊，随便吹口气耳朵就红了。”她说着又想凑到他另一边耳朵去吹气，“让我看看这是个偶然现象还是个必然现象。”

“郁总。”他想躲，其实却又不太想躲，就这迟疑的一两秒钟里，郁盛已经绕到另一头朝他耳朵吹了口气。和刚才一样温热的气息拂来，这一次，他不光耳朵红了，就连白皙的脖颈上也红了一片。

“哇……”郁盛惊叹。

秋屿捂住半侧脖颈，不用照镜子他就知道，脖子肯定也红了。

“郁总。”他僵着半边身子，忍着情绪和耳根上的酥麻，脸色异常严肃，“女孩子不能随便对别人这样。”

结果，被她一句话怼了回来：“你又不是别人，你是阿屿。”

不远处，郁有枫半靠在沙发上，一双狭长的凤眼紧紧盯着那两人的一举一动。那两个人，真当他是瞎子或者不存在吗?

他不知道郁盛有没有骗他，或者她确实没骗人，对她来说，秋屿真的只是她的司机和保镖。但他可以保证，对秋屿来说，郁盛绝对不仅仅只是他的老板。他不知道郁盛有没有觉察到，但从他这个旁观者的角度看去，一切再清晰不过。哪有人会用这样的目光看自己的老板，每次当她背过身去，秋屿的视线再落到她身上时，那种专注和温柔，根本不可能是一个普通司机和保镖会有的。

郁有枫冷笑了下。

仗着自己长得好看，倒是野心不小，居然妄图奢想一些根本不可能的事！恰好秋屿如有感应一般朝郁有枫这里看过来，郁有枫扯了扯嘴角，用口型无声说了四个字：白日做梦。

秋屿微微皱起眉，视线在他身上停顿了数秒，像是看懂了他的唇语。但秋屿并没做出任何反应，和他对视数秒，又将视线移了回去。

郁有枫并没有听郁盛的话，之后一个星期里，又陆续去了她公寓两三次。

这几次他学乖了，去之前都会先给她打个电话问她在不在，去的时候还会适当带一些吃的喝的当作礼物，都是诸如贵价水果、空运海鲜、雪花牛肉等一些上等的食物。

“你的卡，应该早就被爸停了吧，要是缺钱记得和我说，你是我姐姐，怎么能让你的生活质量变差。”除了这处公寓，郁有枫当然并不清楚郁盛真实的经济状况。在他看来，她能存下数年的零花钱买下这套公寓，已经很了不起，换作是他，一旦卡被停了，他连公寓的卫生间都买不起。

这些东西对郁盛来说并不贵，就是有些比较难弄。例如M12澳洲牛排，郁贵东懂得享受，有专门的供货商，她离开郁家后，去店里吃过几回，但这样一大箱子足够她在家吃二十来顿的量，确实挺有吸引力，所以她都一一收了。除此之外，每回郁有枫过来，都会和她说一些郁贵东和小娇妻的新情况：今天又互撕啦，她哭哭啼啼，他砸了一地玻璃碎片等等之类。郁盛虽然挺爱听的，但她更嫌郁有枫烦，每次他待超过半小时以上都会赶人。

郁有枫这人情绪阴晴不定的，换作从前，估计冷哼一声就直接走人了。可这几回他耐性明显变好，哪怕她赶人，他也会继续软着声音装可怜，有时是要求多待半小时，有时是想吃了饭再走。他说郁家别墅如今那个样子，秦艺心整天待在房间，郁贵东整晚整晚的不回来，家不成家，他回去也是一个人……

郁盛给公司里的人统一放的年假是半个多月，让大家过完元宵节再回来上班。也因此除了一些必要的交际应酬，她每天都在公寓里，但也得忙一些工作上的事，毕竟是自己的公司。秋屿每天都过来，她很多事情都需要他帮忙，而且只要有他在，她就不用点外卖吃了，他总能在最短的时间里，弄出最好吃的东西。

这种情况下，郁有枫自然有些碍眼。

她再赶第二次的时候，他就会指着小会议桌旁浏览电脑的秋屿，问：“那为什么他可以留下，我就得走？”

“他能干啊，我需要他。”

“我也很能干。”

“你能干吗？追女孩子，还是花钱？”郁盛不在意地看着他。

最终郁有枫还是被气走了。

可是他不甘心就这样当着秋屿的面被郁盛赶走，总想找回场子，于是第三次被赶走后待在公寓楼下的车子里没离开，一直等到秋屿现身。他发动车子，大剌剌地开了车头大灯，强光顿时扫在对方身上。

秋屿伸手挡了挡眼睛，郁有枫便趁着这当口直直走到他面前：“怎么，姐姐她没留你过夜啊？”

秋屿看着面前带着恶意笑容的脸，皱眉警告：“注意你说的话，你想要骂我的同时，也侮辱了你的姐姐。”

在公寓的时候还不觉得，此刻这样面对面近距离站在一起，两个人身高的差距就出来了。对男人来说，身高矮了一截也代表气势低了一截，郁有枫看着秋屿，愈发觉得对方不顺眼。脸长得好看就算了，居然连腿都比他长！

“装什么啊，难不成你们两个什么也没发生过？”他嘲讽的话语里透着一股酸意，笑容越发肆意，然而还没等他笑完，左边脸颊上就结结实实挨了一下。

郁有枫只感觉像是被榔头一样的东西砸了一下，他嘴里一咸，伸手去摸，发现唇角居然裂了。

事实上，秋屿只用了三四成的力气，面前这人毕竟是郁盛的弟弟，再怎么不像话他也会留有余地，这次只是给对方一个教训。

“再有下次，你就自己去和郁总解释你为什么会进医院。”秋屿说完，转身离开。

郁有枫又痛又怒，脑子转了两圈才反应过来他那句话是什么意思，他顿时冲着他的背影道：“你别妄想了！别以为她看重你就是喜欢你，她根本不可能喜欢你！”

秋屿这次没再解释，他知道解释也是白费唇舌。他回头，眼神淡漠地看了眼对方：“那又怎样？”

那又怎样！

无论她把他当作什么，司机、保镖、助理、哥哥、家人……那又怎么样？他喜欢她，不会因为她怎么看待自己或是对待自己而改变。是他自己要喜欢她，是他自己想要留在她身边，尽一切所能地帮助她，直至她达成心愿。

既然这条路是他自己选择的，无论结果如何，他都会一直走下去。

年假很快过去了，盛世繁华的职员们这几天也挺高兴，因为他们公司才成立没多久就要投拍网剧了，还是和B城颇有名气的阳乐新媒体以及碌华影视合作，拍业界第一部大女主爽剧。

何以为继的《重启人生》这部网文书名平平，但在这个网文泛滥的快餐文化时代，她抛开所有花哨的设定，返璞归真，以细腻的文笔重写每一个因为遭受不公、暴力，被设计暗算后不懂反抗、自卑懦弱的女性那惨淡收场的人生。

这是何以为继的第一本书，也是让她成名于网络的第一部作品，现在要拍剧了，剧方表示会充分还原作品，也已经把作者聘为剧本顾问，毕竟她非常擅长剧情设计，会给编剧们提供非常好的想法。这本书在网络上的连载还没完全结束，最新一个背景世界的故事正进行到关键处，盛世繁华里的几个年轻女职员这几天午餐和休息时总忍不住聚在一起讨论故事内容，猜测《重启人生》的女主下面该怎么办，因为这是目前所有故事中条件最难的一个世界，女主之前失败了一次，剧情已经把她逼到了极点。

"你们说，怎么会有人同时能设计出这么难解的困境，和破除困境的方法？这不是自己卖矛又卖盾，无解吗？"

"那不一定，何以为继的脑洞和别人不一样，她下面一定会有精彩反转！"

"唉，真想爬进她电脑去看一下她的存稿！"

"谁不想呢！"

"要不然，我们去问一下郁总？她现在是投资方，如果这个背景世界的故事也被纳入剧本的话，结局应该早就有了。"

"算了吧，我可不敢，郁总虽然好说话，可秋助理真的很可怕……"

"嗯，他确实是我见过的最好看的男人里最严肃的那个！"

"要是我高中老师能有他这么好看又这么严肃，我估计我能去清华。"

郁盛经过茶水间，没有进去。

她转头去看身旁的男人，她能听到茶水间里的八卦，他没道理听不到。可他连眼帘都没动一下，视线始终全神贯注地落在手里的平板上。

直至郁盛轻轻拉了拉他的衣袖，他才将视线从平板上收起："什么事，郁总？"

郁盛这会儿已经和他走出公司，在等电梯，她指指身后的公司大门："她们刚刚说你可怕。"

"嗯。"他应了一下，又低下头忙碌。

郁盛再次拉拉他："她们还说你长得好看。"

"嗯。"他这次连头都没抬，只出声应了下。

郁盛摇摇头，故作吃惊："听到女孩子说你帅，你都没反应的吗？"

电梯刚好在这时候到了，"嘀"的一声，电梯门打开，秋屿伸手挡住门，回头朝她道："郁总，我们赶一个小时后的高铁。"

郁盛："……"

不好玩，没成就感……

郁盛和秋屿这次的目的地是Q城，自己开车过去稍有些远，坐飞机还有候机时间，而且机场离城区远，也不方便。最后两人决定坐高铁，高铁三个小时就能到，高铁站离城区近，而且商务座的椅子可以放平，也可以办公，舒适度几乎和飞机差不多。

这次去Q城是因为那里被定为主要取景地，后期很多工作都会在那里展开。选角工作此刻正在Q城展开，几个主要演员之前在B城就定了，有两个这几天正巧要去Q城附近录制综艺，今天会抽出时间先去Q城，和主创团队见面，顺便定妆。

卢娜早在年初三之后就被接去了Q城，她这个年过得也忙，根据岳栋那边的意思，现在剧本虽然构思巧妙，但还缺一个能把所有世界串联在一起的大主线。这个主线，原作品里面也有，但因为小说现在还在连载，所以给出的信息不多，岳栋上次想从郁盛这里知道的，就是卢娜究竟有没有完整构思出这个大主线，还是写一步看一步。他目前需要这个主线，如果可以他希望由她亲自将大主线填补好，再由专业编剧展开工作。

卢娜这边非常配合，年前得到通知，过年时就把大主线部分的剧情完整写了出来。岳栋那里看完后非常满意，决定让卢娜参与编剧工作。于是卢娜初三就去了Q城。

整件事，盛世繁华这边出面的都是秋屿和公司其他人。

事实上，不光是卢娜这边，《重启人生》这部剧，所有的对外工作目前都是秋屿在做。娱乐圈太小了，尤其明灿影视又是家大公司，她对顾觉的人品没什么信任度，就怕他突然脑子抽风，知道她投了这部剧，要找她麻烦，连累岳栋。

岳栋在明面上和顾觉依然是“兄弟”，但郁盛现在大概猜到，岳栋可能会挖一个大坑给顾觉踩。顾觉很精明，先前郁贵东拿了几个小坑过去他都完美避过，所以岳栋想让他踩大坑，必须做到没有一丝痕迹。她这里先不说能贡献多少力量，至少不能拖岳栋后腿，当然，如果能在适当的时候添砖加瓦添一把火什么的就更好了。

郁盛入住的酒店就是剧方目前的下榻处，男一号和女二号今天也会来这里定妆，估计也会住下。严格来说，《重启人生》里面没有男主角，现在这个男一号是目前的男演员中戏份最多的一个，是一个神秘人物，贯穿整部剧，编剧给他润了色，虽然与女演员比起来，戏份不算多，但是人物设定很有特点，在演技上也很有挑战性。

现在定的演员叫林亦善，是个颇有演技的年轻演员，早期因为太过任性，总和团队闹矛盾，所以吃了不少亏，也影响了自己事业的发展。他的公司其实挺想多给他点教训，可耐不住林亦善长得好看，而且在同批年轻明星里还属于演技好的那种，因此很圈粉。所以公司至今坚持着，没有放弃他。

因为剧方入住，酒店有两层的房间都被包了，其中一层在朝南观光电梯旁有个咖啡座。剧方人多，所以晚餐前的一些对外工作，郁盛都交给秋屿去跟进。她自己则拿着从岳栋那里打印出来的最新版剧本，去咖啡座点了杯现磨的咖啡，然后坐在玻璃窗边上仔细看起来。

林亦善就是这时候主动坐到她边上的。

郁盛一开始并没有在意，酒店里到处都是剧方的人，进进出出的，也能看到演员，哪怕她曾经从岳栋那里看到过林亦善的照片，知道他是男一号，也认出了对方，但因为没有正式见面介绍过，她暂时也只当作不认识。

可对方却突然开口了：“嗨，你是今天来参加试镜的演员吗？你试镜的是哪个角色？”

郁盛看他一眼，没说话。

然而郁盛的冷淡并不影响对方的热情，他有些诧异地看着她：“你……不认识我？”

“认识。”郁盛回了两个字，再次低头看剧本。

阳光透过明净的玻璃落在她恬静的脸上，她精致又白皙的五官美得像是一幅画。这是个生面孔，他之前从没在圈子里见过对方，这张脸这么美，如果她之前就在圈子里的话他一定会对她有印象。他猜测她应该是哪家公司的新人。

“你叫什么？”

“郁盛。”

“你好认真，不过我觉得不用担心，你长这么好看一定能拿下试镜的角色。”

郁盛再次抬头看向对方。长睫如黛，清澈的桃花眼黑白分明，林亦善在圈子里待了数年，见过很多类型的漂亮女孩，可这一刻，却依然为这一眼而惊艳。

“如果万一没成功也不用灰心，剧里还有不少很好的角色，你可以来找我，说不定我能帮你。”他几乎有些迫不及待，话语里透出浓浓的暗示意味。又是几句恭维寒暄后，他甚至拿出手机，打开了自己的二维码：“我一般不会这么随便给人微信，但你是例外，不扫一下？”

他将手机直接递到郁盛的面前，人也倾过去，几乎挨上她的身体，尤其是他的脸，凑近了冲她扬起一个阳光笑容，从某个角度看去，就像是要吻上去一样。

“你们在做什么？”低沉的男声里带着怒意和难以置信，声音伴随着来人急速而至的脚步，顾觉伸出手，动作略显粗鲁地抓住郁盛的手腕，一把将她从林亦善的身边拽了起来。

林亦善正等着对方加自己微信，结果中途被人打断，心里蹿起恼意，想着到底是哪个不长眼睛的东西居然敢来打扰他？是不认识他吗？

“你怎么回事……”他说到一半的话，在看清来人的长相时戛然而止。对方因为他的半句话而投来冷漠一瞥，林亦善顿时脸皮一抖。

业界大影视公司的老板顾觉，他还是认识的。

看来，他看上的这位新人也并非全无靠山，是他冒昧狭隘了。不过他觉得这也怪不了他，长期被经纪人、助理等诸多人盯着，摁住他蠢蠢欲动的少男心，换谁都会受不了。在粉丝眼里他从没谈过恋爱，这人设也确实给他带来了很多流量，但相应的他付出的代价也大。不能私下追求女生，不能随便和女生出去约会，一旦和哪个女生走得近一点就会立刻遭到经纪人警告。天地良心，林亦善只是想认真找人谈个恋爱，就算不谈恋爱，来一段短暂的你情我愿的关系也好啊。只要对方肯签保密协议，他非常愿意给对方资源，他对女生向来很大方。

可惜了，难得看上个新人，心动瞬间变成了心梗。他用恋恋不舍的目光再度看了郁盛一眼，觉察到顾觉愈发冰冷的目光，伸手笑吟吟地朝他打了个招呼，随后立刻朝边上挪了几个位置，假装自己是路人。

郁盛很快挣脱了顾觉的手，顾觉皱眉看向她：“你在做什么？今天要不是我恰好约了人在这家酒店见面，我都不知道你居然为了一个角色……”

“一阵子不见，顾总脑补的功力真是渐长啊……”郁盛实在忍不住内心的吐槽。

“你说什么？”顾觉眼露疑惑。

郁盛挑了挑眉，在尽情吐槽但被发现她同岳栋合作投资网剧和默认对方脑补的误解之间挣扎片刻，最终选择了后者。

她扬起眉：“没什么，就还挺佩服顾总的缜密思维。”

顾觉上上下下打量了她两眼，她身上穿的衣服还算庄重，并没有故意朝妖艳的方向打扮，他缓下语气：“我知道了你离开郁家的事，发生了那种事，为什么不来找我？难道对你来说，和我赌气比那些事更重要？”他再次冷冷瞥了眼林亦善，对方肉眼可见地抖了一下，再次挪远几个位置，“你缺钱，你有困难，为什么不来找我？”

这回她没有客气，嗤笑了声：“顾总，今天带脑子出门了吗？还是年纪大了记性不好？似乎是你在我爸面前说了什么，让他很没有面子，他才会回家质问我和我闹腾的吧？你现在又来问我有困难为什么不找你？你觉得我可能向一个害了我的人求助吗？”

这番话极其刺耳，顾觉不喜欢听，但他知道郁盛没有说错。那天在酒宴上，他的确是故意让郁贵东难堪，想借由郁贵东的口，让郁盛回来找他道歉。

他那天盛怒之下说了那番话，一开始怒气未消，确实没想过再找她，甚至觉得如果她坚持不认错，订婚这件事他会直接取消。而夏娃那里因为生病，所以他去见她的次数多了起来。昔日爱人，如今近在咫尺，温柔可人，只要他想，他知道她一定愿意和他破镜重圆。可是好几次，当他单独和她在公寓里，他却并没有更进一步的想法。他总是会想起郁盛那天的表情和眼神，她不许他送夏娃去医院，不想他再见夏娃，也不想他再关心夏娃。那样清楚明白地表达了自己的在意和醋意的郁盛，是他第一次见到。

其实她约夏娃摊牌，表现她的不满，他并不觉得有多生气，甚至想着早一点送生病的夏娃回家后，回头再来哄她。可结果却被她一个不相信他的眼神给激怒了。他甚至不明白自己当时为什么会那么在意。他总以为郁盛熬不了多久就会来找他，毕竟她那么喜欢他，从见到他的第一眼开始就对他有好感，哪怕这三年他在外面各种风花雪月，她依旧能因为这份喜欢坚守在原地等着他。

他根本就没想过她会不出现。

顾觉回想以往两人的相处方式，她总是等待的那个，哪怕想他了，也会兜圈子使用手段，让他主动去找她。于是，那天在酒宴，当郁贵东凑过来的时候，他给了对方暗示。但习惯使然，他看不上郁贵东这种“卖女求荣”的人，所以言语间让郁贵东丢了不少面子。后来他听说郁盛和郁贵东闹翻，被赶出郁家。这些日子，他一直在想她是不是过得不太好，因为倔强和骨气所以更加不想来见他？其实他可以原谅她的，甚至不再需要她道歉，只要她开口说想回头。

可结果，他看见了什么？她居然为了角色和一个小明星当众亲密？

不远处的林亦善不知道为什么感觉到冷飕飕的。

好奇怪啊，他明明已经离那边的两人很远了，可为啥还是感觉冷飕飕的?

“我因为你落到今天这种局面，你觉得我可能回头求你吗？”郁盛非常敬业地代入顾觉脑补的角色，“顾总，我的事情我自己会解决，我这么美，哪怕进这行做个花瓶都能赚钱，就不劳你费心了！”

这天，顾觉走的时候再次深深看了她一眼：“好，很好。”

既然她一意孤行，他也不会勉强她来自己这里寻求帮助，娱乐圈哪有这么好混，像她这样毫无背景的人进入这行，多少会吃点苦头。她既然不领情，那就先让她吃点苦头，知道了无人护航的难处，自然会把她现在那点骨气和倔强给丢光。到时，她仍然得回头来求他。

郁盛一进套房就丢下剧本，软软地倒在沙发上。

“阿屿……”她侧着身子，将头枕在胳膊上，冲坐在书桌旁对着平板电脑忙碌的秋屿求助，“我头疼，你快点来帮我揉揉。”

秋屿暂停工作，三步并作两步走来，在她面前半蹲下：“怎么了，怎么会头疼？”

“刚才为了忍住不打人，耗费了我所有洪荒之力……”郁盛叹了口气，把头埋在胳膊上，“你要知道，我为了《重启人生》这个项目，真的尽心尽力……”

“晚上还要和剧方几个重要人士聚餐，要先吃点药吗？”他从一旁取了个靠垫，连着她的手臂将她的脑袋托起，小心地搁在上面，让她能躺得更舒服。

“吃什么药，我又没病。”她再次睁开眼睛看他，他这阵子太忙，似乎没顾得上定期修剪头发，板寸也长了一点，“阿屿，你不觉得你自己这张脸，搭配板寸有些暴殄天物吗？你要是把头发稍稍留长一点，这里……”她说着，伸手在他眉眼上比了一下，“要是这里有一点刘海，不用多，几缕就行，那你该有多帅啊！我们公司那些小姑娘见了，估计又能躲在茶水间把你夸到天上去。”

秋屿没出声，他伸出手，一手托住她后脑勺，一手给她轻轻按着太阳穴。

“这里也疼。”郁盛把脖子转了个向，又指指自己颈后。

修长的手指很快挪过去，力度适中地按揉着她颈后的穴位，舒服的郁盛长长叹息："阿屿，你真的太能干了，什么都会，什么都能做好……"

"我也有做不到的事。"他的声音自她头顶上传来。

郁盛回头，正对上他深黑的瞳，那双眼睛生得狭长优美，眼尾带着近乎妖艳的弧度，浓黑的长眉和深邃的眉骨轮廓却冲淡了这种妖艳，当他没有表情的时候整个人看起来格外清冷。然而，只有郁盛知道，在这清冷的表象之下，秋屿是个多温柔的人。

"阿屿，我知道你身上有一些秘密，也知道或许不是你不想说，而是不能说。我想让你知道，虽然我现在还没有什么能力，但只要你开口，无论什么时候，无论什么事，我一定会帮你。"

这三年，起初她不问是因为和他不熟悉，他太安静太内敛，明明生了一双通透的眼睛，把什么都看在眼里，可他却从不张扬表现。所以哪怕她和他关系逐渐亲近，她也从不刨根问底，因为她相信他，才会给予他最大的信任和自由空间。

她突然认真起来的模样让他微微怔了一下，不得不承认，她确实很聪明，不但很聪明，还很体贴。

"你为什么从来不问也不怀疑？"

"为什么要怀疑，你为了救我连自己的安危都不顾。不管你做什么，说什么，一定有你自己的理由。"她轻轻握住他的手，"在这世界上，我最相信的人就是你。"

被这样一双清澈的眼睛注视着，听她用轻柔的嗓音说着毫无保留的信任他的话，那些被他终日压抑着不见天日的情绪又毫无预警地汹涌袭来。那些心思和意动，如海浪般袭来，冲击着他努力建起的高墙，肆意涌动着想要挣脱而出。这样的忍耐太难了，随着时间一天天过去，他在她身边待得越久，就越是难以克制。

"阿屿，知道了吗？"她再次出声。

他垂下眼帘，声音里有不易觉察的暗哑："好，我知道了。"

晚餐地点就在酒店楼上的包间里，分餐式的中餐，包间很漂亮，宽大的圆桌边上可以坐十二位客人。林亦善听说除了几位今天在场的剧方重要人员外，今天另一个投资方也会过来。听说是家新公司，但实力不俗，最早这个迷你剧就是对方提出的项目。

他下午回房间，听几个小助理红着脸议论，说投资方的代表长得如何如何帅，腿长逆天，身材堪比顶尖模特，又那么有能力，真想知道对方有没有女朋友……经纪人还是比较理智的，给她们泼冷水，表示那位只是资方总裁身边的特助，这个年纪能做到总裁特助，还深受信任，代表总裁处理事务，背后没点关系谁信？几个小助理压低声音讨论许久。但最后，注意力都集中到了林亦善身上。晚上剧方聚餐，其他工作人员也能去，只是不在包间里面。今晚他们这边，能进包间一窥究竟的人只有林亦善。

就这样，由于自家小助理们的期待，让林亦善也对这个资方总裁感兴趣起来。傍晚的时候，他早早让助理把自己收拾妥当，然后去了包间。然而有人到得比他更早。相比下午他初见她时的模样，她上了妆，眼眸水润，嘴唇红艳，一件露锁骨的黑色长袖收腰蕾丝裙，将她完美的身段展现了出来。成熟的衣着搭配精致的妆容，令她一下子有了完全不同的气质。

他走过去，听见自己有些傻里傻气地开口：“你怎么会在这里？”

对方看他一眼，和下午时的眼神一样，安静无波澜。一旁露台的门外，有人握着手机快步走进来，一袭手工西服，勾勒出对方的宽肩、窄腰和长腿，再加上那张俊美到让林亦善都有些愣怔的脸，他立刻就猜出了这人的身份。

然而对方却直接走到郁盛的身旁，俯身说道：“郁总，周总那边助理的电话，问之前那个项目的事，想约你明天的晚餐。”

“明晚的话时间太赶，这样吧，告诉他，明晚我已经约了其他饭局，问问能不能后天，中午或是晚上都可以。”

“好的。”秋屿得到回复，又重新去露台回电话。

林亦善感觉今天简直是自己的“社死派对”。还好，有人在这时进了包间，对方和他熟悉一点，还伸手拍了拍他的背。林亦善回头，来人是阳乐新媒体的岳栋，也是《重启人生》的出品人和制片人。

岳栋拍着他的背示意他坐，然后很自然地给他介绍了郁盛：“你应该是第一次见吧，这位是盛世繁华的郁总。别看郁总年龄小，才二十一岁，能力和眼光都非常出众，这次这部剧，最早提出的人其实是她。”

岳栋越说林亦善越是心颤。

不早说！

才二十一岁？居然比他还小，现在二十岁出头的小姑娘都已经当总裁投资网剧了吗？这是什么魔幻的世界！

林亦善内心“恶熊咆哮”，表面笑容灿烂：“郁总，您好，初次见面请多多包涵……”

“多多包涵？”岳栋听着这词觉得有点奇怪。

郁盛笑了一声，回道：“你好，初次见面，我听商导提过你，说你的演技在年轻一代的男艺人里很是出色……”她顿了顿，像是在回想什么，随即似笑非笑地看了他一眼，“好像确实挺出色的。”

林亦善：“……”

第 十 三 章

他也从来都不是完美的人

郁盛和秋屿在Q城住了一晚，第二天下午坐上了返回B城的高铁。这趟去Q城，郁盛还是没和卢娜见上面。倒不是她故意避见，而是卢娜正在闭门赶剧本。机会这东西挺玄妙的，从他们决定买下《重启人生》的版权，然后和卢娜签约至今，她就只在最开始避了一次。可后来，各种机缘巧合，导致她们一直没碰上面。

忙碌两天，郁盛也有些累，一上高铁就调整椅子睡下了。她坐的是里侧的靠窗座位，秋屿起身将外套给她盖上，又将她身侧的遮光板给拉了下来。

“阿屿，你也睡一会儿吧……”她感觉到他的动作，闭着眼睛嘀咕了一声。

“嗯。”他声音温柔地应了声，看到她脸颊上散落一缕发丝，最终没有忍住，小心靠过去，替她轻轻拨开夹到耳后。

郁盛半睡半醒，感觉到熟悉的气息，伸手握住了对方的手指。在陌生的环境里，能抓住一个熟悉的事物，似乎令她更加安心了。她没有握得太紧，但也没有松开，就那样轻轻抓着，沉沉睡去。

这天郁盛在高铁上醒来后，发现秋屿正在轻轻转动手腕。她喊了他一声，他便停了动作，替她调整椅背，整理衣服。

“你有没有睡一会儿？”这一觉她睡得异常香甜，现在已经“满血”恢复。

“嗯。”他应了声，并没多说。

事实上，他不仅没有睡，在整整三个多小时的车程里，他甚至没有更换过姿势。为了能让她一直握着他的手，他维持着侧身倾靠的动作。这个动作不太舒服，因为两个座椅中间是有扶手和椅背阻隔的。他把自己的椅背调高了些，好让那只手一直维持在那个角度被她握着。因为长时间维持一个不太舒服的动作，就连身体强韧如他也有些吃不消。

可是这三个小时对他来说却并不漫长，甚至还有些短暂。她是如此信任他，就如同她说的那样，一个人在半睡半醒间的本能反应是骗不了人的。在一个有其他陌生人的环境里，即便有睡意也不可能真的睡踏实，所以无论是他帮她盖衣服还是拉下遮光板的动作，都被她觉察到了。可是当她握住他的手之后，却陷入了沉沉的深眠，这正是因为对他的完全信任。

高铁列车即将抵达B城车站时，车厢里出了点小问题。

郁盛在这之前刚好去了洗手间，嘈杂声是从洗手间另一头的车厢里传来的，秋屿起身查看情况，发现有人起了争执，不知道为了什么事情，似乎是两个人在争吵，第三个人在劝架，并且很快动起了手。

郁盛推门从洗手间出来时，两个推搡着的男人正巧从车厢连接处直直冲撞过来。这边车厢的客人都被惊动，有些近处的客人惊呼起来，远一点的则诧异地回头看去。秋屿的反应比任何人都快，在郁盛被门板挤压之前，伸手推住了洗手间的门。那两个男人重重撞在门板上，发出砰的一声响，但因为秋屿，郁盛没有被压住。

“怎么了？”她小心探出头。

“一点小事。”

门上的两人还在不断推搡打架，压力频频传来，他一手推住门板，一手迅速将郁盛拉出，然后松了手。

高铁列车上的卫生间都是折叠门，只要有人用力撞击，就会反复发出碰撞声，听起来格外可怕。这边车厢里的人都被动手的两人吓到了，毕竟是法治社会，这样的打架斗殴平时很少见到。

车上的乘务员很快就带着乘警过来了，可那两人就像是斗红了眼睛的公鸡，谁也不肯停，在此期间乘警和乘务员都被频频打到，就连原先劝架的那个也在无意间被抽了耳光后撤退了，站在一旁唉声叹气。

“不行，再去叫人！”一个男乘务员朝避在一旁的女乘务员说道。

秋屿这边已经将郁盛送回原来的座位，他瞥了眼那边的情况，朝她轻轻道：“你坐这里，不要过去。”

郁盛知道他要去帮忙：“你小心一点啊。”

“嗯。”他应了声，边走边松了领带。

打斗的两人已经见了血，这边车厢里正好以女性居多，为数不多的两个男性也因为事发突然一时没反应过来到底是怎么回事。于是在其他的乘客都在惊呼着避让，远离事发地时，唯独秋屿脸色清冷地朝那边走去。他伸手握住了其中一人朝对方挥去的手臂，在那人反应过来前朝下一转一扭，另一个人见状也不管秋屿是谁，立刻找到机会朝被制住一只手臂的人踹去。秋屿迅速抬腿，踢在对方膝盖上，像是早已预判到了他的动作。

那人吃疼后退两步，怒道：“你是谁啊！谁要你多管闲事！”

秋屿没出声，扯下解开的领带将手底下那人背手压制在地，迅速捆绑，在这个过程中还在另外一人趁势二度踹过来时，腾出一只手一拳击中对方的膝盖，和他第一次踹过来时回击过去的刚好是同一个地方。

“来帮忙。”他朝乘务员和乘警看了眼，正愣神的两人忙上前帮着压住地上不断挣扎的人，车厢里另外两个男人也反应过来，赶紧冲过去帮忙。其中一人帮着按住地上的人，另外一个则试图去阻止已经缓过疼痛还想继续动手的另一个男人。这个男人身形壮硕，加上原本就处于盛怒之中，又被秋屿制止了两次，此刻冲撞过来气势惊人。想要阻止他的男性乘客肩膀挨了两下，眼看脸上也要挨到拳头，有人及时在他背后一拉，带着他避开了这一击。

“小心。”腾出手的秋屿轻拍这个男性乘客的背，大步上前，又如法炮制，将冲撞过来的壮硕男挡下，将他背着手压制在地，“请问，可以借一下领带吗？”秋屿抬头看向那个男性乘客。

“好！”对方此刻激动得很，一边扯下领带递过去，一边帮着秋屿将壮硕男制住。

等女乘务员通知的另外两名乘警和另一位男乘务员匆匆赶来后，他们发现原本斗殴的两人已经被制住了，而这个时候，秋屿早已回到郁盛这边。他重新穿上薄呢大衣，一手拿起两人的手提行李包，一手握住郁盛的手，朝这节车厢的另一头车门处走去，并在列车停稳后，带着郁盛下了车。

郁盛在回公寓的路上一直侧着头看他。

秋屿被她看得有些莫名其妙，在等红灯的间隙侧头回视："怎么了？"

"你真帅。"她笑吟吟地回道。

秋屿毫无防备被她来了这样一句，只感觉耳上莫名一热，他低头咳了一声，回过头去。

"又帅又能干，遇上事情还总能淡定应对，真的太完美了！"

郁盛见他不说话，犹自打量着他立体的侧脸和清冷眉目，突然有些好奇，"阿屿，你会有失控的时候吗？"

不远处的红灯还没有变。

车玻璃隔绝了外面嘈杂的车流声，车内没有开音响，显得格外安静。秋屿看着前方的暮色和一盏盏缓缓亮起来的路灯，一时不知道该给出什么回应。

而车座后排，郁盛的声音还在继续传来："现在这个社会，大家生活压力都很大，事业、家庭、婚姻各种问题，很多人都暴躁易怒，偶尔还会失控，就像刚刚高铁上那两个人。可是，这些年，别说疯狂失控，我连你惊慌失措的模样都没见过……我真的很想知道，这世界上到底有没有会让你疯狂和失控的事情？"

哪怕那次他们被泥石流困在塌陷的屋檐下，她也没看到他流露出惊慌，甚至觉得他冷静过了头。或许他原本就是这种喜怒不形于色的人，但看一个人冷静自制的模样久了，难免会好奇他会不会有另外一面。

秋屿还是没有回答她的问题，红灯适时跳到绿灯，他提示一声，让她坐回去系好安全带。他这副模样，郁盛早已见怪不怪，好奇归好奇，他不回答她也不会追根究底地问。她并不知道，这天晚上秋屿送完她回家，从她公寓离开后，在电梯间看着她公寓的大门许久都没有按下电梯。

这世界上当然有会让他疯狂、失控、难以自制的事情，甚至不需要那么多的理由和借口。每一天，在见到她的时候，他的心脏都会加速跳动，情感的失控和压抑在来回拉扯，这本身就是件疯狂的事。

他也从来都不是完美的人。

如果她知道了，大概再也不会像现在这样用信任的眼神看着他，用带笑的嗓音叫他“阿屿”……

郁盛结束中午和周洛的聚餐回到公司后，发现公司里来了不速之客。

“姐姐。”郁有枫坐在她办公室外面的沙发上，见她进来，冲她招手笑了笑，“见到我是不是很惊喜很意外？你真厉害，居然自己开了公司！”

郁盛看他一眼，把外套和包交给走上来的另一个助理小妹。

郁有枫伸长脖子看了看她身后：“奇怪，你那位影形不离的保镖，今天怎么没跟着你呢？”

郁盛目光冷冷地看了看他，随即示意了下办公室的门：“跟我进来。”

郁盛这间办公室不算大，但是占据了大厦的一处直角，西南两侧的墙上都有落地窗，采光非常好。今天天气不算好，外面城市的天空雾蒙蒙的，云层覆盖，是略显黯淡的灰色调。

郁盛走去办公桌后坐下，指了指办公桌对面的椅子：“过来坐。”

郁有枫很听话地坐了过去，视线一直没从她身上离开。她今天穿了条长袖的黑色蕾丝长裙，上半身比较贴身，露出锁骨，下边是斜开衩的款式，一双白皙长腿半隐半现。这样的郁盛，就像是瞬间和以前的郁盛拉开了距离。在他们以为她可能困于金钱，最后不得不回去郁家，向郁贵东低头时，她却已经将一切甩在了身后，这里面，也包括郁有枫。

郁有枫是从一个新认识的娱乐圈的朋友那里得知郁盛开公司的事，也是机缘巧合，那个人之前投了一个新的奶茶品牌，据说一同投资的人里，也有一个姓郁的女人，年轻美艳，能力却很强。郁盛听完就明白了，她开公司的消息不是从其他商界圈子的人那边传出的就好。为了避免麻烦，公司起步阶段，她连自己的姓氏都没有印在总裁名片上。毕竟“郁”不算是个常见的姓氏，很容易猜到。

“直接说吧，你今天来做什么？”郁盛下午还有资料要看，不想浪费时间在兜圈子上。

“姐姐，你当了总裁都没有告诉我，现在又对我这么冷淡，亏我之前还总担心你没钱花……”

“郁有枫。”她提醒他。

听出她声音里的警告之意，郁有枫秀美的脸上又慢慢露出笑意：“姐姐，今天是我生日。”

郁盛抬眼看向他，似乎在等他自己说下去。

“去年我生日爸就已经忘记了，生日礼物还是他秘书在备忘录上看到买了给我送过来的，今年家里鸡飞狗跳的，他更加不会记得。”

“他就算不记得，他的秘书也会提醒他，然后订好餐厅接你去吃饭。”

“你还不知道吧，秦艺心出事了，昨天她的姐姐来看她，之后两个人一起不见了。”

郁盛：“……”

这是什么悬疑剧的剧情？

“后来查监控摄像头，应该是她姐姐秦艺浓把她带走的，她可真厉害，居然躲过了别墅外看守的几个保镖，那么多摄像头也只有一个拍到她们的背影。我爸他气疯了，正找人呢，不可能有时间陪我吃饭的。”

“秦艺浓？”郁盛重复了一遍，居然有人起这样的名字，但这名字除了奇怪之外，又莫名有点熟悉，是不是在哪里听过？

“别想别人了，想想我吧。”郁有枫看着她，目光轻软，带上低落和乞求，“姐姐，晚上你能带我出去吃饭吗，就我们两个，我真的很想过一个平凡普通又快乐的生日。”

郁有枫怕她不答应，还想装得再可怜点，然而办公桌对面的人已经开口道：“可以。”

“啊？”他这会儿是真吃惊，形状优美的薄唇张了张，一时没说出话来。

“我说，可以。”郁盛再次开口，“但是下午我有工作，你不能打扰我。你可以自己去附近喝杯咖啡。”她说着，看了下手机上的时间，“五点的时候，你再过来找我，我带你去吃饭。”

“好。”他唇角扬起，眸底是压也压不住的笑意，离开之前，他再次回头，“那……姐姐，我今天会有生日礼物吗？”

郁盛瞥了他一眼，他立刻做了个把嘴唇拉上拉链的动作，表示自己很乖，会听话，不会再吵他。

郁有枫离开之后，郁盛再次看了眼手机。今天是三月二号，如果她没记错的话，秋屿的生日也快到了。

她知道刚才自己应得那么干脆，让郁有枫很惊讶，但因为被郁贵东遗忘，希望找个人陪自己过生日这种事情，她来郁家后几乎每年都会发生。她清楚记得，刚来郁家那一年，她在生日当天的早上醒来后，在房间门缝处发现了一张贺卡。上面是手写的字：姐姐，生日快乐，如果今天没人陪你过生日，我可以陪你。那是一个小少年小心翼翼的试探。

只是她并没有理会，从此之后，她就再也没有见过他的生日贺卡。

郁盛以为郁有枫会去附近找个咖啡厅打发时间，结果他哪里都没去，就坐在她办公室外面的椅子上。她出来上洗手间见到他，他正在玩手机游戏，还抬头朝她笑笑。

到了下午四点半左右，她这里的工作已经全部完成了。今天中午和周洛那边约见后，秋屿已经去了对方说的项目场地考察。这事他一个人也能做，加上公司这边有点事要处理，所以他先把她送回公司后，独自去了项目场地。秋屿原本要再回公司接她，但现在她答应了陪郁有枫过生日，便给他发消息说了这事，让他结束后直接下班，不用再来接了。

她估计他在忙，所以给他发了文字消息。之后她用内线给外面的助理小妹打了电话，让她叫郁有枫进来。

“怎么了，你不会又反悔吧？”郁有枫一阵风似的进来了。

“不是，想问你开车没有。”

“开了，今天我做你的司机。”郁有枫不知道想起什么，表情格外愉快。

“那行，我这里结束了，提前走吧。”早点去也能早点吃完结束。

郁盛收拾东西的时候，财务部的小彩来了，她拿了张支出单，要她签字。郁盛接过看了一眼，那是之前投的另一个项目——奶茶店，不算大，她已经直接让秋屿负责了。

“这个项目都是秋特助在管，我不是很清楚，着急吗？不着急你明天直接拿给他签吧？”

“秋特助签完就可以了？”小彩怔了怔，这两笔支出，一笔是二十万，一笔四十万，是她好多年工资啊！

郁盛点了点头：“三百万以下的资金调度他都可以直接签，他没和你们说？”

小彩感觉今天似乎发现了什么不得了的事情，拿回支出单离开了。

郁有枫原本愉悦的表情慢慢冷了下来。秋特助？那个家伙什么时候成她特助了？对一家新公司来说，他知道三百万资金是个什么概念。她居然把这样大的资金调动权限给一个保镖，一个司机？

“你是不是疯了？你就不怕他把公司的资金都调走？”郁有枫实在没忍住。

郁盛收拾完东西，抬眼瞥向他。少年眼底更多的是对她的担心，而不是指责，于是郁盛开口回道：“他不会。”简单明了又斩钉截铁的三个字，却显露了她对秋屿全心全意的信任。这种下意识的信任，真的很难不让人嫉妒。

郁有枫看着她，没再开口。

秋屿在郁盛抵达餐厅包间后没多久来了电话，他之前果然在忙，才看到消息，表示等一下结束后正好过来接她。

“可我刚到餐厅，菜还没上，我不想你饿着肚子等我。”

“我这里没那么快结束，加上开车过来的时间，估计要两个多小时，正好送你回去的路上可以把今天考察的经过和你说一下。”

秋屿在郁盛的安全出行问题上近乎固执，郁盛没再坚持，改了口："好，等会儿我把餐厅地址发给你，你到了和我说一声，我出来。你路上开车慢点，不要赶。来得及就自己先去吃饭，来不及等接了我我再陪你一起去吃。"

她挂上电话，见郁有枫看着自己："怎么了？"

他抿抿唇角，看着不怎么高兴："你可真忙啊，姐姐。"

"我只说陪你吃生日饭，又没说要陪你一晚上。"郁盛发完定位给秋屿，又扫了包间里的二维码，点开菜单，把手机递给他，"吃什么自己点。"

这顿生日饭郁有枫吃得不太开心，郁盛开公司他是最后一个知情的，难得求来的生日饭，那家伙还要来接，让他感觉自己就像是被应付的"差事"。

后来吃甜品的时候他见到郁盛频频看手机，顿时忍不住了，把勺子重重朝盘子上一丢："你会不会太偏心了？"

郁盛正在看章年发来的消息，闻言不解抬头。

"你开公司，我最后一个知道，他一个外人，你居然给他那么大的资金调动权，他有什么好？不就脸好看一点点，身高高那么一点点吗？"

"你又在发什么疯？"郁盛不耐烦地皱眉。

郁有枫被她一凶，更委屈了："怎么了，你真以为别人都看不出来？他那样子哪里像个正常的保镖和司机，就算是特助也有下班的时候，哪有人连下班都还围着老板转，非要来加班的？是！他现在是喜欢你，明眼人都看得出来他爱你，但以后的事谁知道？你在我们家这种环境里长大，你该不会还天真到相信这世界上有永远的爱情吧？在利益面前，一切都会变质！你清醒一点吧！"

"你说这些你清醒？你以为你有什么资格在我面前胡说八道，利益？不要把你脑子里的想法强加在别人身上，你的眼睛只看得到利益不代表别人也是这样。你知不知道秋屿救过我的命，他为了我连命都可以不顾，你和我谈利益？他在乎我帮助我是因为他把我当家人，同样他也是我的家人！你懂什么叫家人吗？郁贵东不是，你也不是。"

他被这话气到了，直接踹向椅子："对，反正你也从来没把我当作弟弟！"可很快，他反应过来，又转身狐疑地看向她，"等等，你不知道？"

郁有枫和郁盛对视片刻，确认了自己的猜测："原来你真不知道！那家伙只要在你旁边，他眼里就只有你一个人。那种眼神，你不会真以为有人会用这种目光看自己的老板吧？你把他当家人，可是他只把你当成女人！还是个有钱好骗的女人！"

回答他的，是郁盛喝剩下的大半杯橙汁。

"够了，胡言乱语到此为止。"她的目光完全冰冷下来，"郁有枫，我最讨厌喜欢脑补的人。我们是有血缘关系，但那一半血缘关系对我而言毫无意义，我对你没有义务，你对我也没有权利。"

郁有枫顶着一脸橙汁狼狈又恼怒地离开了包间，可他这模样实在走不出去，经过过道围栏的时候他纠结了一下，还是决定去洗手间先把自己弄干净。然而他一转身，透过透明的玻璃围栏和悬空玻璃地面，他瞥见了底下大门处一道熟悉的修长身影。对方背对着餐厅，似乎正要离开。

郁有枫冷笑一声，来得倒是快！等等！他是来接郁盛的，怎么会不声不响就离开？除非……他刚刚就已经到了包间外，然后因为一些想法又悄无声息走了。

"不会是听到了吧？"他想到什么，突然笑了起来。

所以，不光郁盛不知道他对她的心思，他似乎也不希望她知道？这两个人，每天同进同出地在一起，居然什么都没发生过？

"开什么玩笑……"他语气虽不屑，心情却莫名好起来。

从十字路口的屏幕上看到夏娃笑容甜美的脸时，郁盛正在坐车前往树屋度假村的路上。那是一段综艺节目的广告，像是舞蹈主题的节目，夏娃是参赛者，能以这样的时长出现在宣传片中，说明她是这个综艺主推的参赛者。郁盛对此没有任何感觉，她甚至觉得如果夏娃是真的清醒过来，把重点放在事业上，而非男人身上，其实是件好事。

"女孩子年轻的时候就应该多打拼事业，谈恋爱既浪费时间又不靠谱。"郁盛收回目光，由衷地说了一句。

秋屿看了眼后视镜，没有回应。

郁盛低头看平板上的几段视频资料，那是章年发来的树屋度假村的进度视频，度假村大部分树屋都已建成，有几套已经完成所有内部软装，这次她过去是为了试住，算是内测。

这几天她忙，秋屿比她更忙，所以这回去树屋度假村也权当是一个短期度假。只是将近两个小时的车程，她困了累了还能在车上休息，可他不行，甚至因为这两个小时他会更累。

郁盛看了眼秋屿略带疲意的脸，想起了昨天周洛亲自打给她的电话。那通电话的主要目的是想挖人，这次她和海名合作的新项目，前期的考察和交流都是秋屿在处理，周洛来电表示，经过这一次，他真的很想把秋屿挖到自己公司。

“我说了你可别生气，某方面来说，他的判断能力和敏锐度甚至比你更好。现在年轻又有点才华的人都自视甚高，就算不至于骄傲自满，总会有些清高气。但他没有，他真的很稳，是那种很坦荡很低调的稳重，他什么都懂，甚至一些观点会让你产生惊喜。”周洛如今和她关系好，说话自然不藏着掖着，“我说郁总，反正他在你那里也只是当个特助，要不干脆割爱吧，我可以给他提供更好更有前途的职位。”

郁盛知道周洛说这话一半是在寒暄，另外一半则是试探，要是她这边真的肯松口，他保不齐真会立刻把人挖过去。但无论怎样，只要对方是在夸秋屿，她就高兴。现在想想，随着公司慢慢做起来，秋屿确实不再适合继续兼司机和保镖的工作，就算是助理这个职位，很多零零碎碎的琐事也没必要全都交给他，以他的能力，完全可以换个职位。

于是，等到这天晚上，两人结束度假村的所有工作，在回树屋的路上，郁盛开口：“阿屿，等这次从度假村回去，帮我重新找个司机和保镖吧。”

秋屿骤然停步，有一瞬间，他以为是自己听错了，脸上露出了错愕：“郁总？”

“你现在这样身兼多职太辛苦了，司机和保镖的工作谁都可以做——”

“不用。”他皱眉打断她，反驳得斩钉截铁，“我并不觉得辛苦，这也不是什么辛苦的工作，我一点问题都没有，不需要别人来接手……和代替我。”

“阿屿。”郁盛知道他在这方面很固执，于是耐着性子解释，“我并不是找人来代替你，只是找人分担你的工作。你知道，你是我最信任的人，公司里很多事情都需要你，我不希望你太累。”

他低头看着她，感觉到了一种难以抗拒的失控，这种失控不是来自他，而是她。他不想任何人取代他待在她身边哪怕只有一分钟，那是他的责任，也是属于他的位置，一旦她有了新的保镖和司机，那以后每天他还能看到她多少时间？如果两个人都工作忙碌，很有可能一天想要见一面都难。

“如果我不在你身边，又发生像上次那样的绑架事件怎么办？我不相信其他人。”因为没有一个人会像他这样豁出性命去保护她，对别人来说，那只是一份工作。

真遇上什么事，谁能保证她的平安？

“你是不是因为……”秋屿话说到一半，又硬生生止住，朝旁边侧过头去。

从郁盛的角度看去，他的五官有一半浸没在春夜的暗影里，昏黄的光线中，他俊美清冷的眉宇间似乎带着欲言又止的落寞。他的身后是一棵高大的香樟树，树影落满他的全身，随微风轻轻拂动，光影斑驳，像极了一场电影里的镜头。

“你想说什么，阿屿？”

他听见她开口在问，嗓音轻柔，如弦音轻轻在他心头撩动。

他的手指紧了又松，松了又紧，片刻后，他听见自己问：“后面有一段上坡的路，你今天穿了高跟鞋，我背你回去好不好？”

“不用，走吧。”郁盛摇摇头，率先走在了前面。

他今天都这么累了，平白无故的，她又不是脚疼，怎么可能舍得让他背。然而她才走出没两步，就被他从身后拉住手腕。

“怎么了？”她回头，然后在她的注视中，高大挺拔的男人缓缓单膝蹲下。

他轻轻抚了下她腕间细腻柔软的皮肤，再次开口：“我想背你。”

他很少这样毫无缘由地坚持一件她已经拒绝的事，郁盛最后还是顺从地攀上他的背，伸手揽住他脖颈：“累就把我放下。”

“不累。”他站起身，迈步朝山坡走去。

怎么会累？这沉甸甸的存在感，是她依赖他和需要他的证明。

等结束这趟行程回去之后，他就不再是唯一能陪在她身边的人，所以这两天，他想为她做更多一些，再多一些。

第二天，郁盛起了个大早，早春山野间，薄雾轻笼，阳光浅浅。她住的这栋树屋是贝壳状的，弧形外墙，镂空镶嵌上了一块块原木，做出贝壳的纹路，露台刚好处于张开的“贝壳口”处，朝南的落地玻璃采光非常好，露台旁边连接着一道空中走廊和木阶梯，可以通过这里走到位于另一棵树上的另一栋树屋。这两栋树屋隔得距离近，但又保持独立，当初设计的时候就想到可以做成类似多人家庭房，适合两个小家庭或是想要独立空间的一个大家庭，多人的朋友或是情侣也很适合这里。

这次她和秋屿过来，正好一人一间。

秋屿住的那栋树屋没有她这间位置这么高，离地面更近，但房间比她大，是漂亮的长方形全玻璃墙体，里面装上了一键控制的遮光隔热帘，可以自如控制开启角度。因为树屋的位置稍低，下雨天待在房间把四面玻璃墙的窗帘全部打开的话，就像置身于雨中的森林，无限靠近大自然。可无论外面是刮风下雨，还是大雪低温，都影响不到玻璃墙内的温暖和舒适。

郁盛光是想象就能够知道在特定的气候下，待在这样的森林玻璃树屋里会有多舒适。这两栋树屋的设计概念，最初是她写在计划书里面提出的，她没想到章年会采用这两个方案并且将之变为现实。

早餐是在靠湖的自助餐厅吃的，当然因为度假村还没开始营业，自助餐暂时不供应，厨师目前只有三位，刚够招待章年请来“内测”的客人，菜式也以清淡营养的农家菜为主。

昨天晚餐时，除了郁盛、秋屿，以及章年公司那边几个人外，还有两位这次帮忙办各种许可证的人，都是很有能力的人物，知道这里山清水秀，又有深受孩子喜欢的树屋，都带着家人一起过来了。

昨晚章年就说过，今天周洛也会来。

周洛这个人喜欢广告效应，早在合作初期就说过，一定要请代言人，且一定要请有粉丝基础的明星。

“他可能已经找好代言人了，估计这趟会一起请对方过来住一晚。”章年是这样说的。

郁盛微微蹙眉：“他自己决定了？他不是不参与具体事务吗？”她这话真正想问的意思是，周洛之前投了一笔钱，但只是分红并不参与决策，现在他在没和他们商量的前提下，自己决定了树屋度假村的广告代言人，那这广告费算谁的？

章年自然知道她的意思，笑着回道：“他想请的代言人，自然算他的。”

这下换成郁盛不太懂了，请个广告代言人也不算便宜，一家掏钱，花费在三家共享收益的项目上？结果郁盛早饭吃一半时，周洛现身了，也没带助理，身边跟着一个戴墨镜的年轻帅哥，就是周洛这次请的明星代言人。

对方看到郁盛，惊讶地将墨镜取下：“郁……郁总？”

是林亦善。

郁盛一边起身和周洛打招呼，一边朝林亦善微微颔首。

“认识啊？”周洛的视线在林亦善脸上转了一圈，笑容里多了点其他东西，似乎是玩味。

“嗯，之前有过一面之缘。”林亦善实在说不出来自己的“社死现场”。

好在郁盛并不打算揪着过去的事，加上周洛是个长袖善舞的性子，和郁盛几句寒暄后，又去了章年那边。

他们同在场几人都打过招呼后，周洛在章年那边谈事，林亦善看了眼郁盛那边，正巧她也正抬头看着他，不知为了什么事，居然冲他招了招手，竟是在叫他过去。

林亦善迟疑了下，还是硬着头皮走了过去。

郁盛原本正和秋屿说网剧的事，《重启人生》即将拍剧的事网上读者都知道了，有人祝贺恭喜自然也有人眼红妒忌。有一些揭露何以为继《重启人生》抄袭的帖子陆陆续续在网上出现。

在这个“全民法官”的年代，那些杜撰的假料被包裹着层层外壳放到网上，即便有正常的读者在替何以为继解释，但一些身披马甲的有心人却到处发帖宣扬“真相”，很快引来不明真相偏偏自以为掌握了“真相”的网友跟风谩骂。除了在微博和各大论坛骂，还跑去连载《重启人生》的网站骂。没两天，但凡上网又稍微对小说有所关注的人都知道了这件事，造谣的人只需要杜撰，解释的人却要花费所有力气，可这要怎么证明？最后，事件变成毫无结果的口水战。而在这次事件里面，唯一给大众网友留下的印象只有几个关键词：何以为继抄袭、《重启人生》抄袭。

这样的事件无论是阳乐新媒体那边还是碌华影视都不可能放任不管，早在两天前就已经开始舆论战，但投资方所能做的，无非是找相关媒体发帖，以此来扭转舆论走向。

之前岳栋找过郁盛，因为他们打算用网剧剧组的官方账号出一个澄清声明，再出律师函。但在娱乐圈，因为诸多被爆黑料的艺人今天义正词严发布声明，明天就立刻被事实打脸的例子太多，这样的声明即便发表取得的效果也不大。

“要不然，你等我两天？”郁盛当时就想到了A，她不知道A是不是顶尖那一类的，但从暮樱事件来看，他就算不是最顶尖的，也绝对有办法做到她想要做的事。

而郁盛的想法很简单，这样恶性造谣事件，得从源头解决。她想让A从网上最早散布造谣的帖子开始，追溯本源，把躲在电脑后面造谣的人给揪出来。对精通电脑网络的人来说，但凡上过网，无论是换多少个马甲，还是利用各种移动网络企图隐藏网址，依然会留下蛛丝马迹。因为蛛丝马迹并不仅仅在于对方碰过的那台电脑，每个人身上都带着天然的资讯泄露器——手机。

一切都会留下痕迹，只要寻找痕迹的人有足够的能力。

郁盛没有能力，但她认识有能力的人，她仍旧联系了A，当然这次在联系之前和秋屿提了一下，毕竟这是他的朋友。

秋屿没有反对，即代表可行。只是她不知道的是，在她联络A的半个小时之后，A就找上了秋屿。

A在连发数个哭丧的表情之后，问秋屿：“老大，这事咋弄，到底是我查还是你查？”

秋屿回复：“你。”

A：“那、那我是收钱，还是不收？”

秋屿：“依照你的正常价格收钱。”

这次的事和之前那件事不同，不涉及第三方，A那边可以独自完成全部工作。只要他别像上次那样漫天开价，秋屿认为没有问题。

A：“嘿嘿，老大，真没想到有一天我居然还能赚你的钱，而且这还是第二次了……”

秋屿：“尽快，别拖。”

A：“放心吧！我现在就查，只是小事情。”

A的办事效率秋屿自然是放心的，昨天晚上，A就把查到的所有资料证据发到了郁盛的手机上。

这件事，无论岳栋那里，还是碌华影视那里，都猜测过是不是哪个跟他们是竞争对手的影视公司在搞。但现在查出来的结果令人意外，根本没有什么资本和竞争对手在搞，最早搞事的居然是和卢娜在同一个网站写文的作者。而且不仅是一个作者，而是好几个写作数年又没什么名气的作者。

网络文学的年代，人人都能当作者写网文，可是真正能够写出头的却凤毛麟角。如果何以为继是个努力多年出版很多书的作者也就罢了，偏偏是个连书都没有出版过的新人。

在“红眼病”驱使下，他们身披马甲建了个群，去她的微博寻找蛛丝马迹，四处搜罗她可能存在的黑料，企图泼脏水。因为马甲在身，他们肆无忌惮，没找到什么黑料，就开始编造一些抄袭的假料。

最早那些发在论坛的帖子就是这么来的，至于后期随着《重启人生》的各种官宣、演员宣传等新闻热度越来越大后，这些帖子也被有心人利用，反复复制粘贴，引导舆论。而这个后来下手的有心人，则是冲着林亦善来的。

所以，流量虽然有流量的好处，但任何事情都有两面性，这边刚刚官宣定下主要男性角色是林亦善，那边就引来了黑料和竞争对手。就算今天他接的网剧不是《重启人生》，也会有这一出。

四人的长方形餐桌，郁盛和秋屿面对面坐着，林亦善走过去，挑离郁盛最远的斜对面坐下："郁总。"他脸上带着亲和阳光的笑容，光从表面，完全看不出来此刻他内心无助的恶熊正咆哮了一遍又一遍。

"知道最近网上有关《重启人生》的黑料吗？"

林亦善点点头。

郁盛见他点头，便简单把事情说了一遍，主要是想告诉他，之所以他这次没受到多少正面冲击，是因为对方把侧重点转移到了原作者和剧本身上，想泼上抄袭的脏水，让大众共同抵制这部剧，之后再给他打上拍抄袭剧等等黑名。

"很抱歉，郁总，我不知道这件事居然是因为我才引起的，稍后我会亲自联系剧组，表达我这边的歉意。"在郁盛说这些之前，林亦善确实不知道这件事源头竟是自己，他脸上带着万分歉意，"还有作者那里，我也想联系她，和她亲自道个歉。"

林亦善给郁盛的第一印象其实很不靠谱，甚至让她一度起了念头，想和岳栋那边提议换人，但对方此刻承认错误的速度和真诚度却让她比较满意。不管他心里对于这件事的歉意有多少是真的，但最起码他表现出来的态度没有问题，第一时间不是开口替自己申辩，想理由推脱，而是直接道歉。

这正是郁盛想看到的态度。

她"嗯"了一声，表示了认可，同时告诉对方希望他的公司不要插手这件事，因为大部分火力都被引到了剧集和原作者身上，她这里会和剧组商量处理，处理过程中她会注意不让战火转移到他身上。既然现在被针对的是剧集和原作者，那么她希望到时处理这件事情时，被波及的范围就控制在这个圈子里，现在提前和他打过招呼，以免后期他的公司突然介入，反而打乱她这边的步骤。

"放心，郁总，我现在就和我经纪人说一声。"林亦善取出手机，准备起身去打电话，然而他才刚刚站起，突然想到什么又朝郁盛看过来，"郁总……"

郁盛正准备和秋屿商讨这次事件的下一步行动，听到林亦善开口，又抬眼朝他看过来。

大概因为在度假村休假，今天郁盛没有穿正装，只是很随意地套了件白色低领毛衣和浅蓝色的牛仔裤，长卷发松松地披在肩头，晨间暖阳给她镀上了一层薄薄的浅金色光芒，愈发衬得她年轻朝气，美丽精致。无论是她的脸，还是她的略显清冷的目光，还是她的身材甚至发型，无一例外都踩中了林亦善欣赏的点。

他有些绝望地听见自己开口道：“郁总，那天的事实在很抱歉，其实我没有恶意的，主要还是因为你完完全全是我的理想型……”

原本正在翻看平板上一些资料的秋屿手指一顿，他微微抬头，朝郁盛看去，她正支着下巴看林亦善，脸上没有露出笑意，但眼底也没有出现厌恶。

“总之，郁总……不知道你是否愿意和我交个朋友？真的只是很正常的那种朋友。”林亦善解释完毕后，打开手机，硬着头皮缓缓递到郁盛面前，“我们能加个微信吗？”

秋屿慢慢侧过头，视线落定在林亦善脸上，林亦善完全没注意秋屿，他全部的注意力和视线都放在了郁盛的身上。

林亦善有一张很好看的脸，无论发型和衣着都经过专业造型师精心搭配过，是最适合他的状态。他擅长面对镜头，知道自己什么表情哪个角度最吸引人，最能令粉丝疯狂尖叫。而此刻，他正将自己所能发挥的一切魅力都不动声色地展现在郁盛面前。

一时间过于安静。

秋屿耳边突然传来细微的“嘀”声，他回头看去，郁盛已结束扫码，握着手机发送了好友申请。

“加好了。”林亦善笑容明亮，“谢谢郁总，那我先去打电话。”

郁盛颔首，她放下手机，抬眼见秋屿正看着自己，对他笑了笑：“这个人挺有意思的，虽然有时候做事不怎么过脑，但还算直白，比那种虚伪的人要好相处得多。”

“郁总，他是个艺人，在他眼里你是资方。”他无法干涉她的自由，只能适时提醒。甚至因为需要控制自己内心涌出的其他私人感情，不得不将提醒的话语说得更加收敛。

"我知道。"对郁盛来说，可以加微信的且好相处的人并不代表就是朋友。不过就是把自己的朋友圈增加一个名额罢了，对方好歹不算讨厌的人。所以，她对此并不在意："刚才我们说到哪里了，继续吧。"

秋屿落下眼帘，"嗯"了一声。

将所有工作在上午结束后，郁盛带秋屿跟着章年安排的路线玩了大半天。

路线分为两条，有适合亲子家庭的湖畔野餐、喂养萌宠、采摘水果、钓鱼钓虾，也有适合年轻人的路线：桨式划船、骑马、攀山。为了让内测体验更加全面，像郁盛这样的年轻人自然是两条路线都选了，她还会在这里待上一天，所以今天选择的是划船攀山路线，明天再去亲子路线。

周洛只在这里待一个晚上，明天早上就要走，林亦善也一样，她以为他们时间有限，会把两条路线的项目挑一些有代表性的尝试一下。可结果，郁盛一整天都在和他们巧遇。

划船，四个人；攀山，四个人；骑马就更别说了，周洛是骑马的高手，林亦善以前也拍过马戏特意训练过，两人一上场就跑了一圈，看着很是潇洒。郁盛骑了几分钟，嫌弃马背上太颠，于是中途折返，在马场旁的阳伞下靠着躺椅休息。

"感觉马场这边可以再设立一个茶水吧，毕竟不是每个人都喜欢骑马，可以给自己不想骑马但想陪伴家人的客人供应饮料、咖啡、点心、水果。"郁盛休息的同时，也不忘记工作。

秋屿看着她晒得红扑扑的脸，起身替她调整了一下阳伞的角度："想喝什么饮料？我去餐厅那里取。"度假村很多设施还没完善，例如饮料自助贩卖机，所以郁盛如果想喝水，他得去湖边餐厅那里。

郁盛按住秋屿："我去吧，刚才爬山你一路拖着我，等会儿晚上还有篝火烧烤会，把体力留到晚上吧。"

"郁总，我体力没这么差。"

"说了我去就是我去。"郁盛按着他的肩膀，直接将他按在躺椅上，"你休息吧，我正好刚才被马颠得尾椎骨有些疼，走路放松一下。"

秋屿没再坚持，他目送郁盛的背影，直至她走过拐角看不见了，他才收回视线。结果他一转头，却发现林亦善不知何时坐在了他身旁的椅子上，正露着八颗洁白的牙齿对着他笑：“秋特助，加个微信呗？”

秋屿：“……”

林亦善是趁着郁盛不在故意来套消息的。

如果郁盛在这里，就会发现林亦善搭讪秋屿的开场白和搭讪她的开场白本质上并没有什么区别。

“秋特助，你有想过去拍戏吗？像你这样的长相，只要在演技上稍微下点功夫，红起来是非常容易的事。如果你有兴趣，资源方面我倒是可以给你推荐一下，例如李导那里，他下个月有部新戏……”林亦善侃侃而谈，过了片刻，发现对方依旧神情冷淡地看着自己，似乎半点都没有被吸引。

“林先生。”秋屿侧头安静地看着他，“请问你到底想说什么？”

林亦善微微愣了一下，他很少被这样疏离而有礼地称呼为“林先生”，一般人要么喊他“林哥”，或者喊“林老师”，再大牌一点的人就直接喊他的名字。

林亦善笑了笑，决定还是干脆点直入主题。

“秋特助，郁总看起来很年轻的样子，大学毕业了吗？有没有男朋友？她喜欢什么类型的男人啊，成熟稳重型的，还是活泼开朗型的？有特定的审美标准吗？

“秋特助，大家都是男人，你应该明白的，我虽然是个还算有点名气的艺人，但在这行看多了形形色色的美女，有点审美疲劳，很难得才找到心动的感觉……”

林亦善觉得自己已经很真诚了，他知道对方是郁盛的助理，今天他这些话最终说不定还是会反馈到郁盛面前，所以他觉得自己越真诚越好。如果事后秋屿和郁盛提起来，也等于是在替他告白。而这样兜转着的表白也不至于让双方尴尬，给了彼此一个退一步的空间。

秋屿眼神深沉地看了他片刻，最终垂下眼帘：“抱歉，你刚刚所有的问题都涉及了郁总的隐私，恕我无法回答你。”说完，他直接站了起来，他不想继续坐在这里，听另一个男人表达对郁盛的爱慕之情。

在经历过郁盛避而不谈的态度之后，他以为他会妒忌林亦善，可此刻在他心里，更多的居然是羡慕。他羡慕对方可以随心所欲地表达自己的心，他更羡慕对方没有工作的关系需要顾及。

有时候，距离太近，未必全部都是幸运。他困在离她最近的地方，为此庆幸，可也被此牵绊。

第　十　四　章

阿屿，生日快乐呀

秋屿没有参加晚上的篝火烧烤会。

傍晚一众人回各自的树屋暂做休息时，郁盛收到秋屿的消息，说有一些工作要处理，让她自己先去。郁盛知道一涉及工作他就格外认真，于是告诉他，如果忙完来得及可以再过去，反正篝火活动一时半会儿结束不了。

他发来信息："嗯，难得放松，你好好玩。"

篝火晚会确实很有意思，她进大学后学校有组织过几次这样的活动，她嫌浪费时间，一次都没去过，如今倒是借着工作的机会参加了。只是篝火烧烤会时间过半，秋屿仍旧没现身，郁盛取出手机想给他打电话，却发现十几分钟前秋屿已经来了消息。他表示工作结束稍有些疲倦，准备晚上就在房间里休息。

郁盛原本想回消息问问情况，后来想了想，取消了回复。她去餐台那里取了一个一次性的纸碗，装了些烤肉、蔬菜进去，又取了点水果放进口袋。

林亦善正坐在篝火旁边弹着吉他，他闭着眼睛非常投入地唱一首旋律动听的慢歌，旁边围坐了不少人，她也没有去打扰他们，拿着东西悄悄退了场。等到林亦善一曲唱完，在掌声中睁开眼睛想看郁盛惊艳的表情时，才发现她早已不见人影。

林亦善："……"

就很尴尬。

秋屿打开门时，眸底有尚未完全消散的意外。他大概没有想到她会过来，还亲自端着吃的东西。

“来给你送晚餐。”郁盛示意了下手里提着的东西，视线落在他身上。

他已经换下了外出的衣服，此刻身上穿的是度假村提供的浴袍。浴袍没有系紧，领口松松地开着，露出肌肉线条紧致的白皙胸口，那颗熟悉的心尖痣在她眼前出现数秒，又随着浴袍主人拢起衣襟的动作而隐藏起来。郁盛心里突然有点奇怪的痒意，像是被某种动物幼崽的尾巴尖撩了一下。

她低咳了声：“你还真准备睡了啊？”

他伸手想去接她手里的东西，被她避开：“不是累了吗？你进去休息吧，我来。”

她不仅给他端来了吃的，还打算给他做杯饮料。

秋屿晚上确实有工作，到现在还没结束，但这些工作其实并没有那么着急，放在明天完成也可以。他只是不想一整个晚上都看着林亦善对她献殷勤。他坐在沙发上，重新取过一旁的电脑，想继续工作，却发现什么数据都看不进去，脑子里全是打开门时，她笑吟吟站在门外的模样。

这时一只柔软的手忽然从他身旁探过来，贴住了他的额头。秋屿浑身一颤，几乎有些狼狈地避开。

郁盛有些错愕地看着他：“怎么了？我只是想看看你有没有发烧。”

“没事，我没发烧。”他避开她的视线。

郁盛看了他两眼，继续回到吧台那边做饮料，她拿了柠檬和蜂蜜过来，还有一些小青柠，想泡一些蜂蜜柠檬茶。室内一时陷入安静，只有水果刀轻轻切片的声音，直至水果刀突然重重磕响，同时伴随着她一声痛呼。

秋屿几乎瞬间冲到了她的身边，握住她的手查看：“切到了是不是？严重吗？”

纤细白嫩的手指上，并没有他以为的伤口。

郁盛笑眯眯地看着他：“骗你的。”

“郁总。”他皱起眉，“刚才那样很危险，万一真的伤到怎么办？”

“没事，刀离我的手指很远。我只是感觉你心情不太好，想哄哄你。”

“这样我心情就会好了？”

“惊吓之后发现我没有事，惊吓不就变成惊喜了？”她抬头看着他，指尖掠过他眼下的青痕，“这阵子真的辛苦你了，我知道你常年练武，体力很好。可一个人的精力毕竟有限，怎么总说不累呢？阿屿，累的时候要说，工作重要，你更重要。”

他看着面前眼神带笑的女孩，漆黑清澈的眼睛里全是他的人影，被她这样注视着和关心着，从早上开始就萦绕在他心头的那点醋意和羡慕正在慢慢淡去。

他确实困在离她最近的地方，被此牵绊，可现在，在这个离她最近的位置里，就只有他一个人。

郁盛能抽出的时间不多，在树屋度假村待了两个晚上已经算是极限了。但这两天的内测体验真的非常好，大自然永远是能让人放松身心的好地方。树屋外部造型漂亮充满了吸引力，内部则温馨舒适；农家菜口感很好，营养丰富又新鲜；钓虾尤其有趣，钓起后当场自己动手烤了吃，虾肉鲜美，蘸上一点盐和孜然粉，一口满足。

临走之前，她还在种植区亲自种下了一垄蔬菜，章年表示之后就算忘记种植的蔬菜或是没时间过来也没关系，度假村会有人帮忙收菜，然后快递上门，这是种植体验区的增值服务。

这趟树屋之行，虽然根本目的还是工作，但郁盛的的确确享受了两天悠闲自在的生活，回B城之后再次愉悦地投入了工作。百忙之中，她没忘记请新司机和保镖给秋屿减压的事，刚巧这天公司在面试保镖，她也顺便过去看了看。

盛世繁华经过这阵子陆陆续续的招聘，目前上上下下约有二十多位职工。由于这一行的特殊性质，郁盛在各部门运转进入轨道后就和业务部的经理表示得多设一个保安部门。这样，有时面临特殊情况，业务人员在外跑的时候，身边带上一两个保镖安全会更有保障一些。平时不需要他们跟着跑的时候，留在公司权当值班了。

既然是招聘保镖，自然会有年龄方面的要求，身强力壮，有保安或是保镖经验的优先录取。因为保镖主要是给业务部的人聘请的，所以业务部几个人都去了面试的会议室里，郁盛踏上会议室外休息区的时候，等在那里的数个年轻男人都转头看了过来。他们的年龄都在二十岁至二十五岁之间，大部分都穿了西装，打理得干净又清爽，坐满了休息区两排曲线造型的等候椅，让整个空间充斥着浓浓的荷尔蒙气息。

郁盛的出现让他们的视线都集中过来，郁盛视线扫去，几乎所有人都立刻正襟危坐，唯独角落处有一人，正借着其他人的遮掩，伏在地上做平板支撑。

会议室门开了，一个业务员手里拿着平板电脑准备喊下一个面试的人，见到郁盛，立刻笑着打招呼："郁总您怎么来了？"

"所有人的资料都在吗？"

"都在。"

郁盛接过，朝对方示意了下角落处做平板支撑的那人："他的资料在哪页？"

业务员一时有些愣，那人伏在地上做平板支撑，压根儿看不见脸。

"没事。"郁盛将平板还给他，"下一个先把他叫进来吧。"

唐宸听见有人喊"平板支撑"四个字时，下意识抬起了头，会议室门口，安排面试的人正看着他，而在他面前，站着一个非常年轻的女人，或许用女孩来形容更精准一点。唐宸有点蒙，他今天来得晚，原本排在最后一个，他看过排在他前面的其他面试者，条件都非常好，他估计这家公司很快就会招满需要的保镖，他可能又是过来陪跑的，所以想着不如抓紧时间锻炼一下。他以为自己要被骂了，结果进会议室的几分钟后，在回答了数个问题之后，他看见那个站在一旁的年轻女人弯腰朝坐在那里面试的人说了句什么。

随后，他被告知录取了，从今天开始，他是这家公司总裁的司机兼保镖。

总、总裁！

唐宸觉得自己似乎要转运了。

下午，秋屿结束工作回到公司后，发现郁盛办公室外的休息区的椅子上，多了一个陌生的青年。他眉眼俊朗正气，穿着保安部统一提供的西服，正坐在那里安安静静地看手机。

对方注意到秋屿，立刻收起手机，起身朝他恭敬地行了个礼："您好！我是唐宸，是新来的保镖。"

秋屿静默了两秒，随即伸出手："秋屿，我是郁总的助理。"

"您、您好！我是郁总的保镖，今天刚来面试就被郁总选中了，以后还请多多关照。"唐宸忙不迭和他握了握手，不知怎么的，总感觉对方身上带着莫名的冷意，给人一种很明显的距离感。

真奇怪，明明长了张比明星还好看的脸，怎么还一脸不高兴的样子？他要是有对方的身高和脸，他能天天笑成一朵花。

办公室的门在这时开了，郁盛拎着外套和包走了出来，唐宸还没反应过来，秋屿已经迎了上去，接过她的包，又取过她的外套展开协助她穿上。

郁盛将头发从外套里拉出，由着秋屿弯腰帮她系上风衣的腰带："刚刚岳栋来了电话，卢娜那边出了点问题，我想亲自过去一趟。"

"那我送你过去。"他很自然地回道。

"你不是刚刚从外面回来？"郁盛抬头看他，"让小唐送我过去吧，路上要开三个多小时呢。"

卢娜之前一直在Q城协助剧本工作，之前网剧开机，前期会在唐城取景一段时间，她也随着剧组去了唐城。这次事件对她影响比较大，但在唐城那边，无人知道她曾经因抑郁症自杀以及看心理医生的事，所以一开始郁盛没有太过重视。郁盛以为这次出了事，她的父母会去唐城陪她，或者至少能和她通话聊天开导她。现在，她父母有没有和她联络过没人清楚，但卢娜已经把自己关在宾馆房间两天了。虽然在此期间她也有见人，也会吃送到房间的三餐，但她没办法像之前那样热情投入工作，更没办法时不时跑去拍摄现场看进度。

“开去唐城太远了，我不放心你一个人去。我陪你一起去，让小唐开车。”秋屿帮她整理好衣服，回头看向唐宸，“上过高速吗？”

唐宸被秋屿点到名，立刻下意识站直了身体：“报告！我之前开过很多次短途高速，我车技很好，而且我叫唐宸，所以一定能用最短的时间把郁总平安送到唐城！”

这个猝不及防的冷笑话让郁盛没忍住，直接笑出了声。

秋屿皱眉：“开车不要赶，重要的是稳，郁总的安全最重要。”

“明白！”

秋屿依然不太满意，然而手腕上突然感觉一软，原来是郁盛的指尖握住他的手：“好了，你要一起去就一起去，我只是不想你开车累着。他没问题的，就算有问题不也有你嘛，走吧。”

黑色奔驰飞速行驶在畅通无阻的高速公路上，因为今天车流很少，唐宸开着开着就不自觉加大了油门。但他又很快意识到什么，抽空瞄了眼后视镜，果不其然，对上一双微带不满的深黑眼睛。

“慢一点，保持在80迈左右，不赶时间。”坐在后排的秋屿压低了音量，缓缓开口。

“是的，秋助理。”唐宸大气都不敢出，脚下油门松了松，将车速降到80迈。今天是他得到这份工作的第一天，一来就被委以重任，他既高兴又忐忑。

高兴自然是因为他是被郁总亲自点名选中的，这说明他身上一定有过人的品质让女总裁看中了——虽然目前这个品质是啥他自己还不太清楚。不过被一个年轻美貌的女总裁钦点，他总归有些飘飘然。忐忑的原因大部分都在秋屿身上，这位助理太严肃了，不仅严肃还严格，车速快一点都要开口提醒，而且——唐宸再次抽空瞥了眼后视镜。从他的角度刚好能看见后排的情形，郁盛上车没多久就开始闭目养神，起先还只是靠着椅背，后来不知怎么的就靠上了秋屿的肩膀。

现在再看，秋屿已经完全伸开手臂，将对方整个人都挪进了怀里，他手臂修长，舒展开之后调整角度，让郁盛最终以一个非常舒适的角度靠在他怀里。他的长腿也微微屈起，让她无处可放的双手能搭在那儿，最后还用单手取过一旁备用的薄毯，放轻动作替她盖上。

在此之后，无论唐宸什么时候瞥向后座，秋屿都侧着头，眉眼温柔地垂视着怀里的人，除了刚才提醒唐宸车速那次，视线始终都落在他怀里的人身上。如果不是知道他们一个是总裁，一个是助理，这完完全全就是一对年轻小情侣的状态啊！

唐宸忍不住发散思维，他平时也挺喜欢看小说的，什么《美女上司暗恋我》《保镖哥哥快过来》《我和女总裁二三事》等等，他没想到自己有一天也会遇上一位这么年轻美丽的女总裁。而且女总裁和她下属的关系还似乎不太一般，只是不知道这种关系只针对特定人选呢，还是经常会更换……如果会换的话，也不知道会不会轮到他……毕竟他可是被钦点的！

想到这里，唐宸有点脸热。

哎呀呀，这样不太好吧，他妈妈一直教育他要凭本事清白做人！可是、可是郁总长得这么好看，万一真的……他到时候抵挡不住怎么办……

唉，好烦恼啊……

唐城，某宾馆房间内，窗帘被紧紧拢着，挡住了外面橙红色的夕阳。室内没开空调，静默而冰冷。

郁盛拿到了宾馆给的万能房卡，但在进去之前，依然敲门询问：“我是郁盛，我能进来吗？”

她打算先等十分钟左右，如果十分钟后卢娜还是不出声，她就直接进去。但在她第二遍问这句话的时候，房间门锁嘎啦一声，从里面打开了。

卢娜略显苍白浮肿的脸孔从里面露了出来：“进来吧。”

房间里面很干净，并没有因为房间的主人避而不见而显得脏乱，卢娜甚至用热水壶烧开矿泉水，给她倒了杯温水。

“谢谢。”郁盛接过，视线停留在她脸上，“你瘦了好多。”原本的卢娜起码有一百五六十斤，而现在面前这个女生，仅仅只是微胖。

她五官其实很好看，只是之前因为胖，容易泛油长痘，现在痘痘倒是少了，只是整个人看起来一副很疲倦的模样，眼底有很明显的青痕。

卢娜大概也知道自己此刻状态不太好，她看着沙发另一头的女孩。对方穿着收腰的米色风衣和黑色长筒靴，腰肢纤细，双腿修长，头发松松在脑后绾起，脸上妆容很淡，没有涂口红，但唇色依然娇艳红润。她真的非常美，但此刻她坐在自己面前，却没有给自己任何不舒服的感觉，也没有那时在学校里的距离感。

“真抱歉，你之前应该在B城吧，还连累你这么大老远赶来。”卢娜脸上全是歉意，“我没想到他们会联系你，我已经尽量装出没事的样子，我真没用……”

郁盛听到这里，已经大致明白过来：“你是不是已经知道……”

“买我小说影视版权的人吗？”卢娜看着她，冲她点点头，“对，我早就知道是你了。来和我签约的那位秋助理我认得，很久前在学校附近见过他一次，他开车来接你，你坐进后排。我猜，他那时应该是你的司机。虽然只见过那一次，但他很难让人不记得。”

卢娜虽然状态不好，导致语速有些慢，但她思维非常清晰，而她后面的话，令郁盛更加惊讶。

“我也一直都知道有人在帮我。”因为提及过去那件事，她语速放得更慢，“有人帮我揭露了高煊的真面目；连知道我有抑郁症都不愿意让我多住一天医院的父母，突然同意让我去看心理医生，只是他们太不小心了，半夜在客厅聊天没有压低音量，我听见他们说，居然有傻子愿意付那么多钱给一个不相干的人看病，如果把这钱直接给他们多好……再后来我见到秋助理，我立刻猜到买我小说影视版权的人，是你。”

卢娜看向郁盛，她长了一双圆润的杏眼，眼瞳又黑又亮，哪怕因为之前的网暴让她抑郁症复发，那双眼睛里面依然有细碎的微芒。

她有些落寞地笑了笑：“我一直都知道是你，可我不敢主动去找你，这一两年我变得连自己都不认识自己。其实……我就只帮了你那么一次，那天晚上就算坐在路旁的不是你，我也一样会帮。你已经帮了我太多，这一次你别在我身上浪费时间了……”

随着卢娜讲述，郁盛才知道这次事件让卢娜难过的真正原因。

那些难听的诬蔑和网暴固然是原因，但还有另外一个重要的原因是——始作俑者的身份。

几天之前，郁盛这里查到始作俑者是几个作者，她和岳栋协商后，将对方的资料和行为通过一系列方式在网上曝光了。想要彻底洗去污水，最有效的方法是釜底抽薪，他们不想打舆论战，那没有意义，他们只想把真相摆出来，并且采用法律手段解决。他们连律师通告都没出，直接报警，并晒出警方受理的证明，后面紧跟着贴了律师评估那几个始作俑者可能将面对的刑罚。

几个涉案作者的网名一公布，立刻在网络文学圈掀起不小的风浪。这行一直都很安全，大家都隐匿在网络背后，随着近几年网文的流行，原本单纯的文学网站也变成了言论自由的公共论坛。这一行竞争激烈，总有些因为一部作品爆红而引发关注的作者会置身于舆论的中心。那些造谣者懂得使用假名，反正绝对不会露出真身。没有人想到，不过几天时间，他们的所有真实信息居然会被对方全部掌握。

虽然警方通报的微博里面，只写清楚了几个作者的网名，给他们生活中的真实姓名打了码，但网络有网络的世界，这几个始作俑者的真实社会信息被不知名人士全部爆了出来。毕竟几个作者都有微博，有人想要找到他们不算难，更何况背后还有A的手笔。

警方通报出来后没几个小时，所有人都知道他们姓甚名谁，这一回，舆论的枪头掉转，曾经造谣和诬蔑别人的人遭到了反噬。而这几个人里，有一个是卢娜开始写网文后交到的第一个作者朋友，也是她听从心理医生的建议，鼓起勇气尝试新事物后唯一一个朋友。她们没有见过面，但是交换了微信号，平时会互相鼓励。对方比较擅长交际，懂得到处卖萌认识更红一点的老作者，讨要经验，回头再告诉卢娜。对方对卢娜很热情，但卢娜并不知道，对方对她只是藏一半说一半，告诉她的那一半也大多无关紧要，目的也只是享受当人前辈的感觉。结果卢娜红了，第一本书就走红，实在让对方没办法不嫉妒。于是，当她看到某个群里有人在询问卢娜是否有黑料时，她倒戈了，帮着造谣踩卢娜。甚至在卢娜被网暴的初期，当她向对方倾诉内心的难受和苦闷时，对方还用一副若无其事的口吻安慰过她。

这世界上最可怕的不是有人想要害你，而是当你发现害你的人是昨天才刚刚温柔安慰过你，给予过你慰藉的人。

“直到那天看到警方通报，看到她的笔名，我才知道她居然是那些人里的一员。”卢娜叹了口气，从沙发上挪到了地毯上，她盘腿坐在那里，轻轻拉过茶几上的笔记本电脑，“我永远都做不到像《重启人生》里的女主角那样，冷静强大，不会被任何外力打倒，无论身处多难的困境都有办法脱困而出。我的头脑清楚地知道我现在应该要怎么做，可是我心里难受，情绪根本不受控制……我这一辈子都是这样，永远看不清别人，爱情是这样，友情也是这样……”

“那么我呢？”郁盛撑着沙发，靠过去低头看着她，“我不算是你的朋友吗？你要记住，正因为你好，才会遭人妒忌，如果你平庸无能，谁会来妒忌你，怕是多看你一眼都不会。还有，决定购买《重启人生》这部小说影视版权的人不是我，是专业的影视团队。你得到了专业团队的认可，你已经走进了一个完全崭新的世界，为什么还要去在意跳梁小丑的恶意？

“你还记得没写小说前的卢娜是什么模样吗？那时的你，因为一个男生用低劣的话语拒绝你的告白就忍受不了，心如死灰。再看看现在，我以为我这次过来会看到一个疯狂痛苦的你，可你把自己关在房间两天，暂时拒绝别人进来，却能自己打扫房间，把周身环境保持得这么干净。你虽然有黑眼圈脸也有些浮肿，可你衣着干净整齐，头发上还有很好闻的洗发水味道，给我倒水时，甚至还在水里帮我加了点蜂蜜。相比以前，这不算是一种进步吗？你怎么会一辈子都是一种模样呢，你不是已经改变了吗？”

卢娜怔怔地看着面前的女孩，有一种激荡又温暖的情绪在她胸中流淌。

她想，她这辈子最幸运的事，大概就是在几年前冬天的夜晚遇见了独自坐在路边的郁盛。

人生的际遇，永远都有意料不到的起伏与因果。如果那晚她没有在那条路下车，或许她不会遇见郁盛，也或许换成其他女孩独自坐在路边，她一样会帮。可命运有时就是这样，她路过了那里，遇见了郁盛，在她最无助的时候给予对方善意，而这份善意兜兜转转，最终却以十倍甚至百倍回馈给了她自己。

何其有幸，能遇见你。

郁盛关上房门踏上外间走廊时，一抬头，就看见了靠在走廊墙上的修长身影。他身姿挺拔，背抵着墙，一条长腿微屈。秋屿今天穿了件黑色的高领薄毛衣，外面是灰黑色的西服。黑和灰黑的碰撞，沉闷的颜色，穿在他身上却有种奇特的“禁欲气质”。尤其是那件高领毛衣，愈发将他的脖颈衬得修长如玉，就连下颌线条也格外养眼。

“阿屿。”她轻轻喊了一声，原本静默的人突然动了，他的视线落在她身上，略显清冷的眉眼之间多了一丝温柔的软意。

他走到她面前：“饿了吧，晚上想吃什么？”

“阿屿……”她听见自己轻轻叹了口气，“我们吃简单一点，吃完就早点回B城吧。”

“这么赶？”他跟着她朝电梯方向走。

“嗯，有点赶。”她在电梯前站定，抬头朝他笑了笑，“有一件礼物，我想赶在十二点前给你。”她顿了顿，朝他道，“阿屿，生日快乐呀。”

一顿简单的商务晚餐后，黑色奔驰开上了返回B城的高速路。

郁盛让唐宸直接将车开去了她公寓楼下，车子停稳后，唐宸原想问秋屿住处，继续送他回家，可结果郁盛却让秋屿跟着下了车。

“车子你开回去，明早八点半来接我。”

“是，郁总。”唐宸心里虽然有好多为什么，可他一点都不敢表露出来，他从后视镜看了眼郁盛和秋屿，不知想到什么，脸红红地发动车子离开。

秋屿下车之后就被郁盛拉住了手。

被对方柔软的手指握住后，他将“为什么一回B城直奔你公寓楼下”这个问题抛到了脑后。他任由她拉着自己朝电梯大厅走，甚至希望这样的时刻能被无限拉长。以至于，直至电梯在某层停下，郁盛拉着他走出电梯后，他才发现她带他来的不是她自己的公寓，而是比她公寓低了两层的另一套公寓前。

“为什么……”他疑惑的话在看到她在电子门锁按下熟悉的密码后止住，她按的是他的生日数字。

公寓的门开了，她打开灯，从一旁鞋柜里取出两双新拖鞋，自己换了一双，走进去将一路的壁灯一一打开。

整套公寓随着一盏盏镶嵌式水晶灯的亮起，清晰地呈现在秋屿的视线里。这套公寓比她上面那套公寓面积稍小一些，但也是错层，只是上层没有房间，玻璃围栏后面是一个开放式的半层空间，被布置了低矮的床榻、铺上柔软的长毛毯，摆放了书柜和沙发。一层空间包括厨房和洗手间，落地窗前的区域简单布置了沙发、投影仪和柜子。装修以简洁的灰黑色为主，加入了一些金属色配搭，整体看起来非常简洁低奢。公寓朝向和楼上那套一样，坐北朝南，可以将B城的夜景尽收眼底。

郁盛看着他走进来，见他抬头安静地打量整套公寓，想象他即将露出的惊喜反应，她心底有压不住的喜悦。公寓里的一切都是依照他的喜好来装修的，幸好原本就是有一些硬装的房子，所以工期很快，赶在他生日前完成了。她想给他个惊喜，所以一直守口如瓶。

“喜欢这个生日礼物吗？”郁盛从一旁柜子里取出一个文件袋，“房产证上是你的名字，电子门锁的密码你随时可以改。这套房子，你可以搬进来住，也可以租出去，反正是你的了，想怎么办都行。”

秋屿停下脚步，回头看向她时，眼底并没有她期待的喜色。

“你送我一套房子？”他看着她，眸色深沉，声音里带上一点不易觉察的轻颤和惊讶。

“嗯，我想了很久要送你什么生日礼物。这几年你全年无休跟在我身边，几乎是二十四小时随传随到，无论我遇到什么危险你都拼了命地保护我。以前我没有能力，就那些资金，想大方也大方不起来，现在——”

“这个礼物我不能要。”他直接打断了她的话，语气低沉清冷，完全不是郁盛预料中的反应。

她有些怔怔地看着他：“为什么不能要？”

他垂眸沉默片刻，再次看向她：“太贵重了，别说我在你身边工作三年，就算是十年，也不能接受这样的礼物。”

“为什么不能，你帮了我这么多，这是你该得的……”郁盛不解，见他转身要走，忙追上去拉住他，“你怎么了？你在生气？阿屿？”

拉住他手腕的手指柔软而温热，哪怕是这点温暖，都是他所贪恋的。他可以在她身边扮演任何角色，只要她轻轻喊一声“阿屿”，或是像这样触碰着他提出要求，他就能放下所有原则，答应她一切要求。他以为他可以一直忍耐和接受一切：看着她和顾觉约会，看着她被其他男人示好，看着新来的保镖取代他的位置……哪怕她明明知道了却避而不谈，他都能极力压抑和控制住自己的情绪。

她以为他是为了这些才跟在她身边这么多年吗？还是……她以为补偿了他这些之后，就算是还清了他的救命之恩？再或者，是不是在她眼中，他们之间的默契、信任和情感，是可以用物质来衡量的？他感觉到从心底传来的刺痛，让他无法喘息。

他轻轻挣开她：“没有什么该得不该得，我也不是为了这些才跟在你身边。还是你觉得，如果没有这些额外的物质，我就会离开？”

“我当然知道你不是。这只是一份礼物，我想让你开心，你没看出来这里面的装修都是按照你的喜好来的吗？”

礼物？可这房子，明显已经超出了礼物的范畴。

秋屿沉默片刻，再次走回去，从桌上取过那份房产证：“谢谢，你的心意我收到了，房子就当我买的，明天我会把钱转给你。”他说完，不再停留，直接大步离开了公寓。

郁盛有些怔然，如果她没记错的话，这大概是三年多来她第一次看到他这样。他好像真的很生气，可依然克制着没有冲她发火。她不明白。这几年两个人一起努力，他陪着她，帮着她，将盛世繁华慢慢建立起来，如果没有他，她根本不可能有现在的成绩。他是盛世繁华的元老和功臣，她送他一套房子又怎么了？

郁盛后来想想，这套公寓因为地段和面积，房价不算贵，但也要一百五十多万。他说要把买房的钱给她？这……确定不是在逞强吗？然而第二天她真的收到了一笔转账，除了房子本身的价格，连装修费都算上了。

对郁盛来说，那串数字，清清楚楚在他们之间画出了一道界线。她第一次花尽心思送人礼物，对方却直接还钱给她，气得她两天都没和秋屿说话。秋屿还给她钱之后，倒是如常一般跟在她身边忙工作，就像是全然感受不到她刻意的冷淡，甚至半句都没多问。但她脸色已经挂成这样了，唐宸就连开车的时候都小心翼翼，车速都不敢超过40迈，秋屿这样聪明的人又怎么会感觉不到？

不想接受物质礼物是吗？非要和她算得清清楚楚是吗？

郁盛脾气上来了，打电话给律师催促之前吩咐准备好的文件。

很快，在她打这个电话的当天下午，一份股份赠予书出现在秋屿面前。郁盛给了他盛世繁华百分之十的股份，这是她过年之前就想给他的东西。这家公司没有他根本不可能建立起来，哪怕他明面上的职位只是助理、司机和保镖，但她心里很清楚他到底帮她做了多少事。他完完全全担任了创业伙伴的角色，只要她一个吩咐，他可以通宵不睡把工作完成，并且做到最好。这些股份是他应得的，也是她早就计划好的。当然，现在催促律师早一点走完程序，把文件呈现到他面前，纯粹是为了气他。

果不其然，秋屿在拿到股份赠予书的第一时间出现在她办公室里。

“郁总，股份我不能要。”

男人身上有冰冷严肃的气息散出来，即便隔着办公桌，她也能感受到。

“哦？”郁盛假装对着电脑忙碌，连个视线都没给他。

谁让他假装看不到她在生气？他还了房子的钱，他高兴了，可她不高兴。以前无论她说什么做什么，哪怕再过分的事，他都会迁就她。这次她花费了这么多心思，他也明明知道她不高兴了，却一句软话都没有。

“郁总。”

对方修长的手指撑在了她的办公桌上，郁盛假装忙碌的手终于停了下来，她抬头看向办公桌对面的人：“你既然叫我郁总，就该明白，我是你的老板，老板给你股份，你不是应该收下然后说谢谢吗？”

“谢谢，但我不会接受。”这不是一顿晚餐，一次好意的关心，只要她寥寥几句话他就会接受。他的底线，牢牢地卡在这里。

郁盛气得脑门疼：“不要也得要！”

秋屿没再和她争论，只是淡淡陈述结果：“我会联系律师取消这份赠予书，只要我不接受公证，这份赠予书就不成立。”

郁盛不死心，之后想起先前和周洛一起投资了一款国产车的新车行。这家车行虽未正式开业，但里面有款旗舰车型她很喜欢，大型的SUV，可以挑战各种地形，有全景式天窗，有声控发动、手机无绳充电功能，有按摩加温座椅，后座格外宽敞舒适，还比普通的SUV更加省油。当初去车厂实地考察的时候，她记得她和秋屿一起试驾过这款车，看起来他也挺喜欢。那时她就想买，于是她给车行经理打了电话，直接指定车型，全额付款。这款车恰好车库里有货，全新黑色。

“嗯，那就要这辆。”郁盛听到不用等还挺高兴。

和之前买房一样，因为不用贷款，所以她直接写上了秋屿的名字，还留了公司地址，并且特意嘱咐了一番说辞，让人第二天直接把车开来公司，然后上来将车钥匙和车产证交给秋屿。

于是这天下午，当秋屿陪同郁盛结束午餐回到公司时，全公司职员都簇拥着捧着鲜花的车行送车员，拍手祝贺秋屿喜提新车。

“郁总，听说这车是合作品牌方送的，可真大气啊！”

“虽然大家很羡慕，但秋特助为公司这么辛劳忙碌，确实应该有这样的奖励！”

“秋特助，车子我们已经下楼看过了，超级帅的！”

“秋特助，怎么还愣着？是太高兴了吗？哈哈哈！”

“能不高兴吗？大伙儿，公司的福利已经摆在这儿了，大家都要好好努力工作啊！向秋特助看齐！”

不知道是不是送车员知道买车的是车行股东之一，还是现在车行服务确实周到，反正对方的工作到位极了。上来送个钥匙，还自配了鲜花蛋糕的领车仪式。

郁盛对此很满意。

秋屿目光沉沉地看了眼郁盛，伸手接过车钥匙和车产证，开口问道：“真的是送的吗？”

那位送车员早就被各种关照过，此刻自然脸不红气不喘：“那是当然，我们大老板对合作方可好了！”

秋屿看了眼车产证，侧头朝郁盛缓缓道：“谢谢，郁总。”

“你该得的。”郁盛从一旁的分装蛋糕盒里挑了一块抹茶口味的拿在手里，转身笑着进了自己办公室。

不管他猜没猜着，反正她一口咬定这车是送的，他也没辙。如果这回他敢再还钱，她随时翻脸给他看！

秋屿这次确实没有再还钱，因为根本没这必要。这辆车从送过来后始终停在公司楼下，成为了她的专车——秋屿只在需要载她的时候才会开。事实上因为小唐的存在，如今需要秋屿亲自开车载她的机会寥寥可数，所以这车送来一个星期后，只开过一次。

某天，郁盛经过地下车库看到这车时，发现全新的车身上，已经积了一层灰。

第十五章

只要我开口，你什么都可以给吗？

盛世繁华全公司上下都看得出来，他们那位年轻的女总裁和她最得力最信任的特助，在冷战。

老实说，特助和总裁冷战这事搁在其他公司，那是不可能的，哪个敢啊？跟总裁冷战？那是什么天方夜谭，不想干了吧？而在他们公司，比起秋特助是否“敢”跟总裁冷战，令大家更啧啧称奇的是，秋特助居然“会”跟总裁冷战？像他这样二十四小时全天候随时待命，把郁总的公司当作自己的事业来做的人，居然会和郁总冷战？

这……到底是发生了什么了不得的大事哟？郁总不是才送了一辆车给秋特助吗？难道这里面有内情？秋助理其实是遭遇了超高薪挖人所以郁总紧急公关？

“搞不好是年薪百万还有年底分红！”

“那秋助理会走吗？”

“怎么可能，他对这公司比咱郁总还上心！”

“那他们现在是怎么了？”

“肯定有我们这些小职员不知道的事啦，别八卦了……”

“如果我是郁总，无论对方开什么条件，双倍照给不就好了，给多一点，直接灭了秋助理被挖的可能！”

午饭后的休息时间，郁盛经过茶水间，照例听了会儿员工们的“墙脚”，随即无声叹了口气。说出来可能没人信，事实和众人的猜测刚好相反，不是她给得太少，而是她给得太多了……送房还钱，送股票被拒，送车不开，也算是前无古人后无来者。

事情已经隔了几天，其实郁盛心里的气早就消了，她惯常这样，怒意来的时候气势汹汹，但气性总是不长——或者说，面对秋屿，她从来都气不长。那个家伙，生气的时候连和她吵架都不会，她就算再气，又能气多久？如今这场冷战，更多的是因为那天之后他的态度。在她送车之后，除了工作方面的事情，他私下很少和她交流。花心思送礼被拒的人还没生完气，他倒是莫名其妙气上了，郁盛对此无语。

当然，他也不是完全不和她说话，或者不理会她工作之外的事，例如她冷了、饿了、渴了，他依然会第一时间帮她解决。但郁盛能感觉出来，相比以前发自内心的关切，现在更多的是以工作的态度帮她解决。其实差别不大，他依然妥帖周到，只是那一丝细微的不同，让她觉得不舒服。偏偏又不是他工作没做好，她想找碴儿也找不到什么理由。

于是到了最后，她干脆也以冷制冷了……

郁盛回到办公室没多久，秋屿就敲门进来了，和她一一确认今天下午以及后面几天的行程安排。郁盛靠着宽大柔软的办公椅，一边玩着办公桌的水晶摆设，一边时不时看他一眼。站在办公桌前面的男人脸色端肃，视线落在他手里的平板电脑上，每句话每个字，都是公事，简直把“公私分明”四个字发挥到了极致。

郁盛轻轻搁下水晶摆设，缓缓开口：“下午你不用跟我一起去了，有小唐陪我就行。”

男人微微一怔，随即抬起视线看她，深沉冷静的目光落在她身上，“为什么”三个字差点冲口而出。但他只是收紧手指，将情绪牢牢锁住，点点头说道：“好的，郁总。”

郁盛扬了扬眉，沉默着打量他片刻，又说道：“我改变主意了，你还是一起跟着吧。”

“是，郁总。”

郁盛：“……”

秋屿应完，又继续说行程安排的事，她支着下巴看他，男人眉眼清冷，神色平淡，全神贯注在工作上，平静得没有一丝波澜。但刚刚，她说不让他跟的时候，她能看出他骤然变化的情绪，只是瞬间又被他收敛了回去。所以，原来刚刚是在强忍吗?

郁盛突然觉得有趣，正好又听到秋屿说到明天之后的安排，有两天左右的时间，广告导演会在度假村拍摄宣传短片，所以章年那边来了电话，问她是否要去。其实章年纯属例行询问，毕竟她才去过度假村没多久，这次拍广告也有很专业的团队在场，她去不去都无所谓。

但郁盛说道：“帮我回复章年那里，说我会亲自过去。”

秋屿微微皱眉：“郁总，你那天有两个会要开。”

“没关系，这种会议，有你在就行。度假村这次你不用跟着去了，你留在公司，小唐陪我去，我正好再过去住一晚，就当休息。”她说完，便支着下巴等他反应。

她看到他眸底浮起纠结的神色，注意到他握着平板电脑的手指松了又紧，知道他正在挣扎。郁盛突然觉得自己有点坏，明知他不放心她跑去数小时车程的地方待两天，却又故意这么做。可怎么办呢，她就是想这么做啊。

郁盛扬起唇角：“怎么了，阿屿，有什么问题吗？”

秋屿最终落下目光：“没有问题，我知道了。”

郁盛出发去度假村那天，秋屿果然没有跟随。

小唐这两天都有些蔫，年轻力壮的小伙子，看起来一副睡眠严重不足的模样。郁盛问他怎么了，他支支吾吾说不出来，幸好出发这天，他又神清气爽起来，估计是睡了个好觉。

秋屿帮她拿着东西，将她送到车上。他没怎么说话，先是检查了一下发动机，又看了看车子的四个轮胎，最后掀开后备厢，把维修工具和备用轮胎都检查了一遍，最后拍了拍唐宸的肩膀：“车速不要超过80迈，到了之后给我发个消息。”

唐宸站得笔挺，表情极度认真地听着秋屿说话，不时用力点头，那模样比在她这个真正的老板面前还要乖巧一百倍。

郁盛坐在车里看着秋屿，心下有些不爽，她伸手降下车窗玻璃催促：“还走不走啊？”

秋屿收了声，示意唐宸上车，他站在车旁，隔着车窗看向她，最终还是弯腰朝她道：“有事情随时打给我。”

郁盛还以为会听到几句软话，结果只是这么一句，她看了眼他俊美立体的脸，放冷了神色：“能有什么事？放心吧，度假村很多人，有事情自然会有人帮我解决。”她拍了拍驾驶位的椅背，“开车吧，小唐。”

郁盛心头那点不爽，在车子驶离城区，开上畅通无阻的高速路后被她抛在了脑后。天气实在太好了，春光明媚，天空蓝得像是海洋的颜色，一丝云絮都没有。这次广告拍摄的男主角是林亦善，有关周洛平白无故送度假村一位代言人这件事，郁盛后来有旁敲侧击打听过。

周洛倒也直接，告诉她道：“他的公司我也有股份，他从前是自己爱闹，所以公司总是压他几分。如今他听话工作，人气又高，加上演技和音乐方面实力都很强，所以今年公司准备推他上一线。我已经签了他当惊叫乐园的代言人，度假村那里也就顺带一起了，反正大家现在是合作伙伴，郁总不用太在意。”

听到合理解释后，郁盛自然不会在意，不过这个人情她记下了，下次有机会她会再还给他。

生意人之间的人情往来就是这样，对于看得顺眼的合作方，并不介意多给一些，那是因为知道对方拿了这个好处，不会当作没看见，而是会在下次有机会时适时还回来。如此一来一往，双方都不吃亏，可也比事事都算得清清楚楚多了很多人情味。这样良性循环着，双方的合作关系才会长久。所以对郁盛来说，给秋屿房子、股份，自然因为她已经完全把他当成自己人。她不喜欢那种非要划清界限，分割到清清楚楚的方式和态度，这也是这次她和秋屿起了矛盾的根本原因。

天公作美，这样阳光灿烂的春天，拍摄这类户外度假广告是最适合不过的。唐宸不知道事先被如何敲打过，一向开车习惯越来越快的人今天车速始终维持在70迈至80迈之间，两个小时车程，开了三个小时才到，抵达时整个人扶着方向盘长长出了口气，感叹终于到了。

“有这么累吗？”郁盛笑问。

“郁总您不知道，开快车不累，开慢车才累。”

“秋助理不在，你开得快还是慢他根本不会知道。”郁盛觉得这位小哥哥真的有点傻。

“不、不，这不行。”唐宸不知想到什么，脸色突变，立刻改口，“还是慢点好，安全第一！”

“秋屿到底对你做了什么？”

“没，郁总，啥也没有，您赶紧下车吧……”唐宸取出手机，准备给秋屿报备。

郁盛：“……”

这位小哥哥显然被敲打过头了。

郁盛想起秋屿那天应下不跟她来度假村时的模样，又想象了下他背地里可劲敲打唐宸的严肃样子，再次笑了。怎么搞的，这家伙连和她冷战都这么有意思。

郁盛独自一人下了车，沿林荫路慢慢朝度假村里走去。因为是过来放松度假的，她穿得比较休闲，一件黑色低领的贴身薄毛衣，外搭米色格子宽松休闲西服，下面是同款的格子阔腿裤，再搭一双白色板鞋，黑色长卷发很随意地披散在肩头，化了一点淡妆，眉眼柔和，唇色红润，少了几分艳丽，多了几分青春洒脱的气息。林亦善正沿木质楼梯朝上方的树屋走去，他打老远就看见对方缓步而来的身影，她连包都没带，双手插在阔腿裤的口袋里，一路悠闲而来。

林亦善听见自己内心的恶熊狠狠咆哮了一声：今天又是不同风格的郁总！郁总这样子也好好看啊！然后就因为这几眼，他脚下没踩稳，漏了一个台阶，整个人朝前扑去，他急忙扶住两边的扶手才避免自己跌成狗啃泥。

导演在镜头后面探出头，不满意地问：“小林，怎么回事啊，走楼梯你看哪儿呢？”

这位庆导非常有名，擅长拍摄唯美MV和自然风景，这次是看周洛的面子才来帮忙。他档期紧，只有两天时间，无奈要求又高，所以从上午开拍到现在，嘴巴没消停过。林亦善咖位没有庆导大，加上又是因为自己的疏忽导致未通过，自然只能听训。

好不容易等这条拍过了，立刻从楼梯上下来，跑去郁盛那边和她打招呼：“郁总！”

郁盛正和章年闲话家常。唐宸动作很快，替郁盛将携带的洗换衣物等物品放到她晚上要住的贝壳树屋，又匆匆返回，尽职尽责地跟在她身侧五至六米处，恪守保镖的工作。

章年留意到她身侧换了人，便问了一句。

“嗯，阿屿能力好，公司里很多事都需要他，再让他做保镖和司机的活就太累了。”

章年笑笑，原本想说“这些活就算再累他只怕也心甘情愿”，后来念头一转，觉得还是不要掺和年轻人的事比较好，于是和她聊起了别的。

正巧这时林亦善过来了，他自从那天问她要到微信后，时常会发一些朋友圈摆拍，有时是帅气的自拍，有时是舞台彩排照，总之怎么帅酷有型怎么来，朋友圈点赞多了不少。然而五条朋友圈里郁盛最多只点赞一条，且只点赞不留言。

这略显疏离的态度让想给她发消息闲聊一番的林亦善无从下手，人家是总裁，有钱有颜又有才，每天那么忙，她什么留言都没有，无论他先发什么给她都像是打扰到了她。所以今天他知道她要过来，从早上就开始期待了。哪里知道她一来就被她看到自己差点摔个狗啃泥的NG画面，这会儿肯定要上前和她聊几句，散发一下自己真正的魅力。

寒暄闲聊的三人并不知道，距离他们五六米开外的唐宸，正取出手机，照着郁盛的方向拍了段视频，然后点击发送。这是他的报平安任务，每隔两个小时一次，当然，秋屿原本的要求只需要他发条文字消息说明即可。但经过这两天，如今的秋屿在他眼里完全是比老板还令他害怕的人，他宁可把事情做得更加周到一点，也不想因为有所疏漏回去后再面临对方的训练。

这两天每天下班后，秋助理便会出现带他去加强体能训练。是他太天真，仗着自己是两届省级武术冠军，第一次完全没把清隽的秋屿放在眼里。对方说想试试他身手，他衣服一丢就上了，还以为能用实力教对方做人，结果被教做人的却是自己。

偏偏当他趴在地上一动都动不了的时候，站在一旁的那人还神色平淡地开口："弱成这样怎么保护她，明天这个时候我们继续。"

唐宸差点哭出来。他可是两届省级武术冠军啊！以他的身手保护郁总绰绰有余了好不好！她只是一个公司的总裁，又不是一国公主！总而言之，经过这两天的体（挨）能（打）训练，唐宸对秋屿完全服服帖帖，无论对方说什么，他都会二话不说一一照做！

不，是做得更好！文字说明怎么足够呢？发几个干巴巴的字哪里有实拍实发这样的方式更直观，更清晰？于是，这天从中午到下午，再从下午到傍晚，他如实记录下郁盛的一切行程。

一心想超额完成任务的唐宸并没有发现，自己拍摄的这几条视频里，林亦善每一次都会入镜。好好的报平安任务，硬生生被他弄成了"郁盛被撩全记录"。

林亦善向郁盛讲述自己差点摔成狗啃泥的糗事，郁盛笑了；助理拿着一深一浅两套衣服走到林亦善和郁盛边上请示，林亦善原本看中深色系的，结果郁盛说了一句，他当即抛弃自己的喜好，换上了浅色系的；林亦善在萌宠乐园抱出一只新来的猫猫兔，因为实在太可爱，郁盛就着对方的手摸了猫猫兔好几下。她摸兔子的时候靠得有些近，林亦善看着她一时回不了神，结果猫猫兔跳下地跑了，他又慌忙去追，郁盛又笑了……

手机另一头，再一次收到视频的秋屿眉心紧皱。会议桌上，业务部和风控部几个职员略有些不解地面面相觑。脸色咋又难看成这样，这是今天第几次了？难道这项目计划的问题非常严重吗？可这个项目已经考察数次，相当靠谱啊！

秋屿觉察到气氛的变化，他搁下手机，不再去看唐宸发来的视频，强迫自己专注于面前的工作："没事，继续说这个项目。"

等到这次会议结束他回到办公室后，才发现手机上又来了唐宸的新消息。唐宸发的依然是一段视频，距离上一个视频仅仅半个小时。

秋屿点开，一入眼便是绚烂夕阳下的如镜湖水，还有不远处的翠绿山林和湖畔木屋。

视频里很快出现唐宸的声音："秋屿哥，郁总马上要去吃饭了，你也知道吃饭时不太方便拍摄，所以我提前再拍一条给你，当然啦！主要也是想给你看看这漂亮的景色……"

随着唐宸絮絮叨叨的声音，镜头很快移向湖边木质码头上的两个人影。靠坐在木头圆桩上的是郁盛，她正弯着腰，似乎在看码头下方的湖面，而林亦善就站在她身侧，随着她的手指的方向朝湖面看去。这两个人的身影出现在这样的景色里，犹如一幅唯美画作。

正当秋屿皱眉想关掉视频时，变故陡然发生。

湖边码头上的林亦善不知怎么的脚下一滑，朝水里跌去，在落水的那一刻因为和郁盛离得近，竟下意识伸手扯了她一下。唐宸应该也看到了，视频画面剧烈晃动起来，伴随着唐宸一声"糟了"，镜头顿时一黑，再之后视频没了。

秋屿赫然从座椅上站起。

出事了！

他立刻查看视频时间，是二十分钟前发过来的，他立刻回拨唐宸的微信，微信没有接通。他再次拨打对方的手机，这次里面传来已关机的提示音。他直接按掉，改换拨打郁盛的手机。她的手机同样提示已关机。各种糟糕至极的猜测排山倒海而来，秋屿在慌乱的洪流里微微颤抖，他撑住办公桌，强迫自己冷静下来——没事的，那边那么多人，她不可能真出什么事，最多就是落水。可是这种天气，即便落水也不好受，而且当时她在码头边上，落水时很容易撞到撞伤……

他一边让自己冷静，一边拉开抽屉，翻找出丢在角落的车钥匙，然后取过一旁的外套，带上手机直奔停车场。

听见敲门声的时候郁盛正在浴室里，这是她今天第二个澡了。傍晚时她不小心落水，不得不回来清洗换衣服。现在结束晚餐准备待在树屋里好好享受宁静安然的时光，自然得再洗一次。

一开始她还以为是自己听错了，毕竟这附近几处树屋都隔了一段距离，加上一众人吃过晚餐，才刚刚分开，这个时候谁会来找她？敲门声很快急了起来，郁盛发现不是自己听错，她匆匆关掉水，裹上厚实的浴袍，从里面走至门口处。她没有立刻开门，而是移开猫眼后面的铁盖，朝外看去。

门外暗淡的树灯灯光里，身形高大的男人双手分开撑着门板，眉眼俊美，神色却焦灼不堪。

郁盛马上打开门："你怎么来了？"

对他来说，她此刻的声音犹如天籁，从B城驱车赶来的过程里，各种各样不好的猜测在他脑海里一一演示。以理智来说，他清楚知道她一定没什么大碍，可在真正看到她，亲眼确定她平安之前，他根本没办法理智。

秋屿一言不发快步进了房间，见她裹着浴袍，忙皱眉关上房门，随即将她拉到落地灯旁，借着稍亮的暖橙光线上下仔细打量她："你没事吧？有没有受伤？"

"没有啊。"郁盛莫名其妙，"你怎么突然来了？"

"不是落水了吗？有没有撞到哪里？"他握着她的手臂，撩开她脸颊上的发丝，从上至下仔细查看。

"你怎么知道我落水了？"郁盛觉察到他的紧张，任由他查看自己，"我没事，当时确实被吓了一跳，半个身体都到水里了，还好旁边有人眼明手快拉住我。"

"没撞到？"

"没有。"

"也没完全掉水里？"

"没有。"

秋屿一直提着的心终于放了下来："为什么不接电话？"

“手机掉水里了，湖水那一片还挺深，找了半天都没找到手机，后来还是小唐借了剧组的工具好不容易把手机找回来，但泡水泡了那么久根本开不了机。”

“他人呢？”听她说及唐宸，秋屿顿时皱眉。

“手机里有很多资料照片，他随便吃了点东西就带着手机去附近的连锁维修站了。他今天估计是被我吓到了，跑过来想救我的时候把自己的手机摔了，正好一块儿去修。下次如果碰到这样的情况，你可以打给其他人，章年不是在吗？而且度假村前台已经设好了，你可以直接给前台电话询问我的情况，不用直接开车过来。”

秋屿紧蹙的眉头始终舒展不开，他当时根本考虑不到那么多，和上一次她出事被绑架一样，他一心只想用最快的速度赶到她身旁。

郁盛见他依然一脸严肃地看着自己，冲他轻轻笑了笑：“怎么了，不用担心，我很好，没有事。”

可哪怕她笑着言语安慰他，依然没办法让他将心绪完全平复下来。那种眼睁睁看着她出意外却没能陪在她身边的心情，想伸手却够不到的焦虑，在驱车来这里的一个多小时里反复折磨着他。他痛恨自己为什么要和她冷战，为什么要强忍着顺着她的意思，他明明就放心不下，明明就想跟她一起过来，明明就时时刻刻……都想陪在她身边。

秋屿握着她的手，在指间摩挲，他沉默片刻，再次开口：“我应该陪你一起过来的。”

他不提倒还好，一提起来，郁盛几回送礼遭拒的坏心情再次浮了起来。

她怎么又忘记了，她这会儿应该还在和他冷战才对。她低咳一声，很快调整了语气和表情：“现在说这些有什么用，你不是挺放心我的吗？”

握住她手的指尖紧了几分，秋屿有些艰难地开口：“不是。”

“哪里不是了？明明就是，这阵子你一直都对我放心得很，让你别跟行程就立刻不跟了！如果今天你在场，这事根本不可能发生！我当时虽然没有整个都沉到水里，可也泡了半个身体下去，你都不知道湖水有多冷，我一口气差点卡在喉咙里，后来被人拉上来之后就更冷了，裤子衣服贴在身上像冰块一样！”

面前的女孩还在极力描述当时自己狼狈的惨状，哪怕他明知道她是故意说给自己听的，也没办法控制心疼和后悔：“对不起。”

他伸手握住她的肩膀，指尖轻轻摩挲，每一个字都带着自责：“是我不好，我不应该让你自己过来，我应该陪在你身边。”

郁盛觉得这次不能轻易揭过，重要的是她想借着这个机会把事情问清楚：“道什么歉，你又没做错什么，你只怪我自作主张，不想接受我的礼物罢了。”

“是我的错。”

“当然是你的错！”郁盛一秒改口，“哪有你这样的，我花了那么多心思给你准备礼物，结果你还钱给我，什么意思啊？给你股份你不要，买车给你，你连碰都不碰？有这么嫌弃吗？”郁盛说着说着，觉得自己先前的气又上来了，红润的唇抿着，表情看着委屈得很。

她每说一句，他的心就疼上一分，他原本就对她毫无原则又无可奈何，这一次能坚持这么多天，早就已经到极限了。

“我怎么可能嫌弃，只是那些都太贵重了……”他长长叹了口气，按住她的头揉了揉，“为什么非要送我东西？”

“我就是想给你东西，我想看你收到我礼物时高兴的样子。”她说着，拉住他衬衣的衣襟，抬头看着他，“既然我送的礼物你都不喜欢，那你自己告诉我，你想要什么？”

两人靠得很近，他一只手还握着她的肩膀，另一只手停留在她头上，感觉就像是将她整个人拢在怀里。更别提，她此刻还裹着浴袍，带着水汽的黑色发丝贴着她纤长的脖颈一路而下，消失在被衣领阻隔的锁骨处。纯黑发丝和白皙肤色相触，编织出一个旖旎的梦境，无声无息地诱着他，让他深陷其中。

空气里弥漫着甜柚和樱花的淡香，那是她惯用的香熏浴液，是她身上的味道，是代表郁盛的气息，这浅淡的幽香一丝一缕缠上他的手脚，缠得他几乎动弹不得。而这样的她，就在他触手可及的地方，问他想要什么，他到底想要什么。

秋屿低头看着她，深邃的眸底沉着晦暗不明的光：“只要我开口，你什么都可以给吗？”

“可以。”

她点头说可以的模样可爱极了，让他的心脏化了一块。他看着她，眸底那些晦暗不明的光逐渐被汹涌而上的潮汐所吞没。他听见自己疯狂加速的心跳声，听见自己缓慢而悠长的叹息声，听见心里被他自己亲手筑起的高墙在一一倒塌。

“阿屿，你到底想要什么？”

想要什么？他的手从她的头顶缓缓移到她的脖颈上，他张开手指，轻轻握住她纤细的颈，用拇指的指腹感受她颊边柔软的肌肤。

想要什么？除了她，他什么都不想要。

——想要你。

——每一天，每一刻，心底的情绪都临近崩溃的边缘，无数次，想要丢下助理的身份，对你肆意妄为。

——可以吗？

——小郁……可以吗？

这时的郁盛终于觉察到了一丝异样。

他明明没有说一句话，她却仿佛听见了什么。所有的话语，所有的情绪，都在他的眼睛里。这双她所熟悉的漂亮又温柔的眼睛，此刻深不见底，目光深处有一种逐渐翻涌而上的情绪，太过浓烈，她才刚刚觉察，就已经呼啸着排山倒海而来，霎时间将她整个人包围，困得她动弹不得。有那么一瞬间，郁盛差一点惊呼出声。不久之前，郁有枫曾经对她说过的那些令她气愤不已的话从她的记忆里跳出来。

——你真以为别人都看不出来！

——他眼睛里只有你！

所以，难道那些……都是真的？可这……怎么可能？

她不明白，他在她身边已经三年多了，这三年里他们朝夕相处，那么多独处的时间，那么多的机会，他从来没有过任何逾越的地方……怎么会？

“我……”郁盛突然觉得浑身都不自在，这种不自在不是因为他，而是她自己。

她刚才匆匆出来开门，只裹上了浴袍，她知道他，也了解他，原本并不觉得有什么关系，可现在这样空空荡荡的感觉让她既不自在又没安全感。

郁盛轻轻挣脱他的手："你等等，让我先进去……"

后面的话她说不出口，可她想要离开的举动却让他误会了。

"别走。"男人伸手搂住她的腰，将她整个人拖了回去。郁盛才刚刚转身踏出半步，下一刻却被他整个裹进了怀里。他怀里有春夜草木的气息，清新冷冽。男人的手臂修长有力，几乎不用费什么力气，就牢牢缠住了她的腰。他生怕她再跑，朝旁边的墙走了两步，将她整个人困在方寸之间。

他低下头，抵住她微微躲闪的额头，在她唇前艰难地喘息，带着克制的颤抖："是你要问我的，小郁，我还没有回答你……现在，不许走。"

郁盛被这一声带着微颤的"小郁"炸到后脑勺发麻，那种陌生而又强烈的感觉沿着她的背一路而下。她被锁在他怀里，他体温灼热，哪怕隔着厚实的浴袍，她也能感觉到他身上的温度，让她窘迫不已。

"那天你弟弟在包间和你说的话，我也听到了，他说得没有错，小郁……我想要的，从来就只有你……"他情难自禁，侧着头，柔软的嘴唇落在她唇角，轻轻贴着，像是一个吻，又像只是在汲取她的气息。哪怕只是唇角，也让他感觉到一种头皮发麻的战栗。很软，和他想象中一样，非常非常的软。

郁盛被他唇上的温度烫到，喉咙里发出细微的惊诧声。

他大概觉察到了，指腹在她唇角和唇上流连按压，似乎格外迷恋那里的柔软和温度，好几次，她都以为他会用力亲过来，可最终他却握住她的手，拖到唇边，低头在她指尖落下细碎隐忍而混乱的吻。

"可以吗？这样的事情，你会讨厌吗？"他的气息又压了过来，落在她耳侧，紧紧贴住她的耳垂，声音里带着明显压抑过的颤抖。

这骤然而至的汹涌澎湃的情愫，让郁盛乱得几乎没办法思考。好像有什么东西失控了，脱离了轨道，变得疯狂。她又突然想起自己曾经问过他的那个问题：阿屿，这世上到底有没有会让你疯狂和失控的事情？那时他没有给她答案。可原来，不是他不想说，而是不能说。

如果换作其他人，她恐怕早就推开了，可他是阿屿，现在紧紧抱着她的人是阿屿！

她从来都没有考虑过感情的事，这几年她心里眼里只有事业，一心只想着尽快强大起来，摆脱身不由己的现状，拥有随心所欲的人生，夺走郁贵东这辈子最看重的东西。现在，她的事业才起步，距离目标还很远。如果是其他人，她可以冷着脸断然拒绝。可他是阿屿，他是她最重要的人，一直以来陪伴在她身边的人，是她不可或缺的人。如果她拒绝，他一定会很难过吧？她不想看到他难过，一点都不愿意。

但她真的一点恋爱的心思都没有，满脑子想的都是工作。更何况她一直都把他当作家人，家人可以永远陪伴在她身边，一旦这种关系改变，未来就会充满变数。没有谁能保证一段恋情可以长长久久，一旦分手，可能连朋友都做不成了，那样她就会永远失去他。

她不想失去他……

怀里的人没有开口，这似乎就是她给他的答案。

他缓缓闭上眼，松开圈在她腰上的手，再次睁眼看她时，眸底灼热又期待的光芒已经变得黯淡下来："抱歉，郁总，是我逾矩了。"

他低头轻轻帮她整理被扯乱的浴袍，修长如玉的手指却在微微颤抖。平时那样冷静的一个人，任何时候面对任何人都能独当一面，哪怕遭遇天灾，面临乱斗，都面不改色的一个人，现在，居然在颤抖。

郁盛心里突然涌上一阵刺痛，她踮起脚，紧紧搂住他的脖子，整个人贴了上去："我没有讨厌你！你不要难过，不许难过……只是太突然了，我现在很乱，我需要想一想。阿屿，我不想看到你难过……"

他怔在那里，任由她抱紧自己，心底深处，原本即将熄灭的火焰又因为这温软的身体再一次燃烧起来。

"郁总……"

"没事，你想叫我小郁，就叫我小郁。"她扬着手用力揽紧他，轻轻抚着他颈后的头发，"你让我想一想，好吗？只是，不要难过……"

他回应了她的拥抱，将她紧紧按在怀里，声音温柔：“好。”

她再一次被他圈紧了腰，他的手臂收得很紧，她依然能感觉到他微微的颤抖，可能有些控制不住力度，也可能他已经控制了，但掌握不了分寸。

郁盛轻轻抵了下他的肩：“阿屿，松开一点……”

他松开了她些许，双手却依然搂着她的腰，似乎很不舍得松开。他下意识地收紧手指，再次将她拽进怀里，低头吻住了她的唇。软，很软，有一点淡淡的花香味，很甜。这是他第一次亲一个女孩的嘴唇，还是他喜欢和守护了这么久的女孩，光是嘴唇相贴，就让他止不住地颤抖。

郁盛没明白事情怎么一下子变成这样了。她不是说了要想一想吗？男人的嘴唇温热而软，他不抽烟，也很少喝酒，唇上的气息清新又冷冽，感觉并不坏。

但是——

“阿屿……”她有些焦急地推着他，“我还没有答应……”

他在失控的边缘勉强将理智拉回，稍稍离开片刻，又贴住她的唇再次亲了亲，随后贴着她额头努力平复喘息：“我知道，我知道，抱歉……”

“阿屿，你不能这样……”

她声音里带上一点嗔怪，但并没有对他的厌恶。只要她不讨厌他，这就已经很好了。这几年都过来了，他可以等。

镜子里的她，眼眸水润，嘴唇……有点肿。腰上，似乎还有被他手指握紧的触感。郁盛换上衣服，终于摆脱了空空荡荡，毫无安全感的心慌。刚才推抵间她的浴袍被扯得有些散乱，也不知道他发现没有，有没有看到不该看的……郁盛按了按额角，决定至少今天，先不去想这件事。一切事情，等明天再说吧。

然而，当第二天清晨来临，被清新草木气息和满目翠绿围绕的她却接到了一个奇怪的电话。

昨晚她拿到手机已经很晚了，因为修理手机的地方距离度假村有段距离，唐宸听从她的指示，不光修好了手机，还帮她再买了一个最新款的手机。

唐宸来送手机时，秋屿早已离开了她的树屋。他人虽走了，影响力却还在，对她是这样，对唐宸也是这样。他听说秋屿以为郁盛落水又打不通电话已经驱车从B城赶来时，吓得“嗷”了一声。

郁盛很无语：“阿屿到底怎么你了？”

“郁总，秋屿哥最听您的话了，求求你让屿哥不要再训练我了，我知道我很弱，我不该妄想挑战他……”

听完唐宸颠三倒四的话，郁盛大约明白过来唐宸这次被敲打背后的故事。

“放心吧，他这几天应该不会有心情继续培训你。”其他不说，这点她还是能保证的。

早上她醒来，设了静音的手机屏幕照例有一些未读微信和未接来电。郁盛一一查看，发现有数个陌生号码的未接来电，她这个手机号是私人号码，照理说就算是公事来电也不至于一晚上会出现这么多不同的陌生号。

她还在翻看记录，一个新的陌生号码跳了出来。

郁盛接通之后，电话那头传来一个明显伪装过的古怪嗓音：“郁盛，你的弟弟郁有枫被我们绑架了，给你一天时间，准备好三千万，不准报警。”

“等等！你说什么！”她追着问了两句，对方却已经挂断了。

等到她再打过去的时候，号码却提示是个空号。郁盛皱眉，当即拨了电话给郁有枫，手机却提示已关机。她曾经从新闻里看到过类似的行骗事件，第一反应自然是有人策划骗局，她想了想，还是拨了一个电话回郁家。她打的是固定电话，这个时间就算郁贵东在家也还在睡觉，果然，接电话的是郁家负责准备早餐的阿姨。她没多说什么，直接问郁有枫在不在家。

“少爷已经两天没回来了，前天晚上和老爷吵了一架就开车出去了，昨天没回，也没接电话，老爷正生气呢。”

“他们为什么吵架？”

“好像是……钱的事。”

“家里没发生其他特别的事吗？”

对方回想了一下，然后告诉她说昨晚有电话打家里的座机找郁贵东，结果他接听没多久就破口大骂，让对方转告郁有枫不要玩这一套，他不会相信，之后就挂了电话。

郁盛挂上电话，开始整理整件事。

说老实话，她也不太相信郁有枫真的被绑架了，这又不是小说、电视剧，绑架敲诈勒索比单纯的诈骗严重多了。更何况，对方还把勒索电话打到她这里来，张开口就要三千万，如果真的是郁有枫被绑架，他应该知道她不可能在二十四小时内拿出三千万流动资金。但很快，一段发她邮箱的视频，推翻了她之前所有的猜测。

视频里面，郁有枫衣衫凌乱，被绑着手脚，蒙着眼睛，堵着嘴，以一个狼狈的姿势倒在房间的角落。有人正用脚踹他，画面只拍到那人的脚，他落脚不轻，每踢一下郁有枫就重重闷哼一声，他弓着身体想要躲，却无处可躲。

随视频一起发过来的还有一句话和一张图片：三千万，二十四小时内转入郁有枫这三张银行卡上，否则就让郁贵东白发人送黑发人。

郁盛随即给秋屿打了语音电话："阿屿，可能出事了。"

半个小时后，当郁盛和秋屿还有唐宸走到停车场车子旁边的时候，林亦善赶了过来："郁总，听说你要提前回去了？"

"嗯，有点事，所以得走了。"郁盛停步。

林亦善神色有些不安，语气带着愧疚："昨天真的太抱歉了，我不是故意拖你下水的，我再次和你道歉，希望你不要放在心上。"

郁盛笑了笑："我没那么小气。"

"真的？那你今天一大早就……"

"我不是说了吗？我有事处理，我不至于因为这点事说谎。"

"我没有那个意思……"林亦善郁闷地发现自己似乎又说错话了，他内心无助的恶熊已经咆哮不起来了，只能弱弱开口道，"郁总，如果你有时间，可以来Q城探班，剧组已经换到Q城了，听说你爱吃海鲜，我知道Q城有几家海鲜店东西新鲜口味又好，到时可以带你去。"

郁盛从林亦善最初和自己搭讪就知道他对自己的想法，她对对方没有公事方面的诉求，自然也谈不上交际应酬，会加对方微信也是因为给自己的朋友圈扩一个名单。从前听到这样没有定期的邀约，她估计顺口就应了，毕竟应了也不代表真的会赴约。可现在，她突然下意识朝秋屿的方向看了眼。

他就在她身侧不远处，开着后备厢，将她的东西放置进去。其实她没什么东西，就一个装着洗换衣物和洗护用品的小型手提旅行袋，可他却已经放了很长时间都没放好。郁盛看着他沉静俊美的侧脸和全神贯注的模样，有点想笑。她真没想到，像他这样性格的人，居然也会一本正经假装做事。

郁盛回头，朝林亦善道："这几天有些事要忙，下次有机会，我会去Q城探班的。改天见。"

林亦善听出这话里的意思，她会去，这是礼貌应对，但她去的主要目的是为了探班，而不是和他去吃海鲜，这是礼貌拒绝。事实上，《重启人生》原本就是迷你剧，只有十八集，拍摄工作很快就会全部结束，他估计都等不到她来探班。

林亦善心里有说不出的失望，还想再开口说些什么，一旁高大的男人却关上后备厢，走至郁盛身侧，微微俯身朝她道："郁总，该出发了，你坐小唐的车，还是我的车？"

郁盛原本想说坐唐宸的车，可她回头看向秋屿时，他也正朝她看过来，目光比往日更加温柔。

她心里一软："坐你的车吧。"

他将拎在手里的一个纸袋递给她："之前让厨房煮的鱼片粥，你还没吃早饭，正好在车上吃点。"

郁盛接过："那你呢？"

"我已经吃过了。"他说着，走到后座拉开了门，"走吧，先回B城再说。"

郁盛想起郁有枫那个视频，心情低落几分。她回头，朝林亦善颔首示意了下："好好拍戏，再见。"

"再见。"林亦善目送她上车，再目送她那位助理坐上驾驶座，倒车驶离。

他总觉得，那两个人之间好像和以前不太一样了。可具体是什么，他又说不上来。只是，她身边常年跟着一位这样长相和气质的男助理，其他容貌和气质稍微逊色一点的，她可能根本不会看在眼里吧。唉，做人好难，做明星更难，好不容易看上的漂亮妹子是他的甲方老板，让他的追求难度开局就是地狱级别。

林亦善拿出手机，借着后方山清水秀阳光和煦的天然背景，找准角度熟练地拍了二三十张自拍，随后找出自己认为最帅的一张，修了下图，直接发了朋友圈，配文：期待，从每一个明媚的早晨开始。之后，他想了想，又把相同的图文发上了微博。

微博和朋友圈不同，图片上网没几分钟，粉丝留言就直接破了万。热情粉丝们的嗷嗷号叫，让林亦善郁闷的心情舒缓不少。如果有一天，他真的能追到郁盛，他一定要把这些图片背后的含义都告诉她，好让她知道，那些让无数粉丝喊“老公真帅”的自拍，都是为了她才有的。

他想象着他说这些事对方可能有的感动模样，内心的恶熊又一次生龙活虎地咆哮起来。

第 十 六 章

我想抱抱你

郁家别墅。

前来开门的阿姨看到郁盛出现，露出诧异的表情，从一月份至今，她已经将近四个月的时间没回来过了。虽说她只是个做事的保姆，但郁贵东平时的一言一行众人都看在眼里，说到底，换成普通人家，哪里有像他这样的父亲，这么聪明漂亮的女儿，家里又不是没钱，非要逼着她订婚，去讨好男人。只是这些心思想法，平时她和其他在这里工作的人一样，都只能牢牢憋在心里。

过年前这父女俩终于闹翻，郁盛离家，郁贵东血压飙升差点送医院，在他们看来，这并不是解决问题的好办法。郁盛毕竟还在读大学，真离开了家，以后的日子怎么过。但这些想法，终究也只是想法，他们再同情她，对方也是主人，他们无能为力，甚至这么多年也从来没想过要多加照应她。他们只想老老实实地打工，拿到该拿的钱，安安稳稳地过日子。

可很快，这个家也不安宁起来，郁贵东的婚宴上闹出了丑闻，新娶的郁太太比郁盛还年轻，还因为丑闻被禁锢在家里。保安来了一个又一个，把别墅看守得和牢房一样。再后来，新娶的郁太太跑了，家里的主人只剩下两个，可这两个人也不消停，三天两头就要吵一回。而前天晚上，郁有枫也跑了，直到现在都没回来。他们其实都不太理解，和他们相比，郁家已经足够有钱了，照理说生活应该无忧无虑才对，可这日子怎么过得比他们还不如呢？而今天之后，他们会发现，有些事情，没有最差，只会更差。

郁盛制止了对方想进屋通知郁贵东的意图：“我不是来见他的，只是过来做准备工作，你去把今天在别墅的所有人叫到客厅里。”郁盛想了想，又道，“如果郁贵东问起，也让他下楼去客厅。”

十分钟后，一袭黑色西服、身高腿长的男人走进客厅，直接走至落地窗前的郁盛身边，俯身在她耳边道：“郁总，对方已经乔装好了，还有五分钟抵达。”

郁盛“嗯”了一声，回头看向已在阿姨通知下陆陆续续来到客厅的几个人。因为秦艺心跑了，原先的保安撤掉，如今在郁家帮工的人并不多。但郁贵东讲究，越是被人叫暴发户就越喜欢排场，所以里外加起来也有五六个人，三个阿姨负责三餐和别墅内的卫生，两个园丁、一个司机。

楼下的这番动静终于引起郁贵东的注意，他站在二楼楼梯口，皱眉训斥众人为什么不去干活，再之后，他看见了站在落地窗前的郁盛。

“你回来干什么！怎么，钱花光了过不下去了？一回来就搞这些，你以为这旦是你能做主的？”

郁盛面无表情地看着从楼梯上下来的郁贵东，几个月不见，他看起来愈发阴郁了，脸上皱纹也多了不少，看起来秦艺心没少折腾他。这可能就叫恶人自有恶人磨吧。

“你还有心情训我？郁有枫出事了你不知道？”

郁贵东冷笑两声：“你以为我会上当？他也不是第一天为了钱的事和我闹腾。”

“所以，你明明昨晚就接到了电话，却到现在都没有行动。”郁盛语气嘲讽，“也是，在你眼里，人哪有钱重要。”

“怎么，现在你们两个打算联手一起来骗我？”

郁盛懒得再开口，事实上也不需要她来开口。郁家别墅再次进来了几个人，一个个西装革履，看起来像是来做客的贵宾，但实际上，这些都是刑警乔装打扮的。

郁盛第一时间就报警了。

所有的绑架案里，绑匪都会要求不许报警，然而实际上，不报警的那些案例里面，被绑架的人更容易被撕票。郁盛相信警方，报警后将所有情况一一说明，而这后面的其他事，她都是依照吩咐进行。回郁家，召集所有在郁家做事的帮工，让便衣进入郁家。他们会先从周边的人开始调查，他们需要先排除这次绑架事件是不是郁有枫自导自演，调查是不是身边人作案，才能继续后面的工作。

但因为目前绑匪只给了二十四小时，所以调查不仅要低调保密，速度还得快。

刑警的程序非常专业，一进郁家先排除别墅内被装监控监听设备的可能性，然后在座机、郁贵东的手机以及郁盛的手机上都装上了追踪系统。之后，几个帮工被分别隔开带去问话。

郁贵东则同时面对两个刑警的询问，一时之间，紧张的气氛在别墅里无声蔓延开，即便他原本再不相信，这会儿也已经信了七八分。相信之后，怒气却又忍不住攀升，扭头责骂一旁的郁盛，问她是不是想害死郁有枫，明明接到电话给钱就行，她居然还报警！

“哎哎，怎么回事呢？当我们不存在啊？出了事不报警，居然还责怪报警的人，你这是什么想法？”那两个刑警听不下去，直接开口教育了郁贵东一通。

郁盛根本没搭理他，要不是这件事人命关天，她根本不可能再回郁家，不过既然回来了，她也没把自己当客人。她早上一路和秋屿从度假村赶回来，这会儿临近中午，他们饭还没吃，自然没有让自己饿着的道理。她见两个阿姨已经被问话完毕，便让她们去准备午饭，一则她要吃，二来也想给这些工作的刑警提供良好的工作环境。

“没事，你们不用操心我们的饮食问题，我们是来工作的，这些都有准备。”刑警领头的那个人朝某个人示意了下，那人将原本搁在门口的两个黑色手提包拿了过来，搁在沙发前的茶几旁边。这两个包里，一个装着瓶装矿泉水，另一个装着各种三明治和饭团，都是简易且能饱腹的食物。

那人搁下后就不管了，显然是让需要的同事自行取用。

别人工作有工作的规矩，郁盛没有多劝，直接吩咐阿姨依照自己的口味做几个菜，送到一楼的玻璃花房里，她等会儿在那里吃，以免饭菜的味道打扰便衣工作。花房就在客厅落地窗旁边，如果这里有什么情况需要她，只要敲一敲落地窗玻璃，她就会听到，能第一时间走过来。

“你还有心情吃饭？”郁贵东皱眉阴恻恻地看着她。

郁盛毫不客气：“你还是闭嘴吧，现在最没资格开口的就是你，儿子被绑架，绑匪都把电话打上门了，你居然还觉得他是为了钱自导自演？要不是我报警，过两天你可能得去医院认人了。”

目前在警察快速有效的调查下，已经排除自导自演和身边人作案这两点猜测。案件已经被确认为绑架，所以现在他们正在追查郁有枫最后出现的地点和见过的人，找到犯罪嫌疑人，这些需要他们花费大量精力用电子仪器排查。

郁盛这话几乎就是明示了，郁贵东虽然不靠谱，但听到这里还是异常恼怒：“逆女！你这个孽障！有你这么咒自己亲弟弟的吗！”

郁盛只当没听见，径自用一旁吧台上的咖啡机煮了两杯咖啡，然后带着秋屿绕过客厅去了花房。

花房其实就是个玻璃屋，一般有钱人家的别墅旁都有一个这样的房子。玻璃屋里面四季如春，种植了一些比较娇贵的花卉和绿植，中央是个很小的喷泉造景，喷泉南侧则摆放了一些黑色铁艺桌椅，刚好能在这里喝杯咖啡休息一下。郁盛脱下薄呢休闲西服外套，正要搁到一旁，身侧的秋屿已经接了过去，替她叠好搁在一旁的椅背上。

郁盛看了眼他清隽的眉眼：“阿屿，你要不要先回公司？”

他侧眸朝她看过来，午间阳光透过花房顶部弧形的玻璃落进来，穿过一株藤蔓植物的枝叶，在他立体俊美的脸上洒下星星点点的金色碎芒，他深邃优美的眼睛温柔而沉静，同以往任何一天没有丝毫区别。

郁盛突然有点恍惚，这样冷静端肃的秋屿，和昨晚将她重重抵在墙上，气息混乱，失控般亲吻着她的秋屿，真的是同一个人？

“我先不回去，我不放心你一个人待在这里。”他说着，从一旁的包里取了笔记本电脑出来，这是先驱车回公司的唐宸替他从公司办公室拿来的，“今天和昨天一样，主要的工作是开会，远程办公就可以。”说着，他又将她平时使用的平板电脑递给她，“之前岳栋提过的那个子平台的事，对方发了计划书过来，这个项目不着急，你慢慢看。”

“嗯。”郁盛还是比较习惯他聊工作的样子，她伸手去接平板，但他没有递给她。

她正疑惑时，他落下眼帘，直接走到她身侧，弯腰亲自替她将平板支在桌上，之后解锁平板，修长手指点开文件夹，然后是文件。

郁盛被这细致周到的举动弄得有点蒙，她端起咖啡喝了两口，见他还在帮她调整文件的字体大小，顿时有点无奈：“阿屿，我自己来吧。”

“没事。”他低沉的嗓音在她耳旁响起，“我想帮你做这些，前阵子是我不好，现在帮你补回来。”

郁盛揉揉被他气息抚弄的耳朵，回头看向他：“你是不是故意的？”

她手里还端着咖啡，红润饱满的嘴唇上沾上了一点咖啡液，他看着她唇上那一点液体，目光渐深。

郁盛预感到什么，侧着头想躲，对方的大手却已经握住她脖颈，整个人倾靠过来。男人的指腹按上她的唇，在她诧异的眼神里，专注认真地替她抹去了唇上的咖啡液，一遍又一遍，一遍又一遍。

郁盛：“……”

再擦就破了……

“好了。”他再开口时，嗓音有一些微哑，睫毛轻颤。

这样的秋屿竟让郁盛生出一种罪恶感，就好像让他如此克制压抑是她的错，她不该这样冷酷无情。

郁盛不知道自己怎么会有这样的错觉，她拉下他还握住自己脖颈的手：“先工作吧，今天会很忙。”

午饭过后，别墅客厅里传来一些动静，郁盛从中听见了熟悉的嗓音和郁贵东略带惊讶的说话声。她关掉看到一半的文件，朝正戴着耳机和公司那边开视频会议的秋屿打了个手势，表示自己去客厅看一看情况。

他按住耳机上的话筒：“有事吗？我陪你去。”

“你开会，我去看看就来，就在别墅里，没事的。”郁盛说着，绕过造型喷泉和两侧种满花卉的小径，走进前面的客厅。

偌大的客厅里，将两张茶几当作工作地点的刑警还在忙碌。而在客厅另一侧的吧台区域，身着手工定制西服的男人在听见脚步声后回头朝她看来。他指间夹了根烟，额发后梳，戴着金边眼镜，冷峻的脸孔上没什么表情，郁贵东陪在旁边，不知道说了一句什么，引得他眉头微皱。

果然不是她听错，来人真的是顾觉。

她记得上回见他还是在Q城的时候，当时他以为她进了娱乐圈，还因为林亦善独自脑补了一出大戏。那时《重启人生》还没开拍，她顾及自己投资的剧，默认了他的脑补。她还记得因为她不客气地怼了他，他走的时候愤怒不已，所以今天这是什么情况？他怎么突然来了郁家？

两人对视片刻，顾觉似乎在等郁盛上前，可郁盛没有上前，甚至还想走。

“过来啊！站在那里干什么？”郁贵东尽量把语气放得“温和慈祥”，瞪着她的眼珠子却快要从眼眶里凸出来了。

郁盛没搭理他，正要走，顾觉却突然掐了香烟，迈步朝她走来。

“你怎么样？”他低头看着面前许久不见的女孩，她穿了件黑色露锁骨的毛衣裙，D家的经典款，高腰设计，将她纤细的腰身勾勒得格外诱人。顾觉手指微动，他揽过她的腰，他知道她那里有多软。

“什么怎么样？”郁盛被问得莫名其妙。

“你弟弟的事我知道了。我知道你不仅接到电话，还收到了视频，没事吧？别担心，一切有我。”

他是两个小时前从相熟的内部人士那里得知这件事的，对方知道郁盛是他的未婚妻，现在出事的是郁盛的弟弟，也是他的小舅子。出于人情，对方通知了他这件事，也表示不用担心，因为调查已经在快速有效地进行中。顾觉把声音压得低且缓，他身上没了上次见面时的恼怒和阴郁，似乎因为发生了这样的大事，暂时把属于他和她之间的私人旧怨收了起来。如果换作他以前那些女朋友，突然见到他这样不计前嫌的关心模样，估计得感动死了。只可惜，现在站在这里的人是郁盛，她的关注点永远让他料想不到。

“你怎么会知道我弟弟的事？这件事目前还是保密的，更别提电话和视频这样详细的细节。”郁盛眼底带上了怀疑，“是谁告诉你这件事的，告诉我名字，我要去投诉这个人。”

“……”

“还有，别说什么一切有我这种话，你是会查案，还是会分析追踪？关键必要的时候，你能一打几？”

“……”

“所以，其实你根本帮不上任何忙，还是别张口说大话的好。最后，别和我扯你的人际关系，现在这是刑事案件，而他们是公务人员，有没有你的人际关系，他们都一样会尽心尽力地做事。”

顾觉一时间被她说得哑口无言，他表情微怔地看着面前人，片刻，轻轻勾唇笑了笑：“真奇怪，我竟然有些怀念你这张能说会道的嘴。”他突然伸手捏住她下巴，想去抚她的唇。

郁盛当即避开，同时拂掉了他的手。

顾觉的脸色因为她这个动作而沉下，他的视线落在她唇上，真可惜，他和她订婚三年间，居然从来没有想过吻她。这样一张丰润柔软又言辞犀利的嘴，亲吻上去的时候，感觉应该会很好吧。

郁盛看到他的目光，起了一身鸡皮疙瘩。秋屿眼底也同样有过对她的渴望，她不明白为什么顾觉的这种侵略性的打量会让她如此恶心。

“麻烦你自重一点，我们已经分手了，如果你喜欢被人怼，可以付钱让其他女人来怼你，你是顾觉，自然会有愿意的女人送上门玩这套，犯不着倒贴着来我这里找骂。”

这话几乎已经明明白白在说他贱了，尤其在今天这种情况下。他因为知道她家里的事主动现身，原本想借着帮忙让她明白，虽然她不识好歹又固执，但他依然愿意帮她。他想看到的，无非是她的主动示软，就像过去那样。可现在，她这样油盐不进，浑身带刺，他心里才起的那点温情和对她的关切此刻散得干干净净，留下来的是比上一次更盛的恼怒。

“我怎么从前没发现你这么有骨气？”他脸色阴郁，“看来，你是真的很想和我解除婚约。”虽然当初他放了狠话，勒令她反省，但他们的婚约依旧存在，他并没有公开解除。

在顾觉看来，她再不懂事，这件事都只存在于两个人之间，他可以因为生气勒令她反省，也随时可以因为气消了而解除对她的冷待。总而言之，这是他和他两个人之间的私事，可如果要上升到婚约，就是顾家和郁家的事。当然，无论是顾家还是郁家，现在都是他一人可以拿捏的，这个婚约到底存不存在，归根究底只在于他一句话和一个态度。可有的时候，一个人能够掌控的东西太多，反而只会对脱离掌控的人和事感兴趣。如果，她没有露出这样浑身带刺的冷傲模样，如果她能说一句软话，他大概愿意让一切回到从前。而现在，他觉得自己或许应该用另一种方法。

“你真的那么想解除婚约？你想清楚后果了没有？”

郁盛没有说话，甚至还朝他露出一点嘲讽的笑意。她太了解顾觉了，如果现在她开口，催着让他正式解除婚约，他说不定会和她对着干。他能解除最好，不解除她也不怕。她早已离开郁家，郁贵东答应的婚事不可能约束得了他。再不济，她还有当初的视频，在这个“网络舆论搅天下”的年代，要是他真想反悔，她随时能用视频在网上煽动舆论做文章。最后这一点，说不定还可以给岳栋那里添砖加瓦。

岳栋大半个月前联系过她，当时他打了一通电话过来，主要是想再次确认她和顾觉有无关系，或者说是想要确认她对他是否还有感情和不忍之心。她当然不会觉得对方这番举动是想要追求自己，她知道岳栋欣赏她，但真没到想追求她的地步。她大概猜到岳栋准备做什么，于是很清晰地告诉他，她这个未婚妻从头到尾就只是挂了名而已。她和顾觉没有情感上的关系，也没有身体上的关系，过去是如此，现在已分手，且未来也不会复合。

岳栋当时在电话那头沉默了很久，他大概猜到她已经知道了一些事，但他最终还是没有问。因为如果开口问，就要提及他心底最深的伤痛。年幼时被拐的妹妹，多年以后好不容易确认了消息，等来的却是巨大的噩耗。如果他妹妹现在还活着，有岳栋这个哥哥背后的资源，她完全可以被捧成娱乐圈的宠儿，尽情做自己喜欢的事，活得自由自在，享受美好的生活。

可这一切，永远不可能实现了。

他的妹妹因为不堪的待遇而退圈，并且因此而发生车祸，哪怕事后明灿内部自称已报警处理并发布声明，并没有对艺人的不公平待遇之事发生，然后把这件事撇得干干净净，但在岳栋眼里，明灿影视这样的公司根本没有存在的必要。

那天她结束和岳栋的通话后，让秋屿把调查到的顾家老爷子的资料匿名传给了岳栋。顾家的顾老爷子，其实还有一个私生子，并且刚好在顾氏总公司某个部门任职。对方是否有企图和计划郁盛并不清楚，但她觉得如果岳栋准备动手的话，这个消息有可能会帮到他。

这阵子，明灿先后被爆出丑闻，看似常态，但在郁盛眼里，这大抵是风雨欲来的前兆。而顾觉，到底是太过自信，还是根本不在乎明灿那点产值?

郁盛想着，眼里的嘲意更甚。

顾觉眯起眼盯了她片刻，弯腰凑到她耳旁道："那就祝你好运了。"

他拍拍她肩膀，没有理会吧台前一直用殷切目光看着他的郁贵东，直接出了别墅客厅。

顾觉一路走出别墅院门，上了停在一旁的宾利车的后座。他脸色阴沉，司机老钟竟一时不敢开口问他是不是准备离开。

顾觉直接给秘书打了电话："去查一查，郁盛签了哪家娱乐公司，如果公司小，就把那家公司买下来，如果是大公司，就看看能不能注资过去。另外，把顾家和郁家解除婚约的消息放出去。"

"啊？是，顾总。"显然，顾觉最后一句话让秘书愣了下，他很快应了，又有些犹豫着说道，"顾总，您昨天和夏小姐吃饭的约会又被拍了，照片我这里已经拦了下来。您那边……是不是联系一下夏小姐？"

在秘书眼里，这件事其实再清晰不过，以往顾觉身边那些女人，也不是没人用过这招。但他知道，在顾觉眼里夏娃总归是特殊的。他只是个秘书，也不能多说什么，只能多长眼盯着，然后旁敲侧击。

顾觉这阵子不是第一次听到类似的话：“第几次了？”

“第三次。夏小姐近来因为参加综艺人气暴涨，盯着她的狗仔也多，所以……”

“行了，我知道了，先去办我刚才说的事。”

“好的，顾总。”

挂掉电话后，顾觉吩咐老钟开车回公司，车子在郁家别墅前的车道开过，然后拐入别墅区的主路。顾觉无意一瞥，透过车子侧后方的低矮绿植，似乎看到郁盛从别墅侧面的另一道门走出去，走向花房的位置。而在花房的门口，远远地似乎站着一道高大挺拔的身影。

因为车子驶上车道后加速，顾觉只是匆匆一瞥，别墅那里的光景就已经看不到了。

郁盛冷着脸，在郁贵东不断的盘问里走出了客厅。顾觉没让她心情变坏，但郁贵东实在聒噪，亲生儿子被人绑架情况未明，居然还有心思惦记顾觉？如果不是因为手机里装了追踪系统，必须得留在这里，她早就离开了。

秋屿正站在花房门口，见她过来，直接伸手将她揽了过去：“没事吧？”

刚刚应付完油腻的顾觉，此刻闻到他身上清新冷冽的熟悉气息，她感觉一下子就舒服起来，下意识伸手揪住他的衣襟，用脸颊蹭了蹭。

她听见男人在她头顶轻轻开口：“郁总……我来吧。”

来什么？郁盛还在想，揽着她的男人已经轻轻抚过她肩膀，随后气息压了下来。她只感觉眼前一黑，男人柔软的唇已经贴上了她的下颚。一点点细致而温柔的亲吻。他的气息灼热黏人，鼻尖蹭过她的鼻尖，凝视她的眼底带着化不开的深情，让郁盛的头脑有一点发昏。

秋屿拇指的指腹抚过他刚才亲吻过的地方，开口时嗓音带了些喘，清冷不再，温柔的目光定定地落在她唇上：“好了，已经帮你擦干净了，不会再有他的味道。”

郁盛：“……”

所以，他是想说，他刚才又亲她，是因为看到了客厅里面的动静，以为她想在他衣服上擦掉顾觉的气味，所以在帮她?

“阿屿你……”她反手去扳自己后腰处越收越紧的手，很想生气，却发现自己好像气不起来，她故意将脸色放得正经，“好了，那我们继续办公吧。”

刑警没让他们等太久，一个小时之后，有人敲了敲客厅落地窗的玻璃，通知郁盛进去。

“怎么了？”

“我们已经排查到郁有枫失踪前最后见的人。”那人是个程序员，说着，将茶几上的电脑转向郁贵东和她。

电脑屏幕上是一张俯拍的照片，应该是某个摄像头监控的截图。照片里的女孩很年轻，穿着一身全黑的运动服，戴着棒球帽，帽檐遮挡住了她半张脸，但因为一个侧头的动作，她的眉眼暴露在了监控器的底下，凤眼薄唇，很是冷艳的一张脸。

“是她！”郁贵东认出了对方，顿时怒不可遏。

“郁先生，如果你知道她的名字，请告诉我们，可以节省我们的调查时间。”

郁贵东捂着胸口平复了数下才开口：“她叫秦艺浓，是我……太太的姐姐。”他见对方有些诧异地看着自己，心下不快，“不是他们的妈，是我新娶的老婆。她……和我有了点矛盾，之前有一次她姐姐来看她，之后两个人一起离开，我一直没联系上她们。”

别人家的秘事几个刑警没有兴趣打听，但因为涉及了新的近亲，这里面的人物关系必须得理清楚，所以两个刑警又一次带着郁贵东去了餐桌旁边开始问话。

郁盛看着电脑上年轻女孩的脸，突然皱起眉。

“怎么了？”秋屿留意到她的异状。

“我见过这个人。”她一开口，旁边的刑警立刻看向她。

郁盛看向秋屿：“她是上一次，在高速休息站绑架我的人之一。”

她终于想起上一次听郁有枫提到秦艺浓这个名字，她为什么觉得熟悉了，绑架她的另外两个已经落网的罪犯曾经称呼对方为浓姐。更远一点，在秦艺心和郁贵东结束前，她在婚纱店对面的马路上看到的那道有些眼熟的纤细背影，应该也是秦艺浓。如果是秦艺浓绑架了郁有枫的话，说不定如今她在监狱坐牢的那两个前同伴，会知道些什么。

刑警的行动能力非常快，在重新对郁贵东以及郁家几个帮工提问后，很快理顺了秦艺心、秦艺浓两姐妹和郁家的纠葛。

秦艺心给郁贵东戴了绿帽子，肚子里怀的孩子目前还不知道是谁的；秦艺心婚后和郁贵东矛盾不断，又被软禁在郁家，所以秦艺浓想办法带走了她；郁有枫前晚和郁贵东争吵离家后，跑去酒吧喝酒，在酒吧里意外看到秦艺浓，他跟着对方离开酒吧，最后一次出现在监控摄像头里的时候，他已经追上秦艺浓并且和她说话，还疑似发生了争执和肢体冲突。

昨天晚上郁贵东接到郁有枫被绑架的电话，但被郁贵东认定为郁有枫自编自导，之后郁盛也同样接到不明电话，但因为设了静音没有接通。之后，郁盛于今晨接到绑匪电话和视频，确认郁有枫已失踪两天，之后报警。在这整个事件里面，除了秦艺心秦艺浓两姐妹，还藏着第三个人，那个人就是秦艺心婚前的男友，也极有可能是她肚子里孩子的父亲。

之后，刑警兵分几路，几个人去秦艺心原先的学校找她的男友；几个人去监狱找曾经绑架过郁盛的秦艺浓同伙；剩下的人则留在郁家，等待随时会打电话过来的绑匪。

但接下来的调查就没那么顺利了，秦艺心的男友不在学校，秦艺浓同伴提供的一处平房住宅里面早已无人居住。当天下午四点左右的时候，郁贵东再次接到绑匪电话，对方情绪激动，撤回了原本二十四小时的时限，要求他立刻交付赎金，将钱分别打到郁有枫的银行账户和另一张他们提供的银行卡上，赎金也从三千万降到了八百万，如果一个小时内没有打钱，立刻撕票。

郁贵东又急又怒，火冒三丈，谴责警方办事不力，打草惊蛇。

警方没有理会郁贵东的怒喝，在接通电话的那一秒就开始做事，同时暗中示意郁贵东拖延通话，通话结束后，留在别墅的几个刑警也立刻出动，仅留下一人方便调度。这一次，对方在全监控下来电，等于把自己暴露了出来。

几方人马雷霆行动，于一个多小时后，在B城郊外半山腰一处破旧平房里将绑匪嫌疑人秦艺心和她的男友抓获。平房里的某个房间，正是他们用来关押郁有枫的地方，视频里郁有枫被捆绑踢打的地点就在这里，地上有吃剩下的散乱饭盒，还有几截断掉的绳索，绳索上还有血迹。任凭秦艺心两人再喊冤，罪证确凿之下，两人当即被带走。然而之后警方寻遍周围，都没有找到郁有枫和另一个犯罪嫌疑人秦艺浓。这座平房位置偏僻，出入只有一条路，附近也没有其他住户，之后根据秦艺心的交代，其实在他们打电话催交赎金之前，秦艺浓和郁有枫就失踪了，他们怀疑秦艺浓想独吞赎金，才会慌乱之下再次打电话要求提前交付赎金，这才让警方顺藤摸瓜找到他们。

绑匪抓住了，郁有枫却失踪了，郁贵东在别墅气得开始乱砸东西，指责是郁盛引来了这次绑架事件。

“那个秦艺浓就是冲着你来的！否则怎么会第一次绑架了你，第二次又绑架了有枫！如果你弟弟出了什么事，你也别想好过！”

郁盛原本就在担心郁有枫，听到他这些话，直接伸手砸烂了他最喜欢的一个古董：“再说，你多说一句我就多砸一个。每次发火只会砸点不值钱的东西，砸玻璃杯有什么意思，要砸就砸古董啊！砸你最爱最值钱的古董，才能体现你此刻愤怒的内心。”

郁盛说着，又举起另一个价值不菲的古董。

郁贵东想上前，却被秋屿牢牢挡住，气得他只能徒劳地怒骂：“你疯了啊！刚刚那个花了我八十万！”

“你娶的老婆给你戴绿帽子，还和你的小姨子绑架了你儿子，和我有什么关系！郁贵东，要不是你见色起意，会弄到今天这地步吗？你也不照照镜子，就你那又老又发福还花心的样子，比我还小的漂亮女孩能真心爱你?

“她贪图你什么？贪你的啤酒肚？婚礼那天闹出丑闻就算了，你一个生意人不懂什么叫及时止损吗？不去做亲子检测，还把人软禁在家里？你以为谁都能任你拿捏？兔子急了都咬人，狗急跳墙的道理你不懂?

“郁贵东，你不觉得你很失败吗？现在你儿子下落不明，你却只会在这里冲我无能怒吼，发泄你无能的怒气，掩盖你无力的内心，却连一个值钱的东西都不舍得砸。”

郁盛说着，手指再次一松，古董应声而碎。

“逆女！你这个逆女！”郁贵东捂着胸口，不知道是心疼，还是又犯病了。

郁盛不再理会他，两个绑匪嫌疑人已经落网，剩下的那个正被通缉，她也没必要继续待在这里了。她给刑警留下自己的手机号，让对方有消息立刻通知自己，然后带着秋屿离开了郁家别墅。

漫长的一天即将结束，这不是她的家，她会回去自己的家，等待寻人结果。

黑色SUV在公寓楼前停下，秋屿下车给她开了门，她坐在车里，看着不远处的路灯和路灯下的长椅，怔怔出神。冬天的时候，清瘦秀气的少年曾经数次在这里等她回家，有时会上前一脸不满地抱怨，有时会笑着冲她撒娇。如果哪天她同意他留下在她公寓吃顿饭，他会高兴很久。

她还记得最后一次见他的时候，她在他离开前泼了他一脸橙汁，她告诉他，他们的那一半血缘关系毫无意义。

来B城这些年，那些和郁有枫有关的记忆总是不太美好。大多数时候，他总是阴阳怪气，就连笑起来的时候眼底也总是带着嘲讽。她也不止一次因为他，被郁贵东训斥和惩罚。她总以为他是幸运的那个，从出生开始就拥有一个完整的家庭，虽然后来他妈妈车祸去世，但至少他爸爸一直都在他身边。后来她才明白，其实他和她是一样的，一样的孤单寂寞，所以才总是一次次地试图用各种方式引起她的注意。好的，坏的，哪怕她骂他，讨厌他，对他来说也比完全无视要好。

“郁总。”秋屿的声音在耳旁响起。

郁盛回神，拢紧薄呢休闲西服的外套，下了车。

“我陪你上去吧。”他拉住她手臂。

“不用了。”她抬头看向他，给了他一个浅淡的微笑，“你也累了一天了，早点回去休息吧。”她说完，独自走进了公寓大厦。

郁盛很累，却完全没有睡意。

她在落地窗边的白色长绒毯上坐了一会儿，一边看着落地玻璃窗外的都市夜景，一边摩挲着手机，许久之后，她才想起来自己还穿着外出的衣服。她叹了口气，起身上了楼梯，进房间取了干净居家服准备洗漱。

秋屿在这时来了电话，她一边接电话一边拧开了一旁的水龙头。

“怎么了？阿屿，你到家了吗？”

“到了。”电话那头很安静，他的声音也格外温柔，“你刚才晚饭没吃多少，如果饿的话冰箱里面有上次包好的饺子，一袋正好是你能吃完的分量。”

“没事，我不饿，今晚警方那边随时可能来电，我打算先睡一会儿。”她说着，用脚试了下水温，之后发现洗发水用完了，又踮着脚伸手去吊柜里面取。

“好，那你早点休息……”秋屿的话被电话那头的低呼声打断，伴随低呼声的还有“哐当”的声响，最后通话中断了。

他“喂”了两声，没继续等下去，直接转身出了公寓门。他没去按电梯，直接进了楼梯间，两层楼的距离，对他来说不过瞬间就到了。郁盛公寓的密码他自然知道，公寓一层灯光大亮，但没有人在，他反手关上门，皱眉朝楼上看去。

“郁总？”

他腿长，一步两阶很快抵达上层，办公区域也没有人，后面房间的门开着，灯光黯淡，他快步走进房间，因为房间里洗手间的门开在左侧，直至他踏入房间才发现洗手间的门也开着。洗手间烟灰色的磨砂地砖上，郁盛正侧身坐着扶靠在原木色木桶的边沿，伸手去水里够着什么。水还在放，从莲蓬头里落下来，弥漫了满室的蒸汽。

秋屿抬眼的瞬间又赫然侧头避开。哪怕里面蒸汽弥漫，也遮挡不了那细腻柔软近乎耀眼的白。秋屿干脆整个人完全背朝她的方向，还闭上了眼睛。只是那一眼的瞬间冲击，仿佛迎面冲来了一辆汽车，将他整个人撞得近乎晕厥。

他收紧手指，耳旁仿佛听到了血液逆流的声音："郁总……你没事吧？"

洗手间里因为水声而有些嘈杂，郁盛摔得不轻，然而让她无语的是自己的手机二次遭殃，又掉进了水里。她这会儿倒有些佩服自己的先见之明，上次让唐宸在修手机时又给她买了个新的，现在只要捞起来把卡装进新手机里就能用。

她膝盖生疼，一时爬不起来，手刚刚够到手机，一旁却好像传来了秋屿的声音。这是什么灵异事件，她手机都掉水里了，居然还能继续通话？郁盛很快发现，秋屿的声音并不是手机里传来的，而是来自她的身后。她缓缓回头，发现不是自己的错觉，那个两分钟前还在和她通话表示已经到家的男人，此刻正站在她公寓的房间里。

郁盛低头看了眼光溜溜的自己，默默伸手扯过了一旁的睡袍。秋屿的听力一直都很好，尤其是当郁盛伸手关掉水龙头之后，一切声音都变得很清晰。衣服细微的声响，她撑着木桶边沿吃力爬起来的声响，还有当她因为疼痛而发出的低呼……

片刻之后，他听见她轻轻喊他："阿屿，你进来吧。"

他转过身，垂眸看着脚下的地面，从房间的地板一路走至里间的烟灰色磨砂地砖上，没有抬过一次眼。

郁盛靠坐在木桶边沿，无奈："阿屿，我已经穿好了。"至少，算是裹好了吧。

他瞥见她腿侧垂下的睡袍，同时也看见了她膝盖上磕破的伤口，还连带着一大块青紫。

"怎么摔成这样？"他心疼不已，在她面前半蹲下，握住她纤细的脚踝，将她的脚搁在自己膝盖上，仔细查看伤口。

"轻点，阿屿。"她轻柔的嗓音从上方传来，"脚也扭到了，很疼。"

"你等等，我去拿医药箱。"秋屿快步下了楼，取了柜子里的药箱，又迅速返回，重新蹲在她面前，开始处理她膝盖上的伤。

郁盛看着他目不斜视只专注伤口的模样，没忍住："说吧，你刚才都看到了什么？"

秋屿给伤口消毒的动作一顿，手里的碘伏棉签差点落地。他看着被搁在自己膝盖上那莹白纤细的小腿，呼吸渐重。

他穿得不多，单薄的浅灰色居家服，低领，露出白皙的肌肤和漂亮的锁骨。男人的脖颈生得十分好看，当他抬头看向她的时候，那里会拉出极其优美的弧线，就连喉结的形状也异常性感。而此刻，这道漂亮优美的弧线正因为她的一句话而一点点漫上粉色。

郁盛单手捂住半边脸，喃喃出声："阿屿，我这样是不是对你有点残忍？"

明明知道他喜欢她，在没给他答复之前，她是不是应该多避嫌？刚才虽然是意外，可也侧面验证了两人的关系过于亲密，例如她公寓的密码，她从来没想过要对他保密。如果她以后在这方面注意一点，是不是能避免很多意外？

"阿屿，我觉得这样对你不好，也不公平，有些事应该避嫌，公寓的密码——"

"不会。"握住她脚踝的手指突然用力，他像是有瞬间的失控，却又在瞬间压制住了这种失控。他看着她，一脸正色："我不觉得残忍，这样很好，我也很好，不需要改变什么。"

"可是……"郁盛决定还是换个话题，"你不是已经回家了吗？"

"对。"

她憋不住笑："你搬到楼下啦？"

"嗯。"

"我还以为你不喜欢那套房子呢。"

"你亲自帮我设计的，我怎么会不喜欢。"秋屿抬头看了她一眼，目光认真，"但对我来说那不仅仅只是礼物，也是一套房子，远远超出我在你身边工作数年所应该得到的物质。我不是为了物质才留在你身边的，帮你也好，救你也好，全都是我心甘情愿的。"

"我没想那么多，我只想你高兴。"

“嗯。”他眼神温柔下来，“我很高兴，房子里的设计我都很喜欢。”

秋屿给她处理完膝盖上的伤口，伸手将她抱出洗手间，放在房间的软榻上，又拿了药油替她处理扭伤的脚踝。

“疼疼疼……”扭伤可比膝盖的磕伤痛多了，她揪着秋屿的居家服蹙眉直叫。

“忍一忍，得把瘀青揉开，这样才好得快。”他握着她小腿的指尖轻轻摩挲着安慰她，等她不再试图挣脱，才继续给她处理。

十分钟后，他终于处理完毕。

秋屿抬头看着她紧蹙的眉心和因为忍痛而漫上水汽的眼睛，因为他一句话，这期间，她虽然疼却一直努力忍住。想到这里，他心里顿时软得不像话，他握着她纤细的脚踝，低头在她受伤那只脚的脚背上轻轻落下一吻。

男人的嘴唇柔软极了，郁盛仿佛被烫了一下：“阿屿，你干吗？”

他听着她带着嗔怪的声音，看向她：“讨厌吗？”

她摇摇头。

他这么温柔，她怎么可能讨厌，更何况，他顶着这张俊美至极的脸，却做出如此虔诚的姿态，她只觉得心疼，哪里会讨厌。于是他再次低头，在她膝盖的伤口上方也轻轻落下一吻。

那个位置不比脚背，郁盛轻轻哆嗦了一下。

“我想抱抱你。”他开口，说的是“想”，可人已经朝她倾斜过去，将她整个抱进怀里，大手温柔地揉着她的脑袋，“放心，你弟弟不会有事的，他会平安回来。”

郁盛原本打算推的手顿了一下，最终搂上了他的背。

郁盛接到警方电话是在天亮之后。对方告诉她，郁有枫已经找到了，不是他们找到的，而是有人带着他主动联系了警方。

“他现在在医院，不过你放心，他精神很好，只是脚扭到了，加上昨天在山里被困了一晚上，所以现在才联系我们。”

“他是一个人吗？”

“这也正是我想要说的，郁小姐，他不是一个人，和他一起被困，以及刚才送他去医院和打电话报警的人，是秦艺浓。”

郁盛稍微收拾了一下，就让秋屿开车载她去了医院。

正如警察说的那样，郁有枫状态还可以，虽然因为被困两天，加上在山里过了一晚，身上有些狼狈，但他精神很好。他身上有些擦伤，脸上也带着青紫，但都是小伤，最严重的反倒是他扭伤的脚。他是在跌落山坡时扭到的，情况远比郁盛昨天的扭伤要严重，脚踝肿得有些惊人，已经做过处理，但仍旧不能下床。

因为天黑加上没有手机，郁有枫和秦艺浓一起在山里熬了一晚，直至天蒙蒙亮才从被困的地方走出来，之后在山路上拦到了车，对方把他们送到医院，还借手机给他们报警。所以，根据警方的说法，昨天下午郁有枫之所以会失踪，不是秦艺浓把他带走想独吞赎金，而是她趁着秦艺心两人不注意，直接救走了他。只是因为平房所在的地点太过偏僻，加上离开的时候被秦艺心他们发现，两人匆忙逃走之际，迷路跌下了山坡，才会失联至今。

郁有枫半靠在病床上，见到郁盛出现，俊秀消瘦的脸上露出笑意：“姐姐。”

“嗯，平安回来就好。”

“听说你很担心我，也是你先报警的。”他伸手拉住她，忍不住撒娇，“上次你那么凶，我还以为你不想再见到我了……”

“一件事归一件事。”她说着，从秋屿手里接过一个纸袋，搁在郁有枫的身侧，“给你带了衣服，是阿屿的，里面还有新的内衣，要换吗？”

郁有枫看了眼在她身侧的高大男人。气温回暖，他穿着单薄的衬衣和西服，没有系领带，领口微敞，那一点欲露不露的肌肤，配上那张清冷的脸，竟格外性感。反观他自己，被绑了两天，又挨了几次踢打，昨天还滚下山，在野外过了一夜，现在浑身上下又脏又乱，连他自己都嫌弃。他向来好胜心重，不久前才在郁盛面前说了对方坏话，如今却一身狼狈的模样被他看到，感觉上就像是因为做了坏事而被惩罚一样。郁有枫很想赌气说不要，不想穿他的衣服，可又顾及郁盛，怕她一生气又走了。

正纠结着，郁盛柔软纤细的手指却落在他刘海上，轻轻揉了揉："没事了，你已经安全了，你能自己脱困，做得很好。"

郁有枫愣住了，她的动作和声音都是温柔的，记忆里，从她来到郁家至今，从未像现在这样，主动给予过他关心和温柔。他想要靠近她也好，他故意欺负她也罢，她总是站在距离他不远不近的位置，目光疏离地看着他。就好像，她从来都没有把自己当作他的家人，完全不会被他影响到情绪。

这是第一次，他从她身上感受到温柔。

"姐姐，对不起……"郁有枫搂住她的腰，将自己完全送进她怀里，像一只乖巧的狗崽一样，渴望她更多的爱抚。

"嗯，没事了。"郁盛没有推开，低头轻轻拍着他的背。

郁有枫换衣服的时候，郁盛跟随警方的人去了隔壁的病房，这里暂时成为秦艺浓的看守处，一名警察正在给她录简单的口供。

"这世界真小，小姐姐，我们又见面了。"秦艺浓认出了她，她靠坐在椅子上，支着脑袋冲她飞了个吻。

似乎和想象中有点不太一样。

抛开第一次在休息站洗手间见面时秦艺浓刻意做出的羞怯和内向的模样，真实的秦艺浓张扬又冷艳。她长了一双非常勾人的狐媚眼，眼尾长而扬，不笑的时候带着生人勿近的冷意，一笑起来却艳丽妩媚。

警方的人告诉她，秦艺浓对自己做过的事供认不讳，并没有狡辩的意思。也就是说，她是自首。

秦家这对姐妹，亲生父母早逝，唯一对她们好的姥姥病逝后，亲戚将她们当皮球一样踢来踢去，她们就一直在居无定所中长大。

两个人的性子可以说是截然不同，妹妹喜欢坚强、视金钱如粪土的人设，从大学时期就开始交男友。郁贵东不是她第一个交往的有钱人，只是她会做戏，瞒得好。这次为了钓郁贵东这条大鱼，她甚至连"父母"都是花钱雇佣来的，完完全全把自己打造成了小家碧玉的清纯女生。而姐姐却完全不屑伪装，自从高中辍学后就一直在社会上打滚，游走在灰色地带，靠狠劲吃饭。两人性格不合，加上走上了两条完全不同的路，所以平时见得也不多。但关键时刻，姐姐还是出手帮着妹妹逃离了郁贵东，后面姐姐意外遇见郁有枫，双方发生了矛盾，正好妹妹就在附近，绑架时郁有枫被他们打晕。秦艺心因为婚礼上的事，早已身败名裂，更何况她怀着孕，郁贵东又不肯离婚，企图关着她折磨她，她积怨已深。最终，她在男友的怂恿下，一不做二不休，决定带走郁有枫。在秦艺心看来，她和郁贵东在法律上还是夫妇，那些钱是她应得的。

刚才郁有枫在郁盛过来之前，曾经和郁盛求情，说不想控告秦艺浓，秦艺浓虽然参与了绑架，但主意是秦艺心出的，而她是秦艺心的姐姐，所以没有选择。这两天，也是她，一直不时给他喂一些食物和水，才让他不至于太难熬。后来她听到秦艺心那两个人有下黑手的计划，没再犹豫，直接带他逃了出去。他们被困在山里一晚上，如果没有她，他一个人很难熬下来。他听她说了一些她小时候的事情，心里早就已经不怪她了。

这世界上，不是每个人出生后都能衣食无忧，被人呵护照料。

郁盛回想当初对方绑架自己时，坚决否决了那两个男人企图对她不轨的想法，内心有点复杂。她确实在做坏事，却又似乎有自己的原则，感觉很矛盾。当然，郁盛头脑很清楚，她知道秦艺浓的这些原则并不能让秦艺浓做下的错事消失。郁盛对郁有枫的求情表示理解，可同时也清晰地告诉他，秦艺浓是自首的，所以在她心里已经默认自己的罪行。秦艺浓必须为做过的事情承担结果和代价，如果他想感谢她，可以等她出狱之后再来帮助她，例如帮她去进修学习、找工作，重新开始人生。

每个犯了错的人都有重新开始的资格，可每个人也必须为自己已经犯下的错误负起责任。她有勇气和决心承认，他应该尊重她的选择。

“谢谢你带我弟弟离开。”该感谢的，郁盛不会吝啬。

“不用谢我，我只是有些厌烦了那样的日子。就像是，永远生活在黑夜里……”

秦艺心从小就比她聪明，学习也远比她好，所以高中时，她选择了辍学。秦艺心的学费、生活费，她无论吃多少苦也会给秦艺心挣到，哪怕在摸爬滚打中被人算计，她依然努力从泥泞中爬起。她变得冷漠，没有是非观念，游走在灰色地带……终是将秦艺心供上了大学。

她原以为，秦艺心读了大学，会比她好，会有光明的前途，可结果……

秦艺浓她知道自己将会面临刑罚，可她并不在乎，甚至有些轻松，就像是终于解脱了一样，朝郁盛笑了笑："不管怎样，从今天开始，我终于可以睡个踏实觉了。"

第 十 七 章

没什么，就是突然想亲亲你

郁盛最近有点烦，郁有枫这件事来得突然，无形中打断了她对秋屿的答复。开始几天，她每次见到他，想到迟迟给不了答案，都会有些内疚。可时间一长，她却感觉自己脸皮厚了不少。她是真的很苦恼，而秋屿的温柔和纵容更加助长了她的苦恼，于是她抱着能拖一天是一天的心态一直没主动提这件事。

四月中旬，她和周洛一起投资的车行开业了。

这天下午，在新车行有个开业典礼。因为项目主要是周洛那边投资的，她投的钱不算多，但不用管事，加上投资前她让秋屿评估和考察过，所以对这个项目比较放心。车子是国内的新兴品牌，郁盛不太喜欢投资国外的企业，国内这么多能人，自己国人的品牌项目和生意都投不过来，她对外企完全没兴趣。不过这不代表她排斥国外的资金，用国内的产业项目去吸引外资，她倒是挺乐意的。

在这一点上，周洛的想法和她完全一致，同时这点也和他哥哥周放的想法背道而驰。周放开公司，开着开着，公司、资金、人才就流到国外去了，而周洛，看起来一副玩世不恭、花花公子的模样，却有一颗纯粹的爱国心。比如“惊叫乐园”，最初构思这个项目的时候，他只是觉得相比“迪士尼”和“环球影视”这样的国外连锁品牌，中国人也应该有自己的大型游乐园品牌。在他看来，只要真的用心去做，就没有做不到的事。

“有朝一日，我会把惊叫乐园开到国外去。”周洛拿了杯香槟，和郁盛碰杯，眼底有惊人的野心，“很庆幸，在这一点上，你我目标一致。”

这也是他坚持要创立海名的原因，他和周放虽然是亲兄弟，感情也好，但在某方面的想法不同。梦想不一致，前进的步伐也会不同。

两人聊了几句，周洛的视线貌似不经意般掠过站在郁盛身侧不远处的秋屿，笑了笑：“郁总，今天你身边这位可是被人轮番打听了一遍。要是不想他吃亏，还是得把人给看好看牢了啊。”

周洛看着郁盛的这位特助。

他一如既往地低调安静，也一如既往地引人注目。简单的修身黑色西服，内搭白色高领打底薄衫，却硬是穿出了T台的气场和明星气质。不夸张地说，自郁盛带人现身后，今天在场的人里，起码已经有五位以上的宾客貌似不经意地向他打听了郁盛和秋屿的身份。

但大部分人的关注点着重落在了秋屿身上。

郁盛是新贵，且没有那么热爱交际，所以在今天这个开业酒会上，也属于生面孔。她虽然长得美气质也好，但这圈子里美女总是不缺的。相反，像秋屿这种面容俊美，气质卓然，眉宇间又带了点清冷感的男人实在难得一见，再加上那副宽肩窄腰长腿的优越身材，很难让人不多看几眼。所以相比郁盛，秋屿更加惹人注目。周洛知道她对这位助理有多维护，所以他还是决定出言适当提醒一下。

郁盛有些诧异地看了周洛一眼，接触到他眼底的认真，才知道他不是在开玩笑。只不过，周洛只知其一不知其二，看上秋屿倒是不难，难的是看上之后搞定他的那个步骤。不过就如同她自己一样，刚看到秋屿的人，无论如何也想象不到在这张俊美脸孔和清隽外表之下，藏着远超常人的身手。这些年，她林林总总也遭遇了不少事情，可每一次他都能护得她严严实实。

郁盛笑了笑，用炫耀的语气凑到周洛耳旁低语：“就那些人，连我家阿屿的衣角都沾不上。”

周洛听这话觉得有意思：“哟，你家阿屿这么厉害？”

郁盛但笑不语。不过，虽然她对秋屿的身手十分有信心，但她也非常不喜欢他暗地里被盯上的感觉。于是，她伸出手，拽了把正要去取酒的周洛，再次凑过去压低声音道：“帮个忙，等会儿把名单发给我，不光今天打听的，从前有向你打听过的，也一起发给我。”

不管如何，对这部分人她肯定得心里有数。

周洛就知道她不可能不在乎，不过倒是难得见她这样，居然还上手扯了他的衣服，他朝她点头笑了笑。只是两人这样互相靠近耳语的模样，落在其他人眼里却是另一番光景，俊男美女头靠头笑着说悄悄话，眼神交缠，暧昧得很。

事实上郁盛现在正被周洛追着询问网剧《重启人生》的事，这部剧昨天在各大平台放出了数个版本的官宣花絮和预告视频，当晚居然直接上了娱乐圈热搜第一。仅凭花絮和视频登上热搜第一，《重启人生》不是第一个例子。一般在新剧的宣传期间，剧方都会买热搜，再和几个主演粉丝后援会互相配合，当作广告宣传的必要任务。可问题是，那几个花絮和预告视频只是试水，剧方压根儿就没买热搜。一毛钱都没花，几个主演虽然有名但还远远不及大牌明星，可预告视频居然自己爬上了热搜，懂行的人都明白这是剧集要火的前兆。

周洛因为林亦善早就知道她是这剧的出品人之一，《重启人生》原著的图书版权还在她手里，如果这剧爆了，肯定会继续拍第二季和第三季，这可是现成的好项目。周洛自觉近水楼台，自然要多问几句，只是此刻还在车行宴会上，没办法聊太多，趁着对方有求于自己，给点暗示也是好的。

两人正说着悄悄话，郁盛手里快喝完的香槟却冷不丁被人取走，然后有人替她换了一杯。她侧头一看，对上秋屿深黑的眼眸。

“郁总。”他将换下的那杯香槟递给服务生，随即伸手，握着她纤白的手指，帮着她将手里新换上的香槟握牢，沉声提示，“小心，这杯比较满。”

她觉得他是故意的，可她又找不到证据。

“秋特助。”周洛晃了晃手里几乎见底的香槟酒杯，笑道，“是不是太厚此薄彼了？”

“怠慢了，我这杯给周总吧。”郁盛将还没喝过的香槟换给他，她知道他在开玩笑，“那件事，你有兴趣下次吃饭和你聊。”郁盛干脆得很。现在《重启人生》还没正式播，别人投来的橄榄枝肯定要先接了。

周洛心满意足，拿着香槟去和其他人交际应酬了。郁盛看了秋屿一眼，秋屿脸色淡淡地询问她是否还要香槟，她摇摇头，表示自己想去一趟洗手间。

酒宴就在车行前面的大厅举行，去洗手间要穿过一条走廊，走廊两边有几间休息室和贵宾室，用来提供给购车的贵宾休息或是订购车辆时讲述细节要求。郁盛从洗手间出来后，发现秋屿果然站在走廊上等她。

她洗完手，搁在一旁手包里的手机响起，电话是卢娜打来的，《重启人生》的拍摄工作已经临近尾声，她也从Q城回来了。她告诉郁盛，岳栋已经有意筹拍第二季，同样想让她参与编剧工作。不过她没有马上答应，因为她的版权是郁盛买的，她也自认是郁盛这边的人，下一步该怎么样，她肯定要和郁盛商量。这事不好直接在走廊上聊，郁盛推开一旁空着的休息室的门，去里面和卢娜聊了几句。

她挂上电话，正低头将手机搁入手包时，耳旁却听见了锁门的声音。她诧异回头，秋屿修长的身影立在门边，他锁门的手还没完全收回。

“怎么了，阿屿……”

剩下的话，被他落下的唇给吞没，她被他压在门板上动弹不得。她感觉到放在腰间的手指收紧，他所有的动作越来越热烈。他扶住她想要躲闪的脸，让她几乎站立不稳。他身上冷冽又清新甘甜的味道传递过来，这样子太亲密了，就像是突破了某种界限。她有一点发晕，原来两个人，竟可以亲密成这样，比从前最亲密的时候还要亲密。

终于，他停了下来，他垂眸看着她，眉宇间的清冷早已消失不见，眼底带着晦暗不明的光。

“抱歉……小郁。”

他又一次失控了，还非常过分。现在还是在酒宴进行的过程中，仅仅因为她和别人附耳低语，她一个拽着对方衣服的动作，她朝对方轻笑，他竟然失控至此。他不应该这样，就像是在过度干涉她的事情。明明说好了要等她的，却总是忍耐不住。如果最后她还是给了拒绝的答案的话，他该怎么办？重新退回单纯的助理身份吗？可是，他又怎么可能重新回到单纯的助理身份？

秋屿松开她的腰，再次开口："很抱歉，郁总，我先出去，你……补一下妆。"

他的语气里似乎带上一些自我厌恶，门开了又关，郁盛看着空荡荡的房间，感觉自己也空荡荡的。

这是什么意思？

回去的车上，郁盛脸色不太好。她心情糟糕，偏偏前面开车那人自她从休息室出来后，一直目不斜视，视线也不再像之前那样黏着她。克制、分寸，这四个字被他发挥得淋漓尽致。

这是撩完了，又开始走清冷路线了？开始怎么就没想着克制克制呢？

郁盛看着秋屿目视前方的俊美侧脸，开口找碴儿："为什么今天又是你开车？小唐呢？我这新司机和保镖是白请了吗？"

秋屿看了眼后视镜，眉宇间露出一点疑惑："郁总，我们现在住在同一栋公寓里，今天出行我来开车更方便。"

郁盛当然知道，可她这不是找碴儿嘛，哪里会和他讲道理："从明天开始还是让小唐来接送我，我请了司机就是要用的，你做你该做的工作去。"

她以为他会开口反驳，结果他只是再次看了眼后视镜，然后轻轻说了声："好。"

这天直至秋屿把车开回公寓楼下，两人踏进电梯分别回家，她都没再开口和他说过一句话。

郁盛觉得自己似乎陷入了一个盲区。她其实不太清楚自己究竟想什么样。她不想谈恋爱，但她也不想看到他难过；她害怕他太过热烈的亲吻和碰触，可是她也并不讨厌……但郁盛并没有对此思考太久，想不明白，她就暂时不再想了。还有很多工作等着她去做，她需要更加有效率地利用时间。

《重启人生》的杀青宴被放在了Q城，这样人数众多且人际往来的场合卢娜仍旧不太适应，所以早早回来B城。郁盛身为出品人之一，肯定得出席。从B城去Q城，坐高铁依然是最好的选择。唐宸以为这次有秋屿陪着郁盛，他可以放两天假，结果秋屿却喊了他一同过去。

“可是，秋屿哥，我过去能干什么？”有秋屿在，唐宸打又打不过人家，开车也不是什么高级技能，他怎么都觉得自己像个废物。

“公司聘请你的职位是什么，你过去就做什么。”秋屿给了他一个冷飕飕的眼神，“有异议吗？”

“当然没有……”唐宸被他看得哆嗦了一下，立刻反省最近自己工作的情况，之后发现自己近来确实有所疏忽。身为郁总的专用司机和保镖，他居然如此空闲，这可是失业的前兆！

最终三个人一起去了Q城。

杀青宴依然设在上次剧组入住的那个酒店，当然，吃饭的地点不在包间。

这样春意盎然的四月天，大家都不想拘于室内，于是剧组包了酒店里一处俱乐部和周围的一块草坪，准备了露天自助餐。秋屿在这样的场合总是格外引人瞩目，所有人都知道他是盛世繁华郁总的特助，制作前期的数次剧本研读会，他都在场，他代表的是盛世繁华，和普通的助理不同，他手里掌握着很大的决策权。

倒是郁盛，因为一直隐在幕后，起先关注她的人不多。

《重启人生》的女二号徐宁从几个月前见到秋屿的第一眼起就惊为天人，她的职业也同时决定她想要随心所欲谈恋爱几乎是不可能的事，倒追别人也不太合适，但打着工作的幌子搞暧昧丢暗示，却是很好的方法。但问题是，之前数次见面，对方都像是没接收到她的暗示一样。到今天都几个月了，她连对方的私人微信号都没要到。

她其实早就想放弃了，无奈秋屿实在是她喜欢的那种类型，每次只要一见到秋屿，心里又会开始发痒，长得好看，身材高大，没有富二代背景，看着又清冷寡言一本正经的，才最最让人心痒难忍。

草地自助餐会，艺人和工作人员一起庆祝剧组杀青，再也没有比这更好的机会了。于是在秋屿抵达餐会现场的半个小时里，她分别以许久不见寒暄、询问他时间、让他帮助她和另一个工作人员合影等等小事件狂刷存在感。但每一次她都高兴而去败兴而回，感觉就像是媚眼抛给了瞎子看。

徐宁也就对着自家小助理才能抱怨几句："我这样的就算不是他喜欢的类型，也不至于一眼都不看吧！"

挫败感太过强烈，导致徐宁愈发上心，视线一直追在秋屿身上，也因此她第一时间看到他的变化。就像是在一瞬间，那双淡漠的眼猛然亮了绚烂的光芒，清冷的眸底慢慢被一种深刻的情感所填满，而伴随情感同时出现的，还有克制和压抑。就像是，怕这样太过深刻的情感会惊扰到谁。

谁?

徐宁顺着他的视线看去，率先看到的是岳栋，然后才是岳栋身侧的另一个年轻女孩。她穿了件H家刚上市的小吊带裙，浅灰色底，缀着一些零碎的冰裂纹状粉色的碎花，外面搭了一件纯白色的长款毛衣开衫，露出两道精致漂亮的锁骨和大片白皙的肌肤。稍微有一点露的裙子，但穿在她身上有一种高贵感，很性感，但又很纯，非常美。

徐宁见过郁盛一次，开拍前聚餐的时候，如果岳栋不介绍她的身份，徐宁会以为这是哪个资方家里的千金，进包间纯粹是为了亲近喜欢的偶像。但对方一开口，徐宁就知道不是，她只是看着年轻娇艳罢了，实则沉稳又聪明，有着远超她这个年纪的见解和思维。自她出现后，秋屿的目光再没有看过旁人。那双深潭似的眼底的所有最深的情感和克制压抑，都是属于她的。

徐宁恍然大悟，原来并不是自己不好，而是对方早已心有所属。那次吃饭她怎么就没想到呢，跟在这样一个年轻漂亮又聪明的总裁身边，他眼里怎么可能还看得到别人?

徐宁觉得很可惜，尤其当真正看到秋屿这种深切的情感后，愈发可惜这样的情感不是自己拥有的。尤其像她身在这个浮华的圈子，无论恋爱还是开始一段速成的关系，分分合合都是常态。她才二十三岁，却已经忘记纯粹的情感是什么样了。徐宁想了想，从一旁餐台上取了两杯酒，走到秋屿面前，挡在了他目光投出去的方向。

"嗨，又是我，我们今天还没碰过杯呢。"她将手里的酒杯朝他递去，见对方略带不解地看着自己，她笑了，朝他靠近一点，然后稍稍压低了一点音量，眼神有所示意，“就当祝你有情人终成眷属。”

秋屿脸上并没有被意外点破私事的诧异，也没有隐秘被看破的窘态。他依然目光清冷，神态疏离有礼，但因为对方最后那句话，他接过了她递来的酒，和她碰了碰杯。

徐宁喝完酒，带着感慨又轻松的心情走了。

秋屿低头慢慢喝着杯子里的酒，他往常很少碰酒，因为总陪在郁盛身边，要照顾好她，任何时候都要保持清醒。可现在，他却突然很想试试头脑不清醒的感觉。

这次杀青宴从傍晚一直延续到了晚上，原本就类似边玩边吃的性质，还请了乐队的人，剧组若有谁兴趣来了，可以直接上去唱一首，无论唱得好或不好，只要勇气足够，大家都会给予掌声。相比之前那次分桌分包间的聚餐，显然这样的形式更具人情味，这也算是剧组方给大家辛劳几个月后的福利。

郁盛之前很少出现，这次难得和众人聚一聚，自然多的是人和她聊天。尤其是剧组的年轻演员们，心知面前这位是老板之一，他们难得见到这么漂亮年轻的老板，那些“彩虹屁”吹起来更加自然连贯。

林亦善档期紧，杀青后就已经去其他城市开展工作了。他知道今晚郁盛会来，他倒是想过来，无奈工作在身，根本没办法离开。最后，他录了一小段视频交给剧组，让剧组方在杀青宴上播放，剧组的人在晚上气氛最热时播放了这段视频，里面大多是林亦善对导演、编剧、制片以及剧组其他工作人员的感谢。视频最后，他还点名了郁盛，表示很高兴认识郁总，别忘记他还欠她一顿海鲜餐，下次有机会她一定要赏脸一起吃饭。虽然说得不过分，但这几乎算是在众人面前直白地向郁盛表示好感了。一众人对着视频起哄，郁盛今晚喝得不少，这会儿已经有了醉意，她怕开口会露出醉态，于是大方笑笑，像是见多了示好，对于这种程度的话并没有放在心上。

草坪的另一头，秋屿默默放下酒杯，转身去了洗手间。他酒喝得并不多，哪怕想要试一试头脑不清醒的感觉，长年累月的自控能力也让他下意识收敛了自己想要放纵的意图。

他在洗手间用冷水洗了洗脸，等到再出来时，发现郁盛已经不在现场了。他看了一圈，找到岳栋，上前询问。

“她今天喝了不少，刚才好像说是要回去休息，有个年轻人扶她回去了。”岳栋看了看出入口的方向，刚想说那个年轻人似乎是她保镖，面前的秋屿已经说了声“谢谢”转身离开。

秋屿一路快步朝房间所在的方向走，甚至为了节省时间没有坐电梯，而是一口气冲上了八楼，终于在踏上走廊时看见了郁盛。她正搭着一个男人的肩，一步一步走得缓慢，身子微晃，看模样还算是清醒的，只是被她扶着的那个男人一只手正在她后背处犹豫着，似乎在迟疑要不要揽上去，正好这时郁盛脚上的高跟鞋没踩稳，朝他怀里跌去，他立刻伸手抱了个满怀。

秋屿面色一冷，在自己反应过来前，已经迈开长腿几步走到两人身后，从对方的怀里接过了郁盛：“我来。”

这两个字，带着森森的冷意和强烈的排斥情绪，那人听着熟悉的冷飕飕的声线，抖了一下，然后转过头来，是一张熟悉的俊朗脸孔。

唐宸不明白，为啥他都这么努力工作了，秋屿还是一副很不满意的模样呢？

他到底想怎么样嘛？

秋屿见到是他，压在眸底的怒意减了两分：“你回去休息吧，这里有我。”

他低头去看怀里的人，她刚才踉跄了下，这会儿清醒了两分，抚着额角想要自己站好。然而秋屿没有顺着她松手，直接手臂一伸，将她整个人打横抱起，朝走廊前面的房间走去。

唐宸愣愣地目送秋屿高大的背影，突然醒悟过来：这有他啥事啊，他就是个摆设……不过，今晚这种情况，秋屿进了郁总的房间，还会再出来吗？大约……是不会了吧。所以他们在房间里都会做些什么呢？

套房进门之后的走廊上，郁盛刻意不给他好脸，而他也格外克制隐忍，郁盛觉得有点生气，想到了下午那个向他示好靠近他的女艺人。前面几次那女艺人频频找借口往他面前凑，她其实隔着玻璃全看见了，她当时因为和岳栋有重要的事情谈，所以在俱乐部二楼靠窗的房间里单独聊。

两人先谈了《重启人生》第二季的事，之后聊到了顾觉。

明灿影视继之前两位艺人闹出丑闻后，先前投资的一部年度大剧和一部电影也出事了。大剧和电影里面的第二主演是同一个人，老牌影帝，红了多年，这次被爆出的事件太过重大，影响力恶劣，已被宣告封杀。这无疑是圈内的一场大地震，出事的艺人虽然不是明灿影视的，但因为这两个影视剧项目明灿投资庞大，如今主演之一被封，两个项目也直接被牵连。加上因为这个男艺人被爆丑闻的时机非常不巧，是两部戏都已经完成拍摄，进入后期制作，宣发也已经开始，即将要上映和播出的时候。这个时候，该投入的钱早已投完，并且已经被花掉，眼看快到要收益的时候，结果整个项目没了。除非他们换掉男艺人，从头开始拍摄，否则已经完成的大剧和电影永远不可能有播放的一天。明灿损失巨大，然而雪上加霜的是，明灿影视公司内部又被爆出经营不规范，偷税漏税，目前已被有关部门喊停调查。

这些种种，岳栋完全以第三方的立场讲述给郁盛听，就像只是在讲别人的事，但郁盛明白，这是他在和她交代他做的事情。据他所说，后续可能还会有其他麻烦，不光是明灿，还有顾氏。岳栋就像是耐心十足的猎人，长久的蛰伏，挖好了坑，笑着哄骗顾觉踏入，然后冷眼旁观。

听到岳栋说这些，原本郁盛心情很不错，只可惜后来看到有人向秋屿示好。然而让她最生气的，并不是因为女艺人明显的意图，也不是秋屿接过对方递来的酒，和她碰杯，任凭她靠近和他悄声说话。她生气的，是自己居然会因为这种事生气。那两人明明就没有过分的举动，可她却发散思维，想到了每一个在她看不见的地方，秋屿是不是也曾经被各种各样的女孩搭讪过。

答案肯定是有。除非别人瞎了，否则怎么可能会无视秋屿那张脸。

她依然不想谈恋爱，可是她会因为别人接近他而不舒服，心情因为他数次的亲密举动而转变，面对他眼底的深情，总是不舍又心疼。尤其是每次当他这样吻着她的时候，她的心情愈发矛盾，不想恋爱，可又不想他停……她对这样的自己生气，甚至忍不住怀疑秋屿是不是故意在撩她。

偌大的空间里，她借着窗外漏进来的灯光，看向面前的人。她突然意识到自己最最生气的，其实是这种被动。她有顾虑，也冷静，所以她需要时间思考。可他却总是越界，甚至愈演愈烈，让她心慌，让她失去自己的节奏，让她不冷静，让她总是忘记思考。

郁盛似乎格外生气，伸手用力一推，将他直直推向走廊对面的墙。她用了十成十的力度，加上他对她毫无防范，后背直接撞上了墙壁。

她看着他脸上的痛苦之色，突然上前一步，按住了他的心口："不准动，这次换我。"最后一个字的尾音，消失在她抬头贴上去的唇间。

秋屿的大脑有瞬间停摆了。女孩子柔软的唇，主动贴了上来，力度很重，一上来就是碾压的架势。没开灯的房间里，因为视觉受限，所以其他一切感觉都放大了。他一直站在那里，低着头，任由她亲吻，默默地感受血液在耳旁的逆流，他甚至不舍得闭上眼，哪怕因为距离太近光线太暗，几乎看不清楚什么，他依然垂着长睫，默默凝视怀里的人。或许过去了很久，也或许只是几秒，他分不太清楚时间的变化，只感觉到自己再次走到了尽头，仿佛连灵魂都在颤抖。

这一次，是悬崖，没有退路，他也不想再退。他开始回应，很热烈。他什么都不想问，也不想知道她这样做的理由，那些没那么重要。重要的是，她在他的怀里，她对他的回应。

终于，在一切失控之前，他停了下来。

郁盛故意凑到他耳旁道："阿屿，你刚才欺负我……"

他的眼尾再次红了。

她伏在他颈边笑："怎么这么不经撩？"

"郁总……"

她纠正："不是喜欢叫小郁吗？没关系，两个人的时候，你想怎么叫都可以。"

他的眼神再次变得温柔，他伸手抚过她的脸颊，仰着漂亮的下颚，将唇轻轻印在她的唇角："小郁。"

他的郁总，他的女孩，他的小郁。

怎样都好，全都是她。

那天之后，郁盛就像是打开了某个开关。

一切都变得不一样，有些事情也变得理所当然。她最喜欢在他一脸正经和她说公事的时候偷袭他，看他端肃冷静的表情崩盘，看他眸底眉宇间的清冷一点点被难耐和渴望取代。

四月底的时候，明灿影视宣告解体，旗下还未闹出丑闻的艺人和经纪人纷纷寻找能投靠的影视公司或经纪公司，换句话说，明灿的资源被同行火速瓜分干净。圈内其他的艺人各种唏嘘感叹，没想到偌大一家公司，说倒就倒，虽然明灿的后台是顾氏，但在“法”这个字面前，似乎再多的钱也没什么用。

差不多时间里，另一件引人瞩目的事，是《重启人生》网剧的大火。

这部网剧因为创新类型的剧情而在未播之前的宣传阶段就已经火了，第一天播放的时候，很多人都眼巴巴地盯着，甚至有竞争对手早已做好了挑刺的准备：剧情三观、演员演技、服装道具、合理度、荒谬度……一切他们所能想到的攻击之的理由，都随时能编出一篇小作文来。但令他们失望的是，《重启人生》开播那天四集连放，剧情紧凑吸引人，演员演技到位，一次次反转的剧情让人意想不到，点击播放率与话题口碑，全部绝佳。当天热搜榜单上，有三个相关话题都在前十的位置上，一个还冲到了首位。

这消息不仅让岳栋、郁盛以及一起投资拍摄的碌华影视老板非常高兴，就连卢娜，也在半夜给郁盛发来了消息，问她是不是买了广告宣传《重启人生》。

郁盛告诉她，是花了点钱，不过只是正常宣传用的开销。

当然，即便成绩这样好，网上依然有竞争对手鸡蛋里面挑骨头，揪着只字片语的台词或是切了某个镜头，非要说《重启人生》在消费女权等等之类。早在《重启人生》播放之前，郁盛就和岳栋以及碌华影视那里打过招呼，表示普通正常的营销和网上宣传，由他们负责。但一些不太正常的言论和黑帖，则交给她这里负责。她表示自己不会浪费时间，几方人躲在暗中攻击，一方人却站在明处迎战，极其被动，最后只会让对方找到机会从中获利。

她是个生意人，她一贯喜欢用简洁明了和碾压式的方式去解决问题。

岳栋和碌华影视因为上一次“抄袭事件”中见识过她的方式和能力，早已嘱咐过各家公司里的宣传部门，只做正面的宣发，对任何黑帖、质疑、针对的言论一概不理睬。

之后，有人在网上曝光了所有躲在黑帖、黑营销号背后那些竞争对手的全部资料，包括如何进行抹黑的计划和过程，甚至还有聊天记录。

近两年来，“艺德”二字被重提，如今相关部门对于娱乐圈内这样的恶意抹黑现象加强了监管，一旦调查清楚，都会点名批评。一旦被点名批评，无论是个人，还是公司，都会形象大跌，代言跳水，成为圈内人人避嫌的对象。

这次抹黑《重启人生》的幕后人，是两个影视公司，以及一个艺人。被不遗余力抹黑的自然是林亦善，而那两个公司，都是和阳乐新媒体、碌华影视有竞争关系的公司。这次躲在幕后的人被全部曝光出来，一时间让圈内各人和各公司战战兢兢又面面相觑。

这……不按常理出牌啊?

双方打口水战也不是第一次了，怎么会有人直接跳过中间步骤，直接从根源反击的？但是说到底，那些曾经遭遇过类似事件的公司和艺人，并不是真不想直接反击，而是证据这种东西非常难找。

只字片言的证据，反而很容易陷入更深的舆论旋涡。

这是第一次有人用这样釜底抽薪的方式发出反击，可又不能说这是错的，谁无缘无故被咬被打还能沉得住气？能否还击，能怎样还击，全看能力而已。

那几个被揪出来的公司，在事情发生后想找出被“黑客”光顾过的痕迹，却一无所获，所有相关人员的电脑、手机和平板都干干净净，那对方又是怎么找到这些证据的呢？无论如何，经过《重启人生》原作者被黑和剧集被黑这两件事，阳乐新媒体和碌华影视已经完完全全被贴上了“不好惹，得绕道”的标签。

在网上众说纷纭，猜测这些证据到底是如何获得的时候，郁盛搁下平板电脑，朝立在办公桌对面的男人笑了笑：“我这也算深藏功与名吧。”

毕竟《重启人生》这部剧，碌华影视只是资源合作，真正的幕后老板是岳栋的阳乐新媒体和她的盛世繁华。

秋屿看着办公椅上意气风发的女孩，垂眸无声笑了笑。这次的事，因为比较琐碎又赶时间，加上A正好有其他活儿，所以是他亲自出的手。他做事一向以细致出名，她要证据，他不仅将所有证据找齐，还分门别类，整理得一清二楚，并且清扫了所有痕迹。

A把从郁盛那里拿到的钱又转给他，然后弱弱问他："打算什么时候告诉她？"

因为这句话，秋屿陷入了长久的沉默，最终没有回复。

其实，并不是什么不好的事情，但一开始，他没有说，后来也没有说，慢慢地就错过了开口的最佳时机。而今，他更不愿意去想这件事。任何可能会破坏他和郁盛如今关系的事情，他都不想去赌。

"阿屿。"郁盛见他垂眸安静地看着手里的工作计划表，忍不住开口，他每次一本正经的模样都特别帅，让人特别想欺负。

她在他看过来的时候，冲他勾了勾食指，明明是很嚣张的动作，由她做来，却格外可爱。

秋屿的心一片柔软，绕过办公桌来到她面前，撑着桌面低头问道："怎么了？"

郁盛没说话，伸手拽住他的领带，将他整个人拉到自己面前，然后在他漂亮的唇上亲了亲。

"没什么，就是突然想亲亲你。"她眯起眼睛坏笑。

秋屿没有出声，两只耳朵却一点点漫上红色。

郁盛正仰头蹭着他的唇，揪着他领带试图拉得更低一点，办公室的门却突然被人推开："郁总！这笔支出好像和综艺那笔支出弄混了，是我这里没弄清楚，还是——妈呀！"小彩后面的话，被她自己掐断。

办公室里，他们年轻美貌的女总裁拽着她俊美非凡的特助，正在主动亲他……妈呀！这是她不花钱能看的吗！

“搞错了！我等会儿再来！”小彩一个急刹外加转身，冲出办公室，还不忘替他们关上门。

怎么搞的，她自己太鲁莽了，居然没敲门就进去了！会不会被扣工资啊？会不会被开除啊？

第十八章

想要分手和解除婚约的那个不是你，是我

录影棚后台。

夏娃看着镜子里的自己，有片刻出神。镜子里的她在妆容遮掩下，隐藏住了近期因为心情不好而出现的黑眼圈和泛黄的皮肤，从化妆台的柔光灯下看去，她年轻甜美，楚楚动人，她自认这样的自己并不比那些当红的艺人差多少。

可偏偏她运气太差，明明因为一档舞蹈综艺获取了一些人气，但明灿影视突如其来的倒台却连带着让她也失去了数个优越的工作机会。如今，她算是继续吃了之前舞蹈综艺的红利，把自己的综艺约签给了这个新平台，听她的新经纪人说，平台虽然刚建立没多久，但它的关联公司是阳乐新媒体。

阳乐新媒体最近因为《重启人生》的火爆而跻身国内一线平台，所以即便这个平台是全新的，但因为“阳乐”这两个字，依然有诸多艺人想要参与平台自家开发的新综艺和新影视剧。

夏娃没演过戏，也毫无演技，综艺感也不强，这种情况下能和一个平台签订长期的综艺合作，能让她时不时维持出镜率，属于非常难得的机会，她还托了不少关系才拿下了这个合约。今天参与的这档综艺，算是她第一项工作，当然目前只能当个三线嘉宾，不是主角，能让她发挥的镜头很少，也没人会捧着给她展示才艺的机会。但一开始都是这样的，她已经比普通小艺人起点高了不少，慢慢

来，积少成多，总会红的。夏娃表面没说什么，心里却不屑一顾，想当初她签约明灿，拿的是一线艺人的待遇，享受最好的资源，一个综艺就将她给捧红了。可现在又是什么待遇？

她打给顾觉哭诉，他却总告诉她他在忙。夏娃对这样的说辞很不满意。他还能忙什么？明灿都出事了，也没见他来过影视公司一次，对她更加没有一句安慰，言语间似乎还对她进这行颇有不满。

“我说过我会照顾你，对你负责，你哪怕不工作也能衣食无忧，真不明白为什么你非要进这行？”顾觉虽然开了影视公司，也总喜欢在娱乐圈内找女伴，但也正是因为这样，他才深知这一行有多复杂。

他不懂她为什么非要进这个圈子，保持原有的生活跳跳芭蕾不是很好吗？又有气质又清高，何必非朝泥潭里面跳？他又不是没钱养不起她。顾觉的不解，导致从她入行那天开始，两人之间就矛盾不断。可是夏娃却没办法把理由说出口，难道让她告诉他，她之所以进这行完全是因为不服气？那些被郁盛一个个点名描述过和他有过关系的女艺人的脸，总会从她面前闪过。

她们如今大多处于二三线的位置，有时在街口大屏幕上的代言可见，有时在地铁站的广告牌上可见，有时打开微博的第一秒可见，有时看综艺可见，有时刷剧可见……最后夏娃发现，那些女人根本无处不在。她曾经在郁盛面前振振有词地表示她和顾觉是真爱，因为她离开了他，令他痛苦，他才会如此放纵自己。她不在乎那些，那些不过只是他人生里的过客，她爱的是他的灵魂。

可现在，夏娃真的觉得见鬼了爱他的灵魂！天天见到那些和他有过关系的女人在眼前晃来晃去，谁还能始终维持大度从容的模样？每次看到那些女人，她都恨不得上前把她们的海报撕烂，把屏幕砸碎！

他本来只属于她一个人！她不明白，为什么那时候那么宠她爱她的人，会在她离开之后如此放纵呢？为什么他就不能像破镜重圆小说里面的男主一样，假装和女艺人闹闹绯闻，目的只是为了激她回去？为什么要来真的？男人的心和身体就能这样不一致？

更讽刺的是，自从他下令让郁盛清醒，表示要解除婚约分手之后，他居然没再碰过外面那些女人，甚至连她都没碰过。数次，当他们在她公寓气氛恰好的时候，她主动靠过去，想要勾起他的回忆，他每一次都停了下来。她从一开始的莫名其妙，到后来慢慢觉察到不对劲。有次她无意间偷听到他打电话，发现他居然还没对郁盛放手。听说郁盛也进了圈，她没有签明灿，应该是签了其他的公司故意想要气他，他想要收购那家公司，可结果他居然查不到她签了哪家公司……

夏娃满腔怨气无处可发，却死咬着牙憋了一口气。现在，明灿出了事，顾觉又天天忙得人影都不见，根本顾及不上她和郁盛。这是她的机会，她一定要红起来，无论是曾经那些跟过顾觉的女人，还是郁盛，她一定要红过她们，将她们统统踩在脚下！

夏娃对着镜子努力地扬起了笑容，让这张清纯的脸庞显得更加甜美。

五个小时后。

综艺录制很累，下午三点，她还没吃上午餐，主要是节目组提供的盒饭太过油腻，她怕吃了会胖，干脆就不吃了。她饿着肚子在舞台上跑来跑去，帮着其他大咖艺人捧场鼓掌。她咬牙坚持着，很努力地跑腿。也因为这样，某个游戏环节，她被主咖位的男艺人选中帮忙，使得她多了很多露脸镜头。结果中间休息的时候，和她同咖位的几个小艺人都聚在另一边远离了她，还边说话边朝她看。

夏娃自然明白自己这是被孤立了，入行半年以来，她是第一次遭受这种冷待，她这才明白有背景和没有背景的区别。这一刻，尽管顾觉有诸多让她诟病的地方，她却异常怀念有他和明灿影视捧着她的日子。

夏娃看着手机，想着上次不欢而散的那个电话，考虑要不要先联系他服个软？她正犹豫着，休息室另一头靠近门的地方却传来了说话声，有人声音愉悦地介绍着后台的大休息室和个人休息室，以及目前的各种硬件条件和软件条件。

远离夏娃的几个小艺人好奇地看着门口，只见一个挂着证件的工作人员正带着几男几女在门外走廊停下。那几个男女都很年轻，其中一个女孩一头乌黑浓密的长卷发，面容白皙精致，眉眼艳丽，穿着C家的经典款长袖收腰蕾丝裙，气质高贵。只是，不知道那条裙子是真货还是仿的。几个男的长得也好，走在女孩旁边的男人气质儒雅，面容清俊斯文，正脸色认真地不时和女孩说着什么。

几个人里最让人眼前一亮的，是走在女孩另一侧的高大男人，休息室柔和的灯光下，那男人有一张立体俊美的脸，气质微冷，一双裹在西裤里的长腿，身材很好。小艺人的目光都忍不住在他身上停留，对方实在长得太养眼了，喜欢看美好的事物是人的本能。

“那几个人是谁啊？哪家的艺人，长这么好看。”很显然，在她们眼里，这样好看又出现在后台的，绝对是艺人。

“其他我不知道，那个走在最前面的男人，就是很斯文那个，他可厉害了！”开口的小艺人显然有点眼界，“他是阳乐的总裁。”

这话一出，几个小艺人都发出明显压抑过的低呼。阳乐总裁？那不就是这个综艺所属平台的老板吗?

“天啊，没想到今天大老板居然会来，那另外几个应该是他签约的新人咯?难怪都长这么好看！阳乐签约的艺人，果然和我们不一样。”

“我们也很好啊，不要妄自菲薄！”

“可我入行三年了，还在十八线混着。”

“呵呵，那是你太单纯了，不懂得吸引主咖艺人的目光……”这话说着说着又拐到了夏娃身上。

夏娃皱了皱眉，撇嘴不屑地低声骂了句：“乡巴佬。”

一个阳乐新媒体就捧成这样，阳乐算什么，明灿还在的时候，阳乐都是捧着明灿的，如果让她们知道她和曾经的明灿影视总裁的关系，她们估计要震惊到露出丑态了。而且，就算现在明灿解体了，顾觉依然是顾氏的总裁，身价百亿的富豪。夏娃腹诽着，心里对顾觉的恼意却不知不觉淡了不少，她给顾觉拨出了电话，等待的时候不经意一抬头，却看见了熟悉的人。

郁盛？她怎么会在这里？她打量了几眼门口的人，很快将小艺人口中的几人对号入座，所以说，郁盛签约的公司到底是这个新平台还是阳乐?

电话正好在这个时候接通，顾觉低沉疑惑的嗓音从那头传来：“什么郁盛签约的公司？”

夏娃这才发现，她竟不知不觉把猜测说出了口。

都已经被他听到了，夏娃也没什么好瞒的：“我现在在录综艺，你猜我在后台看到了谁？真没想到她这么聪明，居然傍上了你的好朋友。看来她是打定主意要狠狠报复你了，想看戏，就过来吧。”她说完，直接挂上电话，然后发了个定位给顾觉。

郁盛自然没有看到休息室角落的夏娃，也更加没想到有人正丢下开了一半的重要会议，在一桌股东不满的视线里大步离开，匆匆朝这里赶来。

她是第一次来盛乐光影这个工作影棚，影棚在郊区，因为租金便宜所以租用的面积非常大。里面设施齐全，划分为影视内景区、绿幕区、综艺舞台录制区、音乐工作室等诸多功能性的区域。岳栋把她、周洛以及章年投资的每一分钱，都花在了刀刃上。

当然，章年大部分的钱还在度假村里，他只是象征性投了些钱，代表他全力支持和参与她和岳栋一起做的这个新平台。盛乐光影和阳乐新媒体属于资源互换的合作关系，并不存在上下层的主平台和子平台这样的关系，这是郁盛约谈岳栋多次，最后甚至拉了周洛那边的资金入股后，才有的成果。

岳栋本质上其实是个保守的人，做事一定要十拿九稳才会落子儿，从他挖坑给顾觉踩这点上就能看出。

直至今日，岳栋在顾觉那里的马甲还没有掉。如果换作周洛，哪里能忍这么久，还和对方称兄道弟？直接找几个人套了麻袋往死里打就是了。所以，周洛带来的大笔资金，明显是让岳栋松动的主要原因。也有一部分原因，是阳乐新媒体那几个自认老资格的股东，他们眼里只有钱，总干涉他的决定，当年他因为资金不足，只能放出诸多话语权。可现在这些曾经放出去的权力，已经在阻碍阳乐新媒体的发展。而这一边，周洛摆明了只出钱不管事，郁盛和他又有着相同的理想，章年参与只是拼个人气。这样的团队，岳栋没办法不动心。

最后，盛乐光影就这样诞生了。当然，无论从占股比例还是专业能力上看，都是岳栋这边更强，将“盛”字放在“乐”字的前面，全因他的绅士风度。

尽管只是一个公司的名字，但到底将郁盛和岳栋的名字联系在了一起。郁盛能感觉出来为这事秋屿好像吃醋了，可他偏偏不开口说，甚至越发专注地处理工作，不仅效率很高，将他的控制力和冷静头脑发挥到了极致。他不说，郁盛当然也不会开口，更何况其实她很喜欢看他这副模样。于是，她会以各种各样的理由频频寻他来自己的办公室聊工作，有时甚至让他立刻处理。她猜，当他在她面前安静处理公事时，内心会因为在意而频频泛起醋意，可因为性格使然，所以他不会说，但会从眼神里泄露出来。

他会更在意她的一举一动，会在她忙碌工作时无声无息地把视线投向她。安静且专注的目光，从长睫的下方投来，在她身上停留片刻，然后在她觉察并抬头时悄悄移开。这个时候的秋屿，大概忘记了她办公室装有监控摄像头这件事，也或许他没有忘记，只是没想过她会无聊到去翻他在她办公室时的视频。

通常在这个阶段，他不会对她所有的要求百分百应承，偶尔会以听起来非常合理且挑不出毛病的理由拒绝。如果她在这阶段冷待他，他会默默承受。可如果她在这阶段待他热情，他就会表现出一点不适和无措。就好像，明明他的身体已经准备好靠近她，但他的心因为醋意依然想要冷一冷她，这种矛盾的状态表现出来的模样，恰好是郁盛非常非常喜欢的样子。

怎么办呢，她就是想这样欺负她的阿屿。谁让他连吃醋都这么帅，毕竟，习惯和适应了每时每刻都对她温柔宽容，对她百依百顺的秋屿，偶尔她也想要看看清冷疏离或者说是刻意想要表现出清冷疏离的秋屿。

她和秋屿已经维持了以上那种状态将近三天，现在差不多该到他的极限了。

秋屿跟着岳栋他们几个人去查看其他区域了，郁盛独自一人站在录影棚门口。影棚外的走廊上有工作人员，也有之后录制其他节目的嘉宾，大部分人其实都不认识郁盛，只看到她身上挂了证件，看衣着打扮不像是工作人员，她从沉稳自在的模样来看又不太像艺人，可又长了一张比艺人还漂亮的脸。倒是有后来的消息灵通的男艺人辗转打听到了她的身份，此刻见她落单，兴奋到紧张。

是平台的老板之一啊！长得漂亮，只要能和对方搭上，无论对方要他做什么都可以。

顾觉从走廊过来时看到的第一眼，就是郁盛和一个长相俊逸的男艺人站在一起，对方正殷勤地和她说着什么，她大部分时间都脸色淡淡地看向影棚里面，只间或回对方一句。顾觉皱起眉，这一次，他没有像上次一样直接上前，而是向旁边走了几步，在两条走廊拐角处朝西的一块休息区域站定。

直至那个男艺人带着助理走进录影棚，郁盛独自沿着走廊朝他所在的休息区走来，他才在脚步声靠近时，自落地玻璃窗前缓缓转身："你故意签去了岳栋那里？怎么说服他的？"

郁盛着实被吓了一跳。这神出鬼没的，都快赶上鬼片了。

"你怎么到现在还在问这种问题，消息是有多滞后？你不可能没查过我吧？"先前或许还不会，但那次郁有枫被绑架，他被她气走后，没道理不做点什么吧？

顾觉居高临下地看着面前容光明媚的女孩，表情有点一言难尽。他确实派人查过她，只是毫无收获。所有和她相关的信息，除了她是郁家的女儿这个板上钉钉的事实之外，根本什么都查不到。就好像，有人在她周围设置了一个无声的屏障，网上查不到她的消息，私家侦探数次跟踪却总是跟丢，前后换了几拨人，什么都没查到。但这样也反向证明了一件事，她如今身后有一个了不得的人物，那人不想别人查她，所以他才一无所获。

他先前一直在排查那个人的身份，但他怎么也想不到这个人居然是岳栋。一想到她离开郁家后，为了争一口气，不联络自己，私底下跑去他的朋友那里求助，不知道付出了什么才让对方用这么大阵仗护着她，他心里的闷气就散不掉。没人喜欢戴绿帽子，尤其那时候她还是他的未婚妻。

"停。"郁盛眼瞅着他眼神开始不对劲，不得不打断他，"无论你在脑补什么，都给我停下来。"

"脑补？"顾觉不是第一次听她说这个词了，但和上一次一样，他依然不太明白她想表达什么，"所以你想告诉我，你跑去我朋友那里，讨好对方，让他捧你宠你，并不是谋划算计着想以此来报复我，只是你非常巧合地遇到他了，是他不顾你是我未婚妻的身份主动追求你的，是不是？”

郁盛实在没心情和一个眼瞎耳聋的人掰扯，她摇摇头准备绕开顾觉走，顾觉却突然伸手握住了她的手腕：“不准走，今天不说清楚，你别想走。”

“警告你，放开。”郁盛神色微冷地看着他。

“说清楚，告诉我你到底想干什么，如果想以此来报复我，那么我告诉你可以了！你不用再做这些事想要逼迫我妥协，我可以答应你，以后不再见夏娃，我会给她钱，安排她去国外。你赢了，郁盛，不管你想做什么，都给我停下来！”说到最后一句，顾觉几乎是在怒喝。

只要一想到她为了报复自己，跑去讨好自己的朋友，在对方面前展现曾经在他面前的那种清甜乖巧模样，他就忍受不了。他也是男人，他太了解男人了，那种模样的郁盛，没有哪个男人会不喜欢。她原本就长得美，再刻意伏低讨好，根本没有男人能忍得了。他根本无法想象岳栋可能对她做过的事，哪怕只是最浅的吻，都能令他暴跳如雷。

“在你心里，女人是不是只有讨好男人一条路可走？我和岳栋一块儿出现，就非得是我讨好他？我为什么要讨好他？报复你和我提分手、解除婚约吗？”有些事，她觉得也到了该说清楚的时候，“顾觉，听清楚，想要分手和解除婚约的那个不是你，是我。”

“你在说什么？”

“我是故意惹夏娃，断了她在其他男人那里的路，她才会回来争你，还跑到我面前耀武扬威，做戏给你看，挑起我们的矛盾。这次听懂了吗？一切都是我计划的，为的就是彻底和你撇清关系。我从来没想过和你结婚，可也不想承担破坏婚约的后果。你、你爸，还有郁贵东，你们三个男人在约定这桩婚约的时候，有没有想过问问我？你们又有谁是真正抱着单纯订婚的念头决定这件事的？郁贵东为了钱为了讨好顾家，你为了应付你爸，好接手公司，你爸怕你惦记你的前女友，所以给你弄了一个礼物。那我呢，我这个礼物就该接受一切？还得对你们感恩戴德？”

顾觉愕然地看着她，似乎从今天这一刻开始，他才真正认识了郁盛。

“听懂了吗？听懂就放手，这是最后一次警告。”

夏娃站在距离两人不远处的走廊拐角处，看着落地玻璃窗前的两人，不敢相信顾觉刚才说的那番话。他为了郁盛，要把她送出国？哪怕明知道郁盛三心二意，而这个男人还是他的朋友，他也不惜一切要她回到他身边？她让顾觉知道郁盛在这里，不是为了看到这种事情。他为什么不骂郁盛，为什么……还要她？

夏娃正怀疑人生的时候，突然听见落地玻璃窗前“砰”的一声巨响，当她再次看过去的时候，顾觉以一个稍显狼狈的姿势仰躺在地，而站在他头顶处的郁盛则轻轻甩开了他的手臂，朝后退了两步。

在那短暂的几秒里，她对顾觉使用了不知道被秋屿训练过多少次的背摔动作。一个成年男人，毫无防备，被一个女人撂倒了。这种事情，让顾觉震惊不已，好一会儿都没反应过来。

听到这里动静的某个工作人员匆匆跑来：“没事吧？”

顾觉以为对方是来扶他的，结果那人却直接越过他，去了郁盛身边，微微弓着腰把她上上下下打量一遍，看到她没事才松了口气：“郁总，您可真是吓死我了，我还以为您摔了呢！岳总那里还有好一会儿，秋助理让我来问问您，您看您是想过去和他们一起，还是去顶楼的咖啡座坐一会儿。我们这楼的顶部是个圆弧状的天顶，里面种了很多热带植物，也算是内景地，不过岳总在朝南处设置了一个咖啡卡座，是专门提供给贵宾休息的，这两天新来了一批瑰夏绿标，虽然不如红标，但也很好喝。”

“嗯，那就去咖啡座吧。”

郁盛说着正要离开，一旁忍不住跑出来去扶顾觉的夏娃却开口：“等等，你打了人，就准备这么走了？”

郁盛侧过头看她：“你哪位？”

夏娃差点被气得喷出一口血：“你每次都装不认识我，你有意思吗？”

郁盛实在不想搭理她，尤其是一旁还有个顾觉。他没让夏娃扶，已经自己从地上站了起来，一边整理被弄乱的衣服，一边目光阴冷地盯着她。郁盛实在吃不消这“霸总”的眼神，不过她不傻，顾觉既然不知道她的事，今天会突然出现在这里，一定和夏娃脱不开关系。

“郁总，她是今天来录制综艺的艺人。”工作人员适时在她耳旁提醒。

郁盛“嗯”了一声，既然这两个人爱闹腾，那她也不打算客气。

她开口：“是刚刚在录的那个综艺吗？”

“对。”

“嗯，去帮我通知一下胡导，和他打声招呼，说声不好意思。这个夏娃，她今天录制的全部镜头，在这期节目播放时我一个都不想在公司平台上看到。以后，公司平台里任何一个自制的综艺或是影视剧，也都不要让她出现。”

“好的，郁总，我马上就去和胡导说。”这只是一件小事，老板都发话了，自然没有不听的道理。毕竟夏娃原本就不是什么大咖艺人，一个十八线的小新人，还敢和老板叫板，疯了吧？

“你、你在胡说八道什么！你是仗着岳栋宠你，故意在演戏是不是！你有什么权力发号施令？”

郁盛叹息：“怎么你到现在还不明白？你之前在S城见到我的时候，我就是周洛的宾客，你觉得以他那种性子的人，如果不是因为生意，会因为我而训斥你吗？能和周洛谈生意的人，你觉得是什么样的人？明明从来就没有刻意瞒着你……”

她摇了摇头，后面的话懒得再说。其实郁盛觉得夏娃或许并不是不懂，她没有那么笨，这样简单的事怎么可能想不明白。大概只是不愿意朝那个方向去想，本能地觉得女人就该依靠男人，女人不需要多大的成就，只要有拿得出手让人羡慕的职业，然后享受男人的追捧就行。毕竟，这几年她都是这样过来的。

“我不相信！我、我和平台签了约了，平台必须让我上综艺的！你有什么权力这么做？”

郁盛皱眉：“你把综艺约签给了盛乐光影？”得到肯定的回复后，轻轻笑了笑，“那就恭喜你了，未来，除了我这里，国内其他任何的综艺，你都不可能出现。当然，你可以去演戏，只要你有那个本事。”

“不可能的，你在吓我……”夏娃根本听不进去这些话，也更加不可能去琢磨对方话里透露的更多细节。

顾觉却注意到了：“盛乐光影？岳栋新开的那个公司？”

“现在，明白我和岳栋是什么关系了吗？”郁盛丢下这句话，转身朝电梯间走去。

在她身后，顾觉和夏娃仍站在原地，一个不想相信也不敢相信自己的耳朵，正焦急地拿出手机打给经纪人，另一个则陷入沉默。

顾觉突然很想抽烟，他掏出香烟后才想起这里是室内。他眉头紧皱，大步朝出口走去，完全忘记了身边还有另外一个人的存在。

十分钟后，他靠在黑色的帕拉梅拉旁边，低头点燃了一根烟。顾觉抬头，薄唇轻轻吐出烟雾，烟雾里面，盛乐光影占地庞大的影棚看起来有些不真实。而相比面前的建筑更加不真实的，是郁盛。所以说，她从来没有因为想要报复而去攀附讨好其他男人？她从头到尾，都在坚定地做她想要做的事？她想要的是什么？自由？事业？所以，他从来都不是她想要的，什么恋爱、订婚、结婚，也都是她急于摆脱的。

他知道，他这个时候应该愤怒，毕竟已经和她分手几个月了，他到这时才明白被甩的人原来是自己。可是刚才她站在那里，笑容浅浅地吩咐工作人员封杀夏娃全平台综艺的时候，他却发现自己移不开落在她身上的目光。温柔乖巧的女孩纵然讨喜，而表面温驯又懂得算计的聪慧女孩更令人心动，可是从里到外都自信强大的郁盛，简直就像自带发光体，让人根本无法把视线从她身上挪开。

他不知道是不是因为得不到才是最好的，他也不想在这个想法上纠结太多。他只知道，二十七年来，他第一次这么想要一个女人，甚至是比那时候对夏娃还要强烈的念头。既然过去从头至尾都只是个错误，那么他就打碎这个过去，让一切从现在重新开始。

顾觉在车里坐了很久，香烟也一根根地抽。明明公司里还有重要的会议要开，可是想再看她一眼的念头却止也止不住。一个小时后，他终于透过车窗远远看到了她的身影，这时已经是傍晚时分。初夏的夜来得晚，夕阳绚烂，浅蓝色的天空被橙光装点得格外美丽。他看到她和岳栋一行人分开，然后她带着一个高大挺拔的男人朝一辆大型的SUV走去。

顾觉认得那个男人的背影，似乎是她用了很多年的司机和保镖，她之前遇险也是对方救下的她，她当时因为这个司机受伤的事，第一次和他挑明了一些事，他也是从那时开始才知道乖巧了三年的女孩，并非只有乖巧和单纯。从前，他连她都不怎么在意，每次见面都是自己这里直接开了车过去接，自然更加不会注意到她的司机。

这是第一次，他把视线停留在对方身上。

两人走到车旁，秋屿拉开后座的门，郁盛站在那里不知道说了什么，他于是关了门，转身绕过车头，替她开了副驾驶位的门，郁盛这次上了车，还朝他笑了笑。顾觉和对方的距离不远不近，虽然只是一两眼的工夫，却刚好够他看清那人的脸。他缓缓皱起了眉。他没想到那个男人竟然这样年轻，而且那张脸，英俊到让他很不舒服。顾觉目送对方的车子缓缓开动，他当下发动了车子，跟在了郁盛的车后面。

车子经过回城高架桥的时候，没有朝上面开。

郁盛有些不解："怎么了，为什么不上高架桥？"高架桥下的车道不是不能走，但红灯多，道路不好，郊区路段有些地方还在维修，开回城估计要多花一两倍的时间。

秋屿瞥了眼后视镜："有人跟踪我们。"

"谁啊？"

"看车子，不像是私家侦探。"

郁盛朝右侧后视镜看了几眼："好像是顾觉，他有病吗？阿屿，甩了他。"

"好。"他不走高架桥，就是为了甩后面的车。

在郁盛下达了指令的同时，他收敛神色，用力踩下油门开始加速。秋屿的眉宇间带上了几分凌厉，他一边盯着前面的马路和岔道，一边不时瞥一眼后视镜里的车。他掐着一个红灯的最后两秒过了路口，拐进了岔路，等到顾觉追进岔路时，他又从另一条路拐上了另一条主路。

这条岔路路面狭窄，还坑坑洼洼，帕拉梅拉性能虽然好，但无奈底盘太低，顾觉留意到路面情况准备按键抬高底盘已经晚了，嘎嘎吱吱的剐蹭声从车底传来。他虽然不心疼车，但到底影响了他的车速。等到他好不容易驶过岔路的坑洼地带，开到另一条主路上时，郁盛所坐的车早已不见了踪影，而摆在他面前的三个路口，从哪一个都能开回城。他根本不知道对方开的是哪条路。

顾觉停在路口，狠狠拍了下方向盘。虽然明白对方是专业的司机，但同为男人，这种在某方面被对方碾压的感觉他很不喜欢。他本意是想弄清楚郁盛如今的住址，但现在只能另想办法了。

后视镜里，黑色帕拉梅拉已经看不见了。

秋屿从主路拐上另一条岔路，片刻后，再次回到了原先的主路，主路旁就有一个高架桥入口，他直接转弯上了高架桥，以最高限速朝城区奔驰而去。

郁盛侧头安静地看着他这一系列动作，末了开口：“阿屿，你好帅啊。”

秋屿想绷，但没有绷住。之前心里那点不高兴和醋意，早就已经消失了，此刻听到她刻意崇拜的语气，唇角有些止不住想要上扬。

“想笑就笑呗，唇角都勾了。”她说着，手指落在他握着自动排挡的那只手背上，用纤细白嫩的指尖点着他宽大骨感的手背。

她才点到第三下，手指就被他反握住。他握住她的手，将她五指分开，与她十指紧扣，然后拉着她的手送到了唇边，在她白皙的手背上落下一吻。他的吻落下的时候，郁盛感觉仿佛有羽毛自她心尖掠过。

之后的时间里，郁盛格外乖巧安静。

他们的车子进城时，天已经完全黑了，周遭都是变幻的流光，这座城市，迎来了它美丽的夜晚。

今天他们和郁有枫约了吃饭，或者说，是郁有枫撒泼非要和郁盛吃饭，说她这个姐姐光顾着搞事业，都快把他忘记了。

吃饭的地点是在一家创意菜馆，郁有枫在这家菜馆投了点钱，不多，但也算是他一个好的开始。当然，这投资他肯定是瞒着郁贵东。自绑架事件后，他没再和郁贵东吵过，每月照旧拿零花钱，然后存起来，开始找项目投资。他今天约郁盛过来，也是想让她试试菜。

车子在地下停车场停稳，秋屿熄了火，一旁的郁盛却在和安全带掰扯，似乎是卡住了。

“我来。”他解了自己的安全带，侧身靠过去，伸手去帮她解。

他以为会很难解，但手指才按上锁扣，安全带就松开了。

郁盛看着这张近在咫尺的漂亮面容上的诧异，朝着他柔软的唇就是一口：“阿屿，你已经三天没亲我了。”

他没有退回去，维持着靠过来的动作看向靠着椅背的她。

他眼神深沉，终究还是没有忍住，向她吻下去。

郁盛和秋屿走进包间的时候，郁有枫早已等候多时了。

他看了眼跟在郁盛身侧的男人，视线从郁盛微红的唇上掠过，心里很是不爽。要不是刚刚他忘记东西下去停车场取的时候正好看到，他都不知道他们居然悄无声息地在一起了。不过他现在学乖了，即便心里不爽也不会在郁盛面前表现出来，甚至为了想让郁盛高兴，他对秋屿还更加热情，从他落座开始就主动给他倒茶，又询问他的口味，喜欢的菜式。

秋屿向来荣辱不惊，从前郁有枫待他冷淡，他不会感觉被冒犯，现在自然也不会因为对方的热情而惊讶。

倒是坐在郁有枫对面的郁盛，支着下颚朝自己的弟弟瞥了两眼。

之后趁着菜还没上，郁盛去了趟洗手间。

郁盛一走，包间里气氛顿时淡了下来，郁有枫几乎是在瞬间变脸：“厉害哦！秋特助，看来这次终于成功了。”

秋屿面色清冷地看向他：“那是你姐姐的私事，有什么意见，你可以亲口跟她说。”他不在乎郁有枫的态度，但只要带上郁盛就不行。

对方语气清淡，脸上也丝毫没有怒意，但郁有枫莫名想起几个月前的那凌厉的一拳，气焰下意识短了一截。他很清楚，尽管现在郁盛待他比从前好，可在他和秋屿之间让郁盛选一个的话，从前她就会选秋屿，如今他们又在一起了，她更加不会选择他。

好气哦，可这是事实。

这么一想，哪怕心里再不爽，他也稍微收敛了几分，只是依旧不甘心，还是免不了刺几句："那你现在到底算什么身份，她的助理，还是她的男朋友？如果想做她男朋友，助理这个职位似乎不太够……姐姐也根本没和我提过你的事，要不是今天我在停车场看到你们亲来亲去……别怪我没提醒你，姐姐她又美又能干，喜欢她的人可多着呢，她又这么年轻，等过几年她看腻了你这张脸，把你甩了，你哭都来不及。"

这一次，秋屿连眼神都没给他一个。他怎么想的，并不需要向郁有枫交代。他并不是一点都不在意郁有枫说的话，只是和那些比起来，他更在乎他和郁盛的关系。曾经他以为这辈子终其一生，他都只能待在离她最近又最远的地方，守护她，陪伴她，和她一起做所有她想要做的事，成为她的手和翅膀，让她自由飞翔。他原本想着，也许到了她能展翅高飞的时候，便是他功成身退的时候。那个时候，也许她已经有了喜欢的恋人，每天过得幸福又满足。或许直到那时候，他也不会告诉她自己藏在心底的情感。就像他出现在她身边的时候那样，他会选一个恰到好处的时机和她说再见，回到他来的地方。

他会回去告诉他的恩师，他没有辜负他的嘱托，他陪伴了她数年，保护了她，伴随她成长，如今的她已经拥有了她真正想要的生活。可是现在，她虽然羽翼渐丰，却真正看到了她身边的他，哪怕现在他只是个助理、保镖、司机，她依然毫不吝啬地展现了她对他的情感。所以，在外人眼里，他和郁盛的关系究竟如何并不重要，他现在的职位能否配得上她也不重要。

她现在就在他伸手可及的地方，他可以抱她，只要他想他可以随时吻她。她从来不是害羞被动的女孩，很多时候，她对他比他对她更主动。这样子，已经足够了。

郁盛回到包间后，菜也开始上来了，整个晚餐时间，她几乎是旁若无人地秀着恩爱——虽然她秀的对象只有郁有枫一个。

郁盛夹了一块鱼片，吃完之后又去看秋屿筷尖的那块：“让我尝尝你的。”

秋屿想要放进她碗里，她却直接示意他喂自己。秋屿照着做了，她吃完之后笑了起来，凑到他耳旁道：“好像你的比较好吃，是因为被你咬过一口了吗？”

服务员送进来一盆虾，郁盛干脆放下筷子不管了。果不其然，秋屿用湿毛巾擦过手之后，剥完一只她吃一只，她就像个废人一样，好像连虾壳都不会剥了，还要他直接塞到她嘴里。

这天晚餐的后半段时间，郁有枫木着脸，看他姐姐秀恩爱，等到结束离开包间时，郁盛看着他露出一丝若有似无的笑意和藏在笑意背后的警告，他才觉察她是故意的。她肯定是听到了刚才他在包间里和秋屿说的话。对方还没转正呢，她就这么护了，以后要是真成了他姐夫，她心里还能有他这个弟弟？

郁有枫感觉委屈巴巴。

郁盛笑了声，落后一步走在他身侧：“乖，听姐姐的，没事就多花时间去学习，不光是你的课业，还有生意上的各种事情，也都需要学习。你现在在郁氏有职位，但我知道你不怎么去公司，你不觉得很浪费吗？”

郁有枫一脸拒绝：“我不想帮他做事，哪怕去了公司他也还是那样对我。”

“你喜欢还是讨厌郁贵东无所谓，但郁氏这么大的公司，肯定有你可以学习的东西，你学到的东西都是属于你自己的。你现在才二十一岁，从现在开始努力还不晚。”

这晚，郁盛和郁有枫说着郁氏这么大的公司时，没有想过，不过区区一个月的时间，市值十多亿的郁氏就出事了。

第 十 九 章

她的阿屿，是她的海洋，也是她的翅膀

这件事得从郁盛生日那几天说起。

郁盛的生日是六月十八号，从她生日的几天前开始，她就频频收到玫瑰花束。蓝玫瑰、粉玫瑰、白玫瑰……各种各样颜色和品种的玫瑰，有时是九十九朵，有时放在精致的礼盒里面，都被送到她的公司。送花的人没有匿名，“顾觉”两个字光明正大地写在卡片落款处，他似乎打定主意要重新追求她一次。

从鲜花开始，等到了她生日那天，他请她办公室对面的大楼的物管处用灯光拼出祝她生日快乐的祝福，又雇了诸多无人机，在天空拼写她的名字。顾觉把他二十七年来追求女人的经验发挥到了极致。

郁盛不胜其烦，她不解地问秋屿，为什么之前他查不到她的事，也跟踪不到她的新住处，现在却知道了她的公司地址?

“住所是个人讯息，可以隐藏，但注册公司之后，和公司相关的讯息是公开的。他应该是从盛乐光影的注册讯息那里反向查到了盛世繁华，然后推测出这是你的公司。”

“所以，他仅凭一个推测，就搞这么多事？”郁盛笑了声，朝秋屿道，“阿屿，帮我联系熟悉的记者。”

“好，你要拍谁？”他猜测她可能想拍顾觉，例如拍一些他的绯闻，转移他

的注意力。

郁盛看着办公桌前玉树临风、面容俊美的助理，笑容更灿烂了：“当然是拍你和我啊。阿屿，做好成为总裁背后的男人的准备了没？”

秋屿低头笑了笑，并没有因为这个称谓而不满。在他的认知里，无论她想做什么，无论她想让他做什么，只要她开口，并且在他的能力范围内，他什么都愿意去做。

那名记者也是老熟人了，拍摄能力非常高，把郁盛和秋屿这对俊男美女，总裁和特助之间那种暧昧、亲密完完全全通过镜头展现了出来。

郁盛为了让对方能从各个角度拍摄，一整个晚上，可以说是使出了浑身解数。要是郁有枫在这里，他很快就会发现，相比这晚，他之前看到的那些真的只是幼儿园水平。

在大楼顶层的露天咖啡座里，郁盛穿了件清凉的纱裙，依偎在秋屿怀里，在他面红耳赤的注视里，用嘴咬着樱桃凑过去喂他吃。直到最后，他不得不推开她，很怕自己在这种场合下露出窘态。

在大楼的地下停车场里，灯光不算明亮的角落，他替她拉开了车门，她却反手将他一推，把人摁在车身上，然后搂住他脖子，踮脚吻了过去。

郁盛如此敬业，等到了第二天的时候，记者却打来电话，表示那些照片恐怕发不了了，因为被主编拦下来了。她对这个变故并不算多意外，顾觉在这一行还是有点关系的，否则那时候每个月都换女伴，还全是女艺人，早就天天上头条了。虽然精心准备的照片没能发出去让她有点遗憾，但她的最终目的是以这种不特意告之的方式让他知道她和秋屿的事。

而现在，他肯定知道了，所以，目的能达到就好。

同一天，在另一座商务大楼里，顾觉坐在办公桌后面，对着平板电脑上的照片陷入沉默。秘书站在桌子前面，连大气都不敢出，更何况是出声。

许久，顾觉终于开口：“照片都在这里了？”

“是的，顾总。”他话音刚落，顾觉就冷笑起来，吓得他战战兢兢，忙道，

“顾总，如果没什么事，那我先出去了。”

顾觉带着怒意的冰冷目光扫到他身上：“你不是进来和我对工作行程的吗？现在一个行程都没说就要出去了？”

“是的，顾总，非常抱歉，这就开始……”秘书忙点开了手里的平板电脑，开始一一告知行程。

然而，当行程对象名单里出现熟悉的名字时，他的话再一次被打断。

“郁贵东？”

“呃……是、是的，郁总他之前已经约了您明晚的饭局，他那边有两个新项目，也有几个新的合作伙伴想介绍给您。所以，约的是明晚七点在……”

“哼。”他冷笑了声，“这个老家伙，到了今天还没死心，真以为偌大一个顾氏，会对他的项目感兴趣，还时不时埋个坑想让我踩。”

秘书一听这话知道不能接口，于是继续保持沉默。

顾觉不知道想到什么，脸上笑容消失，只剩森寒：“把明天和他的饭局取消，将他从顾氏的宾客名单里剔除，撤回顾氏所有在郁氏的投资，包括通过郁氏在其他公司投资的关联项目，全部撤资！”

秘书有些怀疑自己的耳朵，“可是，顾总，郁氏那边有些投资的项目都已经进行到一半了，现在撤资，我们也会受影响……其他董事那里恐怕……”

“让你做就做，不想做我换个人来做，如何？”顾觉知道秘书说的都是事实，可是这个时候他怒气攻心，根本不想去考虑投资成本问题。

秘书在离开之前，再次确认了顾觉的指令，同时提醒他：“顾总，如果我们全面撤资，以郁氏目前的情况，很可能出现资金周转不灵等问题。”

投进去的钱已经用了大半，顾觉这里撤资，郁贵东只有两个选择。跟着撤资，把剩下的钱全部拿回来，依照投资比例两家分；第二，郁贵东不撤资，吃下整个项目，可是他必须得拿出顾氏投资的那些钱，至于这部分钱是多少，得看当初合约是怎么签的，中间还有很大的幅度可以扯皮。

另外，这些投资项目里面还有几个牵扯了第三方甚至第四方，当初对方投资进来，给的自然是顾觉的面子。毕竟这种项目，万一超期或者出现超支等情况，都需要后期再追加投资金进去，如果是一般的小公司，或者只单单郁贵东这里，他们或许不会投资项目。现在顾氏撤资，让其他的合作方怎么想、怎么看，又怎么做，其实不难猜。

如果顾氏这边做得狠一点，随时能让郁贵东的公司面临困境。

“不用你提醒我，照做。”顾觉不想再听下去，挥手示意对方出去。

郁氏面临困境，资金周转不灵，哪怕是破产了，那又怎么样？直至此时，在顾觉眼里，郁盛虽然能力强大又聪明，但他始终觉得如果没有郁氏在后面托底，她不可能在短短几个月里把公司铺得这么大。他倒是要看看，没了郁氏这个后台，郁盛要怎么把她的公司，把她的理想继续下去。到时，无论她再想回头，再想来求他，他都不可能心软！

顾觉没有料错，失去他的资金，郁氏的情况急转直下。郁贵东屡屡上门求见面，却一律被拒之门外。他一直耐着性子等待郁盛亲临，可结果，他却等来了她的一封信。

信？他从秘书手里接过那个信封，不明白她怎么还有闲情逸致给自己写信。

“怎么了，她这是知道错了，写信来求原谅？”顾觉不屑冷笑。

秘书看着他，表情有些尴尬，伴随信件一起到的，其实还有一个电话，是郁盛那边直接打给他的。

隔了片刻，秘书还是硬着头皮开了口：“那个……顾总，这信里面是郁小姐那里给您的银行卡。她那边表示……”

顾觉不耐烦：“说。”

“这个，不太好说，顾总……”

顾觉抬头脸色阴郁地看着他：“说，一个字都不要漏，敢漏一个字你以后也不要在我面前出现了。”

秘书心一横，做好了被打出办公室的准备：“郁小姐说她有新宠了，这位新宠……比您帅、比您高、比您体贴一百倍，最重要的是，比、比、比您干净……她很满意，不会蠢到再回头和您……至于郁氏，她不要了，随便您折腾，这张银行卡里面的钱，是她给你的分手费。”

顾觉：“……”

郁盛给顾觉的银行卡里，钱不多，在郁盛心里他值多少钱，她就给了他多少钱分手费。所以如果顾觉真的去提那张卡上的钱，会发现上面的数字连三位数都不到，恐怕会因为这笔分手费再次暴怒。

这次事件，虽然顾觉给郁盛这里带来了不少麻烦，但总体来说，她发现自己似乎还要谢谢他。

顾觉从郁氏撤资，还从和郁氏相关公司的其他项目撤资后，郁氏损失惨重，郁贵东暴跳如雷，一通电话打到郁盛这里。郁盛接到电话时，已经从同行以及新闻里知道了这件事，所以她接听了电话。

她由着郁贵东用怒气冲冲的话语表达他的心情，最后只告诉了他一句：“放心，要不了多久，你就再也不会有这方面的烦恼了。”

她早就有了想法，本来以为至少还要三到五年，才能吞掉郁氏，可是顾觉不按常理出牌，居然帮她让郁氏直接走到了破产的边缘，如今的郁氏就像是摇摇欲坠的大楼，外人看得见的情况她能看见，外人看不见的情况，因为这些年她在公司里的布置她也能看见。

她挂掉电话后，立刻联络了岳栋、周洛以及章年，问他们有没有兴趣，再合作一次。她一个人吞不下郁氏，但是她有朋友，有合作伙伴。这个阶段，盛乐光影已经因为《重启人生》第二季再次狠赚了一笔，在合作愉快的情况下，没人会拒绝。于是，她与这三方公司联手，把郁氏给吞掉了。

等消息传到顾觉那里的时候，一切都已经晚了，郁盛已经以代表身份入驻郁氏，该拆的拆，该丢的丢，过滤了一遍项目，打散、重组，只留下真正赚钱的。自此后，投资圈再没有郁氏金融，有的，只是郁总的盛世繁华。

这个消息让顾觉震惊了很久。甚至因为这件事，他之后有很长一段时间陷入了自我怀疑。

当一个人一再被打脸，打脸再打脸，打脸还打脸的时候，无论在他的自我认知和周遭人的认知里面，他有多出色优秀，都会产生自我怀疑。而这个自我怀疑，会在之后顾氏内部出现问题，顾老爷子在外的私生子拿着股份，从新进职员摇身一变，直接进入董事会后，达到一个顶点。

董事会的其他股东，因为先前种种事情，对他不满已久，有人手里股份少，加上私生子那里出价高，所以肯卖的都卖给了私生子。至于其他还在的股东，都觉得多一个人，就能和顾觉分庭抗礼，中间还有利可图，自然不会反对新人加入。更何况这个人也姓顾，身上流着顾老爷子的血。就这样，后期的顾氏，再也不是顾觉能一手控制的集团，他在商界的地位也会发生微妙的变化，再后来，又发生了其他事，最终顾氏集团的主控权还是落在了深藏野心的私生子手里。

当然，这是后话了。

再者，因为顾觉的各种追求手段，使得郁盛不胜其烦，找记者拍了一晚上她和秋屿的暧昧。在外面秋屿还勉强能忍一忍，但也基本已经到极限了。那天晚上回家后，他把之前没有做完的事，做了个彻底。

郁盛从没想过会来得这么突然。对女孩子来说，其实心理感受更大于其他。她喜欢亲近他，逗他，但常常不懂得收尾，也不懂得他的难处。因为要让记者拍摄，所以这晚她在外面的时候，一点自觉都没有，由着心情想怎么来怎么来。

结果……

第二天，当那位记者打来电话表示照片被主编拦下来时，她还没起，正心情很好地伏在秋屿的颈边看他睡着时的睫毛。夏天正午的阳光从落地窗遮光窗帘的下方漏进室内，原木色的地板上，铺着夏天用的薄薄毯子。没有枕头，她便靠在他手臂上，才伸手去戳他的睫毛，就被他握住了手指。他很自然地将她的手指拉到唇边亲了亲，又将手指搁在自己心口，然后睁开眼睛看向她。

记忆里，这不是她第一次见他早晨醒来的模样，可不知道是不是心理因素，她总觉得今天的阿屿格外好看，眼神格外温柔。

“阿屿，你怎么这么好看呢？眼睛好看，鼻子好看，唇也好看。”她每说一处，就凑过去在那里吻一吻，“这么好看的阿屿是我的。”

那天后，两个人腻在一起的时间更多了，因为秋屿就住楼下，串门什么的简直是太方便了，有时甚至可以在自家刷完牙再过去敲门。所以，当顾总裁忙于对付郁氏时，郁盛每一天都过得十分愉快滋润。

加上之后郁氏的事，郁盛心里真的还挺谢谢他的。

她以为，这样开心的时光会一直继续下去。直至一个月后，秋屿在开会时接到一通电话，他放下了开到一半的会议出去接听。等到他再回来的时候，会议已经结束了，郁盛也回了自己办公室，而他一脸严肃认真地来到她面前。

“怎么了？”她坐在办公桌后，抬头看向他。

“小郁，我可能要离开一段时间。”

郁盛一时没听懂：“什么意思？离开去哪儿？”

“有一个对我来说很重要的人去世了，我得回一趟M国。”

她注意到，他用的是回，而不是去。

“所以，你要去参加你朋友的葬礼？”在郁盛看来，这是理所当然的事，“你哪天走，去几天，我让小美给你订来回机票。”

秋屿看着她，感觉自己开口的时候格外艰难：“我不是去几天，我可能要回去几个月。”

如果可以，他根本就不想离开她，哪怕一天，可是这次不一样，苏青不仅是他的恩师，也是抚养他长大的人。教会他一切本领，教导他成为今天这样的人，苏青不止是他的老师，也是父亲。

当年，在秋屿离开M国回中国的时候，苏青曾说，如果有一天他没法再维持现在的家，他希望无论秋屿在世界的哪个角落，都能回去，替他收拢他留下的这摊散沙。他说他这辈子对爱情放弃得太早，等到再想回头时，早已被家人牵绊住。他活着的时候，他可以管住他们，平衡所有混乱，可他能预见到，有一天如果他不在了，那几个人一定会为这点家产争个你死我活。他不想分割自己一手创下的产业，也不想将它随随便便交给无能的儿子，所以如果有一天他离开了，他会留下一份遗嘱，由秋屿来暂时代管这些产业，来制衡他散乱无序的家人。

苏青需要有人来给他们一点教训，让他们明白，一团散沙只会一事无成，唯有同心协力，才能拿回属于自己的产业，可是苏青没有其他能够信任的人。能做这件事的人选太重要，这个人不能有一点贪心，还得有自我保护的能力，因为可能会遇到危险，还要有面对一切指责谩骂的强大心理，因为这个人扮演的是个坏人。而他自己也必须百分百信任这个人，才能在遗嘱里写下代管所有产业的人的名字。

除了秋屿，他不相信任何人。

“什么事？我在问你，阿屿。”郁盛撑着办公桌站了起来。

理智上，她知道秋屿是个独立的人，一个有能力的人，哪怕他们在一起了，他也不是完完全全捆绑在了她身上。他是自由的，他可以去任何地方。她早就知道他有秘密，她只是没想到有一天，这个秘密会突然出现，将他带离她的身边。

“我答应过一个人，会在他去世后替他管理一段时间的产业。这个一段时间，可能是三个月，也可能是九个月，也可能更长。”

“这件事比我还要重要？”

“不，这世界上没有任何事比你重要。”

“那你还要离开？你不是说过时时刻刻都要陪着我吗？”她以为不说喜欢，不谈恋爱，就不会有分手的痛苦，可现在听到他要离开一段时间，她依然觉得难受，“你告诉我，你到底要去多久，比九个月更长的时间是多久？”有句话，几乎都到嘴边了，可她却忍了下去。

似乎只要她不问，那件事就不会变成真的。

他绕过办公桌，将她拉进怀里，低头亲着她的头顶：“你想和我一起去吗？如果你愿意，我可以带你一起去。我可以带你去看我出生长大的地方，带你看我的过去，告诉你一切你不知道的事。”

郁盛没有问他在M国哪里，她心里很清楚，无论在哪里，她都不可能和他一起去。她有她的事业要守卫，对她来说，再喜欢一个人都不可能为了对方丢下自己的生活，去尝试一场未知的冒险。

她可以，但她不愿意。爱情从来都不是她生活的全部。

秋屿比她更清楚这一点，所以刚才开口的时候才会那样难以启齿。他没办法勉强她丢下一切跟他离开，可他现在却不得不离开，那是他给恩师的承诺。但他不想离开她，头脑和心处在对立面，才会更加难受。

“就算我不去，你也不至于一去几个月不回吧？”他怀里的人再度开口，他低头看向她，她回视他，“现在交通便利，你可以隔一阵子就回来一趟。”

“如果我回来，他们也会找到你，你会有危险。”他清楚那几个人为了钱可以有多疯狂。

“既然这么危险，那就不要回去了。”她刚刚开口说完，又改口，“算了，这是你的事，我不想管了，总之，你自己决定吧。”

郁盛很少真正对他生气，这次尽管她没有对他露出任何不满和恼怒的表情，可他听得出来，她真的有点生气了。

晚上回到公寓大厦，秋屿表示自己要整理东西，郁盛不想和他多说什么，直接回了家。

她脑子有些乱，早早睡下，却有一点失眠，好不容易快要睡着的时候，却感觉到有人轻轻拥住了她。那是郁盛这阵子早已熟悉的气息，她还没完全醒来，却已经下意识地朝对方怀里靠去。

“你记不记得你曾经说过，如果有一天我需要帮助，只要你能做到的，你一定会帮？”男人压低了的温柔嗓音在寂静的夜里听起来格外动人，“现在，我想要你帮我在我离开的时候照顾好自己。小郁，我爱你。但我一定得去，我答应你，我会用最短的时间把事情做完，然后回到你身边……”

郁盛有点忍不住了，揪着他的衣服道：“那如果你回不来呢？”

“我一定会回来。”他为了曾经的承诺离开，也一定会为了现在的承诺回来，“那些秘密，你想现在听吗？”

“是不是和我有关？”

“嗯，有一点关系。”

“那就等你回来再告诉我。”她想了想，又道，“反正，我最多等你九个月，如果你九个月之后还不回来，我就再找一个比你帅比你高比你体贴一百倍的男人。”

他想起了先前她打给顾觉秘书的那个电话，当时他就在旁边，一字不漏全听到了。

他忍不住笑：“你不会的。”

“我会的。”

“不……你不会。”最后一个字，随着声音和气息，一同落在了她的唇上。

夜色朝她砸了下来，她甚至感觉到了一些疼痛。他让她明白，其实他也是怕的，怕离开造成的分离，怕被思念缠住，怕见不到想见的人，怕他不在她的身边，她会遇到解决不了的麻烦。这种害怕从他的每个动作里透露出来，她全部都感受到了。

他们在她的公寓一起待了两天，她没去公司，他也没去。第三天早上的时候，他早早起来，给她做好了早饭，然后在早饭的旁边留了一张字条和一张卡。他没有让她去机场送行，他怕看着她的脸，看着她看向自己的眼神，他会走不了。分离的这一刻，他甚至有些痛恨自己当初为什么要应下这样的承诺。

对大洋彼岸那些尚未见面的人，那盘散沙，他已经开始有了怒意。虽然答应了不得不回去，但既然他的主要任务是给对方教训，那或许他会把这个部分无限放大。

此刻，远在大洋彼岸的人并不知道，远道而来的这位产业管理者，将会给他们留下“终生难忘”的记忆。

郁盛醒的时候已经中午了，她揉着快要散架的腰下楼，然后看到了厨房里准备好的早餐和他留下的字条。

——银行卡的密码是我们第一次见面时候的日期，钱全部给你，你可以用来投资，也可以买自己喜欢的东西。等到这些钱花光的时候，我应该就回来了。

郁盛看着那串数字，很快就发现这串数字并不是他们四年前见面的时间，而是比四年前，还要早上三年。

那个时候，她应该只有十五岁。所以，秋屿的意思是，早在她十五岁的时候，他们就见过了？可为什么她一点记忆都没有？看来，这应该是秘密里面的一部分。

郁盛拿着那张字条"啧"了两声，这家伙，离开的时候还不忘记给她点事情思考，肯定是想让她天天都念着他。至于那张银行卡，郁盛也没在意，直接收进包里，搁到一旁。

等到她再想起这张卡，是在半个月后，这期间，她只收到过他几条报平安的消息，他甚至连个视频都没打给她。她准备今天去看看卡里究竟有多少钱，直接全用完了，然后再告诉他气气他。

她先去了自动取款机，看到里面数字的第一眼，她以为自己眼花了，她重新再数了一次。

一千万?

郁盛目瞪口呆。

之后的几个月，时间过得飞快。当一个人适应了某种生活节奏，时间变得容易流逝得多。

秋屿在第一个月的时候，和她打过两次视频，再之后大部分时间都是发消息，文字或是语音，而且还总是要相隔很久才会等到他的回复。郁盛习惯了，便不再为此纠结，反正只要知道他平安就好。

唐宸经过秋屿很长一段时间的训练，已经变得非常靠谱，每天尽职尽责地跟在她身边，确实替她挡住了几次麻烦。

秋去冬来，又一年春节快要到了，郁有枫还有半个学期就要毕业。这阵子，他一直在盛世繁华里面实习，每天很努力工作和学习新知识，总算稍微靠谱了一些。年初的时候，郁贵东打电话过来求他回去吃顿饭。他去了，不仅去了，还带上了自己的女朋友——刚放出来没有多久的秦艺浓。

好好的一顿团圆饭，闹得鸡飞狗跳。郁贵东差点被他气出心脏病。

卢娜正式减肥成功，成了又美又有才华的作者兼编剧。听说后来校友见面会那天，高煊也去了，他一看到卢娜就怔怔地看着她，甚至在聚会结束时，拉着她想要求她原谅自己，再给自己一次机会。

结果他在门口扯来扯去的时候，一辆白色的跑车在路边停下，车窗降下，有人取下墨镜，露出一张令人心醉神迷的脸。

对方笑着朝高煊道："我来接我女朋友，你可以放开她的手了吗？"

直到卢娜上车，跑车离开，才有其他校友反应过来："刚刚那个是商崎吗？他可是最近超红的男艺人啊！"

"对，是他！他不仅长得帅，还是实力派演员，我们全家都好喜欢他！"

"天哪！卢娜真是不得了了！我的天哪！"

"她现在就像是小说里的女主角啊，谁能想到，一年多前，她还是……"后面的话没说完，校友们纷纷收声。

那次事件的"反派男主"还在这里，他们并没有通知他来今天的聚会，也不知道他是怎么知道的，又是怎么有脸来的。

在众人的议论声里，高煊红着脸慌慌张张地走了。他只是听说卢娜当了编剧，又成了美女，想来见一见她，心里幻想着或许她对他还有一丝情意在，也许他也能找到机会进入娱乐圈，甚至是当明星。可他没想到，她瘦下来之后居然变得这么漂亮，整个人仿佛闪闪发光一样，他根本移不开视线。想求原谅是真的，想要她再给自己一次机会也是真的，只是这些注定只能是他自己的一场梦。

树屋度假村已经成为周边几个城市里最有名的度假村，很多客人都远道而来，两天去隔壁享受惊叫乐园的快节奏和热闹，两天来到这里回归大自然，享受宁静美好的生活。当初郁盛、周洛以及章年预见的未来，都一一实现了。

冬天的脚步快要过去，秋屿已经离开整整六个月了，距离她给出的九个月期限还剩下三个月。

这天晚上，当她睡得迷迷糊糊的时候，突然觉察到身边有人。她尚未来得及尖叫，就已经被吻住了嘴唇。

郁盛被熟悉的触感惊醒，立刻伸手开了灯，柔和的光线映亮了屋内的一切，也映亮了她面前的人。

"小郁，我回来了。"他身上还带着初春夜晚的寒意，那双深黑的眼睛贪恋地看着她，再次靠过来吻住了她。

“等等……”郁盛看着他的头发，惊讶极了，“你留长了头发？”

相比时下的艺人，这样的长度可能仍是短发。但对他来说，确确实实留长了一倍，尤其前额处的几缕刘海。这样的秋屿，已经不能用俊美来形容了，这样的发型，搭配他的挺鼻深目，又帅气又温柔，简直好看到了极点。但她没有被他的脸完全迷惑，她伸手撩开他的刘海，果然在他额角靠近发际线处发现了一道伤疤。伤疤不长，大约只有一寸左右，但如果他像以前那样剪成板寸，她第一眼就会看到。郁盛心疼极了，但她没有多问，只是凑过去，吻了吻那道伤疤，表示她知道了，她心疼，但她不介意，她还是像以前那样喜欢他。

“你怎么回来都不提前说一声，我好去机场接你啊。”

“我想给你一个惊喜。”

“喜倒是喜，但是没怎么惊。”她对他太熟悉了，无论什么时候什么样的情况下，都不会因为他的突然出现而感到惊讶，“你这次回来还走吗？”

秋屿笑了笑，握住她的手指，送到唇边亲了亲：“永不。”

他完成了他的承诺，他再也不会离开她半步。

郁盛和公司里的几个年轻的高管打了声招呼，表示自己要放个长假，姑且先放七天吧。

“郁总是有什么重要事情处理吗？”过年前才来公司任职的某位年轻经理忍不住发问。

“嗯，我男朋友回来了，我打算去度个假。”

“男朋友……”对方似乎听见了自己心碎的声音，自他来到这个公司后，从来没听说过郁总有男朋友。这个男朋友到底是从哪里冒出来的?

郁盛没理会对方，她挂上电话，上了停在路旁的车子。

他们天还没亮就出发了，打算先去T城海边待两天。

车子从加油站重新出发，驶上高速路。

他们一路向东，迎着早春的阳光，金色的光线漫进车里面，将所有的一切都裹上了一层温暖的色泽。

郁盛伸手点了点秋屿握着自动排挡的手，几乎是在下一秒，他便反手和她十指相扣，将她的手拉到唇边吻了吻。

郁盛有一点恍惚，上一次发生这一幕的时间像是已经过去了很久，可又像是近在昨天。虽然他离开了整整六个月，可他们之间一点疏离和陌生感都没有。

郁盛伸手，打开车载音乐，放了一首旋律温柔宁和的歌。和旋律一样温柔宁和的歌词，随着阳光一起包围了他们。

如果大雨落下，就让我成为海洋。

那些看似束缚，却关于爱的每一朵浪花。

如果大雨落下，也许忘了回家。

把雨穿在身上，然后去飞翔，假装是翅膀。

……

如果大雨落下，那我成为海洋，披上你给的光。

再一次飞翔，长出了翅膀。

……

她一直都觉得，秋屿之于她，是个非常特别的人。他在她人生里最无助低落的时候来到她身边。后来，他不仅成了她的司机、她的保镖、她的助理，也成了她生命里最重要的人。

她的阿屿，是她的海洋，也是她的翅膀。

他给了她温暖和光，保护她，陪伴她成长，到后来甚至压抑着情感不想给她一点负担。在那些她爱不自知的时光里，他几乎在她身边扮演着所有角色，家人、哥哥、朋友、下属……

她一直以为她和他之间只要这样就够了，只需要这样就能和他一直在一起，让他永远陪在自己身边，不要离开。

可是后来她才明白，那些全部都是她的喜欢和爱。她在很早的时候，就已经爱上他了。

“阿屿。”

“嗯？”

“我爱你。”

番　外　1

命中注定的相遇

1

秋屿定的是去年他和郁盛来T城入住的同一家海滩酒店。他依然选的商务套间，后来发现楼层都和之前那间一样，只是房间在上次那间的隔壁再隔壁。郁盛路上没怎么睡，一到酒店就有些撑不住了，直接洗漱换上舒适的纯棉居家服就去睡了。等到秋屿洗完出来时，她已经抱着枕头睡着了。

昨晚他坐的晚班机回B城，等到郁盛公寓时，已是凌晨两三点。

她白天应该忙累了，刚被他吵醒的时候满脸倦意，后来和他说了一会儿话，彻底醒了过来，又计划着要放下工作去度假。之后两人收拾了东西，决定立刻就走。他们也不想长途跋涉，坐飞机去很远的地方，就想找个舒服的地方待着，然后就想到了海边。

这个季节的海边是有些冷，但旅人也少，从露台上看出去，沙滩一片寂静，海水一层层轻轻地涌来，带来潮汐的声音。在潮汐轻涌的声音里，秋屿坐在她身侧，垂眸安静地凝视她的睡脸。

直到再次回来这座城市，直至回到她身边，此时此刻，当她触手可及，他才像是回到了真实的世界里。

在M国的这几个月，每天想办法给人找碴儿，同时又要小心应对随时找上门的麻烦。从起初的上门言语劝说，动之以情晓之以理，到声讨，再到后来的反目威胁，最终还是有人没能忍住，用了非法的手段。他没有告诉郁盛，除了额角的伤疤，在他左侧的腰上也有一道伤口。那伤口不大，但很深，当时流了很多血。血液慢慢从身体里流出的时候，他脑海里全是郁盛朝他轻笑的模样。

虽然他在她身边待了将近四年，可是真正和她在一起不过几个月的时间。对他来说，太短了，一点都不够，他还有很多事想和她一起做，他想永远和她在一起。他还没有亲耳听见她说喜欢。

最后，靠着这点念想，他活了下来。那人最后被他亲手送进了监狱，也被永远踢出了继承人的名单。他又想起之前在她车上她对他说的那句话，那三个字入耳的时候，他还以为是自己幻听，直到对上她清澈带笑的眼睛，他才明白过来发生了什么。

他原本以为还要过很久，才会听到这句话，也或许一直都没办法听到。

郁盛在确定关系这件事情上，有她自己的认知。她认定有合必有分，唯有一切随心，不做任何期待，才能开心地过好每一天。这是她的情感观念，是她的家庭造成的，他不会去勉强她，他可以迁就。但这并不代表，他不渴望。她永远都不知道，和她有关的一切，他有多渴望——尤其是这次离开了她六个月，又在生死边界游走了一次，哪怕以前没那么执着的事，也开始执着起来。

他低下头，在她纤长乌黑的睫毛上亲了亲，然后将自己的脸颊贴住她的脸颊，感觉和自己完全不同的柔软细嫩：“有多爱我？小郁……还有，会爱我多久？”

她睡着了，听不见。

可正是因为她听不见，他才能这样大胆直白地说出心底的话。

郁盛是被热醒的，现在是三月，虽然因为她怕凉，进了房间就调高了空调的温度，但这也实在太热了。除了薄被之外，她感觉还有一个热源从背后将她整个包裹了起来。不仅包裹，还束缚着她的手和脚，让她想要伸出手散散热都做不到。最后她实在睡不下去了，睁开眼睛之后才发现那个热源居然是秋屿。

他不知道是不是怕她冻着，先用自己把她裹得严严实实，再用薄被把他们俩裹得严严实实，郁盛汗都被捂出来了。她挣了挣，他的手臂居然纹丝不动。

她家阿屿去了一趟M国回来，武力值好像又大幅度增长啊。

她无奈，只能转身，亲了亲他白皙的鼻尖，低声抱怨："好热……"

这一次，秋屿总算被她吵醒了，他慢慢睁开眼，深黑的眼眸带了一层朦胧的微光，有一丝警戒和锐利从他眸底浮起，却又在最短的时间里散去，转成因为安心才有的放松和温柔，他似乎因为刚从梦里醒来，一时分不清楚身在何处。

郁盛看见了那丝警戒，她很容易联想到原因，恐怕他这几个月在M国就是这么过来的。每一次睁开眼，最先醒来的是他的警惕心，可见每天生活的环境有多糟糕。

郁盛这一觉总算补回了体力，她一边洗漱，一边用手机查看附近的美食地点，打算今天和他出去逛逛。

之前那次来T城，她和他还不是这种关系，加上后来遇到了岳栋，她工作心切，着急就走了，也根本没时间把这里的好吃的和好玩的都尝试一遍。他们这次过来，当然要好好逛逛。

她洗漱完毕正对着镜子护肤时，外面传来关门声，她从房间走出去，果然看见站在沙发前的修长身影。他正弯着腰，似乎在行李袋里拿什么东西。

"阿屿，你早饭吃了吗？"

听到她的声音，他迅速拉上拉链，回头朝她看来："还没有，你怎么醒这么早？"

"那你刚才下楼是？"她有些好奇地看了眼他的手，没有拿东西，所以他刚才是在放东西？

"下去随便走走，你睡醒了吗？不再多睡一会儿吗？"他走过去，轻轻叹了口气，低头帮她将扣错的扣子解开，重新扣好。

T城的海原本就算不上清澈，加上这个季节过来，也不能下水玩，海边其实是有点无聊的。至少对郁盛来说是这样，她虽然喜欢人少的海边，但当她看着灰扑扑的沙滩和灰沉沉的海水，就有点后悔了。

“要不干脆现在买机票去海南吧？这个季节的三亚人不算多，可是比这里美多了。”其实她原本想说在马尔代夫和塔希提岛中间挑一个的，可考虑到秋屿才从M国坐长途飞机回来，不想再让他飞一次长途，所以才折中选了三亚。

可结果，她身后的男人却只是几步上前，然后拉开薄呢大衣，自她背后将她拢进怀里包裹起来，下巴刚好抵在她头顶：“可是我觉得这里也很美，可以这样抱着你一起，什么样的景色都是美的。”

郁盛仰头朝他看：“阿屿你现在好会说甜言蜜语啊，去了一趟M国到底都学了些什么？”

“没有学，只是把心里的话说出来。”因为有些话如果不及时说，很有可能会再也没机会开口。他垂下眼帘，看着她光洁白皙的额头，将唇印在上面。

耳旁，传来小孩子稚嫩的童言童语：“妈妈，那个哥哥为什么在亲姐姐，姐姐也生病了不舒服吗？”

郁盛朝旁边看去，是个三四岁的小女孩，还是很懵懂的年纪。她的妈妈抱起她，朝他们说了声“不好意思”。

她朝对方眯眼笑了笑，秋屿却在这时松开了她：“走吧，我们找个地方吃午饭。”

郁盛看着他颇有些不自在的表情，凑过去道：“你不是在害羞吧？那个小朋友才三四岁啊。”

秋屿看她一眼，没出声。孩子的确只有三四岁，可孩子的母亲和奶奶也在场，他不太习惯在人前和她这样子亲昵。对他来说，那是他和她最私密的事情，这个世界里面理当只有他和她两个人。

郁盛知道他不自在，可还是想逗他：“上次找记者偷拍我们的时候，你不是很配合很投入吗？”

“那不一样。”

“哪里不一样了？”

不一样在哪里？一个当然是因为周围没有人，无论是昏暗的咖啡厅角落，还是空旷的停车场一隅，都没有旁人。而且，他那回很清楚，照片都是拍给谁看的，为了这个目的，他哪怕再不自在也会全力配合。

虽然他没说话，可郁盛还是猜到了原因：“阿屿，你每次吃醋都好含蓄啊！”

“没有吃醋。”他矢口否认，走了两步却发现她没有跟上来。

秋屿回头，发现郁盛站在原地没有动，还摊开双手表示要他像刚才那样抱她她才走。她身后不远处，那一家人一边陪着孩子玩一边还在时不时笑着朝他们这里看。秋屿感觉有点脸热，可最终还是走上去，牵住了她的手。

男人修长的大手和她纤白的手十指交握，紧紧相扣。郁盛一开始不满意，仍旧想让他抱她。他站在她面前，没有开口说话，用手指轻轻摩挲着她的手指，刘海下深黑漂亮的眼睛温柔地看着她。轻柔的海风卷起海浪的气息，朝他们而来，拂过她的长发，拂过他大衣的下摆。他明明什么话都没有说，可是她却从他的眸底望见了最深的情感。

这样安静又专注的目光，让郁盛心尖颤了颤，有一种微微的麻和酥从她背后攀升而起。她自诩并不是个只看脸的人，更何况秋屿这张脸她看了四年，可为什么，这一刻当他凝望而来，她却有种醉在他视线里的错觉？虽然闹他，欺负他，看他脸红不自在让郁盛觉得很有趣，可偶尔她也会良心发现。

于是她没有再闹，任由他拉着自己的手沿着海滩朝前走。

中午的时候他们去了一家有很多年历史的老店吃海鲜，下午去逛了附近购物商城里的大超市，买了一堆零食，路过商城里的电影院时，她又起了看电影的念头。对她的要求他几乎从不拒绝，于是他们去寄存了东西，买了刚上映的一部科幻大片的情侣影票，在影院里度过了悠闲的一下午。

晚餐他们去吃了川菜，这家菜馆很有名，除了口味正宗的川菜，还有很多创意川式海鲜。晚上九点多，两人回到酒店，郁盛照例调高空调的温度，然后回房间换上了单薄的居家服，接着来到客厅，将一张熟悉的银行卡搁在秋屿面前。他只脱了薄呢外套，还没来得及换衣服，底下是一件薄薄的衬衣，正在餐桌那里整理他们从超市买回来的各种零食。

他回头瞥见了她搁在桌上的卡，于是问道："用完了？"

郁盛无语："又不是十万、一百万，这里面可是一千万！"

"当时你走得急，我知道你有重要的事情，也没有多问。"郁盛看着他，表情认真起来，"现在你回来了，我们是不是应该聊一下那个秘密了？"

当她认真起来的时候，身上又有了属于郁总的气势。他看着她微敛的眉和红唇，忍下了想要上前吻她的念头，拿了椅子在她面前坐下："我当初走得那么急，又有很多事没和你说清楚，你就没好奇去查一下？"

郁盛知道他在说什么，这是在问她有没有找A查他。

她支着下颚语气嗔怪："少来了，A根本就是你那边的人。"

他到底没能忍住，伸手揉了下她柔软的唇，拉过她的手握在手心，语气温和迁就："你想先知道什么？"

"我要你从头说给我听。"

"从头？"

"嗯，就是你记得可我却一点印象都没有的第一次见面。"

"第一次见你吗？"秋屿不知想到了什么，目光变得愈发温柔，"那是八年前的事。"

2

第一次见面她当然不会记得，因为从头至尾，她都没有看清楚过他的正脸。更何况，八年前，他才十九岁，还是个纤瘦单薄的少年。他的一切记忆，是从孤儿院开始的。

他被人遗弃在孤儿院门口，除了"秋屿"这个写在纸上的名字，没有其他任何可以追寻他来处的东西。一个中国小孩，被扔在异国他乡，他能够就此活下来，已是不可思议。小时候遇到的种种欺负，也不足以让他恐惧。

他很小的时候就明白，大人们的喜欢和赞美，并不能让他免受不公平的待遇。当口水、拳头、脚落在他身上的时候，要么跪在地上苦苦哀求别人放过自己，要么不顾一切地反击回去。他选择后者。他很快从院长和护工喜欢的孩子变成了厌恶的孩子，他总是沉默不语，不对人笑，谁欺负他，他哪怕明知打不过对方，也要拼了命地反击。就算是对方的十拳换他的一拳，在他看来也是值得的。

郁盛总是见不得他受一点伤，因为他受伤总不知道喊疼，她并不明白早在很多年前，当他还是一个很小的孩子时，就已经习惯了疼痛，习惯了受伤。懂得喊疼的孩子是因为有疼惜他们的人会对他们的疼痛轻抚安慰，而他有什么？有每次打架后被丢入自闭室的黑暗和三面墙吗？他又能对谁说疼？对小小的秋屿来说，无人回应的喊疼，只是单纯地浪费时间和体力。所以慢慢地，他学会了不喊疼，也学会了在受伤后独自沉默着蜷缩在墙角让体力一点点恢复。

十岁的时候，有一户白人家庭收养了他。起初，一切都还可以。胖胖的白种女人和喜欢喝酒的丈夫，家境普通，女人一直想要孩子，但两次怀孕都流产了，最后想到了收养。女人待他算不上特别好，但也不算坏，房间、食物、衣服，该提供的物质都有，也支持他继续上学。他来到这个家庭的第二年，女人再次怀孕了。女人很高兴，男人格外激动，甚至戒了酒。秋屿虽然才十一岁，但是该做的家务他都会做，每天放学回家都会帮忙。那段时间，应该是他记忆里在这个家庭中最和谐的时期。

白种女人这次顺利生下了一个男婴，只是好景不长，孩子并不健康，总是生病，一年后，孩子夭折了。那之后，家里的一切声音都停止了，死寂般的几个月后，一场爆发般的争吵中，喝了酒的男人动手打了女人。自此后，两人经常吵架，有时甚至会动手。

秋屿十三岁这年，女人趁着男人不在，收拾东西走了。再之后，他成了唯一直面男人怒火的人。

十三岁的秋屿，还没有男人的身形，又哪里打得过一个中年壮汉。生活变得糟糕无比，没有了女人的家庭，混乱而邋遢，渐渐地男人不再去上班，每天酗酒。一次酒后，秋屿再次遭受暴打，并且在反抗时砸伤了对方的头，他果断地带着早已收拾好的背包离开了那个家庭。

这样的离开是有代价的，他不能再继续读书，还得自己打工赚钱养活自己。他也不能再回孤儿院，他怕男人重新去孤儿院找他，他自己也不想回去，既然已经离开，他不想再回头，哪怕再艰难他也想靠自己的力量活下去。

还好，人生终究还是给他开了一扇窗。四处打工流浪的日子在半年后结束了，他遇到了他的恩师——苏青。

很多年后，当秋屿学成出师，苏青才告诉他，当初之所以带走他，不仅因为他和苏青同样都是身在异乡的中国人，也因为第一次见面时他那双深黑的眼睛。哪怕看起来穷困潦倒，满脸黑污，被生活的苦难压得不见天日，可他的目光依旧是干净的。

他给苏青擦车，苏青给了他一张百元纸钞，告诉他剩下的是小费。他没有像其他收小费的人一样，用感激的话语恭维苏青，也没有迫不及待地问苏青是否还有其他的需要。面前瘦弱的少年只是用那双干净的黑色眼睛看着他，然后认认真真地朝他说谢谢。发自真心的感谢，不带谄媚，不因为对方怜悯而自卑抗拒，却也没有因为他出手大方而表现出更多的野心和欲望。

苏青给那张钱原本就有试探的意思，后来他又去擦了两次车，也曾在街对面的店里透过玻璃注视着对面车行的少年。看他默默埋头做事，看他蹲在路旁吃面包当午餐，看他勤快地奔来走去，看他晚上在公园的长椅上缩成一团盖着破旧的薄毯入睡。明明落在社会的最底层，却依旧坚韧，眼底并没有麻木和绝望。

三天之后，苏青出现，询问他是否要跟自己走。

“我不算是个好人，但也不是坏人。我会给你一个遮风挡雨的地方，给你食物和衣服，也会让你继续上学，更重要的是，我会教给你安身立命的本事。如果你愿意，也可以将那个地方称为家。唯一要提醒的是，我不轻易带人走，但也不接受后悔。你拒绝，以后我不会再来，你如果同意，也没有半途而废的道理。”

苏青说完，以为对方会愿意直接跟他走，要不然就是直接拒绝，结果少年却看着他，很认真地说道：“我不做犯法的事。”

苏青顿时大笑起来，在对方沉默认真地凝视下，朝他承诺：“好，我不会让你做违法的事。”

苏青是做生意的，生意在拉斯维加斯。他承诺过秋屿，不会让他做违法的事，所以没有让他进赌场，直接带在身边，亲自教他。除了经营赌场这门快钱生意，苏青另有一个身份，他是M国顶尖的计算机高手。他在网上另有身份，承接工作，相比之下，赚到的钱并不比赌场少。

苏青有个大家庭，儿子女儿众多，也有其他收养来的孩子，但他们并不住在一起。像秋屿这样被收养来又不进赌场的孩子还有一个，他叫“A”，比他小了一岁。名字是他自己取的，他表示可以在出师后在网上接生意的时候用。A活泼外向，秋屿安静内敛，两个人的关系却非常好。

之后的四年，秋屿像块海绵一样学习一切所能学的东西。电脑、散打、跆拳道、跟踪技术、潜行伪装技能，甚至除了中文和英文之外，还要再熟练掌握两门外语，而他们的学业，苏青也不许他们落下。

秋屿知道这是他人生里最重要的一个机会，如果在一段时间里，他不能达到苏青的要求，他可能会被送去赌场那里，走上另一条路。如果他拒绝，也许会被就此踢出门外。他没有任何娱乐时间，每天只睡几个小时。随便拉一人问他对秋屿的印象，就只有两个字：拼命。勤能补拙，更何况，他原本就很聪明。

十九岁那年，苏青交给他一个任务，表示这是检验他能否出师的任务。如果他能顺利完成，从此后他便不再是寄住苏家的孩子，而是会真正成为这个家的一员，身份等同于苏青自己的亲生孩子。

那个任务很难，他花了整整三个月的时间，一度差点死掉。这三个月前期的大部分时间内，他都做了伪装，弄黑了脸。他给自己伪造的身份，是在一家酒店的门口当门童。那时他十九岁，还未拥有成熟男人的身形，个子却很高，看着愈发显得清瘦。

第一次看见郁盛的时候，他已经在冬天的街角蹲了将近三个小时，她和一个年纪相仿的女孩还有一个成年女人一起进了街角对面的一家服装店。透过明净的玻璃，他看见女孩精致白皙的脸，还是很稚嫩的年纪，却已经有了让人移不开目光的容色。她在试穿一条浅白色的连衣裙，黑发黑瞳，唇红齿白，完美得像个洋娃娃。

那天秋屿在街角蹲了差不多六个小时才等到目标人物出现，而女孩在买完衣服后，又和同伴进了旁边一家甜品店吃下午茶。甜品店同样有明净的落地玻璃，他只要一抬头就能看到她。他本以为只是一次意外的遇见，就像两条相交的线，在短暂的相交之后走向完全不同的两个方向。但在之后的几天，他却数次见到了这个女孩。原因很简单，她就住在他给自己伪装身份的那家酒店里。

每一次，他都在暗影的角落，而她走在酒店华丽又多彩的灯光里。她有时安静不语，有时会和同伴表情认真地说话，也有时会笑。他给她开过一次车门，她很礼貌地说谢谢，声音柔美清冷，像某种可爱的宠物，不轻不重地在他心上挠了下。但是，让秋屿真正记住她，却是因为后面一次突发的意外。

那天，他行动撤离时不慎露出破绽，被人追踪，当时他身上带着对方的“东西”，如果被找到肯定会被搜出来。他快步从酒店边门出来，随便挑了一辆车门未锁正在等客的车，几步上前拉开后座车门闪身进去。

他缩在驾驶座的后方，伸手掐住司机颈部的昏睡穴位，并未用力，只沉声开口：“抱歉，借我躲几分钟，不会伤害你。”

对一个赌城来说，这样的意外并不算多可怕，司机很镇定地没有出声，甚至还朝酒店方向看了眼。酒店门口冲出几个高壮的大汉，正一脸警惕地打量着周围的人，甚至时不时伸手拽过路人到一旁去查看。后排的车门却在这时被打开了，一股轻淡的甜香飘了进来，像是樱花又或是甜柚的味道。

秋屿蜷缩在那里，压低头上的贝雷帽，只从帽檐下和手臂之间朝对方投去一瞥。他看见了女孩熟悉的脸，她只怔怔看了他一眼，便立刻反应过来，回头朝酒店方向看去。不过几秒的迟疑时间，却让秋屿感觉格外漫长。无论她是惊慌失措地大叫，还是直接招呼那边的人过来，他都会被发现。他全身肌肉紧绷，已经做好了随时跳车的准备，脑中甚至已经规划好了下车后的离开路线。可女孩却在数秒的时间里坐进车里，然后关上了车门。

“很抱歉，我马上就走，不会伤害你。”他压低了嗓音用中文开口。

女孩压根儿没有朝他这里看上一眼，她贴着右边车门坐，似乎想尽量远离他，纤白的手指间还紧紧捏着一个小巧的罐装物体。

“托安，开车吧，慢一点。”她开口用英文下命令，依旧是柔美清冷的声音，只是带上了一丝不易觉察的微颤。

车子缓缓开动，因为是在酒店外的车来车往的大道上，他们这辆车子又启动缓慢，并没有引起那几个高壮大汉的怀疑。随着车子的远离，酒店门口的几个人渐渐看不见了，没有女孩的吩咐，车子没停，继续朝前方驶动。

秋屿微微放松了几分，但仍旧蜷缩在驾驶座后面，这个动作可以依着车门将他单薄的身形完全挡住，从车外朝里看去，根本觉察不了后排除了女孩还有第二个人。

车内安静，他在观察车外环境时，视线也会偶尔扫过另一侧的女孩。她始终保持着最初的坐姿，捏在指尖的罐装物体没有松开过分毫，他大概猜到那是什么。他其实想再次开口告诉她不用紧张，他对她没有恶意。只是如今这个形势，这话说出来可信度不高，最终他还是保持了沉默。

车子驶过五个路口，距离刚才的酒店差不多已有二十来分钟的车程。女孩终于开口了，用英文让司机在一处僻静的岔道口停了车。

“你走吧。”女孩朝他开口，却仍旧没看他，“我没看清你的脸，所以也不知道你长什么模样。以后别去赌场了……那些人不好惹。都是中国人，我只帮这一次。”

已准备推门下车的秋屿忍不住回头看了她一眼。她简单几句话，却透露了各种讯息。例如，她刚才认出那几个壮汉是赌场的人，她以为他在赌场惹了什么人做了什么事才被人追。她明明知道这些，却还是选择帮他，因为他们都是身在异国的中国人。又例如，她从头至尾都不看他并且远离他，是因为不想有机会看清他的脸，这样会在她帮别人的时候减少自己的麻烦。同时她一直紧紧捏着她的防狼喷雾，作为留给自己的最后一道防线。

一个看起来柔软漂亮得像是温室花朵的女孩子，能在短短数秒里，权衡安全与危险，做出自己的判断，在帮助想要帮的人的同时将自己置于一个相对安全的位置。不得不说，她实在聪明到出乎他的意料。但同时，她也有一颗善良的心。

“谢谢，还有，我不是坏人，你没有帮错。”下车之前，他轻轻送出这句话。他不希望她因为帮助别人而让自己的内心带上愧疚。

不管她信不信，他必须告诉她，她的帮助并不是善心泛滥的举动，她做了对的选择。一个多月后，秋屿完成了他的任务，恢复原本的面目，正式成为苏家的一员。

此后三年，除了交给他工作，剩下的大部分时间，他依然在学习。已经掌握的知识和技能，每一项他都想要做到最好。苏青偶尔也会让他出任务，类似之前的出师行动一样，需要潜伏和伪装，也会面临极大的危险。秋屿始终坚持着他的原则，即便任务再难，他也没有做过一次违法的事。

有时，明明稍加变通，踩过一点底线就能更轻松更方便地完成任务。可他偏不，宁可缓慢一点，也要坚守原则。这样子的秋屿，让苏青另眼相看，却也让他感叹。

终有一天，苏青将秋屿单独叫到了面前。二十二岁的秋屿已经完全成长为一个男人，有宽阔的肩膀和有力的手臂，面容也一天比一天更加俊美出众，却始终留着最容易打理的板寸。明明赚了那么多钱，却穿着再普通不过的T恤或是衬衣，每天不是工作就是学习。别说交朋友和娱乐，就连最普通的消费他都不会，生活单调得比他这个老人家还枯燥。看着这样的秋屿，苏青有欣慰，却也有遗憾。

苏青开口道："结束手边的任务，你就收拾东西，离开吧。"

"义父？"

"放心，不是赶你走，好不容易培养出来一个天才，我怎么可能舍得。只是，阿屿啊……"苏青叹息，"你还是太干净了，见过黑暗却没有被黑暗影响，始终保持本心，这是好事，但这样的你并不适合留在这里。你应该去往更光明的更适合你的地方，所以，别留在这里了，回中国吧。我有一个不算很难，但是时间很长并且非常重要的任务要交给你。"

"是，义父您说。"

再之后，秋屿听到了苏青藏在心里的初恋故事。

那是他年轻时还没出国前发生的事，无非是年少气盛又任性，两人之间的矛盾冲突与日俱增，最终有情人不能终成眷属，他负气之下出国离开了她。

“都是我的错，她是个很好很温柔的女人。是我那时候太年轻，不懂得珍惜，后来当我想再回头时，才知道她已经结婚了，和一个认识才三个月的相亲对象。我那时很愤怒，撕了机票，没过多久也结了婚。”

他的初恋一直都不需要丈夫多有钱，只希望有个温馨的小家，有个孩子，过平凡且普通的日子。可最终却遭遇背叛，婚姻失败，生病早逝。而他，明明就渴望爱情，却娶了一个又一个自己不爱的女人，最终那些女人都离开他，只留下一个又一个的孩子。

前几年，他年纪渐长，总是想起年轻时的遗憾，所以就自己动手查了初恋的事，才发现她早已离婚单身。他想要回头，可当时他身边还有妻子，对方不愿意做第三者，不想破坏他的家庭，更不接受他的经济援助，因为她不想让年轻时最美好的记忆沾染上世俗的尘埃。对方告诉他，既然自己已经成了他的白月光，那么就让她这个白月光永远保留最美好的模样。

几年前，她病逝了，留下一个女儿。这个女儿，住进了那个抛妻弃女的男人的家里。起先他恨她连病逝前都没有通知自己，没能见上她最后一面，所以不想再理会和她有关的事。直至这一年，他自己解开了自己的心结，再去看，才发现这个女孩过得并不好。她才十八岁，就被安排订了婚，两家地位不对等，一看就有猫腻。还有其他诸多细节，但这些细节，苏青并没有对秋屿多说。以秋屿的聪明，他也不需要说得太过仔细。

“我不可能再回去了，因为回去她也不在了。所以你帮我去看看，看看她留下的那个孩子，如果可以，在适当的时候帮一帮她。她现在才十八岁，还没有独立的能力，希望你能至少看护她到独立为止。当然，我并不希望太过打扰她现在的生活，你不需要让她知道任何事。”

“明白了。”秋屿点头应下。

他并不知道，这一承诺，最后会将自己的心也一起给出去。他完全没有想过，会再见到当年帮过他的女孩，她就是他恩师口中的那个孩子。

三年时间，女孩长大了，非常美。五官轮廓，头发指尖，每一处都完美到了极点，依然不真实得像个精致的娃娃，而且是摆在橱窗里永不售卖的那种最昂贵的娃娃，带着他这一辈子都不曾拥有的矜贵气质，只能远远望着，哪怕伸手也无法触及。

她的名字，叫郁盛。

因为三年前的事，秋屿在看护之余格外关注她，关心她的一举一动。成为她保镖最初的那段时间，他觉得奇怪，他以为恩师开口让他来帮她，他会见到一个生活状态很差的人。可是她家庭富裕，出行有车代步，读最好的大学，生活富足，还处在人生里最美好的年纪，正是无忧无虑的时候，哪里需要他的帮助？

可后来，他才慢慢发现，她看起来什么都有，可事实上她却什么都没有。她没有家人，没有朋友，身边没有一个可以信任的人。她每天除了上学之外，没有任何娱乐活动，剩下的时间依然全部花费在学习上。她总逼迫自己学一些超越她年纪的东西，那些复杂的市场数据报表，各种成功的投资案例，甚至是股市数据分析……她全部都看都学。

他知道，她想要抗争自己的父亲给她安排的人生，所以不得不逼迫自己尽快强大起来。她才十八岁，看着纤细娇弱，仿佛一折就断的植物，可是她却表现出了强大的韧性和坚持。

有的时候看着她，秋屿会有些恍惚，仿佛透过她，看到了曾经的自己。他们明明是两个世界的人，拥有完全不同的成长经历，可是他们偏偏又那么像。身上带着无声且不甘的气焰，因为尚未有对抗的能力，所以把气焰压在平静的表面之下。她会乖巧地应对每一个她不喜欢的人，会花费各种心思只为了提前避开各种麻烦。

但她毕竟还是个小姑娘，偶尔也会因为挫败而情绪崩溃。她会用发脾气砸东西来掩饰想哭的冲动，会故意弄伤手，以为借着伤口的疼痛红了眼睛，一旦要哭的时候就没那么丢人。他根本没办法不对她好。默默跟随保护，在她惶然不安的时候上前，每一次开口，都尽量将声音放轻放温柔，生怕会让她感觉到一丝不舒服或是排斥。从公事到私事，一次次保护她、提醒她一日三餐、亲自动手给她做饭煮咖啡、替她完成过多又复杂的工作、运用自己的技能将她所需的最完善的资料摆到她面前、在她扭伤的时候背她回家、给她受伤的手指上药、默默替她拦下一切窥探的视线……

有些事，不知不觉间早已过了界限。

他曾经以为，他们的前尘过往、相似理解、同情、怜爱……这些就是他想对她好的全部理由。他毕竟大了她四岁，经历过更多的困苦，加上恩师所托，所以他关心、照顾她、帮助她，一切都是理所当然的。他只是没有想过，心动以及最终爱上她，也成了理所当然的事。

某一天，当他等在车子里，看着她走向另一个男人，看着她收拾好自己的情绪，整理好自己的表情，朝对方露出清澈的笑容时，他按着自己疼痛难忍的心口，这才惊觉自己竟然已经爱上了她。

那之后的三年时光，他隐忍和守护，将所有情感压入内心的最深处，因为怕她会排斥和不接受，因为怕连此刻待在她身边的这个位置都失去，所以他什么都没有说。可女孩慢慢地越来越美，眉眼间带着妩媚又纯美的风情，眼神偶尔懵懂，可偶尔却又带上狡黠的笑意。

无论他如何寡言低调，她仍旧慢慢地把更多的目光投向他。她总是用温软的声音喊他“阿屿”，提出各种各样古怪的要求，然后看着他失语尴尬的模样，自己笑得开心，似乎完全不嫌他沉闷，哪怕看到他有一丝“破功”，她都会很高兴。他知道她觉得他太过严肃古板，想要看到他更多的表情。

那时的他完全没有想过，几个月之后，他会拥有全部的她。

他总是会想起很多年前，那个女孩没有选择逃离，而是坐上车，用清冷却微颤的声音让司机开车。他也会想起自己刚来她身边时，她脸上礼貌却疏离的浅笑。还有那个飘雪的圣诞节的夜晚，她和郁贵东彻底决裂，独自一个人在冬天的街头走了很久。他远远地跟在她身后，很想上前抱紧她，温暖她，抚去她心底所有的伤痕，自此后将她护在自己的羽翼下……可是他很清楚地知道，他不能，因为那些不是她想要的。

后来，她却因为冲他发脾气而主动抱住了他。她软软地喊他阿屿，伏在他背上紧紧贴着他，将他当作唯一的依靠，她说她只剩下他了，她让他不要离开她……

这么多年，一路兜兜转转，他这份长久沉默却炙热的情感，终是得到了回馈——哪怕一开始她没有给过他名分，没有说过喜欢，他依然满足。可如今，为什么突然变得不满足了？

总是很贪心，总是觉得不够，想再听一次，想更确认她的心。

3

郁盛十五岁时去拉斯维加斯。那个阶段，她已经在B城住了两年，慢慢适应了那里的气候和生活，那时郁贵东还未展现出他不堪的模样，即便平时待她并不亲近，但毕竟他是她的血亲，她又哪里会猜到人心的黑暗。

那段时间是她在B城为数不多的悠闲时光，也有了关系不错的同学朋友，对方和她家境相仿，家中的姐姐已经成年，假期准备带自家妹妹出国玩一次，对方便喊了她一起。

那是她唯一一次出国，帮助一个黑瘦的中国少年躲避别人的追踪对她来说只是一个很小的意外。她在拉斯维加斯前后待了十几天，尚未回国就已经将这个意外抛去了脑后。她根本没有想到，三年后，那个被人推荐来她面前，沉默寡言的俊美保镖竟会是自己曾经帮助过的少年！

这个事实让郁盛震惊不已。

她开始上上下下地打量他，同时在记忆里寻找多年前的画面，想要将两者拼凑起来。可那次她根本没有看清他的正脸，他又明显做过伪装，掩饰了他一部分的长相，她左思右想也依然毫无印象。

“嗯，想不起来是正常的。”他任凭她按住自己的脸左右查看，可她看完他的脸发现一无所获后又去扒拉他的耳朵。他的耳朵经不起碰，很快就红了，她注意力被转移，又忍不住去拽他的领子。

“你伪装做那么好，我估计就算当时看到你的脸我也认不出来。不过有个地方，只要你露出来，我就一定会认得……”她说着一本正经的话，动作却完全相反，她拉开他的领子，将指尖落在他胸口，“如果当时你在车上给我看到了这里，我早在医院那会儿就把你认出来了。”

她的指尖落在他的心尖痣上，轻轻地点着，让他仿若触电。他脸色微变，立刻握着她的手移开，想要拉好领子。

"挡什么啊。我要看，不许挡！"她不顾他烧红的耳朵，揪着他一通扒拉，最后她成功了，而他脑中忍耐了一整天的那根弦，也断了。

来海边度假的第三天，郁盛没能起来。

房间的门开了，秋屿一袭纯黑色的长袖低领的家居服，神清气爽地站在那里，和她形成鲜明的对比。

郁盛心里来气，直接拿了个枕头朝他丢去，结果被对方准确接到。

他走过来将枕头放好，坐在她身侧，低下头亲亲她的脸："饿不饿，我让人煮了锅鱼片粥，已经送过来了，还有很多你喜欢的水果，起来吃一点？"

郁盛挺想继续生气，可她的阿屿声音这么温柔，落在她脸上的唇也这么软，她真的好像就气不起来啊……

郁盛感觉他们这趟来海边根本不像度假，倒像是来度蜜月的。

不知道是不是想到了"度蜜月"这三个字，这天晚上郁盛洗完澡从房间走出来时，又看到秋屿站在他的行李袋前，似乎在看什么东西。他背对着她，没发现她在看自己，低头对着手里的东西看了会儿，又重新装入行李袋放好。

郁盛没出声，又悄悄回了房，等到他去洗澡的时候，好奇心被勾起的她悄悄来到行李袋前。东西并不难找，就放在他的几件衣服中间，是个漂亮的黑色丝绒正方形盒子。

郁盛心里微微一颤，她轻轻打开，里面果然躺着一枚漂亮的钻石戒指。钻石是心形的，在酒店明亮的灯光下闪着耀眼的光芒。郁盛有些呆住了，他悄悄买了一枚戒指？这意味着什么？不会是她想的那样吧……她怔了一会儿，赶在他洗完澡出来前，将戒指盒放回了原来的地方。

他们又在海边待了两天，因为发现了戒指，郁盛这两天一直有意无意地注意秋屿。别的她不怕，就怕哪天他突然拿出戒指要向她求婚。对郁盛来说，她才二十二岁，恋爱没几个月，一切才刚刚开始，结婚于她来说是遥远到根本没法想象的事。要不是因为不想看到她家阿屿难过，她原本其实连恋爱都不想谈……

如果他真的求婚，她该怎么办？拒绝，他一定会很难过。

可如果答应……她不想答应啊……

不知道是不是公司那边听到了她心里的声音，第五天，陆陆续续来了工作电话。

最终，他们在第六天的时候踏上了返程的路。

直至两人离开海边酒店，秋屿也没有将戒指拿出来。郁盛虽然有点奇怪，但很快因为忙碌的工作而将这事抛去脑后。让她意外的是，秋屿也一同跟着她回了公司上班，对外的职位，依然是特助。郁盛后来寻思着，这件事，应该和公司里新来没多久的那位年轻有为的经理有关。

这两个月，盛世繁华最引人瞩目的莫过于新来的项目部经理。据说，他是郁盛亲自花重金挖来的。

经理叫钟麓，二十七岁，读书的时候就是个天才学生，十六岁就进了大学，双硕士学位，又在几家国际大型投资公司工作过，有数年工作经验，履历非凡。这样一位业界精英加盟盛世繁华，起初着实让公司里的一众员工惊讶不已。

说真的，盛世繁华发展势头虽然很快，但十几亿市值的公司，到底和大型国际上市投资公司没的比。就拿投资项目来说吧，几千万的项目能和十几亿的项目比？像这种投资公司，经理级别的职位在项目上都有提成可拿，他们家郁总给的工资待遇再好，还能高过那些公司的提成吗？所以，图啥呢？

很快，在公司迎新饭局上，公司一众员工看着钟麓起身给郁总敬酒的模样，纷纷“福至心灵”。

原来是图郁总啊！那没事了，可以散了。

身为盛世繁华的员工，若问他们最为自豪的一件事，答案一直都很统一，只有两个字：郁总。

年轻貌美的千金小姐，自己打拼事业，回头一口吃了和自己不合的父亲的公司，自公司成立以来，投资了诸多经典项目。无论是旅游业还是影视行业，都稳赚不赔，每个大项目都成为公司的摇钱树。能力、眼界都是一流，再加上郁总自身的长相条件，放在娱乐圈也是秒杀一众小明星的存在，放在普通人的圈子里，就愈发惊艳了。

钱可以再赚，但是像郁总这样的人，错过了再想找就难了。只不过，钟麓能追上郁总吗?

抱着这样的想法，这两个月公司里的人对他格外关注。一些小员工甚至私下在打赌，钟麓到底能不能博得总裁欢心。从样貌上来说，钟麓长相确实也属一流，是那种雅致风流型的长相，见人未语先笑，完美的笑容，让人怦然心动。只是，这样的长相依然没办法和曾经跟郁总传出暧昧的秋特助相比。身高、气质和脸，都不是一个层面的。但问题就在于，秋特助如今并不在公司。

听小道消息，秋特助似乎家里有些事，几个月前已经请辞离开了，以后会不会再回来也不好说。

而钟麓因为工作，每天和郁总朝夕相处，偶尔也得一起赴饭局或是出差，同进同出，又是登对的年轻男女，如果真发生点什么似乎也不意外。

公司里的员工们就这样每天一边上班一边各种想象，每次一看到郁盛和钟麓一起现身或是一同离开，都会私下八卦一番，渐渐地，即便郁盛和钟麓只是上下属的关系，在他们心里这两个人也已经暧昧到一块儿去了。

所有人里，唯独曾经见过郁盛和秋屿亲密模样的小彩对此嗤之以鼻。

这些凡人，他们是没见过郁总真正撩男人时的模样，哪里是和钟麓一起时这样正经八百的样子，差太多了。可这些话小彩没办法说出口，于是慢慢地，不仅是公司里的员工，就连钟麓自己也难免不想东想西。他想着自己也来了公司快两个月了，虽然几乎每天都能见到郁盛，但是不是也应该找个机会正式约她出去?

结果有了这个念头后的没几天，郁盛要休息七天的消息便传来。自他进了盛世繁华之后，郁盛几乎每天都在工作，完全是女强人典范，怎么会突然休息，还一下子就是七天。

钟麓忍不住打了电话过去："郁总是有什么重要的事情要处理吗？"

她声音轻快，带着愉悦："嗯，我男朋友回来了，我打算去度个假。"

男朋友？为了这三个字，钟麓记挂了一个星期。

几天后，公司临时有事，郁盛提前结束度假回来开会。开会的过程里，钟麓几次分心去看郁盛的表情，她容色妍丽，目光严肃，和之前他每次看到她时一样，似乎并没有什么区别。他心里发痒，几次想开口问她男朋友的事，可又觉得自己似乎没什么立场询问。不过很快他也不需要询问了，第二天中午的时候，他见到了郁盛那位传说中的男朋友。

4

秋屿这两天有些不习惯，不知道是不是因为刚回国，时差还没有调整过来。

半年前，他也不是每天都在郁盛的公寓过夜。那些时间，一般都是他先早起，上楼给她做早餐，然后两个人一起吃完，再一起收拾了东西去公司。路上，她偶尔会和他聊公事，偶尔靠过来亲他因为开车而显得有些端肃的脸颊。

尽管两个人每天都很忙，但无论去公司还是工作，或是结束工作去应酬，再或是回家，他们都在一起。他想她的时候，只要一转头，就能看到她在离自己最近的地方。这种感觉，让他心里无比满足。离开她的这半年，他也不知道自己是怎么撑下来的。

回来之后，即便每天和她腻在一起，他也总觉得不够。所以，当这天早上，她吃过他做的早餐，换上偏职业型的套装，走到他身边亲亲他脸颊，和他道别之后，秋屿突然感觉到一阵没来由的茫然。其实他并不是无事可做，M国那边的继承人刚刚上位，大部分事情，对方都要来询问他。再者网上的一些工作也从来没停过，哪怕他足不出户，对着电脑也有很多事情要做。可他却在对着电脑忙碌的时候突然停了下来。

很不适应，尽管这半年身边都没有她，可是回到熟悉的地方，和她在一起待了几天，过往三年多陪伴在她身边的那些时光仿佛又回来了。

她坐着唐宸来接她的车去了公司，所以，他为什么还会待在这里呢？秋屿强撑着继续工作了片刻，最终在打出一个错误的代码后停下了指尖。他皱眉看了眼电脑屏幕，直接关掉，然后起身去换衣服。

正好是午餐后的休息时间，钟麓敲开了郁盛办公室的门，将一份午餐打包外卖搁在郁盛桌上。

“郁总，再忙也得吃饭啊。”他笑着打开包装袋，将一个精致的盒子从里面取出，“中午刚好去了一家新开的寿司店，那里的刺身很新鲜，想到郁总喜欢海鲜，就打包了一些。果然，回公司一看你还没去吃饭。”

郁盛头也没抬，谢了他一声，继续对着电脑忙碌。她没告诉秋屿，最近她真的很忙，离开六天，公司积了一大堆的事情，她得在这一两天里面把之前六天的工作补回来。每每这个时候，她都格外怀念秋屿还做她助理的时候。一些她必须亲力亲为的事，她都可以放心交给秋屿去处理。她对他的这种信任，直到他去M国之后她才明白，他没有任何人可以取代。经理只能做经理的事，助理只能做助理的事，唯独秋屿，可以替代她本人，做任何事。

“郁总，吃完再继续吧。”钟麓看了眼手表，“都快一点了。”

郁盛嘴上应了声，手指点开一个项目的计划表，问他某个数据的细节。

“我看看。”钟麓绕过办公桌走到她身侧，撑着桌面弯腰去看，因为电脑屏幕离她近，他稍稍朝她靠近。从外人的角度来看，这一刻两人头靠头，肩凑肩的，几乎贴在了一起。

一双修长的腿在郁盛的办公室门口停步，办公室门没有关，一眼就能看到里面的人。男人俊美清冷的面容看不出什么表情变化，目光却微闪了下，他唇角轻抿，伸手敲了敲开着的门。

郁盛抬头，目光顿时亮起来：“阿屿，你怎么来了？”

钟麓心头一跳，他从未听过郁盛用这种语气说话，清冷的嗓音仿佛渗入了一丝甜。他抬头看向来人，对方穿了件很寻常的黑色高领毛衣，外面是灰色的薄呢短大衣，窄腰长腿，气质清冷，那张脸俊美到带着强烈的视觉冲击。

钟麓只在之前受邀参加时尚晚会的时候，从圈内正当红的几个顶流男艺人身上感受到过差不多的视觉冲击。只不过，那些男艺人当时都还化着妆，和这样纯素人的状态还是不同的。不得不承认，老天爷是不公平的。有些人的长相就是得天独厚，受到偏爱。

秋屿走至办公桌前，视线掠过桌上精致的寿司餐盒，将手里提着的保温桶搁到桌上：“过来给你送点汤。”

不是吧，长成这样还洗手做羹汤？这怕不是来公司宣示主权的吧？又有脸，又会煮汤，这样他还怎么赢啊？

果不其然，刚才还醉心工作的总裁已经推开办公椅站了起来：“什么汤？”

“你昨晚说想喝的。”秋屿笑了笑，见她过来，拎过保温瓶打算带她去沙发那边喝。

“对了，你还没见过吧，这位是公司的项目部经理，当初为了让他来盛世繁华，我可是前后亲自跑了三趟。”

秋屿侧身，视线落在对方身上，朝他伸出手，礼貌道：“你好。”

“你好，钟麓，项目部经理。”不管怎么样，第一次见面，钟麓不想输了气势，“郁总在说笑呢，我三次可都留出时间的，明明是你临时有事爽约。”

秋屿没就对方的话题继续，只再次淡淡道：“你好，我是秋屿，郁盛的男朋友。”

钟麓：“……”

你很刻意!

秋屿看了眼钟麓离开的背影，走过去关上了办公室的门。他转过身，发现郁盛不知何时走到了他的身后，她见他转身，朝他轻轻笑了笑，然后伸手将他整个人推到门板上。

郁盛踮脚，将手撑在他脸颊旁的门板上，以一个“壁咚”的姿势开口道：“说，到底为什么突然来公司？”

他没有挣扎，背抵着门板，垂眸看着面前面容明艳又精致的女孩，轻轻动了下唇：“送汤。”

“阿屿……”她的指尖落在他漂亮的唇上，一点点靠过去，直至自己的唇也贴上自己的手指，“要说实话。”

她开口时的气息带动了手指的颤动，这种颤动同时反馈到了他的唇上，他能感受到她呼吸间的温热和唇间的气息。

秋屿的指尖微微动了动，下一秒原本霸气“壁咚”对方的人被他整个抱进怀里。他的唇落在她唇上，她却再次伸手捂住了他的唇，这次用了两只手，把他拦得严严实实：“快说，不说实话亲不到。”

揽在她腰上的手逐渐收紧，他知道她想听什么，他将额头抵上她的额头，亲了亲她的手心，目光温柔：“想你了。”

“可我早上才从公寓离开啊，你怎么这么快就想我了？”她继续逗他，“阿屿，你该不会从我离开之后就一直想我到现在吧？”

这些话她说得随意，开口时大多没怎么思考，就单纯想要逗他罢了。可他却认真地看着她，轻轻“嗯”了一声。有一丝令人头皮发麻的痒从郁盛颈后蔓延开，她没想到他居然会承认，或者说她没想到他居然真的在她离开后想了她一个上午。

她知道他有自己的工作要做，两个人也不可能时时刻刻地黏在一起，毕竟恋爱要谈，工作也得完成。更何况，在一个人的人生里，不可能只剩下恋爱一件事，所有的事情都讲求平衡。她深知过犹不及的道理，所以在得知他有工作，会在公寓里忙碌一阵子的时候，她没有问他要不要回公司继续帮她。她甚至觉得这样很好，两个人虽然在一起了，但是各自有各自的事业，万一真的忙起来，一两天不见面也没有问题。可分开不过才半天，端肃隐忍如他，却因为想她来了公司，她甚至可以想象他搁下工作，起身换衣服然后开车来公司时的每一个表情。

哪怕是在等红灯的时候，他也可能一脸温柔地看着一旁的保温桶，想象她见他出现时的意外和惊喜，然后安静地扬起笑意。这个想象，让郁盛心头悸动。

他抚着她唇角，缓缓开口：“我想过了，我还是回公司帮你吧。”

午间的休息时间，盛世繁华郁总的办公室门却紧紧关着。没人敢在这个时候过去打扰。

对小彩和唐宸这两个知情人来说，这是理所当然。可对其他不知情的职员而言，这可是超级大八卦啊！所以，郁总到底有没有接受钟经理的追求？钟经理和郁总约会了没有？秋特助回国这件事会对这两个人的关系产生影响吗？

这天下午，秋屿从郁总办公室走出来时，几乎全公司人的眼睛都悄悄看了过来，且很一致地在他唇上、修长白皙的颈上各种打量，想找到一点蛛丝马迹。不过可惜，什么都没找到。有胆子大一点的员工上前和秋屿打招呼寒暄，也委婉问起了工作的事，想知道他还会不会回公司工作。

这个时候，郁盛办公室的门又开了，郁总从里面走了出来，白皙的脸颊带粉，唇色嫣红，原本系在腕间装饰用的丝带此刻却系到了纤细的脖子上。

她的表情看起来颇为严肃，低低清了下嗓子，说道："秋特助从明天开始回公司上班，今晚公司请客聚餐，就在常去的那家烤肉店，想去的等会儿和小娜说一下，方便她订位。"她说完，视线掠过站在一旁目光深深看着自己的男人，感觉自己丝带下的那一小块皮肤又有些痒了。

两个人刚才为了他回公司到底该做哪个职位的问题，来回拉扯了很久。她想直接给股份让他当副总裁，可他却只中意她的特助职位。可惜到最后，她还是没能争过他。他这么执着于她身边特助的工作，真让她怀疑他说想回公司帮她的真正意图……

这晚，郁盛因临时有应酬，没参加聚餐，秋屿虽尚未正式复职，却主动跟着去了，且一并揽下了司机的工作。

身为司机兼保镖的唐宸无奈又开心——啊，光拿工资不用做事的美好时光似乎又要来临了！

另一个被揽下了工作的人则是钟麓。之前这类应酬，一般都是他陪同郁盛前往的，然而今天当他得知消息后简单整理了东西，穿上外套匆匆走至郁盛办公室门前时，却有人先他一步从里面出来。

"不用麻烦钟经理了，我陪她去就好。"秋屿语气淡淡，却不容拒绝。

什么意思？光是做总裁背后的男人还不够？自己吃肉吃菜的，连口汤都不给别人剩吗？

会议室内，盛世繁华几位高管都在，钟麓站在投影幕布前，正在讲解新的项目。会议桌的主位上，一袭银纹纯黑裙装的年轻女人五官白皙明艳，神色严肃，如同以往每一次开会时一样，并没有什么区别。然而今天，钟麓却觉得哪儿哪儿都不舒服，全因此刻坐在郁盛身侧那位穿黑色西服的男人。西服是全手工定制的某个低奢品牌，黑色的面料里暗含银丝纹路，穿在原本就俊美的男人身上，愈发衬得他气质卓尔。

连西服都特意选了情侣色，这是生怕别人不知道他和郁盛的关系吗？其他不说，就这套西服的价格，都已经抵得上常人一年的工资了，花了郁盛这么多钱，还来公司做一个总裁特助，人前规规矩矩地称呼她为“郁总”，真不嫌自己闹得慌？

钟麓脸上带着笑容，口中说着工作，心里却不知道暗暗腹诽了多少话。在他看来，会被针对就说明是他的存在在某方面对对方产生了威胁。如果他能给他造成威胁，是不是代表他有能力将对方取而代之？

确实，论外貌条件，他略输秋屿一筹，但对女人来说，一个男人真正的魅力并不只是那张脸、那副身材。工作上的意气风发，肆意挥洒，自信卓然，才是一个男人真正吸引女人的地方。而这些方面，他自认绝对不会输给对方。

秋屿穿了一身昂贵奢侈的西服回公司给她当助理又能怎样？他再有能力，从前是公司的元老人物又怎样？说到底，他不过只是依附郁盛的一个男人，男人依附女人，任凭他再好看再温柔体贴，女人也早晚会腻烦。这和男人身上普遍存在的劣根性是一样的，总是容易对已经到手的产生厌倦，反而喜欢刺激和新鲜。而他钟麓，哪怕对郁盛来说不够刺激，也起码胜在新鲜。

钟麓如此想着，愈发斗志昂扬，一个简单的项目讲述，发挥了百分之二百的实力。果然，他如愿看到了郁盛满意的神色。

“很好，那这个项目你亲自跟进吧。”对钟麓的工作能力，郁盛很是满意。他做事眼光准，效率高，但并不会像这行很多人一样，为达目的毫无底线。

他也正是因为有底线，才会在她挖他后从原来的国际大型投资公司离职。钟麓清醒得很，金融这一行，楼起楼塌不过转瞬，一旦公司的主事人没了底线，满眼只有钱，法律那条线很容易就会跨过。

他读了这么多年书，学了这么多的知识，积累了这么多的工作经验，并不希望有朝一日和那些自小不好好读书、自甘堕落的人一样，以后被关进去每天踩缝纫机度日。钱是赚不完的，赚再多的钱也得有命花才行。所以，当初他感觉到原公司某些不可言说的变化后，他原本已经打算着离职了，恰好这时郁盛递来橄榄枝，他当然接了。

在原公司的人眼里，只当他为了个漂亮女总裁放弃大好的赚钱机会，他不想被对方觉察他已经感觉到一些事，所以任由外人误解。然而来了盛世繁华两个月，他和她朝夕相处，很难不动心。他不是那种性急的人，本想着慢慢来，结果半路杀出一个秋屿，害得他一时计划全乱。

不过没关系，眼下他已经有了新的计划。

5

两天后，钟麓收拾好简单的行李，去了机场。

这是大半个月前就定下的出差计划，出差人员自然是郁盛和他，机票也是早就订好的。因为是比较重要的行程，所以他知道若无突发意外，她绝对不会更改行程。

S城之前他和她一起去过一次，这次算是故地重游，也是非常好的机会。钟麓知道她在公事方面一贯认真，所以连催促和询问的电话都没打一个，直接照着机票上的时间进了候机室。

郁盛来得很准时，他进了候机室没有多久，她很快现身。

三月底的B城温度又有了一个新高，她穿了件长及脚踝的网纱百褶裙，烟粉色的裙摆随着她的走动像波纹一样荡漾开；外面套了件黑色的毛衣短开衫，没有行李，甚至都没有拿包，手里只捏着机票和手机，一路轻松闲适地走来。

他搁下膝盖上的平板，起身冲她扬了扬手：“郁总。”

“你什么时候到的？”她看到他，直接走了过来朝他笑笑。

“大约比你早了十分钟。你今天很漂亮。”他认识她的时候是冬天，这样轻纱质地的裙装倒是第一次看她穿，自然可以借此赞美几句。

“谢谢。”郁盛早已习惯赞美和惊艳，对此并不在意。

钟麓很会察言观色，见她对赞美不感兴趣，又把话题转到其他方面。他说起了上一次两个人一起去S城出差的事，说自己还挺喜欢之前偶尔去的那家餐厅。那次他们对附近都不熟悉，但突然下雨了，为了避雨就近随便进了家餐厅，结果却发现了一家宝藏店。

“那家店我已经记下了，这次一定得再去一次。”事实上他早就已经安排好了，包括去哪里吃晚餐，去哪里逛街等等。

如果有可能，他甚至还可以找理由带她一起去看部电影，或者一起去某大厦顶楼喝杯咖啡。然而，钟麓的出差安排才说了没几句，一转身就看到了一个不该在这里出现的人。

秋屿一手拎了个咖啡纸袋，另一只手上还拿着一个黑色的女款链条包，走到近前，朝他微微颔首，算是打招呼。

“栗子蛋糕买了吗？”郁盛迎上去，从他手里接过纸袋。

“买了，刚好最后一块。”他看向她，眉眼间的表情瞬间柔和下来，“这么喜欢下次我来学着做吧。”

“我也想学，可是感觉挺难的。”郁盛取出蛋糕，又把纸袋递给秋屿，他接过，将里面的咖啡一一拿出来。他买了三杯，他和郁盛自然是固定口味的，第三杯他买的美式，取出来之后递给了钟麓。

钟麓看似面带微笑，实则心里正在各种骂。连出差都要跟着，黏成这样到底是不是男人？

结果对方却朝他递来一杯咖啡：“抱歉，不知道你的口味，所以买了最基础的美式。”

钟麓倒是喜欢喝美式，提神又不会发胖，只是他刚刚还在心里骂对方，对方却连带他的咖啡一起买了。他脸上有点尴尬，愣了一下才接过，朝对方说了声“谢谢”。

“不用客气。”秋屿淡淡勾了勾唇，在一旁坐下，打开平板，将这趟出差要接触的重点对象的资料递到郁盛面前，让她能边吃边看。

钟麓表面在看手机，实则侧耳细听，发现两人一来一往，说的竟全是公事，而且言之有物，补充了很多连他都不知道的细节。到最后，他也搁下手机，凑过去一起听起来。

郁盛出门前其实已经吃过饭了，这会儿让秋屿买蛋糕纯粹只是想吃，吃了三分之一就吃不下了，她咬着勺子看了眼正敛眉回答钟麓问题的秋屿，挖了一块蛋糕悄悄递到他唇边。这个动作使秋屿的思路中断，他也不恼，甚至都没多问，张开嘴把递到唇边的蛋糕吃了，回头看向她，很自然地伸手，用拇指指腹帮她蹭掉了唇上的一点奶油。

沉浸在公事里暂时忘记对方是自己情敌的钟麓彻底无语。

钟麓并不明白，在候机室的那一幕，并不是秋屿刻意在秀恩爱。哪怕在从前，他们两个尚未在一起，他只是郁盛助理的时候，他们也是这样相处的。正因为不明白，所以在钟麓眼里，这是一场从对方那里发起的挑战，而他已经做好了十足的准备，迎接这次挑战。他就不信了，好好的一趟公差，对方还能硬弄成秀恩爱之旅不成？

登记后，钟麓好不容易找到一个合适的工作理由，想要和前排的郁盛谈一谈。因为他们坐在商务舱，他旁边的位置是空的，他想郁盛应该会起身坐过来。然而他刚开口喊了两声“郁总”，郁总身侧的男人朝他回过头来，神色淡淡地用食指比了个噤声的动作：“嘘，抱歉，她睡着了，有事等下了飞机再说吧。”

郁盛确实睡着了，两人座位中间的扶手被收了起来，她整个都蜷进了他的怀里，脸蹭着他，抱着他的手臂，睡得安然又香甜。

这趟出差，为的是S城一本名为《蓝鸟》的时尚杂志。《蓝鸟》原本是B城时尚杂志《霓裳》旗下的分刊，然而因为地域距离，读者受众以及两刊的总编和定位等等各种问题，从分刊成立后两边就始终摩擦不断。一年多前，《蓝鸟》不仅站稳脚跟，还青出于蓝，于是脱开了《霓裳》，导致两边正式决裂。

两边的总编都极其有个性，哪怕之前同属一家，现在却拒绝一切合作。

不久前，郁盛接手了《霓裳》，翻看公司业务，发现竟然还有《蓝鸟》这颗沧海遗珠，于是打定主意要把《蓝鸟》拉回去。《霓裳》走高奢路线，《蓝鸟》

是年轻时尚的风向标，两家完全迎合了不同的市场，一起携手打造一加一大于二才是明智之举啊。可问题在于，两边的总编都傲得很，又各自发展了一年多，早已不愿意回头再合作。

一个多月前郁盛因为其他工作来S城出差，顺带见了见《蓝鸟》的总编，可惜什么都没谈成。之后这件事一直都是钟麓跟进，恰逢这次S城的另一家时尚周刊《晚风》举办时尚活动，郁盛身为《霓裳》的新老板，自然也收到了请柬。钟麓表示《晚风》的总编和《蓝鸟》的总编关系很好，所以《蓝鸟》的总编到时一定会到场，便定下了这趟行程。

因为是被邀请，酒店是《晚风》那边订好的，依照人数，订了三间房。三间房都是商务套，只是在不同楼层，郁盛的那间自然要比另外两间好很多。

时尚晚宴是在第二天，今天他们抵达S城已经临近傍晚，等到酒店安顿下来已是晚上，所以没有安排工作。一般情况下，钟麓会寻一家好餐厅和郁盛一起去吃饭，休息放松之余，再谈一谈公事。

上次就是这样，还意外遇到了下雨，结果寻到一家好店。钟麓觉得重温上次两人狼狈躲雨的遭遇是个不错的选择，哪怕秋屿在场，他也聊不进来他们的话题，因为那次没有他。不光上一次，钟麓进盛世繁华两个多月，多的是和郁盛各种相处的回忆，那些回忆里面，全部都没有他。钟麓知道，虽然不能怎么样，但是气一气对方也是好的。抱着这样的想法，他给郁盛打了语音电话，但是一直没人接。

一个小时后，站在郁盛门外的钟麓看着来应门的秋屿，又重新看了下房间号。没有错，确实是郁盛的房间。

“什么事？”对方的声音里面有被打扰的不悦，或者是，带着某种散不去的火气。

更令人奇怪的是他的穿着，外面裹了件睡袍，里面却是松松垮垮的衬衫，有点多此一举的穿法，或者说是为了遮掩什么。钟麓定睛，很快发现睡袍下摆处没有露出和衬衫配套的西裤，而衬衫领口那儿，则带着若隐若现的红印，还不是一个，而是好几个。

钟麓突然觉得自己那些想要仗着和郁盛两人的回忆，将对方排斥在外，令他生气的想法无比幼稚。人家这里都在读研了，他却还想着幼儿园的事。

此时一旁有服务员推来一部餐车，朝秋屿礼貌道：“先生您好，您点的餐到了，需要我帮您推进去吗？”

“不用了，我来吧。”秋屿没让对方进去。

服务员将餐车留在房间门口，秋屿动手将餐车朝里拉的时候，见钟麓还站着不动，忍不住蹙眉：“钟经理是想进来吃一点？”

钟麓在心里骂了句脏话，转身走了。

《晚风》的总编姓邓，郁盛没有见过，倒是幕后老板和她吃过两次饭，算起来稍微熟一点。对于这位邓总编，其实她过去也曾有所耳闻，但两座城市到底隔得远，圈子不同，她总觉得耳听未必是真。

可这天晚上，她才算是真正见识到了时尚圈的人传闻中的另一面。

当晚的时尚盛宴，星光云集，不少大牌艺人都来了，红毯走了很久，记者、粉丝将红毯两旁堵得水泄不通。和其他被宴请的时尚大咖相比，郁盛始终觉得自己是生意人，而生意人自然应该低调。所以即便穿着价值七位数的全手工定制纱裙，她也没应总编邀请去走红毯。

她直接从另一个入口进了会场内部，郁盛带着秋屿和钟麓现身，立刻引来不少人关注。

《晚风》的老板在助理的提醒下第一时间上来招呼她，对方年近四十，是个外貌儒雅的男人。盛乐光影签约的几位艺人在这将近一年的时间里已经攀上二线直奔一线，有几人也和《晚风》合作拍摄过。那几人的粉丝都非常给力，小小创下了一个销售纪录，《晚风》的老板待郁盛自然亲切。郁盛身边的钟麓他见过，倒是秋屿，第一次见，颇有些惊为天人的感觉。

“这位是我的特助，姓秋。”工作场面上的人，郁盛自然如此介绍。

钟麓倒是有点意外，还偷空去看秋屿的表情。那张前一天还让他恼到牙痒的脸此刻一派平静，清隽的眉宇间带着礼貌和客气，主动与《晚风》的老板寒暄。

钟麓突然发现对方很会交际，明明语气从容，笑容轻淡，话里话外半句刻意恭维都没有，可说出来的话却让人如沐春风。他做这行，会和各种各样的人打交道，交际应酬看似简单，其实是最难的一个过程。商场上高手太多，有的人仅凭一面几句言谈，就能清楚看透对方是个什么样的人。所以有些话，多了会显得刻意做作，失掉气度，可少了别人又会嫌你太过清高，不好接近难相处。能像秋屿这样，将分寸把握得这么好，同时又让人感觉自然真诚的，真的没几个人能做到——起码，他认识的人里不多。

钟麓觉得自己似乎有些明白为什么郁盛会让他回公司继续当自己的特助了。或许在假公济私之外，确实有几分实力。

小小一番交谈，《晚风》的老板发自内心地赞了秋屿几句，又带着他们和几个时尚圈的大咖见面，而钟麓和秋屿则时刻留意着《蓝鸟》总编的现身。片刻之后，《蓝鸟》的总编现身了，身旁是《晚风》的总编。

《蓝鸟》的总编是位三十来岁的女性，成熟大方，做到她这个职位的人，样貌如何已经不重要了。因为身在娱乐圈，懂得各种时尚搭配，永远走在时尚的最前沿，所以气质才是最重要的。《晚风》总编稍长几岁，约三十五六的样子，但郁盛知道，实际上她已经四十多岁了。

这位邓总编，岳栋与她打过几次交道，郁盛记得那次岳栋从S城回来，提到邓总编，竟有些语塞，尤其对她的待客这一块，语焉不详。一个多小时后，已转场进到隔壁酒店楼上小宴会厅的郁盛总算明白了岳栋上次语焉不详的原因。

因为时尚宴上人太多，郁盛没能和《蓝鸟》的总编聊上几句，所以后来邓总编邀请她继续去参加内部私人酒宴时，她应下了。只是这样的酒宴，一般能进的都是几位主要人物，所以秋屿和钟麓会另外安排会场让他们休息。然而此刻，郁盛看着坐在自己身边这位有些脸熟的俊秀男艺人，再看看这个小型内部酒宴上，每一位陪伴在主要人物身边的美女帅哥，总算悟了过来。

这样一对一的服务，哪怕是个傻子都能明白过来。她倒是有些好奇此刻秋屿和钟麓那边的情况，照邓总编的风格，总不能只招待他们这些主要人物，把那些精英们冷在一旁吧?

郁盛还真的猜对了，秋屿和钟麓这边也安排了人，他们这里就直接多了，都是些年轻貌美的女孩子，会唱歌会喝酒还很会聊天。钟麓跟着前面一个老板，从前没少去过这类场合，如今倒是如鱼得水得很。他舒展手臂，和靠在自己臂弯里的年轻女孩聊了几句，忍不住抬头去看站在门侧的高大男人。

他从女孩们进来后就直接起身避开，别说和对方唱歌喝酒，就是简单礼貌地聊几句都没有，甚至连坐都不坐。

钟麓不太明白，拿了杯酒，起身走过去："过来聊会儿啊，只是聊聊天，难道让人家女孩子干坐着吗？"

秋屿瞥了眼沙发处："没必要，而且她也不会喜欢。"

"你不是吧，郁总现在又不在，更何况，你以为她现在正端端正正和人聊公事？你怕是没听过《晚风》这位邓总编的传闻吧？她的待客方式可是非常让人津津乐道的。"

"知道。"说及工作人物资料这方面，没有秋屿不清楚的，"不过这和我没关系。"郁盛带着手机，两处会场距离也不算远，真有什么事，她会打给他。

钟麓看了眼沙发上那一个个将注意力和视线都集中在秋屿身上的女孩，突然觉得怪没意思的。明明长这么帅，却不知道利用优势放松一下，明明郁盛根本不在这里，就算他真的做什么她也根本不会知道，却偏偏这样一本正经。害得他突然觉得，继续和这些第一次见面的女孩聊天是件很无聊很浪费时间的事。

钟麓觉得包间里有些闷，于是直接问秋屿要不要去外面的露台透透气。他们这一层的走廊尽头是个户外的安全楼梯，每一层都有个凸出去的小露台，这样的春夜不冷不热，刚好能透透气。

秋屿看他一眼，推门走在前面。

两人去露台的途中，钟麓看着前面高大的身影和修长的腿，总觉得有点不可思议。

明明几天之前，当他在公司里开会的时候，他还对秋屿有诸多敌意，满是斗志，可现在两人之间却也能如此平静的相处。

钟麓想着等会儿在露台上要和对方聊什么，结果最后他想要聊的话一句都没说成。火警警报响起的时候，钟麓才点燃的香烟差点从指间掉落。

那刺耳的鸣笛声响彻楼道，他反应过来这是火警警报时，第一反应就是朝楼梯下方跑。还好他就在安全通道上，只要朝下跑十一层，就能平安。可在他踏下楼梯的时候，原本离下层阶梯更近的那个人却突然转弯，直接朝上跑。

“你干吗？”钟麓急吼。

“郁盛在十四楼。”他之前收到过她的消息，她说过她所在的会场楼层。

“你赶紧下来！你都不知道火灾发生在哪一层，这样贸然朝上面跑要出事的！她那边那么多人，又都是贵宾，肯定会有人去救的！这种情况下最忌讳浪费时间跑来跑去……哎？我说的你没听见啊！你怎么还往上跑？”

钟麓站在楼梯上，大楼内渐渐有人跑来安全通道处，一个个紧张地朝楼下逃。可那个人却逆着人流朝上，很快就看不到了。他犹豫间，只听见楼上不知道哪里“砰”的一声炸响，那是火灾引发的危险物品爆炸的声音。钟麓只感觉手下的楼梯扶手狠狠抖了下，那一瞬间，他感到了发自内心的恐惧。他没有继续犹豫，跟着慌乱的人流，开始快速朝楼下跑去。

几分钟后，当钟麓踏上平坦的地面，那口气才算放下来。消防车的声音响起，不断有人从大楼里狼狈逃出。唯有消防员，逆着人流，朝里面冲去。

不，不是唯有。那个人，刚刚也像他们一样，第一时间就朝着她所在的楼层冲去，同样逆着人流，毫不犹豫。

钟麓抬头，大楼燃烧的窗口清晰可见，他努力数了两遍，两遍都是十四。真的就是那么巧，出事的果然是郁盛所在的楼层。

十多分钟的等待时间，在他的感觉中却漫长无比。

终于，人群里出现了熟悉的身影。他脚步很稳，手里横抱着一个人，快步从大楼里冲出来。在他们身后，还有一个消防员扶着一个同样熟悉的身影，似乎是《蓝鸟》的总编。不过这时，钟麓已经顾不上其他的人了。他叫着医护人员，快步朝秋屿他们跑去。

秋屿披在身上的西服已经被熏黑了，他的口鼻处和她的口鼻处都用沾水的毛巾捂着，做了紧急处理。医护人员上前查看，立刻表示有人受伤，要赶紧救治。

受伤的不是郁盛，而是秋屿。

钟麓站在救护车后门外的不远处，看着车上的男人坐在那里让医生给他受伤的手臂做紧急处理，看着他用另一只没受伤的手握住郁盛的手，然后温柔地朝她笑着说没事，不太疼……

他心里突然有种奇怪的感觉，他好像并不明白喜欢一个人到底是什么样的感受。其实他谈过不少恋爱，海誓山盟也曾对不同的人说过不少，可越是恋爱却越是觉得疲惫。和那些原本就喜欢他的女孩子在一起，并不能让他的喜欢维持太久，所以这一次，他哪怕在知道郁盛有了男友之后，依然想要挑战。

那是因为他先对郁盛有好感，而她并不喜欢他。他想要看看这样子的恋爱如果能够开始，是不是能维持更长的时间。可此刻，所有的想法都变得无足轻重。他终于明白过来，无论他做什么，他都不可能赢得郁盛的青睐。她有一个那样的男人陪在身边，她又怎么可能看得到别人？

钟麓笑了笑，安静地转身离开，没再上前打扰。

在郁盛的坚持下，秋屿最终还是住进了医院。

"很疼是不是？"她靠在他身旁，脱了鞋，蜷缩在他身侧。

他掀开被子，将人整个拢进怀里："不疼。"

"你总是说不疼，皮都烫到起泡了，怎么会不疼？"

他伸手温柔地抚了抚她的脸，在她带着潮气的睫毛上亲了亲："别哭，小郁。"

她抬起头，有些生气："都怪你，你总是这样，每次都是……说过多少次让你好好保护自己，你总不听。"

他侧过头，任由她生气地骂着，一句反驳的话都没有。他心里很清楚，有些事情，不管重来多少次，他答应过她什么，他都会做同样的选择。在他心里，没有任何事比她更重要，包括他自己。

他扶着她的脖子："小郁，我爱你……"

她顿了下，然后低低开口："嗯，我知道。"

不，她不知道。

他的一些情感，或许她永远都不会明白。

——永远最爱你。

——只爱你。

番　外　2

婚姻二三事

1

郁盛是在怀孕两个月的时候才发现自己怀孕这件事的。说起来，不能怪秋屿。要怪，也只能怪她自己。

那阵子，他们在西雅图——浪漫的不夜城。他们预订的酒店一共有四十八层，而他们就住在四十八层的套房里，可以俯瞰异国城市夜景。

当时两人都喝了点酒，彼此意乱情迷。就那一次，他们谁都没想到，那天晚上有一个小小的生命在她的身体里诞生了。

郁盛很郁闷，一则她总觉得自己还是个孩子，真不知道该怎么照顾另一个孩子；二来，她和秋屿其实还没结婚。

她完全能想象到，当他知道这件事后的第一反应，他会直接求婚，然后拖她去注册。虽然他从未催促过，但她知道他想结婚想很久了。但因为父母亲失败的婚姻，以及郁贵东从她成年起，总是想方设法想以她的婚姻为代价，换取自己的利益，促进自己的事业，导致她对“结婚”两个字有着异常强烈的憎恶。

哪怕现在对象换成了阿屿，这种感觉也仅仅只是从憎恶慢慢转变成没有那么排斥，距离普通女孩对婚姻的向往、憧憬和渴望，还差得太远。

孩子即便她不会照顾，但既然来了，这便是一份责任，即使有压力，她也会认真对待，学习怎么照顾。可再加上婚姻，这份压力便突然变为双倍，让她心里沉甸甸的，有些透不过气。

这个时候的郁盛，还不知道这是产前抑郁症的表现。她原本还想瞒秋屿一段时间，但对方对她的例假时间比她自己还清楚。当他发现她已经差不多两个月没来例假时，立刻请了假打算带她去医院检查。郁盛拖拖拉拉不肯去，她知道他想带她去医院查什么。

他以为她有点害怕，所以才抗拒，于是温柔安慰："乖，我只是想带你去确认一下，如果真的有了——"

"有了怎么样？"她打断他。

"小郁。"他叹了口气，"我知道你暂时不想结婚，可是，如果你真的怀孕了，我们就去登记。只是登记，不算结婚，不用办酒席，也可以不告诉别人。因为只有合法的夫妻关系，才能给予孩子最大的保障。"

"这不就是结婚吗？"她说着，低头看着自己小腹处。

秋屿轻轻抚着她的脸，他毕竟和她在一起这么多年，此刻见到她的反应和表情，已经差不多全明白了。

她已经确定了怀孕这件事，只是暂时没有告诉他。他在她额头亲了下，让她等他一会儿，然后离开她的公寓，去了楼下自己的公寓。

这几年，他们一直没有换住处，因为住习惯了，这里有他们最美好的回忆。她喜欢私人空间，所以即便他有一半时间都在她这里过夜，很多东西依然摆在楼下没有拿上来。

反正离得近，走楼梯也只要片刻工夫。

秋屿很快就回来了，手里拿着一个黑色丝绒盒子，然后重新蹲在她面前，将那个盒子朝她打开。盒子里，躺着郁盛曾经见过的心形钻戒。

最早见到这颗钻戒，还是他刚刚从M国回来的时候。那次她请了长假，和他一起去海边度假，就在度假的那间酒店里，她看到他把钻戒藏在了行李袋里。那时她还以为他会在旅行中求婚，但最后不知道为什么，他没有将戒指拿出来。

"这是四年前，我刚回国的时候买的。"他看着戒指，缓缓说道，"其实那次，我确实想和你求婚，但最后却没有拿出来。因为那时我能感觉到，你暂时不想被婚姻束缚，或者说，你那时很享受和我在一起时恋爱的感觉。”他说着，将那个戒指盒搁在一旁的茶几上，然后重新握住她的双手，“小郁，现在告诉你这件事，是希望你明白，无论你想要什么，我都可以给你。只要能陪在你身边，和你在一起，我可以不在乎形式。与其一纸婚约地束缚你，不如你心甘情愿地留在我身边。对我来说，重要的是你，而不是婚姻本身。所以，如果你想要留下这个孩子，我会很高兴；如果你不想要宝宝，我大概会很生气很难过，可能会有一阵子对你很冷淡，但我依然爱你，也尊重你的选择……”

“为什么不要宝宝？”郁盛的情绪莫名起伏，“我没有说不要宝宝。”

“好，那我们要宝宝，然后给宝宝其他小朋友也同样拥有的东西。”

“例如？”

“一栋可以让他和爸爸妈妈住在一起的房子，可以是别墅，也可以是公寓大平层，总之要很大，装上滑梯和‘城堡’，让他可以在里面探险……然后爸爸妈妈得有合法关系，这样等到上幼儿园的时候，不会成为老师和其他孩子眼中的单亲家庭的孩子，不会因此遭受同情的目光……放假的时候，我们可以一起带他去海边，给他买一个很大的鸭鸭船，让他坐在里面，陪他玩水……”

这天，秋屿说了很多很多例如，他所描绘的每一个场景都很美，但同时，他也说了一些她怀孕之后会变得辛苦的事情，以及如何解决的办法。

郁盛这才发现，秋屿不知道何时早已储备了大量和孩子有关的知识，他也同样拥有诸多当孩子降临后他们三个人在一起生活的期待。可以说，其实他非常想要一个孩子，一个属于她和他的孩子。可是这所有的一切，在今天他知道她怀孕之前，没有对她说过一个字，他从未给过她任何压力。从来都是她想要什么样的生活方式，他便无条件配合。四年，都是这样过来的。

她还是畏惧婚姻，害怕原本的生活被改变，怕失控，怕无法做好。但如果四年她和他都这样过来了，那是不是以后的每一个四年，他们都会过得同样好？

这天晚上，郁盛在秋屿的怀抱里沉沉睡去。

第二天上午，她在清甜的粥香里醒来。

她下楼的时候，发现秋屿正在厨房忙碌，大概因为她怀孕了，他做的早餐比往日更注重营养的搭配，碳水、蔬菜、肉类、鸡蛋还有水果。这顿早餐，没有两个小时做不出来。

他看见她站在楼梯口，走过来，像往常一样搂住她，在她额角亲了亲：“早。”

他转身回厨房去给她盛粥，将碗里盛满粥，又转身去取筷子，刚取完，一回头却看见郁盛站在他身后看着他，而她的手里，拿着那个熟悉的黑色丝绒盒子。

“阿屿。”她把盒子递给他，“我们结婚吧。”

他怔怔看着她，筷子从他修长的指间掉落。这是一个春天的上午，四月暖春，窗外阳光明媚。

秋屿永远都记得这一天。这天，他爱了很多很多很多年的女孩，向他求婚了。

2

郁盛最近进入了一个倦怠期，主要表现在工作方面。是的，女强人郁总非常非常不想工作，只想放空自己，找一个舒适的地方躺着，每天什么都不做。

“想去哪儿？”这天在办公室，当郁盛刚刚透露出一点倦怠的意思时，秋屿已经关了电脑，中断工作汇报，拿出手机准备订机票。

郁盛看了看自己五个月的肚子——其实还不怎么显怀，因为她原本就腰细，现在看起来只是稍稍长胖了一点而已，但脸颊和手臂依然是纤瘦的，只有肚子“胖了点”。可她现在怀着孕，就算想要旅行，也不能去玩起来太累的地方，可单纯去海边好像又有点无聊，她也挺想去宁静峡谷间的酒店住几天，或者去爱琴海边悬崖上的洞穴酒店住几天……

秋屿大抵是看出了她的纠结，轻轻笑了笑，缓缓道：“不用着急，你先说第一个地方，剩下的，我们可以在那里慢慢想下一站。”

“去很多地方吗？那我们这次休息多久？”

“这是你的公司，你是郁总你说了算，如果你想的话，你可以一直休息下去。”秋屿上前，亲了亲她的额头。

“你又在逗我，我要是一直不回来，钟麓会追我追到天涯海角吧……”之前他们两个结婚的时候，因为郁盛不想办酒席，所以真的只是纯登记，就连蜜月旅行都没去。就只是选了个不错的日子，两个人带着身份证一起去拍了照然后盖了章，全程十分钟。

郁盛原本还以为他会生气，可他显然高兴极了，那阵子哪怕在公司里训人，语气也很温柔，听得被训的人更加害怕，还以为自己马上要被开除了。所以如果这次可以休息长一点，也可以当作两个人的蜜月旅行。

“他不会，我已经准备把分公司的朝风调来总公司，有他在，钟麓就算再累也不会轻易懈怠，更加不可能来打扰你。”秋屿口中的朝风是两年前他们分公司招募的精英管理人员。

这个人在事业上极其认真，有股拼劲，不过两年，分公司就被他打理得蒸蒸日上。这次调他来总公司，是升职加薪，对方早就盼着了。这是秋屿几个月前刚知道郁盛怀孕时就已经计划好的事情，他肯定不舍得她大着肚子继续忙碌下去。

钟麓这个人，能力很强，只是容易松懈，尤其在无人竞争的情况下。随着公司的扩大，如今公司内部又增加了几个管理层的新职位，其中有一个高层位置，不仅享受高薪高福利，还会得到一小部分的公司股份。这个位置一直都是钟麓的目标，现在秋屿把朝风调过来帮忙，钟麓便不再是唯一的人选。而唯有竞争，才能让两个人充满斗志，继续努力事业。相信到时钟麓会很忙，应该不会再有闲心用电话追着郁盛，说一些她再不回来帮忙他就不干了之类的“威胁”的话。毕竟，能帮忙的人，早已给他准备好了。

就这样，三天后，秋屿安排好一切，带着郁盛踏上了度假第一站：迪拜。

秋屿在全世界最豪华的飞机上替她调整好了座椅的角度，让她能舒适地躺着：“我还以为第一站你会想去海边。”

“原本是这样想的，但不知道为什么，当确认不必再工作，而是可以开启无限休假模式的时候，我突然变得很有精神，很想去特别热闹繁华的地方。”郁盛撑着额角，打开平板搁在一旁的桌板上，开始躺着刷剧。

她刷的自然是自家公司出品的网剧，原著作者是卢娜，编剧也是卢娜。卢娜现在已经完全成长为圈内赫赫有名的编剧，只是她和商崎之间的感情依旧成谜。郁盛原本以为卢娜四年前就和商崎在一起了，可半年前郁盛和商崎在一个活动上碰见过一次。对方绕着圈子向她打听卢娜的事，那次她才知道，商崎和卢娜从来没在一起过。至于原因，她自然不方便多问。

她后来问过卢娜一次，对方沉默了很久，最后告诉她，说自己和商崎不合适。既然已经知道不合适，那就连开始的必要都没有了，毕竟两人一旦恋爱，会有感情羁绊，到时若再分开会更痛苦。

明明知道不合适，就该理性一点，从未开始过，就不会有任何痛苦。这种情况下，郁盛也没有继续问下去。

她知道卢娜受过情伤，在感情方面会有自己的考量，她不能用自己的观点去强迫她怎么做。毕竟卢娜也不小了，她相信卢娜可以处理自己的事情。只是，此刻在飞机上的郁盛没有想到，她会在迪拜遇见商崎。

她和秋屿入住的酒店，同样也是商崎住着的酒店。他是来迪拜拍戏的，一部动作电影大片，是他等了很多年的角色，可以跟他向往多年的前辈合作。

她和秋屿在酒店的空中餐厅和商崎吃了顿饭，便各自忙碌。商崎忙拍戏，而她和秋屿则充分享受七星级酒店的服务。

这家酒店就在海边，非常大，各种各样的配套设施都有，因为他们订的是顶级套房，还配有私人管家，二十四小时随传随到。无论是她三更半夜突发奇想想吃迪拜美食，还是在酒店泳池边晒太阳晒到一半表示想去沙漠看日落，这位管家全部能够搞定。

除此之外，对方还长得非常帅。

到最后，郁盛几乎都想将对方打包带回国了，毕竟这样一个训练有素的优质管家，如果能全年在身边给自己提供服务，那真的是神仙般的享受。

秋屿抬眼看了看她，他正坐在她脚前，帮她涂脚指甲油。她原本想去酒店美甲店做的，但他坚持说美甲店的指甲油对孕妇不好，然后取出行李箱里他带着的指甲油，说由他来给她涂。她倒是想自己涂，无奈被肚子卡住了……

让她无语的是，为什么秋屿行李箱里面，连指甲油都带了？还是孕妇可用的那种，一盒子十二个颜色，还能让她挑选喜欢的颜色。

“所以，神仙享受？”他语气淡淡地开口，很明显又吃醋了。

“说错了说错了，我家阿屿才能给我提供神仙般的享受。各个方面而言，都是如此。”郁盛一言不合就开撩，很难得，她看到了她家阿屿久违的红色耳根。

后来她想想明白过来，因为她怀孕，他已经禁欲很久了。她从第四个月的时候一直在吐，吃什么吐什么，那段日子简直是水深火热。

那种情况下，他心疼都快心疼死了，哪里还会有其他想法，每天都在查资料询问医生，看看有什么办法能让她吐得不要那么厉害。可显然，这种情况没办法，只能熬过去。

终于，现在快满五个月了，孕吐的情况好了很多，只在偶尔清晨的时候，会有一些想吐，其他时候都能正常吃饭。

两个人在迪拜住了五六天，等到要离开去赶赴下一站的时候，她才知道商崎拍戏受伤的事，她和秋屿改签了机票，去医院看了他。

他两天前就受伤了，伤得还挺重，小腿骨折了，没有三个月估计好不了。而这部动作电影，自然也拍不了了。他后面原本还有很多戏份，现在还不知道该如何安排，可能会换演员，或者将他的戏份删减。

无论哪一种，都不是商崎希望看到的。

这天，她和秋屿从医院离开坐上去机场的出租车时，透过车窗看到了熟悉的身影，居然是卢娜！她是来医院看望商崎的无疑，可问题是他们现在身处迪拜，因为商崎受伤，她居然专程坐飞机从国内赶来?

郁盛直觉这次两个人的关系会有所突破，她一直看着卢娜的身影，直到车子转弯。

她问秋屿：“你觉得，他们两个会在一起吗？”

秋屿伸手，将自己的女孩揽入怀里："无论是否在一起，那都是另一个爱情故事了。我只能保证，我们的爱情故事，一如往昔。"